Tentée par un cow-boy

Au hasard d’une rencontre

SARAH M. ANDERSON

Tentée par un cow-boy

Passions

HARLEQUIN

Collection : PASSIONS

Titre original : TEMPTED BY A COWBOY

Traduction française de FRANCINE SIRVEN

HARLEQUIN

83-85, boulevard Vincent-Auriol, 75646 PARIS CEDEX 13.
Service Lectrices — Tél. : 01 45 82 47 47

www.harlequin.fr

ISBN 978-2-2803-4820-1 — ISSN 1950-2761

- 1 -

Jo descendit du camping-car et s'étira, un peu courbaturée après cette longue route depuis le Kentucky.

Mais elle l'avait fait. Elle était enfin à Denver. Arrivée à destination, au ranch des Beaumont.

Décrocher cette mission était presque une consécration. Une marque de confiance majeure de la part d'une maison comme les Beaumont.

Cela ne signifiait pas juste un gros chèque à la clé — un chèque capable de constituer un apport important pour l'acquisition à terme de son propre ranch. Cela était aussi la preuve qu'elle était une dresseuse respectée, en dépit de ses méthodes peu conventionnelles.

Un type sortit d'une grange et vint vers elle, tout en faisant claquer une paire de gants contre sa cuisse. La soixantaine, jambes arquées, un visage buriné par le soleil et le grand air.

Rien de comparable avec le visage de Phillip Beaumont, propriétaire des lieux. Et, malgré elle, Jo en ressentit une certaine déception.

Mais ça n'était pas plus mal, somme toute. Un homme aussi beau, aussi sexy que Phillip… lui ferait trop envie. Or elle ne pouvait se permettre d'avoir ce genre de désir. Une spécialiste du comportement équin digne de ce nom ne se pâmait pas devant celui qui payait les factures — surtout quand l'individu en question avait une réputation de débauché. Jo en avait fini depuis longtemps avec ce genre d'individu. Elle était ici pour le travail, rien d'autre.

— Monsieur Telwep ?

— Exact, répondit l'homme, poli. C'est vous qui murmurez à l'oreille des chevaux ?

— Je suis la comportementaliste, oui, répondit-elle, un peu vivement, mais elle détestait l'étiquette « chuchoteuse ». Je ne murmure pas, je rééduque.

A son ton pour le moins nerveux, Richard fronça les sourcils. Elle soupira intérieurement. Bravo pour la première impression ! Elle avait tellement l'habitude de défendre son métier que la réaction était devenue automatique. Arborant son sourire le plus sympathique, elle reprit du début.

— Jo Spears, enchantée.

Grâce au ciel, le bonhomme parut oublier la froideur de son accueil.

— Mademoiselle Spears, moi, c'est Richard, répondit-il en lui offrant une poignée de main franche et virile.

— Appelez-moi Jo, dit-elle en écho.

Elle aimait bien les hommes qui, comme Richard, passaient leur vie au contact des animaux. Dès lors que lui et son équipe la traiteraient comme une professionnelle, tout irait bien.

— Alors, où est le phénomène ? reprit-elle

— C'est… Vaut mieux que je vous montre.

— Ce n'est pas un percheron ?

Un couple de percherons tractant un chariot, telle était l'image de marque des Brasseries Beaumont depuis… depuis toujours, en fait. Elle avait toujours eu un faible pour les percherons. D'ailleurs, enfant, au lieu de l'ours habituel, elle s'endormait le soir avec son percheron en peluche.

— Non… Plus rare encore.

Plus rare ? Le percheron était assez fréquent aux Etats-Unis, sans pour autant courir les rues. De constitution robuste, la race était passée de mode quand les tracteurs avaient supplanté la charrue.

— Une seconde… Pas question d'abandonner Betty dans le camping-car. A moins de vouloir retrouver les sièges déchiquetés.

Jo ouvrit la portière côté passager et libéra Betty de son harnais de sécurité. Aussitôt, la petite chérie dressa les oreilles, impatiente de se dégourdir les pattes.

— Tu veux descendre ?

Une fois dehors, Betty exécuta une série de bonds joyeux.

— J'avais entendu dire que vous voyagiez avec… Qu'est-ce que c'est que ça, au juste ? demanda Richard, un brin narquois.

— Ça, répondit-elle, habituée aux quolibets, c'est Mini Petite Betty. Un âne nain… Mon animal de compagnie.

Déjà occupée à renifler l'herbe autour d'elle, Betty entrait effectivement dans la catégorie mini avec ses soixante-trois centimètres. Par son poids et sa taille, elle se rapprochait plus du beagle que de l'âne — et par son comportement aussi, d'ailleurs. Jo bien sûr l'avait dressée, mais Betty n'en faisait souvent qu'à sa tête. Bientôt dix ans que sa grand-mère la lui avait offerte. Betty l'avait aidée à sortir du tunnel, ce dont Jo lui serait toujours reconnaissante.

Richard se gratta le crâne, perplexe, tout en observant l'animal haut comme trois pommes.

— Bon sang, jamais vu un âne de cette taille. M'étonnerait que vous vouliez la laisser approcher de Sun… marmonna-t-il en se dirigeant vers l'écurie.

— Sun ? répéta-t-elle en emboîtant le pas à Richard.

Betty la rejoignit en trottant gaiement.

— Non, jamais vu une chose pareille, grommela Richard.

— Alors, Sun ? insista-t-elle.

— Golden Sun pour être précis, de Kandar, soupira Richard, manifestement contrarié. Vous avez déjà entendu parler de lakhal-téké ?

Le nom éveilla tout de suite quelque chose dans sa mémoire.

— Ce n'est pas cette race à l'origine du pur-sang arabe ?

— Oui. L'akhal-tékée vient du Turkménistan. On en dénombre environ cinq mille dans le monde.

Richard contourna la grange pour la conduire jusqu'à un enclos, sur la droite, ombragé par des arbres centenaires.

Au milieu de l'enclos se tenait un cheval dont la robe dorée justifiait son nom. Mais l'animal était en sueur, avec de l'écume aux lèvres, ce qui lui donnait un aspect inquiétant, d'autant qu'il tournait en rond et se cabrait en hennissant sans raison apparente.

— Je vous présente Golden Sun, marmonna Richard avec lassitude.

Jo observa le cheval un moment.

— Pourquoi est-il si agité ?

— On l'a sorti de son box afin de le mettre dans l'enclos, il y a trois heures environ, expliqua Richard avec un haussement d'épaules. Il a fallu s'y prendre à trois pour l'emmener et depuis, on dirait que monsieur est devenu fou.

Trois heures que l'animal tournait en rond et se cabrait ? Un miracle qu'il ne se soit pas déjà cassé quelque chose ou tout simplement effondré, à bout de forces. Elle avait souvent eu affaire à des chevaux en état de stress et, tôt ou tard, l'animal finissait par s'épuiser lui-même.

— Que s'est-il passé ?

— Ah, ben ça, c'est un mystère. Personne ne sait. M. Beaumont a fait le voyage en personne jusqu'au Turkménistan pour voir Sun, expliqua Richard avant d'ajouter à voix basse, comme s'il lui confiait un secret : Il a une sorte de sixième sens avec les chevaux, vous savez.

Elle sentit ses joues s'embraser.

— Je connais sa réputation.

Qui ne connaissait pas la réputation de Phillip Beaumont ? Il apparaissait régulièrement dans les pages people des magazines, s'était même classé une fois en tête de la liste des hommes les plus séduisants de l'année. Cheveux blonds délavés par le soleil, menton volontaire, pommettes saillantes, il jouissait d'un physique avantageux. C'était d'ailleurs son visage qui s'affichait dans certaines publicités des Brasseries Beaumont. Enfin, la presse se faisait souvent l'écho de ses exploits dans les clubs de Las Vegas et de Los Angeles. Comme la fois où, au volant d'une Ferrari, il avait plongé directement dans une piscine.

Aucun doute là-dessus, Phillip était le play-boy par excellence. Excepté… Excepté quand il ne l'était pas. Avant d'accepter ce travail, elle était tombée sur une interview qu'il avait donnée à la revue *Western Horseman*. Dans ces pages — et sur les photos illustrant l'article —, il n'avait rien du play-boy désabusé, mais ressemblait plutôt à un vrai et pur cow-boy, s'exprimant comme un professionnel. Vêtu d'un jean râpé, d'une chemise en flanelle et santiags, il avait confié au journaliste son projet de faire des écuries Beaumont une référence dans le pays. Avec une famille aussi influente, aussi fortunée que la sienne, il ne devrait pas rencontrer trop de difficultés à concrétiser son ambition.

Une question s'imposait donc : qui était Phillip Beaumont ? Le séducteur irrésistible ou le cow-boy passionné par les chevaux, qui ne craignait pas de se salir les bottes ?

En fait, peu importait. Elle n'était pas intéressée. Elle ne pouvait se permettre d'être intéressée par un play-boy, en particulier par le play-boy censé la rémunérer. Certes, elle s'occupait de chevaux depuis de nombreuses années maintenant, mais la plupart des propriétaires d'écuries prestigieuses demeuraient encore réticents face à ses méthodes. Pour se construire une clientèle — et survivre —, elle avait dû se résigner à sillonner le pays et à prendre le travail là où on lui en proposait. L'offre de Beaumont était son premier gros contrat avec un client qui payait ses chevaux non pas quelques milliers de dollars, mais des millions. Si elle parvenait à soigner ce cheval-là, son avenir serait assuré.

Et puis, les chances de rencontrer Phillip Beaumont restaient somme toute plutôt maigres. Elle travaillerait essentiellement avec Richard. S'arrachant à ses réflexions, elle en revint à la raison de sa présence dans ce bon vieux Colorado. Golden Sun.

— Bref, ici, les occasions de faire la fête sont rares, reprit Richard. Tout ce qui nous intéresse, ce sont les chevaux. On a pensé que Sun avait peut-être eu un problème, dans l'avion. Mais on n'a trouvé aucune marque, aucune blessure. Et d'après les pilotes, le vol a été tranquille.

Il tendit la main vers le cheval qui aussitôt se cabra en hennissant, paniqué.

— Pourtant, cet animal a un problème, constata-t-elle tout en observant l'animal en train de gratter la terre, comme s'il cherchait à écraser un serpent.

— Manifestement, renchérit Richard. Cette pauvre bête ne va pas fort, mais M. Beaumont en est convaincu, on peut la soigner. Il veut bâtir la renommée de ses écuries autour de Sun. Il a dépensé une sacrée somme pour l'acheter. Il ne supporterait pas de voir son investissement réduit à néant. Bref, j'ai fait venir trois dresseurs avant vous et aucun n'a tenu plus d'une semaine. Vous êtes la dernière chance de cette bête. Si vous ne la remettez pas d'aplomb, nous devrons prendre une décision… plus radicale. C'est triste, mais c'est comme ça, je ne supporterai pas de voir Sun souffrir plus longtemps.

Voilà pourquoi Richard ne s'était guère étendu, dans son mail. Il craignait de l'effrayer en entrant dans les détails.

— A qui avez-vous fait appel, avant moi ?

— Ben, Lansing, Hoffmire et Callet, répondit le vieil homme en fixant le bout de ses bottes.

Elle hocha la tête. Lansing était un escroc, Hoffmire l'ex-contremaître d'un ranch, pas du tout un spécialiste, enfin Callet, de la vieille école, pouvait se comporter comme un vrai salaud. Il était venu la trouver un jour pour la menacer, en lui ordonnant de rester à l'écart de sa clientèle.

Elle serait particulièrement heureuse de sauver un cheval pour lequel il n'avait rien pu faire.

Lentement, sans gestes brusques, elle s'approcha du portail de l'enclos, Betty sur ses talons, puis retira le loquet et laissa le portail s'entrouvrir sur une vingtaine de centimètres.

Instantanément, Sun se figea pour la regarder, puis il recommença à s'énerver, se cabra et retomba en cognant les sabots si fort sur le sol qu'elle sentit la terre trembler. *Des heures qu'il est dans cet état, et personne ne sait pourquoi.*

Elle se tapota la cuisse, un signal pour que Betty reste à ses côtés, puis elle pénétra dans l'enclos.

— Mademoiselle, appela Richard, affolé, lorsqu'il réalisa ce qu'elle était en train de faire. Hé, Logan, attrape le fusil hypodermique !

— Silence, s'il vous plaît, le fit-elle taire d'une voix calme, afin de ne pas stresser Sun plus encore.

Elle entendit des bruits de pas — sans doute Logan et d'autres hommes du ranch, prêts à intervenir en cas de besoin. Elle leva une main, leur intimant ainsi de ne plus bouger, puis referma le portail derrière Betty et elle.

Le cheval devint littéralement fou de rage. Quel spectacle désolant que de voir cet animal en proie à des démons dont il ne semblait pas pouvoir se libérer.

Elle connaissait bien ce sentiment. Aujourd'hui encore, au souvenir de toutes ces années perdues à se débattre avec ses propres démons, la souffrance et la colère restaient vivaces en elle. Mais elle avait trouvé le moyen d'en sortir. Après avoir touché le fond et failli y laisser la vie, elle avait entrevu la lumière et, grâce au ciel, soutenue par sa grand-mère et Mini Petite Betty, au prix d'une âpre lutte, elle avait gagné.

Dès lors, elle s'était juré de consacrer sa vie à aider les animaux en détresse. Car même les causes en apparence perdues comme Sun pouvaient être sauvées. Sauvées, mais pas guéries, car il était impossible d'effacer le mal qui avait été fait. Certaines cicatrices restaient à vif. Les accepter s'avérait le seul salut possible. C'était aussi simple que cela. Elle avait accepté ses cicatrices.

Et elle serait capable de rester au milieu de cet enclos des heures, s'il le fallait. Ce ne fut pas le cas. Après ce qui lui parut durer une bonne quarantaine de minutes, Sun cessa ses piétinements frénétiques. Il arrêta d'abord de se cabrer, puis, au lieu de courir dans tous les sens, il se mit au trot et enfin au pas, et finit par s'arrêter à quelques mètres devant elle, à bout de souffle, tête baissée. Pour la première fois depuis son arrivée, immobile.

Tout juste si elle ne l'entendit pas dire : « J'en ai assez. »

Un tel désarroi faisait peine à voir.

Elle le sut alors avec certitude. Elle ne pourrait pas le guérir, personne ne le pourrait. En revanche, elle pouvait l'aider à dépasser ses souffrances.

Elle se tapota à nouveau la cuisse, puis tourna le dos au cheval pour sortir de l'enclos. Sept hommes derrière le portail attendaient et, avec eux, Richard, une carabine hypodermique à la main. Tous silencieux. Aucun ne lui cria de faire attention à ce cheval fou furieux, lorsqu'elle tourna le dos à Sun. Les cow-boys la regardèrent marcher avec calme jusqu'au portail, l'ouvrir, sortir et refermer derrière elle, comme s'ils assistaient à un miracle.

— J'accepte cette mission.

Le soulagement se lut sur le visage des hommes ainsi que sur celui de Richard. Tous lui sourirent. Désormais, Sun n'était plus leur problème.

— Mais sous certaines conditions, ajouta-t-elle.

Richard fronça les sourcils, le regard noir soudain.

— Oui ?

— J'ai besoin d'un branchement électrique sur le site, pour mon camping-car. Je préfère m'installer ici, au cas où Sun ait un problème au beau milieu de la nuit.

— Je vais demander à Jerry de s'occuper du raccordement et de vous aménager les abords de l'enclos.

— Mais attention, à part moi, plus personne ne s'occupe

de Sun. C'est moi qui le nourris, moi qui le brosse, moi qui le fais courir. Interdiction de l'approcher.

— Entendu, répondit alors Richard sans la moindre hésitation, avec un hochement de tête, aussitôt imité par ses hommes.

— Bien. C'est clair, on procède à ma manière ou pas du tout. Pas de conseils ni de critiques. Je ne veux pas brusquer ce cheval et j'attends le même traitement. Et je veux aussi que l'on me laisse tranquille. Pas question de venir me faire la conversation ou de m'inviter à sortir. C'est clair ?

Elle détestait parler aussi crûment, comme si ces hommes allaient se précipiter pour lui faire la cour. Mais mieux valait prendre les devants. Elle avait eu son lot d'amants par le passé et ce n'était pas ce dont elle était le plus fière. Elle avait fait assez de mal comme ça. Et si, aujourd'hui, elle avait repris le dessus et terrassé ses démons, elle n'allait pas tout mettre en péril par imprudence.

Parce qu'elle était une femme voyageant seule dans son camping-car, certains hommes se croyaient tout permis. Mieux valait donc que les choses soient dites dès le début.

Richard se tourna vers ses cow-boys dont certains rougirent, d'autres regardèrent les nuages, mais globalement tous parurent satisfaits de pouvoir se débarrasser du fardeau. Soudain, Richard se tourna vers la colline. Une limousine noire se dirigeait vers le ranch.

— Bon sang, marmonna l'un des hommes. Le patron.

En un éclair, le groupe se dispersa, la laissant seule avec Richard. Entre-temps, ayant retrouvé son souffle, Sun se remit à galoper dans tous les sens et à frapper le sol avec rage.

— J'espère que ma présence ne va pas poser de problèmes ? demanda-t-elle à Richard, en train d'épousseter son jean et de rajuster sa chemise.

— En principe non, marmonna-t-il, sans réelle conviction. M. Beaumont veut ce qu'il y a de mieux pour Sun…

Si Richard ne prononça pas le mot « mais », elle l'entendit très nettement à la fin de sa phrase. *Mais* Phillip Beaumont était un coureur de jupons qui faisait régulièrement les gros titres de la presse à scandale pour ses conquêtes féminines.

— Ne vous inquiétez pas, s'empressa-t-il d'ajouter en se tournant vers elle. Je ferai de mon mieux pour que M. Beaumont ne vous importune pas.

Autrement dit, Richard était tout sauf certain de pouvoir garder la situation sous contrôle. Ce qui se confirma lorsque la limousine approcha. Le vieil homme, visiblement tendu, ne quitta pas la voiture des yeux, jusqu'à ce qu'elle se gare devant la grange.

Jo demeura impassible. Phillip Beaumont ne lui faisait pas peur. Elle avait eu affaire à de jeunes play-boys entreprenants par le passé et aucun d'eux ne lui avait jamais donné envie de retomber dans ses vieux travers. Pas un n'avait réussi à lui faire oublier ses cicatrices. Et il n'en serait pas autrement avec celui-là. Elle était ici pour faire son travail, point barre.

La portière de la limousine s'ouvrit. La jambe nue d'une femme émergea du véhicule, accompagnée de gloussements. A cet instant précis, Jo entendit Golden Sun s'énerver un peu plus dans l'enclos.

Une deuxième jambe suivit la première, puis ce fut une autre paire de jambes. Entre-temps, la première femme était descendue de voiture, et Jo constata qu'elle était vêtue d'une robe noire à paillettes qui cachait à peine l'essentiel. Puis la deuxième femme apparut, vêtue pour sa part d'une minijupe rouge pétard.

A côté d'elle, Richard émit un drôle de son, entre soupir et grognement. Jo en conclut que ce ne devait pas être la première fois que Phillip débarquait au ranch en compagnie de jeunes femmes habillées comme des entraîneuses.

Peu intéressée par le spectacle, Betty s'éloigna de quelques pas pour aller grignoter un peu d'herbe. Jo de son côté toussota. Les tabloïds n'exagéraient donc pas.

C'était le *Western Horseman* qui avait raconté des mensonges. Probablement dans le but de redorer l'image de Phillip Beaumont.

Mais il fallait voir le bon côté des choses : si le maître des lieux avait invité ses compagnes de jeu au ranch, au moins laisserait-il Jo faire son travail en paix. Et c'était bien l'essentiel. Elle devait coûte que coûte sauver Sun et renforcer ainsi sa réputation de comportementaliste, pour qu'un gros chèque vienne augmenter son apport dans l'achat de son propre ranch. Epingler le ranch Beaumont sur son CV valait bien de supporter tout ça.

Puis ce fut une troisième paire de jambes. A la différence des deux autres, chaussée celle-là de mocassins en cuir certainement de facture italienne et d'un pantalon à l'évidence taillé sur mesure. Phillip Beaumont descendit de sa limousine et regarda autour de lui, cheveux plus blonds que blonds, un sourire radieux aux lèvres. Avec un drôle de regard. Comme… soulagé… ?

A ce moment-là, ses yeux s'arrêtèrent sur elle. Et, en moins de trois secondes, elle se sentit… désorientée. Regarder Phillip Beaumont était une chose, mais être regardée par lui en était une autre.

Tout à fait différente.

Elle sentit ses joues s'embraser quand ses yeux s'emparèrent des siens et refusèrent de la lâcher. Son sourire se fit plus insistant. Impossible de détacher son regard du sien. De toute façon, elle n'était même pas sûre d'en avoir envie. Bizarrement, il semblait presque heureux de la voir. Ce qui était complètement ridicule. Il ne savait même pas qui elle était, ignorait tout de sa venue. En outre, comparée à ses compagnes, elle n'avait rien d'amusant.

N'empêche, ce regard… Heureux, brûlant et… oui, soulagé. Comme s'il avait fait tout ce chemin pour la voir, elle, et que la planète allait de nouveau tourner rond maintenant qu'elle était arrivée.

Personne ne l'avait jamais regardée comme ça. Jamais.

Avant, quand elle sortait beaucoup, les hommes la regardaient avec désir, un désir qui n'avait rien à voir avec elle en tant qu'être humain, mais la réduisait à un rôle de simple objet sexuel. Et depuis l'accident ? Eh bien, coiffée comme ça et habillée de cette façon, elle était sûre au moins de ne pas attirer les regards concupiscents.

Bizarrement, elle eut le sentiment que Phillip Beaumont ne se contentait pas de la regarder, mais plutôt qu'il voyait en elle, au plus profond de son âme.

Soudain, l'une des jeunes femmes qui l'accompagnaient trébucha et il se précipita pour la rattraper. L'autre s'empara ensuite de l'un de ses bras, toujours en gloussant, comme s'il y avait là quelque chose de drôle.

Jo secoua la tête. Ces jeunes femmes lui évoquaient les fantômes d'un passé qui continuait de la hanter.

— Monsieur Beaumont, commença Richard, à l'évidence mal à l'aise. Nous ne vous attendions pas aujourd'hui.

— Dick, répondit Phillip, ce qui raviva l'hilarité de ses compagnes. Je voulais vous présenter mes nouvelles amies.

Et il se tourna vers la blonde numéro un.

— Katylynn, roucoula celle-ci.

— Sailor, minauda la deuxième.

Phillip les regarda l'une après l'autre avec un nouveau sourire ravageur, tout en les serrant contre lui.

— Je voulais présenter Sun à Katylynn et Sailor.

— Monsieur Beaumont, commença Richard. Sun n'est pas…

Jo nota une certaine colère dans sa voix.

— Il n'a pas l'air content, ce cheval, remarqua Sailor en désignant l'intéressé.

Tous se retournèrent en même temps. Sun se cabra avec une vigueur renouvelée. *Le pauvre doit être à bout de forces*, pensa Jo en l'observant.

— Qu'est-ce qui l'énerve, comme ça ? demanda Katylynn.

— Vous tous, répondit Jo en faisant face au joyeux trio.

Les jeunes femmes la fusillèrent du regard.

— Qui êtes-vous ? répliqua alors Sailor avec dédain.

— Oui, au fait, qui êtes-vous ? demanda à son tour Phillip avec calme, avec ce même regard pénétrant.

Elle sentit encore une fois une chaleur inhabituelle empourprer son visage. *Ressaisis-toi*, s'ordonna-t-elle en s'obligeant à détourner les yeux. Elle n'appartenait pas à cette catégorie de femme qui perdait ses moyens, face au regard d'un homme. Avant, peut-être, mais maintenant, personne — pas même quelqu'un d'aussi riche et beau que Phillip Beaumont — n'aurait le pouvoir de la faire régresser.

— Monsieur Beaumont, voici Jo Spears. C'est la dame qui… va s'occuper de Sun.

A la dernière seconde, il s'était abstenu de la désigner comme celle qui murmurait à l'oreille des chevaux. Elle lui adressa un sourire reconnaissant. Il comprenait vite. Phillip se détacha de ses compagnes, qui manifestèrent aussitôt leur désapprobation.

Il s'avança vers elle, avec une démarche de prédateur et toujours ce demi-sourire aux lèvres.

— Vous êtes donc la nouvelle dresseuse ?

Elle put tout à loisir examiner ses yeux, vert clair avec des éclats d'or. Des yeux magnifiques. Mais pas seulement. Il y avait quelque chose en eux, comme si les yeux de Phillip étaient animés de leur vie propre. Fiévreux. Pupilles dilatées. Oui, elle connaissait ces symptômes. Il avait sûrement passé la nuit en excès de toutes sortes.

Mais elle devait lui rendre cet hommage, il savait se contrôler. Rien dans son attitude ou dans ses gestes ne laissait soupçonner qu'il avait bu un peu trop de champagne — car, dans ce milieu-là, il ne pouvait s'agir d'autre chose. Une conclusion s'imposait donc : être dans cet état n'était pas nouveau pour lui. Il avait acquis un vrai talent pour se donner l'apparence de la normalité. C'était là un art qui demandait des années de pratique.

Elle aussi en son temps avait réussi à donner le change. Mais tous les efforts déployés pour offrir aux autres l'illusion de la normalité étaient un exercice épuisant. Comme elle détestait cette femme qui autrefois avait pris le dessus sur son véritable moi ! Heureusement, tout ça aujourd'hui était de l'histoire ancienne.

Elle s'empressa de mettre sous clé toutes ces informations concernant son nouveau patron pour ne se concentrer que sur ses atouts. De bien beaux atouts en vérité. Pour lesquels à une certaine époque elle n'aurait eu aucun scrupule à craquer, quand elle croquait les hommes à pleines dents, brûlait la chandelle par les deux bouts. Mais cette époque était révolue, si elle voulait être respectée pour son travail.

Car, ce travail, elle en avait besoin. Elle avait besoin de pouvoir inscrire sur son CV le nom de Sun et d'empocher le chèque qui allait avec. Elle ne pouvait pas se permettre de fondre devant un type qui passait son temps à faire la fête et la ferait forcément replonger dans la vie avec laquelle elle avait rompu.

Les sorties, les aventures d'une nuit, même avec un Phillip Beaumont, elle n'en voulait plus.

Il inclina légèrement la tête sans détacher ses yeux des siens, comme s'il devinait ses pensées, toujours avec le même sourire rivé sur les lèvres.

Bon sang, ce face-à-face avait quelque chose de vraiment troublant. En règle générale, les hommes qui prenaient le temps de la regarder avec ses cheveux courts, sa chemise en flanelle et son jean avaient vite fait de se désintéresser d'elle. Ce qui lui convenait très bien : l'essentiel était de préserver une distance de sécurité raisonnable entre elle et le reste du monde. Une règle qui lui était chère.

Mais le regard de Phillip provoqua en elle des choses inhabituelles, qui lui déplurent. Elle eut l'impression d'étouffer soudain, puis elle sentit un étrange picotement au niveau de la nuque, puis le long de sa colonne vertébrale. Elle serra discrètement les dents mais, grâce au ciel, ce fut lui qui le premier détourna les yeux. En réalité, qui baissa les yeux. Pour regarder Betty, toujours occupée à se régaler de l'herbe grasse à leurs pieds.

— Et ça… Qui est-ce ? demanda-t-il.

Jo releva fièrement la tête, prête à rendre coup pour coup si quelqu'un venait à critiquer sa protégée.

— « Ça », comme vous dites, c'est Mini Petite Betty, mon âne nain. Pourquoi ? Un problème ?

Mais, au lieu des plaisanteries idiotes coutumières ou de l'éclat de rire moqueur, Phillip se pencha sur Betty.

— Hello, Mini Mini Betty, enchanté. Moi, c'est Phillip. Comment vas-tu ?

Elle décida de ne pas le corriger sur le nom. Cela n'en valait pas la peine. D'autant qu'apparemment, Betty n'en prit pas ombrage et manifesta au contraire beaucoup d'intérêt pour Beaumont dont elle renifla les mains avant de se laisser caresser entre les oreilles.

Tout en regardant Phillip Beaumont et Betty faire connaissance, Jo frémit quand le picotement bizarre ressenti un peu plus tôt redoubla d'intensité.

— Nous avons de la bonne herbe, ici, chuchota-t-il à Betty, comme s'il parlait à un bébé. Tu vas te régaler.

Jo se rendit compte alors qu'elle était bouche bée. Les gens qui l'embauchaient d'ordinaire ne se privaient pas de se moquer un peu de Betty ou de préciser que « cette chose » resterait sous son entière responsabilité, le temps de son intervention chez eux. Mais Phillip…

Avec un sourire presque enfantin, il la regarda quand Betty retourna à son herbe.

— Elle est adorable.

— Vraiment ? Qu'en savez-vous, au bout du compte ? ne put-elle s'empêcher de demander, agressive.

Richard avait prétendu que son patron avait une réelle compréhension des chevaux et c'était l'impression qu'elle avait eue, dans la fameuse interview. Elle n'attendait en vérité que cela de lui, qu'il soit proche des chevaux. Mais elle apprécierait aussi qu'il soit un homme digne de ce nom et pas seulement un être superficiel et creux. Même si elle n'était pas en droit d'attendre quoi que ce soit.

En un éclair, le sourire de Phillip se fit malicieux et elle se maudit quand les picotements se concentrèrent en certains endroits de son corps, face à ce maudit sourire.

— Je suis fin psychologue… Je n'ai pas mon pareil pour repérer les êtres d'exception.

Soudain, ses compagnes se firent entendre :

— Philly, on s'en va ? roucoula la première.

— Tous les trois, ajouta la deuxième.

— Oui, ironisa alors Jo avec un rapide coup d'œil aux deux filles. Je vois ça.

Sun poussa à ce moment-là un hennissement de tous les diables. Richard cria, et les blondes hurlèrent.

Mon Dieu ! Sun frappait le sol de ses sabots puis chargeait en direction de la clôture de l'enclos, les naseaux fumants. S'il heurtait la barrière à cette vitesse, elle n'aurait plus de cheval à sauver. Tout le monde courut se mettre à l'abri. De son côté, elle s'élança, les mains levées face au cheval en criant à pleins poumons : « Hiyahh ! »

Il était temps. Au dernier moment, Sun vira sur la gauche et cogna seulement la clôture avec son flanc arrière. Il en serait quitte pour un hématome, mais rien de grave.

— Bon sang ! dit-elle entre ses dents, le cœur battant à tout rompre sous l'effet de l'adrénaline, tandis que Sun recommençait à trépigner, à l'autre bout de l'enclos.

— Je vais le calmer un peu, lança Richard en se précipitant, le fusil déjà à l'épaule.

— Non ! s'exclama-t-elle en abaissant le canon avant qu'il presse sur la détente. Laissez-le faire. Il s'arrêtera tout seul.

Richard la regarda, l'air sceptique.

— Si on ne le calme pas, nous n'arriverons pas à le ramener dans son box. Je refuse de mettre la sécurité de mes gars en danger.

Elle fit face au contremaître, hors d'elle.

— On fait à ma manière ou pas du tout. C'est ce qui a été convenu. Et je vous demande de baisser cette arme. Laissez-le dans l'enclos. Apportez-lui du foin et de l'eau. Personne ne touche à ce cheval. Me suis-je bien fait comprendre ?

— Obéissez-lui, décréta alors Phillip.

Elle reporta son attention sur l'enclos, de manière à s'assurer que Sun n'allait pas essayer de sortir par l'autre côté. Mais non. Il avait repris son manège, piétinait, se cabrait. Las peut-être de tous ces discours autour de lui. Elle sourit. D'accord avec lui sur ce point.

Elle commençait à sentir une certaine connexion avec le cheval. Ce qui était un bon début. Mieux elle comprendrait ce qu'il avait dans la tête, plus elle serait en mesure de l'aider.

— Philliiip, on y va ? gémirent les deux blondes en chœur.

— Bien, trancha celui-ci. Ortiz, ramenez ces dames en ville, s'il vous plaît.

Une voix masculine, celle du chauffeur de la limousine, retentit :

— Entendu, monsieur Beaumont.

S'ensuivirent des cris de protestation et des lamentations, dont Jo se désintéressa totalement pour surveiller Sun, très perturbé par toute cette agitation. S'il lui prenait l'envie d'essayer de franchir encore une fois la clôture, elle devrait laisser Richard l'endormir. Or cette méthode ne servait à rien et ne faisait que compliquer son travail.

Enfin, les portières de la limousine claquèrent et elle entendit la voiture s'éloigner. Ouf ! Les filles parties, il y avait de fortes chances pour que Sun se calme un peu.

Entendant des pas dans son dos, elle se figea, horrifiée à l'idée que Phillip lui pose la main dessus. Comme elle l'avait dit un peu plus tôt, elle ne voulait pas voir les hommes du ranch lui tourner autour. Pas question de se lancer dans une relation avec qui que ce soit, surtout un homme comme

Phillip Beaumont. Elle ne pouvait se permettre de ternir sa réputation, surtout après avoir décroché un client aussi prestigieux. Et un cheval que personne n'avait encore réussi à aider. Elle avait besoin de cette mission mille fois plus que des sourires de Phillip Beaumont.

Il s'arrêta à sa hauteur. Tout près. Trop à son goût.

— Je ne couche pas avec les clients, déclara-t-elle, prise de panique, avant de se sentir ridicule.

Elle n'allait quand même pas laisser quelques petits picotements la déstabiliser. Elle était une pro, oui ou non ?

— Je ferai en sorte de m'en souvenir, répliqua-t-il en la regardant, un peu déstabilisé par sa remarque, mais avec le plus beau et le plus ravageur des sourires.

Elle eut quelques secondes de flottement, durant lesquelles elle s'efforça de se souvenir pourquoi elle n'avait pas besoin de ce genre de sourire dans sa vie. Depuis combien de temps n'avait-elle pas répondu au sourire d'un homme ? Depuis combien de temps ne s'était-elle pas autorisé de petits moments de plaisir ?

Des années. Mais soudain, rattrapée par les souvenirs de l'hôpital et de la douleur, elle sentit son corps se révulser. Elle n'avait pas accepté ce travail pour les sourires d'un homme séduisant, mais pour venir en aide à un cheval en souffrance.

Elle était une professionnelle, bon sang ! Et lorsqu'elle avait expliqué aux hommes de Richard qu'elle n'était pas ici pour la bagatelle, tous avaient paru entendre le message. Mais Phillip serait-il aussi réceptif ?

Il la regarda comme si elle venait de lui lancer un défi. Et se montrait prêt à le relever.

Elle hésita. Un petit sourire, cela n'engageait à rien ? Si.

Elle secoua la tête, afin de chasser toutes ses mauvaises pensées. Elle n'était plus la femme qui fondait devant les hommes de passage. Elle ne cherchait plus le contact humain, parce que ceux qu'elle avait trouvés au hasard de ses nuits blanches n'avaient jamais rien eu d'humain.

Elle ne se laisserait donc pas tenter par Phillip Beaumont. Et tant pis s'il était… tentant. Elle ne répondrait pas à son sourire, car un sourire en amenait un autre et ainsi de suite. Or elle en avait fini avec ce genre de scénario.

Il haussa un sourcil, parut sentir le trouble dans lequel il l'avait jetée, mais, au lieu de faire un commentaire, il s'éloigna pour s'appuyer à la clôture de l'enclos et observer Sun. Tant de ses clients se fichaient en réalité de leurs bêtes. Quand ils regardaient leur cheval, c'était de l'argent qu'ils voyaient le plus souvent — soit en termes de dépenses, soit en termes d'investissement. Voilà pourquoi elle ne se liait pas avec eux. Les exceptions en ce domaine se comptaient sur les doigts d'une main, comme Whitney Maddox, par exemple, chez qui elle avait passé plusieurs mois, l'hiver dernier. Mais ces cas étaient rares et ne concernaient jamais des gens avec la réputation d'un Phillip Beaumont.

Pourtant, celui-ci avait une façon de regarder son cheval… Elle nota une réelle douleur dans ses yeux, comme un écho à ce que ressentait l'animal. Son cœur se serra.

Non. Elle n'allait tout de même pas éprouver de la peine pour cet homme que la vie avait tellement gâté. Elle-même qui était partie de rien avait réussi à s'en sortir seule après avoir frôlé le pire.

— C'est un bon cheval, je le sais, marmonna-t-il sans prendre la peine de se tourner vers elle.

Il n'était plus le même maintenant que les filles avaient disparu. Un peu comme si le masque était tombé et laissait voir un homme dans toute sa vérité, las et anxieux.

— Richard voudrait abréger ses souffrances, mais je ne peux pas m'y résoudre. Je ne… je ne peux pas l'abandonner. S'il voulait juste… Pouvez-vous le guérir ?

Il se passa la main dans les cheveux et le résultat fut, et zut !, mille fois mieux.

— Non, répondit-elle de façon abrupte.

Le masque de play-boy finit de tomber complètement.

A cet instant, elle décela autre chose dans le regard

de Phillip Beaumont. Quelque chose qu'elle n'avait pas su saisir jusque-là, mais qu'elle comprit soudain avec un coup au cœur. Phillip Beaumont était perdu, un être égaré. Comme elle l'avait été autrefois.

— Je ne peux pas le guérir… mais je peux le sauver.

Il la dévisagea.

— Il y a une différence ?

— Une différence énorme, croyez-moi.

Elle reporta son attention sur Sun qui commençait à s'essouffler. D'ici peu, il serait plus calme. Peut-être même irait-il s'abreuver et dormirait-il un peu. Ce qui serait une bonne chose. Elle avait tellement envie de l'aider. Cela allait bien au-delà de la satisfaction du travail accompli et de la somme que Phillip Beaumont pouvait lui offrir.

Elle avait envie de sauver ce cheval parce qu'il souffrait comme elle avait souffert à une certaine époque. Et personne — pas même un cheval — ne devrait souffrir autant. D'autant plus qu'elle avait le pouvoir de l'apaiser.

Elle n'était pas ici pour Phillip Beaumont. Il avait beau être un homme blessé — un homme désirable —, elle résisterait à la tentation.

— Ne l'abandonnez pas, lâcha-t-il alors d'une voix qui parut surgir du plus profond de son âme.

— Pas d'inquiétude, répondit-elle, autant au cheval qu'à Phillip. Je ne l'abandonnerai pas.

Elle ne laisserait pas tomber ce cheval.

Mais, en ce qui concernait cet homme, elle n'était pas certaine de savoir faire preuve de la même détermination.

- 2 -

Oh ! cette lumière ! Ce soleil aveuglant !

Et, bon sang, sa pauvre tête !

Phillip se tourna dans son lit, mais bouger la tête n'améliora pas les choses. Au contraire. Il finit par s'asseoir, mais l'opération lui retourna l'estomac. Il réussit tant bien que mal à ouvrir les yeux. Tiens ? Il n'était pas dans son appartement du centre-ville. Et pas non plus dans sa chambre, au domaine Beaumont.

Il regarda autour de lui. Les murs de la pièce étaient faits de rondins, la cheminée en pierre de taille, et un immense tableau au-dessus montrait un couple de percherons tirant un chariot à travers une prairie.

Il était donc au ranch. La nausée disparut aussitôt. Il y avait pire endroit où se réveiller. Plus que n'importe où ailleurs, il se sentait en effet chez lui, ici. L'endroit avait été construit par son arrière-grand-père. Quelques bouts de bois, quelques pierres, il ne s'agissait à l'époque quc d'unc modcstc bâtissc. Par la suitc, John Bcaumont n'avait pas jugé bon d'investir dans le ranch, qu'il jugeait insuffisamment rentable. La famille avait tout misé sur la brasserie. Par conséquent, si le domaine Beaumont en ville était une œuvre d'art sur le plan architectural, le ranch restait un endroit des plus modestes.

Mais un endroit où il aimait à se réfugier. Au fil du temps, le petit pavillon d'origine s'était agrandi, mais sans le raffinement que la famille avait mis dans ses autres propriétés. Ainsi avait-il lui-même bâti cette chambre de ses propres mains, essentiellement parce qu'il voulait une terrasse pour pouvoir admirer la vue. Bon, le jacuzzi qu'il y avait aménagé était un plus, mais, à la différence du jacuzzi de sa garçonnière en ville, celui-ci lui servait essentiellement à se détendre en solo, à réfléchir en paix.

« Essentiellement ». Car, après tout, il était Phillip Beaumont, le tombeur de ces dames, non ?

Il resta un moment dans son lit à se masser les tempes et à essayer de mettre de l'ordre dans les souvenirs confus de ces derniers jours. Il se rappelait une soirée, à Las Vegas… Jeudi, oui. Une sacrée fête.

Il était également certain d'avoir passé la nuit de… de vendredi dans un club de Los Angeles. Non, faux. En fait, les Brasseries Beaumont avaient fait dresser là-bas un chapiteau pour un festival de musique et il y avait passé la journée. Ainsi qu'une bonne partie de la nuit. A rencontrer une foule de musiciens. A boire bière sur bière aussi.

Et samedi ? Il était rentré à Denver pour une réception privée donnée par un ami à l'occasion de son vingt-cinquième anniversaire. Mais il eut beau chercher dans sa mémoire, son cerveau refusa obstinément de lui fournir le moindre détail sur cette soirée.

Bref, si ses calculs étaient bons, on était donc… dimanche. A moins que ce ne soit lundi. Et zut, il n'en savait rien ! Une amnésie quasi quotidienne, étant donné son travail. Au titre de vice-président, en charge du marketing et des opérations promotionnelles des Brasseries Beaumont, il avait la lourde mission de s'assurer que chacun passait un bon moment lors de ces événements. Et que, sur les réseaux sociaux, la marque soit associée à la fête, au plaisir.

Et dans cette mission-là, il faisait des merveilles.

Il chercha le réveil des yeux : 11 h 49. Il devait se lever. Le soleil tapait de plus en plus fort. Pourquoi n'avait-il pas fait installer des stores à ces maudites fenêtres, bon sang… ?

Il posa un premier pied par terre, puis un second, et enfin se hissa sur ses jambes, chaque mouvement lui assenant comme un coup de massue entre les deux yeux. Oui, manifestement, une sacrée fête…

Il descendit à l'aveugle une volée de marches pour se rendre à la cuisine, dans le bâtiment principal. Il mit la machine à café en route, sortit une cannette de boisson énergisante du réfrigérateur et, dans la foulée, avala un cachet d'aspirine.

En moins de trois minutes, il sentit l'étau se relâcher autour de son crâne. Il finit sa cannette et s'en ouvrit une deuxième. Avant de se remplir le ventre, il allait prendre une douche.

Il se rendit dans la salle de bains attenante à sa chambre. Une autre raison pour laquelle il avait lui-même présidé à l'extension du bâtiment, l'autre salle de bains de la maison abritant une baignoire sabot, dans laquelle il n'entrait qu'à moitié. Il avait installé dans sa salle de bains une vaste cabine de douche avec parois en verre et, à côté, une baignoire suffisamment grande pour y tremper à deux. Voire plus si affinités.

Il s'aspergea le visage d'eau froide, ce qui eut pour effet immédiat de stimuler son sang. Il avait toujours su récupérer de ses excès et, apparemment, il en irait de même aujourd'hui.

Vêtu de son costume cravate, il retourna à la cuisine et se prépara deux œufs au plat. Un délice. Il se servit ensuite un café, dans lequel il versa un trait de whisky, histoire de soigner le mal par le mal.

Quelques minutes plus tard, l'estomac à peu près plein et son mug dans une main, il attrapa son téléphone.

On était donc lundi. Ce qui signifiait qu'il n'avait aucun souvenir de dimanche. Et zut !

Il ne s'attarda pas sur ce détail et consulta sa liste

d´appels où figurait une foule de numéros inconnus, quelques photos. Dont une apparemment déjà postée sur Instagram, les montrant Drake et lui sur scène… ensemble ? Cool. Il en rêvait. Tant mieux si quelqu'un avait immortalisé ce moment.

Il consulta les sites people, releva quelques articles sur les grands événements du week-end, le festival, les clubs, rien de terrible. Essentiellement des potins, des spéculations concernant des coucheries. Mais aucun scandale majeur qu'il aurait pu causer.

Il laissa échapper un soupir de soulagement. Mission accomplie, une fois de plus. Les gens s'étaient bien amusés, avaient consommé de la bière Beaumont et vanté les produits de la compagnie à leurs amis. Et tout ça, grâce à lui, parce qu'il avait su faire de ces soirées des fêtes inoubliables en mariant bière, célébrités et musique.

Certaines personnes venaient pourtant lui reprocher ses méthodes. Cent fois au moins, il avait tenté d'expliquer à ces gens qui travaillaient pour son frère Chadwick que l'essentiel était de faire parler de la marque. Mais si par malheur il en venait à faire la une de la presse à scandale pour des raisons que ces personnes-là jugeaient infamantes, Chadwick le convoquait illico dans son bureau pour lui infliger l'une de ses fameuses leçons de morale.

Il secoua la tête. Chadwick était un rabat-joie, point barre. Et moins il le voyait, mieux il se portait.

Grâce au ciel, il n'aurait pas à le subir cette semaine. Les retombées des manifestations étaient globalement positives, même Chadwick serait forcé d'en convenir.

Il rempocha son téléphone en souriant. Du travail de professionnel.

La migraine partie, le ventre plein, il se sentit peu à peu redevenir humain. *Rien de tel que ces remèdes de grand-mère pour vous remettre d'aplomb*, se dit-il en se préparant un nouveau café aromatisé de quelques gouttes de whisky. Il enfila ensuite ses bottes. En pleine forme.

Il était heureux d'être de retour au ranch. Ses chevaux lui manquaient, surtout Sun. Il avait l'impression que des semaines s'étaient écoulées depuis sa dernière visite. Aux dernières nouvelles, Richard avait embauché quelqu'un qui avait promis de soigner son cheval. Mais ça, c'était quand ? Un mois, peut-être ?

Aïe, et voilà. A nouveau, ce sentiment de malaise qui n'avait rien à voir avec la gueule de bois ou le petit déjeuner. Il détestait cette sensation — la mémoire qui lui échappait —, aussi s'empressa-t-il de la faire passer avec une nouvelle rasade de café.

La prochaine série d'opérations spéciales, notamment pour les vacances de printemps, n'aurait pas lieu avant un certain temps. Tant mieux. D'ici là, il pourrait se consacrer à ses chevaux, s'autoriser même quelques randonnées — peut-être avec Sun — et oublier le monde un moment. Et quand l'heure sonnerait de reprendre son bâton de pèlerin pour convaincre la jeunesse de ce pays que son salut était dans les bières Beaumont, alors il repartirait.

Il attrapa son chapeau à la patère près de la porte et se dirigea vers la grange, ce qui lui aéra la tête. Autour de lui, le printemps s'installait peu à peu, des jonquilles pointaient ici et là, les pâturages étaient d'un vert éclatant.

Il sourit. Comme c'était bon de se retrouver à la maison. Une semaine ou deux au ranch, il ne lui en faudrait pas plus pour retrouver la forme. Et le moral.

Il venait juste de contourner la bâtisse quand il aperçut Sun dans l'enclos. Plutôt bon signe. En effet, Richard lui avait avoué rencontrer les pires difficultés à faire sortir le cheval de son box, l'animal étant nerveux et instable. Lui-même avait bien failli recevoir un coup de sabot en plein visage, la fois où il avait voulu lui passer un licol, alors que Sun se laissait pourtant faire sans broncher, dans les écuries du Turkménistan où il était allé le chercher.

Bon sang, il donnerait n'importe quoi pour savoir ce qui ne tournait pas rond. Bien sûr, Sun avait du caractère, mais chez lui, à l'autre bout du monde, il était plutôt docile. Phillip avait même sollicité l'aide de son ancien propriétaire pour savoir si le vieil homme, qui ne parlait pas l'anglais, pouvait intervenir. Le type avait refusé tout net.

Il avait donc fait appel à des spécialistes, ce qui lui avait coûté une petite fortune, d'ailleurs. Mais ça valait la peine. La lignée de Sun remontait aux années 1880 sur le papier, peut-être plus loin encore, d'après l'ancien propriétaire du cheval. Sun était un animal à part. Ses ancêtres avaient raflé des médailles et des trophées par dizaines.

Phillip était confiant. Il avait fait le bon choix en acquérant Sun. Le retour sur investissement était garanti, car les plus prestigieuses écuries du pays se disputeraient sa descendance. Mais au-delà, il trouvait une certaine noblesse dans cette aventure. L'akhal-téké était une race ancienne, à l'origine du pur-sang arabe. Ces bêtes exceptionnelles étaient dotées d'une endurance étonnante pour leur charpente somme toute assez délicate. Un étalon de la trempe de Sun donnerait forcément une lignée de chevaux de course plus résistants, plus rapides.

Il se sentit soudain plus léger qu'il ne l'avait été depuis bien longtemps, comme revigoré. Gagner sa vie en faisant la fête était une chose, mais son rêve, son grand projet était ailleurs. A terme, il n'aspirait qu'à s'occuper de ses chevaux. Mais ça n'était pas pour l'immédiat.

En attendant, même s'il ne manquait pas d'argent, il devait continuer à travailler pour la brasserie, par respect pour la tradition familiale bien sûr, mais aussi pour ne pas avoir Chadwick en permanence sur le dos. Et peu importaient les reproches incessants de son frère aîné. Il ne dilapidait pas la fortune des Beaumont en chevaux et en femmes. Il jouait un rôle important dans le développement de la marque. Et pouvait bien à l'occasion se permettre de craquer pour un cheval d'exception.

Il aperçut à ce moment-là un énorme camping-car garé devant la grange, avec une sorte de câble reliant le véhicule au bâtiment. Une rallonge électrique ? Bizarre. Aurait-il invité quelqu'un au ranch ? D'habitude, il recevait ses hôtes à la maison.

Il avala une gorgée de café, agacé par les tours que lui jouait sa mémoire.

Tout en s'approchant, il se renfrogna en voyant Sun se cabrer, à l'intérieur de l'enclos. De toute évidence, le dernier spécialiste accouru au chevet de l'étalon avait échoué dans sa mission.

Puis il la vit. Car, avec ces hanches-là, il ne pouvait s'agir que d'une femme. Grande, vêtue d'un jean moulant, chemise à carreaux, cheveux courts sous un chapeau de cow-boy, plutôt bien faite de sa personne. Pas du tout le genre de femme qu'il lui arrivait de ramener chez lui. Que faisait-elle ici ?

Il la regarda s'avancer dans l'enclos, Sun au galop dessinant de grands cercles autour d'elle.

Il secoua la tête. Sans doute une hallucination due aux excès des dernières nuits. Puisque l'état de Sun ne s'était visiblement pas amélioré, que faisait cette femme avec lui, dans l'enclos ? Le cheval avait déjà blessé deux de ses gars. Le danger était réel. Et Chadwick ne manquerait sûrement pas de lui demander des explications à propos des factures de l'hôpital.

Non seulement la vision de cette femme ne se dissipa pas, mais il nota en plus quelque chose d'étrange. Elle était accompagnée… d'un âne ? Un âne minuscule, comme il n'en avait jamais vu.

A nouveau, il regarda la femme, espérant une connexion dans sa mémoire. Rien. Il était sûr pourtant d'une chose, ces jambes, ces fesses, il s'en souviendrait. Peut-être qu'en la voyant de plus près…

Sans la quitter des yeux, il atteignit l'enclos. Elle n'était pas son style, mais ne disait-on pas que varier les plaisirs permettait d'épicer l'existence ?

— Bonjour ! lança-t-il d'une voix chaleureuse en s'appuyant à la clôture.

Il la vit se crisper, mais elle ne montra aucun autre signe prouvant qu'elle l'avait entendu. Le petit âne en revanche tourna la tête pour le regarder, avec un air de reproche — comme s'il dérangeait.

Soudain Sun poussa un hennissement strident et se mit à piétiner violemment la terre avec ses sabots. Mon Dieu, ce cheval allait la tuer. Tout en s'efforçant de garder son sang-froid, il interpella l'inconnue :

— Mademoiselle, ce n'est pas très prudent de rester dans cet enclos.

La jeune femme secoua la tête, comme résignée, puis elle se tapota la cuisse et tourna le dos à Sun en se dirigeant vers le portail, Betty sur ses talons.

Betty ? Mais… Comment savait-il le nom de cet âne ?

Et zut ! Il connaissait donc cette femme ! Etait-elle à la fête, ce week-end ? Avaient-ils couché ensemble ? Il lui semblait bien pourtant n'avoir relevé aucun signe de présence féminine, dans sa chambre.

Il la regarda venir vers lui. Une vraie cow-girl, sans aucun doute. Pas l'une de ces femmes qui s'affichaient en santiags et jean dans les clubs branchés, sans avoir jamais posé leurs jolies fesses sur une selle. Chapeau, jean râpé, ceinturon, une tenue fonctionnelle, sans chichis ni petites fleurs brodées. Et la chemise sur sa poitrine…

Il était catégorique. S'il avait eu la chance de caresser cette poitrine-là, il en garderait le souvenir. Sous la chemise, on devinait des seins ronds et généreux qui semblaient supplier que l'on veuille bien leur accorder un peu d'attention.

Ce dont il ne se priva pas. Avant de se sermonner. Il n'était quand même pas une bête en rut. Il s'empressa donc de détacher les yeux de cette poitrine en tout point parfaite pour s'intéresser au visage.

Comme il regrettait de ne pas se souvenir d'elle, car

elle était assurément le genre de femme qu'on n'oubliait pas. Aucun maquillage. Une peau mate, quelques taches de rousseur et un nez fin.

Puis elle croisa son regard et il en eut le souffle coupé. Ses yeux étaient, brillants, couleur noisette, profonds. Il se noierait volontiers dans de tels yeux.

Bon, une autre fois peut-être, car pour l'instant, ils étaient braqués sur lui comme des mitraillettes. Sa surprise fut telle de voir un autre que Chadwick le fusiller du regard qu'il fut tout de suite sur la défensive. Bon, en même temps, les femmes étaient sa spécialité. Aussi décida-t-il d'attendre qu'elle sorte de l'enclos et referme le portail derrière elle.

Cependant, une fois le loquet en place, elle ne se dirigea pas dans sa direction, mais s'accouda à la clôture de l'autre côté, pour observer Sun en pleine action. Sans lui prêter la moindre attention !

Il revit ses prétentions à la baisse. Presque toutes les femmes étaient sa spécialité, mais pas toutes.

Le moment était venu de recourir aux bons vieux fondamentaux. D'abord, un compliment.

— Je ne crois pas avoir jamais vu une femme porter le jean aussi bien que vous…

La femme ne parut guère flattée. Elle appuya le front contre la clôture, apparemment prise d'une grande lassitude, puis elle se tourna vers lui.

— J'espère que ça en valait la peine, au moins.

Il ravala son sourire avenant.

— Qu'est-ce qui devrait valoir la peine ?

Ses yeux se durcirent un peu plus.

— Le black-out. Ça en valait la peine ?

— Je n'ai pas la moindre idée de ce dont vous me parlez.

Sa réponse la fit sourire, mais cette esquisse de sourire disparut en un éclair.

— N'est-ce pas la définition même du black-out ? Vous

n'avez aucune idée de qui je suis ni de ce que je fais ici, n'est-ce pas ?

A ce moment, Sun émit un son à vous donner des frissons : un hennissement entre désespoir et appel au secours. Glaçant. La femme regarda le cheval et secoua la tête, comme si les cris du cheval lui étaient douloureux. Puis elle se tourna à nouveau vers lui et recommença, de la même façon.

Une colère inhabituelle s'empara de lui. Mais qui était cette femme et de quel droit lui parlait-elle ainsi ?

— Ce que je sais, c'est qu'il est préférable de ne pas entrer dans l'enclos quand Sun est dans cet état. Il est dangereux, marmonna-t-il.

Encore ce sourire. Se moquerait-elle de lui ?

— Il ne l'était pas quand vous l'avez acheté, non ?

Comment était-elle au courant ? Une idée se mit à germer dans son esprit, à la manière d'une photo Polaroid en train de se développer. Il ferma, rouvrit les yeux, espérant ainsi accélérer le processus. Mais l'image demeura floue.

— C'est exact.

Elle le dévisagea quelques secondes. Evidemment, elle savait à qui elle avait affaire. Tout le monde savait qui il était, dans ce pays. Son visage s'affichait sur toutes les publicités des bières Beaumont.

Sauf que cette femme ne le regardait pas comme les autres — avec cette lueur dans les yeux, quand ils comprenaient que vous étiez fameux Phillip Beaumont. Non, cette femme-là paraissait juste… déçue.

Eh bien, c'était son droit. Il haussa les épaules et reporta son attention sur un être apparemment plus réceptif.

— Alors, comme va, ce matin, Betty ?

La femme ne le reprit pas. Il sourit intérieurement. C'était au moins ça de gagné.

Il caressa l'âne entre les oreilles. La petite bête parut apprécier et se frotta contre ses jambes avec un couinement de satisfaction.

— C'est une bonne fifille, ça, murmura-t-il.

Peut-être devrait-il adopter un animal de ce type. A moins que… Betty ne soit déjà à lui ?

Une petite voix chuchota dans sa tête quelque chose à propos d'un black-out qui n'en valait pas la peine.

Il avala une autre gorgée de café.

Puis regarda à nouveau cette femme. Elle n'avait pas changé de position, en revanche, sur son visage il découvrit un sourire. Un vrai sourire. Oui, elle lui souriait. A lui et à l'âne.

Cet âne était manifestement celui de la femme. Et, puisqu'il connaissait le nom de l'âne, il avait forcément déjà rencontré cette femme.

Re-re-zut.

A son tour, il lui sourit. L'espèce de dédain qu'elle lui manifestait avait maintenant disparu au profit de quelque chose de plus doux. De presque… avenant.

Tant pis s'il avait oublié qui elle était et ce qu'elle faisait là, avec son étalon. Car les choses prenaient soudain un tour intéressant. Il connaissait la procédure par cœur. Une jolie femme, un sourire bienveillant… Du bon temps en perspective.

Etape suivante, compliment numéro deux :

— Elle est vraiment adorable. Je n'ai jamais vu une ânesse aussi bien élevée, susurra-t-il, avant d'ajouter. Vous l'avez bien dressée…

Cette tactique parut mieux fonctionner que le commentaire sur le jean. Elle inclina légèrement la tête sur le côté et son sourire s'élargit. La douce lumière du matin illumina son visage et, soudain, il eut envie de l'embrasser. Ce dont il s'abstint néanmoins.

Qui qu'elle soit, cette femme ne ressemblait décidément à aucune de celles qu'il croisait d'ordinaire. Différente des autres, oui, mais plus que ça. Mieux que ça. Elle n'était pas le genre de femme qui fréquentait les clubs. Tant mieux. Ils étaient dans un ranch ici. Son ranch. Et elle y était parfaitement à sa place. Bienvenue même.

En fin de compte, peut-être allait-il apprécier cette retraite loin de la ville plus qu'il ne s'y attendait. Sa chambre abritait un lit suffisamment grand pour deux, non ? Tout comme le jacuzzi, d'ailleurs.

Oui, cette semaine promettait d'être fabuleuse.

Cela étant, elle ne lui avait toujours pas dit qui elle était. Et cela risquait de devenir problématique. Embrasser une femme dans les alcôves obscures d'un club, aucun problème. Mais embrasser une cow-girl surgie d'on ne savait où sous le soleil éclatant ?

C'était une tout autre histoire.

Inutile d'insister, il ne se souvenait pas de son nom. Alors, sans cesser de caresser Betty, il tendit son autre main à l'inconnue.

— Nous sommes partis sur de mauvaises bases, marmonna-t-il. Bien. Mon nom est Phillip Beaumont. Vous êtes… ?

Le regard de la femme perdit un peu de sa douceur, mais elle prit sa main et la serra avec une poigne franche et volontaire.

— Jo Spears.

Ce fut seulement après l'avoir lâchée qu'elle ajouta, avec un sourire à la limite de la cruauté.

— Je suis là pour rééduquer Sun.

- 3 -

— Vous êtes la nouvelle dresseuse ?

Jo fit de son mieux pour effacer ce sourire sur son visage. Sans vraiment être sûre d'y parvenir. Hier, alors qu'il était dans un état second, elle n'avait pas été capable de le déstabiliser. Ce matin, en revanche, elle semblait avoir réussi à surprendre Phillip Beaumont.

Il n'avait pas l'air dans son assiette, peinant manifestement à se remettre d'un week-end placé sous le signe de tous les excès. Il y avait des signes qui ne trompaient pas. Les yeux un peu rougis, les traits tirés sous une barbe de plusieurs jours — ce qui au demeurant lui allait plutôt bien.

Elle poursuivit son examen. Son jean était usé jusqu'à la trame, troué par endroits, non comme ces jeans de créateurs déchirés à dessein. Non, celui-là était un vrai jean qu'il devait porter depuis des années. Même chose pour la chemise en denim. Ses santiags par contre avaient dû lui coûter une petite fortune, sauf qu'elles étaient tout égratignées et absolument pas cirées. En fait, ses vêtements étaient ceux de tout homme travaillant dans un ranch. Une tenue dans laquelle il paraissait se sentir bien.

Rien de comparable avec ce qu'il portait hier. L'uniforme du Phillip Beaumont en représentation. En revanche, le Phillip Beaumont qui grattouillait aujourd'hui gentiment Betty entre les oreilles… ?

Cet homme-là était un cow-boy, un vrai.

Elle sentit une douce chaleur l'envahir. Phénomène

qu'elle s'efforça d'ignorer. Elle n'allait quand même pas s'enticher de Phillip Beaumont, sous prétexte qu'il portait bien le jean !

Elle ne s'était pas trompée. Il ne gardait aucun souvenir d'hier et avait agrémenté son café de quelques gouttes de whisky — cette odeur, elle la reconnaîtrait à des kilomètres. Bref, bien qu'il soit irrésistible, il représentait tout ce qu'elle ne pouvait plus se permettre. Elle avait un travail à accomplir. Et si elle réussissait sa mission, une référence telle que le ranch Beaumont vaudrait son pesant d'or.

— Il me semble que nous avons fait connaissance hier après-midi, reprit-elle sur un ton censé lui faire comprendre qu'elle n'était pas dupe.

La métamorphose fut instantanée. En une fraction de seconde, la confusion de Phillip disparut derrière un large et chaleureux sourire.

— Veuillez me pardonner, dit-il, mais je suis un peu surpris. Les autres dresseurs étaient…

Son regard avait toute l'apparence de la sincérité. Et alors ? Elle s'en fichait, non ?

— Plus âgés ? Des hommes ? Richard m'a parlé d'eux. De leur échec…

Elle reporta son attention sur le cheval, craignant que Phillip ne devine son trouble. Non, non et non, elle ne devait pas flancher. Trop de choses étaient en jeu.

Sun semblait plus calme. Il n'avait pas eu de hennissement déchirant depuis deux bonnes minutes. Mais il continuait à tourner en rond à toute vitesse, comme si sa vie en dépendait.

— Sun a besoin d'autre chose que d'une approche classique.

— C'est pour cette raison que vous êtes là, non ? s'enquit-il sur un ton désinvolte.

Elle décela néanmoins une pointe de doute dans sa voix.

Les trois hommes qui l'avaient précédée étaient des

vieux de la vieille, des types qui avaient passé toute leur vie au contact avec les chevaux. Contrairement à elle.

— C'est exact.

Phillip s'accouda à la clôture de l'enclos. Elle s'appliqua à ne rien trahir de son émoi à le sentir si près tandis qu'il calait l'un de ses pieds sur une planche de la barrière.

— Alors. Comment comptez-vous vous y prendre pour le guérir ?

— Comme je vous l'ai expliqué hier, soupira-t-elle, je n'ai pas cette prétention. Personne ne peut guérir Sun.

Tout en parlant, elle se demanda si elle n'allait pas trop loin dans la provocation. Déjà qu'elle n'avait guère caché son amusement à le voir se démener devant elle, alors qu'il avait tout oublié de leur rencontre d'hier. Et maintenant, elle prenait un malin plaisir à le contredire. Or, jusqu'à preuve du contraire, c'était lui qui la payait et, vu l'état de Sun, elle risquait de toucher un chèque conséquent.

Car c'était bien là le but, non ? Un bout de terre à elle, où tous les Phillip Beaumont de ce pays viendraient avec leurs chevaux lui demander son aide. Fini de sillonner les routes, à devoir vivre dans un camping-car. Elle serait chez elle, personne ne viendrait les y embêter, elle et les chevaux. Et Betty. C'est ce qu'elle escomptait de ce travail avec Sun.

Et voilà pourquoi elle devait aussi faire en sorte de garder ses distances avec cet homme. Avec ce corps à portée de main.

Il ne releva pas la première partie de sa réponse, mais demanda :

— Dans ce cas, qu'allez-vous faire ?

Ce n'était évidemment pas le moment de se lancer dans des explications sans fin sur son travail, ce en quoi il consistait.

— Je vais simplement lui venir en aide pour qu'il dépasse ses angoisses.

Elle sentit Phillip se crisper. Tournant alors la tête, elle l'observa du coin de l'œil. Il suivait des yeux son étalon à moitié fou, dans l'enclos. L'air bouleversé, comme si ses mots avaient fait voler le masque en éclats et qu'il ne restait plus devant elle que l'homme brisé, à vif. Propriétaire d'un cheval lui-même brisé et à vif.

Puis il se tourna vers elle. Oh ! bon sang, ces yeux ! Il y avait tant de choses derrière ces yeux-là. Elle se sentit glisser doucement en eux quand Sun hennit soudain, la faisant revenir à elle.

Pas question de se noyer dans le regard de Phillip Beaumont. Céder à cette attirance serait comme faire le premier pas sur une pente savonneuse qui la ramènerait directement à ses nuits libertines, à ses petits matins dans le lit d'inconnus. Et cette fois, il n'y aurait plus de retour en arrière possible.

Aussi balbutia-t-elle d'une voix à peine perceptible :

— Et je ne viens en aide qu'aux chevaux.

— Mais je n'ai pas besoin d'aide, merci bien.

A nouveau, le changement fut impressionnant. Le sourire chaleureux, vaguement narquois, réapparut sur son visage et la douleur profonde et authentique qu'elle avait surprise dans ses yeux disparut sous un regard rieur.

Ce fut plus fort qu'elle.

— Si vous le dites, lâcha-t-elle en fixant le mug dans sa main.

Elle vit très nettement cette main le resserrer, mais ce fut l'unique signe prouvant qu'il avait saisi l'allusion. Il avait probablement cru que l'odeur du café couvrirait celle du whisky. Un stratagème qui devait fonctionner avec les gens normaux, mais échouait avec elle.

— Et comment allez-vous procéder, pour venir en aide à mon cheval ? demanda-t-il, sur le même ton détaché qu'il devait employer pour inviter une femme à dîner.

Le moment était venu de mettre un terme à cette conversation. Avant que les choses ne dérapent.

— Je verrai ça au jour le jour.

Sur ces paroles, elle le planta là et poussa le portail pour pénétrer dans l'enclos, Betty sur ses talons. Lorsqu'elle referma, elle entendit Richard appeler son patron, depuis la grange.

— Ah, monsieur Beaumont ! Vous êtes là…

Parfait. Elle avait besoin de passer du temps en tête à tête avec Sun. Le cheval était presque calme avant que Phillip ne fasse son apparition. Si au moins elle pouvait arriver à l'apaiser, peut-être pas jusqu'à le faire rester immobile, mais au moins courir au trot.

Ça ne serait pas pour tout de suite. Une chose était sûre, Sun n'aimait pas Richard, sans doute parce qu'il associait le vieil homme aux fléchettes hypodermiques, aux cris, au licol. Par ailleurs, même si le cheval s'énervait chaque fois que Phillip se montrait, il était resté relativement calme, ce matin. Peut-être parce qu'il n'y avait eu ni éclats de voix ni gestes intempestifs. En réalité, c'était le changement que l'étalon semblait détester par-dessus tout. Un bon point de départ.

— Je faisais connaissance avec la nouvelle dresseuse, expliqua Phillip dans son dos.

— Si vous voulez discuter, lança-t-elle d'une voix calme mais ferme aux deux hommes, allez faire ça ailleurs. Vous stressez le cheval.

Il y eut un silence durant lequel elle sentit le regard de Phillip et Richard sur elle. Puis le contremaître prit la parole :

— Puisque vous êtes là, patron, j'aimerais vous montrer les nouveaux poulains…

Leurs pas s'éloignèrent, mais, peu après, elle entendit Phillip demander :

— Vous avez confiance en elle ?

Elle retint son souffle.

— Elle jouit d'une excellente réputation, dans le milieu, répondit Richard. Si quelqu'un peut sauver Sun… C'est notre dernière chance.

Elle ferait de son mieux pour aider ce cheval. En revanche, elle ne pouvait rien pour son propriétaire. Mais après tout, elle n'était pas ici pour ça. Elle n'était pas venue au ranch pour tomber en extase devant un play-boy qui portait le jean à merveille et susurrait des mots doux à Betty.

Elle était ici pour le cheval. A elle de ne pas l'oublier.

Phillip se réveilla de bonne heure le lendemain, avec une idée en tête. Aller retrouver une certaine jeune femme à l'enclos.

Jo Spears. Elle n'était pas son genre, mais en tout cas, il se la rappelait aujourd'hui. Comment avait-il pu oublier leur rencontre, avant-hier ? Aucune importance. Ce qui lui importait maintenant, c'était de la revoir au plus vite.

Il se précipita sous la douche, avala ensuite son café, agrémenté d'une rasade de whisky, puis remplit une tasse pour elle. Sans oublier de prendre quatre jolies carottes dans le réfrigérateur, qu'il allait offrir à l'âne.

Jo serait-elle dans cet enclos, à observer Sun en pleine crise ? Parce que c'était à cela qu'elle avait occupé sa journée, hier. Plantée au beau milieu de l'enclos, immobile, des heures entières. Car il ne l'avait pour ainsi dire pas quittée des yeux pendant qu'il s'occupait des poulains avec Richard.

De son côté, Jo ne lui avait plus accordé un seul regard de la journée. Et c'était pour lui une nouveauté. Les femmes en général lui faisaient les yeux doux, profitant de la moindre opportunité pour engager la conversation. Parfois, dans les clubs, il lui suffisait d'échanger un regard avec une inconnue pour savoir que, s'il en avait envie, elle finirait la nuit avec lui. Tout ce qu'il avait à faire, c'était d'attendre. Elle finirait par l'aborder. La règle était immuable.

Mais Jo Spears ? La façon dont son regard s'était adouci

quand il lui avait dit du bien de Betty ! Cela ne lui avait pas échappé. Le genre de regard qu'une femme avait pour lui, quand elle était intéressée. Quand elle le rejoindrait dans son lit, plus tard.

Bref, Jo avait passé le reste de la journée à l'ignorer. Or, il n'en avait pas l'habitude. Il était toujours le centre de toutes les attentions. Les gens non seulement s'intéressaient à ce qu'il faisait, avec qui il le faisait, à sa tenue vestimentaire, mais ils étaient prêts à payer des sommes faramineuses pour faire partie de son monde, de son cercle. Et après tout, c'était son travail, bon sang, que de se faire remarquer.

Mais visiblement, pour Jo Spears, il était transparent. Il aurait dû se sentir vexé, hier, par son attitude. Pourtant la surprise avait été telle qu'il en avait oublié sa fierté.

Elle était différente des autres femmes.

Rien ne valait la diversité pour donner du piment à la vie. Voilà pourquoi il était si heureux de les apercevoir, elle et son âne, au milieu de l'enclos, avec Sun qui caracolait autour d'elle. Le cheval ne courait pas en tous sens, non, il ne se cabrait pas non plus, il allait et venait au trot et Phillip ne l'avait pas vu aussi calme en vérité depuis… Depuis qu'il l'avait aperçu chez son propriétaire au Turkménistan.

L'espace de quelques secondes, il se prit à espérer. Si les trois autres dresseurs avaient échoué, Jo Spears, elle, semblait sur la bonne voie.

Mais il commit une erreur, compromettant les progrès de Sun, quand il s'écria :

— Bonjour !

Au son de sa voix, Sun se figea aussitôt. Il se cabra et poussa un hennissement de terreur tel que Phillip sentit tous ses espoirs s'effondrer. Betty le regarda et il crut même voir l'âne lever les yeux au ciel, visiblement ébranlé par son intervention. Pourtant, Sun se calma presque sur-le-champ. Du moins arrêta-t-il de hennir comme si on lui arrachait les tripes, avant de repartir au trot.

— On ne vous attendait pas si tôt, remarqua alors Jo d'une voix monocorde.

— Vraiment ?

Il l'observa, jambes légèrement écartées, pouces glissés à la ceinture. Détendue, mais déterminée. Il l'imagina sur une selle, sans doute une excellente cavalière. Puis il imagina ces jambes autour de ses reins, dans son lit…

— Quand vous nous avez dit bonjour, hier, l'après-midi était déjà bien avancé, répondit-elle en tournant légèrement la tête, un petit sourire au coin des lèvres.

Il ne put s'en empêcher, il lui sourit en retour. Bon sang, elle n'était pas du genre à mâcher ses mots. Et avec le sourire, s'il vous plaît. Un demi-sourire plutôt. Celui d'une femme qui, s'il se fiait à son expérience, trouvait un certain intérêt à l'homme en sa présence.

— Déjà au travail, à ce que je vois ?

Elle acquiesça d'un bref hochement de tête. Sun continuait de tourner en rond dans l'enclos et, lorsqu'il passa à sa hauteur, Phillip faillit instinctivement s'écarter de la clôture. Sauf qu'il ne voulait pas exprimer quoi que ce soit qui ressemble à de la peur. Surtout avec Jo à l'intérieur de l'enclos.

Elle fit demi-tour, les yeux rivés sur le cheval qui se remit à courir de façon désordonnée, nerveux à nouveau. Quand elle se redirigea vers lui, Phillip se félicita de s'être pour une fois levé avec les poules, rien que pour avoir pu la regarder marcher. Pas avec un déhanchement outrancier, d'une démarche volontaire et pleine de grâce. De force même, comme sa poignée de main.

Oui, c'était une femme à poigne. En tout cas, dans la conversation, elle n'était pas tendre et il en avait déjà fait les frais. Cette énergie s'appliquait-elle à d'autres domaines ?

Elle ouvrit le portail et, Betty sur ses talons, sortit de l'enclos. Mais à sa grande surprise, ou à son grand désarroi plutôt, elle ne le rejoignit pas, ne tourna même pas la tête dans sa direction.

Comment faire pour qu'elle lui accorde un regard ? Il pourrait dire quelque chose de spirituel. Ou de grossier. Au moins attirerait-il ainsi son attention. Mais au lieu de s'esclaffer à ce type de plaisanteries, qui faisaient en général leur effet avec les autres femmes, Jo pourrait fort mal réagir. Voire l'envoyer sur les roses.

Il soupira, l'imaginant à nouveau en train de le chevaucher, lui. Il ne se passait pas une nuit en ville sans qu'une femme ne lui tienne compagnie. Or, depuis son arrivée au ranch, c'était seul qu'il se réveillait le matin.

L'idée de partager quelques moments d'intimité avec Jo le tentait. Beaucoup même. Pourtant, dans une certaine mesure, elle le mettait mal à l'aise. Et alors ? Il adorait les défis.

A ce propos, quand avait-il poursuivi une femme de ses assiduités pour la dernière fois ? Il chercha dans sa mémoire… Oui, Suzie. Susanna Whaley, héritière d'une grande fortune britannique. Suzie se fichait complètement qu'il ait de l'argent. Elle en avait bien assez comme ça elle-même. Elle se fichait tout autant qu'il soit une célébrité. Avant leur rencontre, elle sortait avec le prince d'une petite principauté européenne. Phillip avait dû batailler un mois entier pour obtenir son numéro de téléphone.

N'empêche, il se rappelait cette expérience avec… oui, avec nostalgie. Car il avait aimé lui faire la cour et, de son côté, Suzie avait aimé son obstination. Ils étaient sortis ensemble pendant près d'un an. Il avait même à cette époque écumé les grandes bijouteries, en quête d'une bague. Il avait vingt-six ans alors et il était convaincu d'une chose : son mariage serait différent de celui de ses parents.

Puis son père était décédé. Suzie l'avait accompagné aux funérailles, l'occasion pour elle de rencontrer l'ensemble du clan Beaumont, les ex-épouses de son père, ses demi-frères et sœurs. La cérémonie avait réveillé les conflits, la haine, la rancœur, bref, tout ce que Phillip s'était toujours appliqué à fuir. Un scandale avait éclaté. La police d'ailleurs avait dû intervenir.

Les Beaumont dans toute leur splendeur.

Peu après, Suzie avait rompu. Un choc, même si au fond de lui il était d'accord avec elle : la famille Beaumont était trop présente, trop envahissante, les mésententes trop profondes. Elle finirait par avoir raison de leur couple, de leur mariage. Alors ils s'étaient séparés, Suzie avait épousé finalement son prince et lui était retourné à sa vie de play-boy. Une façon comme une autre d'oublier.

Bref, faire la cour avait été une expérience fascinante. Gratifiante, même. Preuve que ce n'était pas juste son nom ou son argent ou encore sa belle gueule qu'une femme recherchait. Il avait dû prouver à Suzie qu'il était digne d'elle.

Une chose était sûre, Jo Spears n'était pas impressionnée par son nom ni par sa fortune. Si elle était aussi bonne thérapeute qu'elle le prétendait, elle devait intervenir dans les plus prestigieuses écuries, rencontrer les personnalités les plus influentes de ce pays. L'argent, le luxe, ce genre de choses ne l'impressionnaient donc plus. Or il n'avait pas l'habitude de fréquenter des femmes qui n'attendaient rien de lui. C'était une impression étrange.

Une idée germa dans sa tête. Pourquoi ne ferait-il pas une pause ? Il passerait quelques semaines ici à se reposer et faire la cour à Jo.

— Un café ? demanda-t-il, sachant que les petites attentions étaient parfois suivies de grands effets.

Elle regarda la tasse dans sa main et renifla.

— Je ne bois pas, merci.

Mauvaise pioche. Il allait devoir changer de marque de whisky.

— Ce n'est que du café. Pur, répliqua-t-il et, quand

elle fixa son mug avec un regard sceptique, il ajouta : Enfin, le vôtre est pur.

Elle prit alors la tasse, la renifla à plusieurs reprises et but du bout des lèvres.

— Merci.

Il resta planté, mal à l'aise, ce qui était parfaitement inhabituel pour lui. Car en présence d'une femme, il était plutôt sûr de lui d'habitude. Mais avec Jo, toutes ses tactiques d'approche semblaient vaines. Oui, la séduire promettait d'être le défi de sa vie.

— Comment ça se passe ? demanda-t-il, histoire de lui montrer son intérêt pour son travail.

Et, miracle, elle lui sourit, comme reconnaissante.

— Pas trop mal, répondit-elle.

— J'ai remarqué que vous passiez beaucoup de temps dans l'enclos, avec Betty, poursuivit-il en s'efforçant de ne pas se laisser troubler par ce sourire.

— C'est juste, admit-elle, l'air suspicieux.

— Puis-je vous demander ce que vous murmurez à l'oreille des chevaux ? C'est un secret ?

Aïe ! Il était en train de la perdre. En une fraction de seconde, son sourire perdit toute chaleur.

— Je ne murmure pas, rétorqua-t-elle, glaciale. Je rééduque.

Surtout, éviter de la mettre en colère.

— Sujet sensible, apparemment.

Oh ! ce regard ! Incendiaire.

— Je veux bien vous expliquer à nouveau ma façon de travailler, mais qu'est-ce qui me garantit que vous vous en souviendrez, cette fois ?

D'accord, la remarque était cinglante et il réprima une grimace. Surtout ne rien laisser paraître. Il n'allait pas battre en retraite devant une femme.

— Je ne demande qu'à apprendre, répondit-il avec son sourire le plus malicieux.

— J'en doute.

Bien. Il devait changer de stratégie, en évitant si possible de prêter le flanc à toute attaque. Hier, alors qu'il ne se rappelait même pas leur rencontre, elle s'était adoucie quand il avait caressé Betty. Le moment était venu de tester une nouvelle fois l'efficacité du procédé.

— Viens ici, petite chose, susurra-t-il en sortant une carotte de sa poche arrière. Tu aimes les carottes ?

Betty trottina jusqu'à lui et lui arracha les carottes de la main.

— Ça, c'est une gentille fifille, dit-il d'un ton affectueux.

— Vous en avez apporté une, pour Sun ?

— Non… Et je doute qu'il m'aime assez pour me laisser lui en donner une.

Puis il la regarda. Ses yeux noisette le fixaient avec une telle intensité qu'il eut le sentiment d'être traversé par son regard. Il sortit une deuxième carotte de sa poche et observa le cheval qui continuait de tourner en rond dans l'enclos. Pas vraiment engageant.

— Ce n'est pas qu'il ne vous aime pas, répliqua-t-elle, les yeux rivés sur Sun.

— Comment ça ? demanda-t-il, perplexe, en tendant la carotte à Betty. Chaque fois qu'il me voit, il devient fou.

— Non, soupira Jo, lorsqu'il vous voit, c'est autre chose. Lorsque vous arrivez, vous devenez un élément perturbateur dans son environnement et il n'aime pas le changement. Il réagit simplement. Si vous voulez voir sa réaction quand il déteste bel et bien quelqu'un, appelez Richard.

— Il déteste Richard ? s'étonna-t-il.

Mais, à bien y réfléchir, Sun semblait en effet plus nerveux lorsque le vieil homme était dans les parages.

— C'est Richard et les autres membres de l'équipe qui lui envoient des fléchettes hypodermiques dans le flanc, le forcent à sortir de son box et, du point de vue de Sun, qui généralement le terrorisent. Mais vous n'êtes pas associé à toutes ces agressions, dans son esprit.

Cela se tenait. Il attrapa une troisième carotte et hésita. Devait-il la laisser à Betty ou entrer dans l'enclos pour essayer de l'offrir à son cheval ? Ce n'était pas sans danger, mais d'un autre côté, le cheval l'associerait ainsi à un acte bienveillant.

— Vous êtes sûre de ce que vous avancez ?

— Absolument, répondit-elle. Mettez ça dans son seau. Allez-y, mais lentement.

D'un signe du menton, elle lui désigna le seau pour la nourriture, accroché à la clôture.

— D'accord…

Il s'exécuta, se sentant un peu ridicule de marcher au ralenti, mais il remarqua que Sun s'était arrêté et le suivait des yeux.

Il leva les deux carottes de façon à ce que Sun puisse les voir, puis il les jeta dans le seau, avant de s'éloigner pour rejoindre Jo.

Elle hocha la tête et sourit en signe d'approbation. Il en fut tout retourné. Comme elle était jolie quand elle souriait !

— Est-ce que ça allait ? s'enquit-il, tout fier de la voir contente de lui.

— Vous apprenez vite, répondit-elle.

— Oui, il paraît…

Il n'alla pas se coller à elle, ne posa pas non plus sa main sur la sienne, cela aurait été déplacé. Le rose qui colora ses joues lui suffit amplement. Critique et parfois acerbe dans ses remarques, elle n'en demeurait pas moins une femme très réactive.

Excellent. La chasse était ouverte.

Elle regarda un long moment droit devant elle, sans lui accorder d'autres marques d'intérêt. Elle ne s'approcha pas de lui, ne le complimenta plus.

— Regardez-le faire, se contenta-t-elle de dire.

Il s'aperçut que Sun longeait la clôture. Le cheval n'était plus qu'à une dizaine de mètres des seaux, manifestement intéressé par ce qui se trouvait dedans. Soudain, l'animal s'avança et plongea la tête dans celui qui contenait les carottes. Malheureusement la joie de Phillip fut de courte durée. Sun renversa en effet le seau, dont le contenu, carottes et avoine, se répandit par terre. Puis le cheval s'éloigna à nouveau au galop.

— Et zut !

— Vous n'y êtes pour rien, lui répéta Jo. C'est une nouveauté pour lui. Il doit s'habituer à ce que quelqu'un lui donne une friandise.

— Et ça va prendre combien de temps ?

— Il faut savoir attendre, répondit-elle avec un haussement d'épaules.

— Attendre quoi ?

— Attendre qu'il en ait assez.

— Oh. C'est ça votre plan ? Attendre qu'il se lasse ? s'exclama-t-il.

— Vous n'en avez jamais eu assez ?

— Pardon ?

— Vous n'avez jamais été pris d'un profond sentiment de lassitude ? expliqua-t-elle, en insistant sur ce dernier mot. Avec l'impression que vos jours et vos nuits se ressemblent ? Ou de ne plus savoir en vous réveillant qui vous êtes et où est votre place en ce monde ? D'être comme dans un tunnel, sans la moindre lueur d'espoir tout au bout ? Dans ces moments-là, on cherche tous à oublier, à ne plus penser.

Elle lui fit face et le regarda droit dans les yeux. Son regard lui alla jusqu'à l'âme, comme si ses paroles lui étaient adressées.

A lui ?

Et pourtant. Il sentit l'écho de ces paroles résonner en lui, comme des petits coups de lames acérées. Sensation étrange, douloureuse, mais qu'il ne s'expliquait pas. Elle continua de le regarder. Il ne détourna pas les yeux.

— Je ne vois pas du tout de quoi vous voulez parler,

répliqua-t-il avec calme, mais la voix tremblante, comme ébranlé à l'intérieur.

Il n'aimait pas beaucoup la tournure que prenait cette conversation. Il n'avait pas pour habitude de se montrer tel qu'il était, ni à sa famille ni à personne. Sa vulnérabilité, ses failles, il gardait tout ça bien enfoui en lui.

Une ombre traversa fugitivement le regard de Jo.

— Le but est de trouver cette lueur pour sortir enfin de la nuit, reprit-elle. Sun se trouve dans cet enclos depuis trois jours. Tôt ou tard, il va se lasser de tourner en rond. Il aspirera à autre chose. Il sera ainsi plus disponible. C'est là que j'interviendrai.

Il aspirera à autre chose. Elle pensait cela de Sun ? Ou était-ce à lui qu'elle faisait allusion ?

Il devait reprendre le contrôle. Jusque-là, elle avait réagi favorablement dès qu'il parlait de chevaux et de Betty.

— Ce que je redoute, c'est qu'il devienne fou au point de se blesser. Nous sommes bien équipés de cordes pour le maîtriser, mais à ce stade, je me vois mal aller lui en passer une autour du cou…

Attacher un cheval était parfois nécessaire, mais ce n'était pas non plus sans risque. L'animal pouvait sombrer dans une sorte de léthargie, ce qui parfois déclenchait des coliques dont l'issue était fatale.

Jo se tourna vers lui, et lui jeta un regard sans concession qui le déstabilisa.

— Vous savez, reprit-il, je m'y connais en matière de chevaux. En 1987, mon père possédait un cheval de course. Le type chargé de s'en occuper n'a pas compris qu'il était, comment dire, en dépression, vous voyez ? Eh bien, la pauvre bête est morte, foudroyée par des coliques.

Une année noire. Hardwick Beaumont avait renvoyé l'ensemble du personnel du ranch et, dans la foulée, certains cadres de la brasserie. D'une humeur massacrante, il s'était montré détestable, précipitant ainsi son divorce de deux bonnes années.

Inutile de le préciser, mais ça n'avait pas été drôle pour Phillip. A cette époque déjà, le ranch était pour lui un sanctuaire, une sorte de refuge, loin de ses demi-frères et sœurs, de ses belles-mères. Le seul endroit où Hardwick se rappelait qu'il avait un deuxième fils, où ils faisaient des choses ensemble, même si cela se limitait à regarder les entraîneurs travailler avec les chevaux.

Dans ces moments-là, Hardwick parlait avec lui. Pas de Chadwick, ni de ses derniers-nés ou de sa nouvelle épouse. Juste de chevaux et de Phillip. Le reste du temps, son père était trop occupé à diriger la brasserie et à conclure des affaires pour lui accorder un peu d'attention.

Ce jour-là, Phillip avait pleuré. Il avait pleuré pour Maggie May, le cheval décédé, mais aussi pour les hommes renvoyés du ranch — ces cow-boys bougons qui lui faisaient faire du poney. Ce jour-là, il avait cessé de croire que le ranch était un monde à part, loin de la cruauté de l'autre. Il avait suffi de la mort d'un cheval dans lequel son père avait placé tous ses espoirs pour faire voler son innocence en éclats.

— Maggie May, c'était bien le nom de ce cheval, non ?

Il reporta son attention sur la femme à quelques mètres de lui. Elle observait Sun, qui trottait avec calme maintenant, mais il décela un profond désarroi en elle, comme si elle avait de la peine pour le cheval.

— Comment savez-vous ça ?

— Moi aussi, j'apprends vite, répondit-elle en le regardant.

Quelques étincelles crépitèrent entre eux. Il en ressentit l'électricité dans tout le corps. Et elle dut sentir quelque chose elle aussi, car ses joues s'embrasèrent à nouveau.

— Que savez-vous d'autre, à mon sujet ?

Une question inhabituelle pour lui, mais Jo Spears elle-même n'était pas une femme comme il avait l'habitude d'en croiser. Et surtout, elle semblait non pas savoir, mais pressentir des choses le concernant.

— Je mène toujours ma petite enquête, avant d'accepter un travail, répondit-elle avec un haussement d'épaules. Et on parle beaucoup de vous sur le Net.

Peut-être, mais l'épisode Maggie May n'était pas facile à trouver. Il fallait une certaine ténacité dans ses recherches pour tomber dessus.

— Vous êtes toujours aussi rigoureuse ?

— Toujours, répondit-elle, rougissant un peu plus. Il est beaucoup question de votre sixième sens avec les chevaux, mais vu votre comportement, ajouta-t-elle, je m'interroge. Nous savons tous les deux que la presse a vite fait de construire des légendes.

Elle connaissait donc sa réputation. Ce qui expliquait ses reparties sur son mode de vie de play-boy nanti. Mais, sous ses critiques à peine voilées, il perçut néanmoins quelque chose de plus profond.

Il se remémora l'interview qu'il avait accordée au *Western Horseman*. Il sortait d'un mois particulièrement agité, les tabloïds rendant compte à travers tout le pays de ses « exploits » au bras de top models, de ses nuits de folie dans les grands clubs de la planète. Chadwick était fou furieux. Matthew, son demi-frère, lui avait alors suggéré de faire cette interview, histoire de montrer au public qu'il existait un autre Phillip Beaumont, loin des scandales en tout genre.

Le journaliste avait passé trois jours entiers au ranch, à le suivre partout dans ses différentes activités liées aux chevaux, renvoyant ainsi de lui une image à peu près respectable. L'article avait eu un très bon écho, au point que Chadwick s'était montré presque aimable avec lui pendant plusieurs mois.

Ce devait être à cela qu'elle faisait allusion. Estimant que le seul papier positif le présentant comme un cow-boy pur et vrai devait faire partie d'une campagne de communication pour la promotion des bières Beaumont. Ce en quoi elle n'avait pas entièrement tort. Il était pourtant un vrai cow-boy, du moins quand il était au ranch. Là, il était lui-même, et pas le second fils de Hardwick, qui ne présentait guère d'intérêt, pour son père. Les chevaux, eux, se fichaient de qui il était. Ils attendaient juste d'avoir affaire à un homme bon et attentif.

Etait-ce cela dont elle avait besoin ? De savoir que les chevaux passaient avant tout, pour lui ?

— J'ai l'impression que je vais devoir faire mes preuves.

— Impression tout à fait juste, acquiesça-t-elle.

Oui, la chasse était bien ouverte. Jo faisait figure d'exception. Elle l'intriguait. Et si elle lui battait froid, tous les signaux étaient là. Peut-être était-elle troublée par son côté mauvais garçon. Par cette vie débridée qui avait fait sa réputation. Non. Elle paraissait s'intéresser davantage à son rapport avec les chevaux.

Eh bien, si cela pouvait la satisfaire, il serait un *bad boy* doublé d'un cow-boy. Un cow-boy près de ses chevaux. Et autant commencer tout de suite.

— Je dois aller voir les poulains, déclara-t-il en s'approchant. Je repasserai plus tard, pour voir si Sun a croqué ses carottes.

Elle ne tourna pas ses jolis yeux vers lui, mais, à son sourire, il sut qu'il avait dit ce qu'il fallait.

— J'espère, murmura-t-elle, d'une voix à peine audible, avant d'ajouter, les joues écarlates : Enfin, je veux dire, oui, ça serait bien, pour Sun.

Il n'eut pas le temps de commenter, elle poussa le portail et pénétra dans l'enclos, Betty dans son sillage.

Intéressant. Elle avait beau essayer de se faire passer pour une dure à cuire, une femme bien plus douce se cachait en réalité sous la carapace.

Il sourit. La partie de chasse promettait d'être grandiose.

- 4 -

Mais à quoi jouait-elle ?

Jo se tenait au milieu de l'enclos, Sun à quelques mètres, visiblement épuisé après trois jours de crise. Progressivement, il se rapprochait des carottes traînant dans la poussière, près de son seau.

Mais si l'état du cheval montrait une certaine amélioration, c'était loin d'être son cas. Elle avait au contraire l'impression de dévisser. De perdre le contrôle.

Elle n'avait aucun intérêt à flirter avec Phillip Beaumont. Aucun. La liste des raisons était longue. A commencer par son mode de vie, un mode de vie qui, par le passé, avait été le sien et avec lequel elle avait rompu. Donc, encourager Phillip à se montrer entreprenant ne mènerait à rien. Sinon au désastre.

Vraiment, Jo ? Ce serait bien, pourtant, s'il passait tout à l'heure, non ?

Non. Elle n'avait pas envie de le revoir. Elle se fichait qu'il revienne plus tard avec une autre tasse de café ou quelques carottes supplémentaires. Elle ne voulait même pas savoir ce qu'il faisait, avec les poulains.

Elle n'était pas ici pour Phillip Beaumont.

Encore faudrait-il que son cerveau le comprenne.

Elle avait été claire dès le début et tout le monde respectait ses règles. Elle voulait rester seule, qu'on la laisse tranquille. Bon, ce n'était pas très marrant au quotidien, cette vie de solitude. Sans contact ou si peu avec ses semblables.

Si l'hiver dernier elle s'était fait une amie de Whitney Maddox, c'était uniquement parce que Whitney avait su la comprendre. Et pour cause. Whitney avait traversé les mêmes choses, s'était elle aussi égarée. Enfin Whitney adorait les animaux.

Mais Phillip ? Il semblait décidé à ne pas la laisser en paix, comme s'il prenait plaisir à son attitude pourtant ouvertement hostile. Bah, il pouvait penser ce qu'il voulait, elle s'en fichait.

Pas tant que ça, en réalité. Tout en caressant Betty entre les oreilles, elle se concentra sur Sun. Il y avait bien longtemps qu'elle ne se laissait plus aller à des pensées aussi futiles. *Attention à la spirale infernale. Ressaisis-toi, ma fille.*

Non, elle ne passerait pas une mauvaise nuit. Pas même une mauvaise journée. Elle se força à inspirer, expirer. Ce n'était pas parce que Phillip Beaumont était beau et qu'il avait un sourire à se damner… Et alors ?

Avec une réputation comme la sienne, elle ne se faisait pas d'illusion. Il devait regarder toutes les femmes comme si elles étaient la huitième merveille du monde. Cela n'avait rien à voir avec elle en particulier. Elle était juste l'unique représentante du beau sexe sur des kilomètres à la ronde.

Elle n'était pas dupe. Et son esprit rationnel aurait dû, en principe, rappeler ses instincts à l'ordre. C'était en tout cas ainsi que ça fonctionnait, jusqu'ici.

Alors, pourquoi n'arrêtait-elle pas de penser à ce sourire ? A ses mains sur elle. A son corps sur le sien ?

Oh et zut ! A la faveur de ses plus folles nuits, elle avait eu des amants dont elle ne gardait aujourd'hui aucun souvenir. Elle n'allait pas se laisser séduire par un homme connu pour ses excès. Même si l'homme en question portait le jean comme un dieu.

A ce moment, Betty se frotta à elle, la ramenant sur terre.

Jo se massa doucement la nuque, et ses doigts s'arrêtèrent un instant sur la cicatrice à cet endroit. Ce n'était pas la première fois qu'un homme lui plaisait. Le premier — elle venait juste de quitter le ranch familial — avait été un jeune cow-boy du nom de Cade. Un garçon fougueux qui ne pensait qu'à faire la fête, à conduire à toute vitesse, le vendredi soir, entre deux bars. Elle frémit en repensant à l'accident, dont elle s'était finalement remise, se félicitant au passage de ne pas en être sortie complètement défigurée ou paralysée des deux jambes.

Cade était longtemps resté son idéal d'une vie sans tabous ni contraintes. La liberté. Pourquoi n'avait-elle pas refusé quand il l'avait invitée à monter dans son pick-up, sachant qu'au bout de la nuit elle ne garderait aucun souvenir de leur errance ?

Puis, le jour était venu où elle en avait eu assez de ne pas se souvenir… Elle soupira, sourit au manège de Sun, décidément très intéressé par les carottes. Une heure plus tard, le cheval s'arrêta enfin devant le seau renversé. Jo attendit. Allait-il manger une carotte ? Cela serait un progrès extraordinaire. Et bienvenu. Car plus vite Sun récupérerait, plus vite elle pourrait s'en aller d'ici avec Betty, pour une nouvelle mission, loin, très loin de Phillip Beaumont.

Sun plongea le museau dans le seau d'eau et but un peu, puis il renifla les carottes dans la poussière… Avant de les piétiner.

On avait pourtant été si près du but ! Elle s'efforça cependant de se concentrer sur le positif. Sun en avait manifestement assez de tourner en rond et ces carottes avaient su le distraire et attiser sa curiosité. C'était un progrès.

Elle entendit un bruit arriver dans l'allée. Sun aussi. Alors, avec un hennissement de bête furieuse, il se remit à galoper et à ruer tel un beau diable. Jo tourna la tête et vit deux percherons tracter un chariot rempli de foin, conduit par Phillip Beaumont en personne. Aucun mug en vue. Le chariot paraissait avoir dépassé le siècle et ressemblait en moins pimpant à celui que l'on voyait sur les publicités des bières Beaumont. Assis sur un banc étroit, Phillip, les rênes dans une main, souleva de l'autre son chapeau pour la saluer.

— Il a mangé les carottes ?

— Il les a réduites en miettes, répondit-elle en désignant la terre rouge orangé au pied de la clôture.

— Et zut, marmonna-t-il, l'air déçu, mais pas catastrophé. Je réessayerai demain, ajouta-t-il.

Elle eut l'impression qu'il s'inquiétait vraiment pour son cheval.

— C'est une bonne idée, répondit-elle, touchée.

Bon, elle était sans doute ridicule de lui prêter une intention qu'il n'avait pas. Peut-être ne tenait-il ce genre de propos que pour l'attendrir. La séduire. Aussitôt, elle sentit ses joues s'embraser.

— Si je ne m'abuse, reprit Phillip, comme s'il n'avait pas remarqué son teint écarlate, vous avez passé les deux derniers jours dans l'enclos.

— C'est juste.

— Ce ranch ne se limite pas à ces quelques mètres carrés de poussière. Ça vous dirait une petite balade ?

Elle resta muette un moment, ne sachant que répondre à ce qui ressemblait bien à une manœuvre de rapprochement.

— J'essaie d'habituer Marge et Homer ici présents à tirer un chariot. Je vais là-bas, de ce côté-ci du ranch où je garde les appaloosas. Vous les avez vus ?

— Non, répondit-elle.

En fait, elle n'avait même pas vu les percherons, ce qu'elle regrettait, mais… Quelles étaient les intentions de Phillip au juste ? Tenait-il vraiment à lui faire visiter le ranch et lui montrer ses chevaux ?

— Vous avez baptisé vos percherons d'après les Simpsons ?

— Pas très original, je le reconnais. J'aimerais bien avoir votre opinion de professionnelle sur mon élevage…

Mon Dieu, ce sourire ! Elle courait tout droit à sa perte. Elle soupira en silence. Alors, flirt ou pas flirt ? Difficile de se faire une idée.

— Je vais juste leur porter cette avoine. Un aller-retour. Vingt, trente minutes, pas plus, ajouta-t-il, conscient de son hésitation.

Phillip Beaumont, multimillionnaire, livrant lui-même le foin à ses chevaux ?

— A une condition, c'est moi qui prends les rênes, décida-t-elle sur un coup de tête.

L'espace d'une poignée de secondes, le sourire de Phillip se lézarda. Mais elle ne céderait pas. Il y avait bien longtemps qu'elle ne laissait plus personne conduire pour elle — que ce soient des percherons ou une Porsche.

— Vous savez faire ? demanda-t-il.

Sa voix trahissait une profonde lassitude. Un sentiment de mal-être profond, qu'il s'évertuait à dissimuler derrière ses sourires de star. Mais elle n'était pas dupe. Elle connaissait par cœur ce genre de stratagème.

— J'ai été élevée dans un ranch, répliqua-t-elle. Je sais conduire un chariot depuis toute petite.

— Même des percherons ?

— Il faut un début à tout…

Phillip hocha la tête, le regard espiègle.

— Dans ce cas, allons-y.

— Et Betty ? demanda-t-elle.

Pas question d'abandonner sa protégée seule avec Sun, ni de la laisser errer autour des bâtiments. Petite comme elle était, elle risquait de se retrouver piégée sous une clôture.

— Je pensais qu'elle serait contente d'aller goûter une bonne herbe bien fraîche, là-bas, dans le pré, répondit-il en désignant un portail à environ trois cents mètres.

Manifestement, il avait pensé à Betty et elle fut sensible à tant de prévenance.

— C'est vrai, répondit-elle en souriant. Je vais plutôt vous suivre jusque-là-bas, ajouta-t-elle en jeta un dernier regard à Sun qui les observait sans bouger.

Phillip acquiesça d'un signe de tête puis, d'un claquement de langue, il donna le signal du départ aux percherons. Derrière lui, elle se mit en route à son tour, Betty sur les talons.

Il s'agissait juste d'une escapade à caractère professionnel, non ? Phillip était un éleveur de chevaux réputé et elle, une spécialiste du comportement équin. Son invitation à aller voir les autres chevaux du ranch n'avait rien à voir avec un quelconque intérêt, réel ou imaginaire, pour sa personne. Il faisait seulement appel à ses compétences.

Une fois au pré, de l'autre côté de la route, Phillip descendit d'un bond du chariot et ouvrit le portail à Betty.

— C'est pour toi, petite puce. Régale-toi.

Betty le regarda, l'œil perplexe, avant de gambader vers une herbe bien verte. Phillip referma derrière elle et se retourna, hilare.

— J'adore Betty. Elle est tellement rigolote. Attendez, laissez-moi vous aider…

Elle était parfaitement capable de monter sur un chariot toute seule, mais Phillip se précipita et plaça sa main sur le bas de son dos.

Son contact déclencha un incendie. Sa main était puissante, sûre d'elle. Combien de temps, depuis qu'un homme ne l'avait touchée ? En fait… Oh ! ça n'était pas bon signe ! Elle mit un frein à ce genre de pensées et le repoussa avant de commettre un acte stupide, comme faire semblant de perdre l'équilibre et ne lui laisser que le choix de la prendre dans ses bras pour l'empêcher de tomber.

— J'ai déjà fait ça cent fois, vous savez, marmonna-t-elle avant de s'apercevoir de l'ambiguïté de ses propos.

— Vraiment ? murmura-t-il d'une voix suave.

Son souffle était chaud, sans la moindre odeur de whisky.

Bref, aucun homme n'avait posé la main sur elle depuis

une éternité. Pourrait-elle s'autoriser un écart de conduite, sans risquer pour autant le pire. Après tout, elle avait des besoins, en tant que femme. Quel mal y aurait-il, pour une fois, à laisser un homme les combler ?

Elle regarda Phillip, à un mètre à peine derrière elle, en train de l'observer, les yeux pleins d'espoir. Il ne tenta rien cependant, ne chercha pas d'excuse pour la toucher à nouveau. Il se contenta d'attendre.

Elle se hissa sur le chariot et s'assit sur le petit banc. Les choses commençaient à prendre mauvaise tournure. Elle tenta de se recentrer.

Elle était au ranch Beaumont pour une seule raison. Du résultat de son travail dépendait sa réputation de dresseuse. Phillip Beaumont, aussi irrésistible soit-il, était avant tout un client qui la payait pour sauver son cheval.

Et alors ? Il n'y avait rien de compromettant à grimper dans ce chariot avec lui pour visiter le ranch et aller voir ses autres chevaux. Qui sait ? Peut-être qu'une autre de ses bêtes avait besoin d'aide ? Ce qui signifierait plus d'argent et une référence supplémentaire. Même si la chose était peu probable.

Phillip s'assit à côté d'elle, une cuisse contre la sienne, et lui tendit les rênes.

— Marge a tendance à accélérer le pas, Homer est toujours à la traîne. La difficulté, c'est d'arriver à les faire avancer ensemble. Montrez-moi ce que vous savez faire, ajouta-t-il en glissant un bras derrière elle.

Oh ! il ne la toucha pas, ne l'effleura même pas. Mais ce fut comme si ce bras dans son dos émettait une chaleur intense, pire qu'un fer rouge.

— Yep ! lança-t-elle en faisant claquer les rênes.

— Hmm, yep ? répéta-t-il, narquois.

— C'est ce qu'on disait à la maison, répondit-elle, avant d'ajouter : Et ça marche. Et vous, que dites-vous ?

— Moi ? J'aime bien « Allons-y ». Alors comme ça, vous avez grandi dans un ranch ?

Les rênes bien en main, avec un peu plus de tension sur celles de Marge, elle marmonna un vague « Oui », mal à l'aise : ce genre de conversation autour de banalités n'était pas son fort. Et ça ne l'avait jamais été. Sauf dans les soirées, un verre à la main.

— D'où êtes-vous ? enchaîna-t-il.

— D'une petite ville perdue, dans le Dakota du Sud. Des champs à perte de vue.

— Et vous avez toujours dressé des chevaux ?

Elle haussa les épaules. Elle détestait parler d'elle. Surtout des six ou sept années qui restaient dans le flou.

— Non, pas vraiment. Mais après la fac, je suis rentrée au ranch, répondit-elle. Or la grange d'un voisin a pris feu. Le malheureux a perdu quatre chevaux, un seul a survécu. Oaty. Le pauvre était traumatisé. Par deux fois, le véto a voulu l'euthanasier, mais…

— Mais vous n'imaginiez pas le laisser faire une chose pareille, l'interrompit Phillip sur un ton plein de sympathie, montrant ainsi qu'il comprenait.

— En effet. Je passais des journées à observer Oaty. Et plus le temps passait, plus je me sentais proche de lui. Il était terrifié. Et comment le lui reprocher ?

— Qu'avez-vous fait ?

— J'ai attendu qu'il se calme. Il a fallu près d'un mois pour que je puisse l'approcher et le caresser. Sur le flanc droit, sa robe avait été roussie dans l'incendie et il n'a jamais retrouvé son poil noir brillant. Il est toujours chez mes parents, dans un enclos avec les ânes…

Le jour où elle avait pu seller Oaty et le chevaucher restait l'un de ses plus beaux souvenirs. Elle se sentait perdue et désespérée depuis si longtemps, sans jamais avoir réussi à comprendre pourquoi. Sauver ce cheval avait un peu été comme se sauver elle-même. Elle avait refusé d'abandonner Oaty, ce qui lui avait interdit de s'abandonner elle-même.

Elle n'avait pas son pareil pour aider des chevaux face

auxquels les autres dresseurs se révélaient impuissants. Elle était restée chez ses parents quelques années encore, intervenant dans les ranchs alentour, et s'était peu à peu construit une solide réputation.

Elle s'était alors offert un camping-car et avait pris la route, avec Betty, déterminée à se faire un nom ailleurs que dans le Dakota. Cela lui avait pris des années, mais elle avait finalement su s'attirer une clientèle parmi les gens de la catégorie de Phillip Beaumont. Des gens pour lesquels l'argent n'était pas un problème.

— Quelle joie, cela a dû être, pour vous !

— Oaty reste sans aucun doute mon cas le plus difficile, répondit-elle. Jusqu'à aujourd'hui.

— Je suis très honoré d'être votre cas le plus difficile, dit-il en riant.

— Je ne vois pas pourquoi vous vous sentiriez honoré.

Ils se fixèrent et elle nota quelque chose de farouche dans ses yeux. Quelque chose de… d'authentique.

Elle ne guérissait pas les gens. Elle ne couchait avec personne. Elle ne sortait plus, ne faisait plus d'excès et ne vivait plus dangereusement depuis dix ans. Et, excepté un certain cow-boy nommé Cade, aucun homme n'avait fait vibrer son cœur.

Jusqu'à ce jour. Elle ne devrait pas être attirée par Phillip et encore moins être intriguée par lui. Pourtant, elle l'était. Contre toute logique, toute raison, elle l'était.

— Tenez, maugréa-t-elle soudain. Prenez les rênes.

- 5 -

— Vous distribuez vous-même le foin à vos bêtes ? demanda Jo en le regardant planter sa fourche dans une botte.

— Bien sûr, répondit Phillip, amusé par sa question, Jo étant elle-même en train de faire rouler une botte de foin sans aucun effort visiblement. Ça fait partie du travail, dans un ranch.

— Du travail ? répéta-t-elle, narquoise. Vous travaillez, vous ?

— Oui, je travaille. Pourquoi, cela vous étonne ? répliqua-t-il sur le ton de la provocation, la faisant aussitôt rougir.

Elle était décidément adorable quand ses joues s'embrasaient comme ça. Pas belle au sens classique du terme avec ses cheveux noirs toujours en bataille et sa chemise western, mais derrière tout ça…

Elle n'était pas son genre, certes, mais… En fait, il n'arrivait pas à se rappeler ce qu'il aimait chez les femmes avec lesquelles il sortait habituellement. Comparées à Jo, elles… Bah, elles se ressemblaient toutes.

— C'est par là, dit-il en se dirigeant vers la grange.

Sans échanger un mot, ils déchargèrent le chariot en quelques minutes à peine. La dernière botte stockée avec les autres, il ne retourna pas au chariot, mais attendit et l'observa en train de déposer son propre chargement au fond de la grange. Lorsqu'elle se retourna, elle surprit son regard.

Instantanément, il la vit se crisper. Quelque chose d'électrique se propagea entre eux. Après tout, c'était l'endroit idéal ici, pour ce genre de choses. Toutefois, sur ce sujet, elle avait été très claire. Il n'aurait donc pas été surpris qu'elle ressorte de la grange au pas de course.

Mais elle n'en fit rien. Pouces glissés dans son ceinturon, elle s'appuya aux bottes de foin et soutint son regard. Comme si elle attendait qu'il fasse le premier pas. Mais sans être aguicheuse, ni provocante. Elle resta juste plantée à le regarder.

En ce qui le concernait, il se serait bien précipité pour l'embrasser et la caresser contre ces bottes de foin, mais, au fil des secondes, il comprit qu'il ne ferait rien de tout ça. Ce qui ne lui ressemblait pas. Bien sûr, il brûlait d'envie de la toucher, de l'embrasser, mais… quelque chose le retint.

Elle le troublait. Soudain, il comprit ce que son cheval ressentait. Elle était bien capable de rester là toute la journée et d'attendre qu'il se lasse.

Alors il fit quelque chose de tout à fait inattendu pour lui. Il ne l'invita pas à dîner ni ne lui demanda de venir passer un moment dans son jacuzzi, non, rien de tout cela, mais…

— Vous aimeriez aller voir les appaloosas ?

Sur son visage un sourire se dessina alors. Un sourire… touchant, presque enfantin, qui lui fit l'effet d'une bouffée d'oxygène.

— Volontiers.

Ils sortirent de la grange et il l'entraîna jusqu'au pré, derrière, où les appaloosas broutaient une herbe bien grasse.

— J'ai quatre juments, expliqua-t-il en les lui montrant. En principe, elles nous donnent chacune deux beaux poulains par an.

— Que faites-vous de ces poulains ?

— Je les vends à des fermiers, ou même à Hollywood. Les producteurs raffolent des robes tachetées. Vous voyez la jument, là-bas, tache noire sur le front, croupe blanche à taches noires…

Elle le toisa, avec ce regard vaguement dédaigneux.

— Je connais les caractéristiques de la robe de l'appaloosa, vous savez.

Il lui sourit. Elle ne lui passait décidément rien. Et il aurait bien aimé savoir pourquoi il aimait tant ça.

— Désolé. La plupart des femmes que je fréquente sont parfaitement ignares en ce domaine, en général.

— Je ne suis pas la plupart des femmes.

Ce fut plus fort que lui. Il se pencha vers elle et murmura :

— J'en suis chaque jour plus conscient.

Un silence s'ensuivit, avant qu'elle ne demande :

— Seriez-vous en train de flirter ?

— En aucun cas, répondit-il tout en notant une moue sur son visage. L'idée ne m'a même pas traversé l'esprit.

Elle éclata de rire.

— Vous avez un étalon appaloosa ?

— Plusieurs, en fait, je tiens à préserver la pureté de la race.

— Bien sûr, acquiesça-t-elle sur un ton un peu surpris, comme si elle s'étonnait de recevoir une réponse avisée.

— Je vous l'ai dit, je m'y connais, en chevaux, dit-il avant de lui montrer un poulain d'un an environ. Lui, c'est Snowflake. J'ai un éleveur de New York qui est intéressé.

— Pourquoi avoir choisi cette race ?

— Eh bien, ces chevaux ont une histoire. Mon arrière-grand-père, Phillip Beaumont, est arrivé de France après la guerre de Sécession et il a traversé les grandes plaines en chariot mené par deux percherons. Plus tard, il a troqué l'un de ses percherons contre un appaloosa de la tribu indienne des Nez Percés… Une affaire, selon lui.

A nouveau, elle le regarda deses grands yeux noisette, avec un intérêt manifeste cette fois. Si ça avait été n'importe quelle autre femme, il lui aurait caressé la joue. Mais avec Jo, pas de geste inconsidéré. A la base, ils étaient venus jusqu'ici pour les chevaux. Ils s'en tiendraient donc là. S'il avait envie d'elle — le doute là-dessus n'était plus permis —, il voulait aussi qu'elle ait envie de lui.

Or ce n'était pas impossible, vu la manière dont elle le regardait, lèvres entrouvertes, tête légèrement inclinée sur le côté, comme... comme si elle ne voyait pas d'objection à un baiser.

— Vous élevez des appaloosas parce que votre arrière-grand-père en a acheté un il y a cent cinquante ans ?

— Centre trente, plus exactement. C'est exact.

Oh ! il pourrait plonger, se noyer dans ces yeux-là. Que ne donnerait-il pour connaître ses pensées, à cet instant précis. Parce qu'elle ne donnait pas du tout l'impression de penser à des chevaux.

— Vous passez beaucoup de temps, avec eux.

— Depuis toujours, oui. Il fait meilleur vivre au ranch qu'en ville, au domaine des Beaumont.

Bravo pour l'euphémisme. Grandir dans l'ombre de Chadwick, le fils élu, avait été un cauchemar. Personne ne prêtait attention au petit Phillip. Très vite, il avait fait le dur apprentissage de la solitude. Il n'avait que cinq ans lorsque sa mère avait quitté son père. Bien évidemment, grâce à ses relations, Hardwick avait obtenu sans aucune difficulté la garde de ses fils. Pour le pire, en ce qui concernait Phillip. Son père en effet ne s'occupait que de Chadwick, héritier naturel du titre de P-DG des Brasseries Beaumont.

Mais de Phillip, apparemment, tout le monde se fichait. Quand sa mère avait perdu la bataille de la garde de ses fils, elle avait réagi comme s'il avait choisi de rester avec son père. Puis Hardwick s'était remarié — à deux reprises par la suite —, à chaque fois il n'y en avait que pour ses nouvelles épouses et, forcément, ses nouveaux enfants.

En fait, au fil du temps, Phillip était devenu invisible sous son propre toit. Il pouvait aller et venir à sa guise, personne ne s'inquiétait jamais de savoir où il était passé.

La liberté totale. L'école ? Aucun intérêt. Les professeurs ne disaient rien, bien sûr, son père étant un homme trop influent. Il avait bientôt découvert que si personne à la maison ne se souciait de lui, les gens de l'extérieur semblaient au contraire trouver beaucoup d'intérêt à Phillip Beaumont.

Une fois à la fac, il avait multiplié les conquêtes et y avait gagné une solide réputation de don Juan. Les femmes. Elles étaient compliquées. Elles aimaient se sentir sexy et désirables et désirées. La plupart rêvaient de mariage, mais certaines se contentaient d'une aventure d'une nuit. Cela, il l'avait appris très vite.

Peu de chose avait changé depuis. Sa réputation le précédait toujours et les femmes qui venaient à lui n'étaient pas farouches. Son frère Chadwick ne se rappelait son existence que lorsqu'il l'estimait en passe de salir le nom des Beaumont. Chadwick était le seul à avoir cherché à le faire rentrer dans le rang. Et ça, Phillip ne le lui pardonnait pas. Car personne ne lui disait ce qu'il avait à faire. Personne ne le domptait.

Excepté peut-être, une certaine Jo Spears.

— J'avoue que cela me surprend, admit-elle. Vous donnez plutôt l'impression d'être un vrai citadin.

Voilà ce qu'elle dit, mais il entendit « un joyeux fêtard ». Et comment le lui reprocher ?

— La ville présente certains avantages, mais parfois, ça fait du bien de pouvoir s'isoler de la foule et du bruit.

Venir au ranch avait toujours été pour lui un moyen d'échapper à toutes les tensions dans sa famille. Ici, il y avait des règles. S'il voulait faire du poney, il devait l'étriller et nettoyer son box au préalable. S'il voulait conduire le chariot, il devait d'abord apprendre à poser un harnais. Et s'il voulait s'occuper des poulains, il devait avant toute chose être capable d'esquiver les ruades.

Enfant, c'était ici qu'il avait compris que ses actes avaient des conséquences. S'il avait fait quelque chose à moitié, il se retrouvait aussitôt les fesses en l'air dans la poussière. Avec un cheval, on n'avait droit ni à l'erreur ni à l'à-peu-près.

Mais c'était aussi au ranch qu'il avait montré de quoi il était capable et il en avait été récompensé. Après avoir sellé correctement son poney, il avait pu partir en balade avec son père. Une fois qu'il avait su approcher les chevaux sans les effaroucher, il avait pu passer plus de temps avec eux et les faire travailler, tout en leur parlant.

Son père avait fini par remarquer son savoir-faire. Hardwick aimait passionnément les chevaux, comme tous les Beaumont avant lui. Au point de dépenser des fortunes pour découvrir celui qui lui permettrait de remporter le Grand Prix, la course la plus prestigieuse.

Trop grand pour être jockey, sans être un cavalier émérite, Phillip n'en savait pas moins monter. Mais surtout, il savait parler aux chevaux, et les percherons n'avaient aucun secret pour lui. En fait, les chevaux avaient toujours été ce qui le distinguait de Chadwick. Il se sentait proche d'eux, si bien qu'il avait été traumatisé par la mort de Maggie May. Son père lui avait en quelque sorte confié un legs précieux en lui laissant le soin de maintenir vivace la tradition équine des Beaumont. Le ranch était l'unique lieu où Phillip avait le sentiment d'avoir un père et d'être un fils.

— Donc vous travaillez vraiment ? répéta Jo, le ramenant à la réalité.

— Tout à fait, répondit-il en sentant son regard sur lui.

— Vous vous occupez de la sellerie ?

La question aurait pu paraître incongrue de la part de toute autre que Jo.

— Cela m'arrive, oui, répondit-il en surprenant l'esquisse d'un sourire sur ses lèvres.

— Pouvez-vous venir me retrouver à l'enclos demain matin vers 8 heures ? Ou est-ce trop tôt, pour vous ?

Oui, c'était bigrement tôt, mais pas question de reculer.

— J'apporterai le café, proposa-t-il, avant d'ajouter : Vous le préférez noir, non ?

— C'est exact, répondit-elle après avoir soutenu son regard un long moment.

— Vous voulez conduire le chariot au retour ?

Elle lui sourit, radieuse. Un vrai soleil.

— Vos percherons sont des bêtes magnifiques…

Il n'aimait rien tant que parler chevaux. Là, il était en terrain connu et ne risquait pas de la décevoir.

— Et encore, vous n'avez pas vu les poulains, dit-il.

Les yeux de Jo pétillèrent. Oui, c'était une femme hypersensible sous la carapace.

— Ah, les poulains, dit-elle en soupirant. Mais je dois retourner auprès de Sun.

— Demain après-midi, alors ?

Elle se renfrogna, le dévisagea derrière ses longs cils. Un peu mutine, lui sembla-t-il.

— Je suppose que cela dépend du soin que vous mettrez à nettoyer les selles et les harnais.

Il s'agissait donc d'un défi, une fois de plus. Mais en réalité, Jo elle-même était un défi. Et il adorait les défis, surtout aussi sexy. Il allait donc lui prouver ce qu'il valait dans un ranch. Et après ? Après, il sortirait le chariot, celui avec un banc rembourré recouvert d'une toile. Bien plus intime que le chariot à foin. Le ranch était immense. Avec plein de petites clairières ombragées idéales pour un couple en quête d'un endroit tranquille pour pique-niquer.

- 6 -

Phillip se présenta à l'enclos à 7 h 58 précises, deux mugs à la main.

— Hello ! lança-t-il sur un ton enjoué. Quoi de neuf ?

— Je vous attendais, répondit-elle en posant le tapis de selle sur la couverture étalée au beau milieu de l'enclos.

Betty broutait de l'herbe près du portail, mais à peine vit-elle Phillip qu'elle trottina à sa rencontre.

A ce moment, Sun hennit. Jo se retourna juste à temps pour le voir s'approcher des seaux. Peut-être pour aller vérifier s'il ne s'y trouvait pas d'autres carottes ? Excellent.

— Je suis à l'heure, frais et dispos, enchaîna Phillip d'un ton jovial. J'ai même apporté des carottes.

Le soleil n'était pas bien haut, mais sous cette lumière le sourire de Phillip rayonnait littéralement. Il poussa le portail et caressa Betty.

Il s'était rasé aujourd'hui. Envolée, la barbe de trois jours. Il ressemblait davantage de ce fait au Phillip des publicités, celui que les femmes s'arrachaient. Mais elle n'avait aucune idée derrière la tête. Si elle lui avait demandé de venir s'occuper de la sellerie, ce n'était pas pour passer du temps avec lui. Non. Phillip Beaumont était le propriétaire de Sun et elle n'avait qu'un seul objectif : favoriser la relation entre le cheval et son maître.

— Attrapez ça, ordonna-t-elle en désignant la selle sur la clôture.

Il s'agissait d'une selle classique, facile à nettoyer,

quarante-cinq minutes tout au plus. Elle ravala un sourire, elle était impatiente de le voir à l'œuvre... Mais pour quelle raison y tenait-elle autant, d'ailleurs ?

— Et ensuite ? demanda Phillip.

— Poussez ce portail, venez ici et asseyez-vous, déclara-t-elle en désignant la couverture sur le sol.

— Qu'est-ce que je fais des carottes ?

— Gardez-les à la main. Nous risquons d'en avoir besoin.

— Entendu...

Il récupéra la selle et ouvrit le portail. Sun s'immobilisa aussitôt et observa Phillip, le temps que celui-ci mette le loquet. Puis le cheval se lança dans une série de ruades qui lui aurait sans doute valu une médaille d'or de rodéo.

Phillip se figea, à deux mètres à peine de la clôture. Elle regarda Sun, en pleine crise de nerfs. Ce qui ne la surprit pas. Le cheval détestait qu'une autre personne qu'elle pénètre dans l'enclos. Même si cette personne apportait des carottes.

— Dois-je m'en aller ? s'enquit Phillip avec calme, ce dont elle lui sut gré.

Plus il garderait son sang-froid, plus vite Sun se calmerait.

— Non. Approchez, doucement.

Elle reporta son attention sur Sun qui, s'il piquait encore de grosses colères, y mettait pourtant moins d'entrain que les premiers jours.

Arrivé à sa hauteur, Phillip lui tendit un mug et posa la selle à ses pieds.

— Merci, murmura-t-elle en reniflant son café.

Parfait. Un café pur arabica. Et lui, avait-il agrémenté le sien d'un trait de whisky, ce matin ? Elle ne releva aucune odeur suspecte. En revanche, se penchant légèrement vers lui, elle sentit son eau de toilette, mélange de fragrances boisées et de quelques pointes d'épices.

— Et maintenant ? demanda-t-il, la faisant presque sursauter.

Du calme. Elle avait un travail à accomplir, et pas des moindres. Ce n'était pas le moment de se laisser distraire. Tant que Sun serait dans cet état, il leur serait impossible de s'asseoir. Le risque de voir le cheval charger était trop important. Mais elle en avait le pressentiment, quelque chose d'essentiel, un événement majeur se préparait aujourd'hui, dans cet enclos.

— Attendons. Surtout, pas un geste.

Ils restèrent donc debout côte à côte, Betty allant et venant, complètement indifférente à ce manège, aux caprices de Sun comme à ceux des humains.

Combien de temps Phillip tiendrait-il ainsi ? Cinq minutes, sept tout au plus.

— Ça va durer longtemps encore ? murmura-t-il après dix longues minutes.

— Le temps nécessaire, répondit-elle en réprimant un sourire.

— Et si je lui donnais les carottes ? reprit-il, cinq minutes plus tard. Peut-être que ça accélérerait les choses.

— Surtout pas.

— Pour quelle raison ? répliqua-t-il, tout proche de l'exaspération.

Lequel allait craquer le premier, le cheval ou l'homme ?

— Parce que, si vous lui donnez les carottes maintenant, il les associera à la colère. Alors patientez au moins dix minutes, pour voir s'il se calme.

— D'accord.

S'ensuivirent cinq autres minutes de silence durant lesquelles Sun continua ses pirouettes.

— Il faut vraiment que nous restions comme ça, sans rien dire ?

— Pourquoi, vous avez un problème, avec le silence ? répliqua-t-elle un peu vivement.

— Non, s'empressa-t-il de répondre, si vite qu'elle prit sa réponse pour un « Oui ». C'est juste que ça me semble stérile.

La situation n'évoluait pas comme elle l'avait cru. Hier il avait eu l'air de comprendre le travail que nécessitait la rééducation d'un cheval.

— Vous avez autre chose de mieux à faire que d'essayer de sauver un cheval qui a dû vous coûter plusieurs millions de dollars ?

Il prit un air penaud, ce qui malheureusement eut pour effet de le rendre tout à fait adorable.

— Non.

Sun choisit cet instant précis pour se cabrer, attirant leur attention.

— Vous voyez ? dit-elle. Ce cheval est intelligent. Il sent votre impatience. Alors restez là et pas un geste, entendu ?

— Entendu.

Elle n'en crut pas un mot. Si elle-même était en mesure de rester comme ça immobile, c'était qu'elle y avait été contrainte durant plusieurs mois, des mois d'immobilité forcée, à endurer la douleur, à ne pouvoir que regarder et écouter, en attendant que son corps veuille bien se remettre. Mon Dieu, comme elle s'était ennuyée, au début. Elle souffrait, supportait mal les antalgiques. Et impossible de soudoyer les infirmières pour une petite bière. Elle avait bien essayé de passer le temps en regardant la télévision, mais cela n'avait fait qu'empirer les choses.

Puis sa grand-mère, Lina Throws Spears, était venue à son chevet. Entre le récit de deux légendes du peuple Lakota, Lina restait à ses côtés, à regarder le parking par la fenêtre. Elle avait toujours été un peu bizarre avec ses infusions aux herbes et ses bâtons d'encens. Puis un jour, Jo avait pris la peine de regarder elle aussi par cette fenêtre. Des gens se pressaient pour souhaiter la bienvenue à des nouveau-nés, les bras chargés de cadeaux, d'autres arrivaient en pleurs quand l'un de leurs proches était décédé. Parfois, il éclatait des disputes, mais on voyait aussi des couples échanger un baiser. Certains fumaient, d'autres buvaient ou téléphonaient… Le monde entier vaquait à ses occupations.

Lorsqu'elle avait enfin pu rentrer chez elle, n'étant pas bonne à grand-chose, elle avait passé l'essentiel de ses journées assise sous le porche de la maison familiale, à regarder le ranch. Cet endroit était d'un tel ennui. Du moins le croyait-elle, avant de regarder vraiment autour d'elle. Voilà comment elle avait remarqué des choses qu'elle n'avait jamais vues auparavant, un serpent qui avait élu domicile sous la véranda, une famille d'étourneaux dans la grange, les parties de chasse du chat… Elle avait également regardé l'herbe grasse des prés plier sous le vent, les éclairs déchirer le ciel à l'horizon. Elle avait regardé son père avec les chevaux et sa mère préparant sa tarte aux pommes…

Peu à peu, elle avait été gagnée par une certaine sérénité et s'était sentie à sa place, en paix avec le monde autour d'elle, en paix avec elle-même pour la première fois de son existence. Puis, lorsque Oaty avait survécu à l'incendie, elle l'avait observé et cherché à comprendre ce qu'il essayait de dire.

L'exercice lui avait pris près d'une année. Elle était donc ridicule de penser qu'un homme tel que Phillip Beaumont — connu pour ses mœurs dissolues — serait capable de rester sans bouger en restant attentif, tout ça parce qu'elle le lui avait demandé.

Car il n'y arriverait pas. Il essaya pourtant, mais après quinze minutes il commença à se tapoter les jambes avec nervosité, ce qui n'échappa évidemment pas à Sun. En écho, le cheval martela le sol de ses sabots.

— Arrêtez ça, intima-t-elle et, joignant le geste à la parole, elle s'empara de la main de Phillip.

Il en profita pour refermer ses doigts autour des siens.

— Pardon, murmura-t-il, sans guère de conviction.

Elle retint son souffle. Excepté à l'occasion de franches poignées de main, elle n'avait pas touché un homme depuis longtemps. Et sa réaction à ce geste tout simple fut… comme un séisme.

A partir de l'endroit de sa peau où ses doigts la tenaient, une véritable réaction en chaîne se produisit. Une chaleur intense d'abord, puis des picotements sur tout le corps et aussi le bout de ses seins qui se dressèrent. Son cœur s'accéléra sans qu'elle ne puisse rien pour empêcher tout ça.

Et juste après, pour la première fois depuis une éternité, une vague de désir la submergea. C'était une catastrophe. Mais impossible pourtant de retirer sa main de celle de Phillip. Elle s'abandonna donc aux sensations, sentit la chaleur entre ses cuisses s'intensifier et, complètement désarmée, elle resta plantée là, sans pouvoir le lâcher.

Etrangement, alors qu'elle était en train de perdre le contrôle, Phillip et Sun se calmèrent. Au lieu de se tapoter la jambe, il fit aller et venir son pouce sur sa main. Le désir explosa en elle, lui donnant le vertige.

L'un des hommes les plus séduisants, les plus riches, les plus disponibles de ce pays était en train de lui caresser la main.

Il avait été un temps où, pour moins que ça, elle se serait donnée à lui, dans un lit, une voiture ou contre un mur entre deux portes. Autrefois, tout ce qu'un gars devait faire pour la séduire, c'était de lui offrir un verre ou de lui dire qu'elle était sexy. Elle n'avait pas besoin de plus pour se jeter dans les bras d'un inconnu et se réveiller au petit matin sans rien se rappeler.

Comment se faisait-il que Phillip la fasse autant vibrer ? Après tout, il lui tenait seulement la main. Ce geste innocent ne devrait pas la troubler ainsi. Dans son émoi, elle commit l'erreur de le regarder. Il se tourna vers elle presque en même temps et lui sourit. Rien d'autre. Un sourire radieux. Sexy. Mais plusieurs années sans contact physique ou sourire sexy furent fatales à Jo. Elle avait envie de lui, ici et maintenant. Elle voulait qu'il la plaque contre un mur, qu'il lui mordille le cou. Et plein d'autres choses encore. Elle voulait sentir ses mains sur elle, partout sur elle. Elle voulait savoir ce que ça faisait, d'être prise par ce cow-boy.

Voilà. C'était exactement la raison pour laquelle elle avait tiré un trait sur les hommes. Quelque chose d'aussi insignifiant qu'un effleurement suffisait à lui faire perdre pied. Une promesse d'amour, et elle sombrait, ivre de désir.

Non. Tout ça n'était plus pour elle depuis longtemps. Elle n'allait pas risquer de se perdre à nouveau, juste parce que Phillip Beaumont était beau, gentil, riche et qu'il aimait son cheval. Elle avait travaillé trop dur pour être ce qu'elle était aujourd'hui.

L'éclat de ses yeux s'intensifia. Et malheur à elle, il en fut encore plus sexy. Il suffirait d'un rien, qu'elle se penche juste un peu et… Et Sun la sauva. Le cheval s'arrêta devant eux, manifestement intrigué par leur manège.

— Hé, constata alors Phillip d'une voix riche et profonde qui la fit tressaillir. Il s'est calmé.

Plus étrange encore, Sun ne s'éloigna pas lorsque son maître parla. Non, le cheval ne bougea pas, puis il marcha d'un pas tranquille jusqu'aux seaux, plongea le museau dans celui qui contenait de la nourriture et regarda Phillip. Incroyable.

— Il veut une carotte, dit alors Jo.

— Je peux lui en donner une ?

— Allez la déposer dans le seau, mais faites en sorte qu'il voie les autres. Après tout, il est calme et demande poliment, il mérite une récompense.

A ces mots, Phillip eut un sourire espiègle.

— Et moi, je n'ai pas droit à une récompense ? demanda-t-il sans cesser de faire glisser son pouce sur sa main.

Cette fois, les tremblements se muèrent en secousses. Le sourire de Phillip se fit plus sensuel et elle ne put s'empêcher d'imaginer ses dents courant sur sa peau, elle se vit même lui arracher sa chemise.

— N-non, murmura-t-elle entre ses dents, priant pour ne pas avoir l'air d'être au bord de l'évanouissement.

Mais elle en avait conscience, il n'était pas dupe. Et elle non plus, d'ailleurs. Il approcha son visage du sien, sa main se resserra autour de la sienne et il tenta de l'attirer vers lui.

— Pourquoi ? Moi aussi je suis calme et je demande poliment, lâcha-t-il d'une voix suave.

— Ce n'est pas aussi simple. Vous devez faire quelque chose pour gagner une récompense, répliqua-t-elle, brûlant d'envie de le toucher et en même temps incapable du moindre geste.

— Alors dites-moi quoi ?

— D'abord les carottes. Ensuite, la selle.

Et, n'en pouvant plus, elle retira sa main de la sienne. Ce qui ne l'empêcha pas de se rapprocher encore. Oh non, il allait l'embrasser et elle le laisserait faire. Et après ?

Phillip chercha ses yeux. Elle devait être ridicule à regarder, complètement paniquée, acculée. Aveuglée par son charme.

— A une condition, répondit-il alors. C'est moi qui choisirai ma récompense, dit-il. Une précision : je n'aime pas les carottes.

Sur quoi il se détourna et se dirigea vers les seaux, d'un pas sûr et sans hâte.

Sun se réfugia à l'autre bout de l'enclos et attendit. Jo en était consciente, elle aurait dû être folle de joie. Le cheval et son maître communiquaient. Alors pourquoi se sentait-elle si affreusement mal ? Bizarre, même. Elle avait chaud et froid, à peine si elle tenait sur ses jambes et son cœur battait à un rythme assourdissant.

Peu après, Phillip revint vers elle, mais elle n'était pas certaine d'avoir la force de résister. Elle avait passé les dix dernières années à se convaincre qu'elle n'avait plus peur de la solitude, de l'angoisse, de la nuit. Phillip Beaumont n'allait tout de même pas réduire ses efforts à néant.

— Bien, dit-il en désignant les selles. Que dois-je faire ?

— Les nettoyer.

Au lieu de la regarder avec aplomb, comme le ferait un homme face à une femme dont il percevrait le trouble, il parut hésiter.

— Elles ne sont pas sales.

— Avez-vous envie de monter, oui ou non ? dit-elle, énervée, avant de se rendre compte du sens ambigu de ses paroles. Le cheval, je veux dire. Avez-vous envie de monter Sun ?

Rarement, elle s'était sentie aussi embarrassée.

— Oui, répondit-il sans faire de commentaire.

— Alors nettoyez ces selles.

- 7 -

Phillip savait bien ce qu'il aurait aimé en guise de récompense : une soirée romantique, autour d'un bon vin, puis, après un dîner aux chandelles, une séance de jacuzzi. Il adorerait voir Jo en bikini, ou sans rien du tout.

Mais surtout, il apprécierait que cette récompense se prolonge jusqu'au matin, si possible. Cela faisait près d'une semaine qu'il se réveillait seul dans son grand lit et une présence féminine commençait à lui manquer.

Il doutait pourtant que ce genre de récompense-là lui soit accordé. Dans ce cas, il se satisferait d'un baiser. S'il se fiait à sa main, si douce, si ferme dans la sienne, à ses joues roses, l'espoir était permis. Elle ne devrait pas être contre un baiser.

Mais bon, il lui faudrait d'abord la gagner, cette récompense, en nettoyant les selles. Il y avait une éternité qu'il n'avait dû faire ses preuves pour obtenir quelque chose d'aussi simple qu'un baiser. Cela n'aurait pas dû l'amuser. Il aurait dû se sentir frustré au contraire, devant tant d'entêtement, ou vexé que son charme reste sans effet sur elle.

Or il n'en était rien. En réalité, il s'en étonnait lui-même, il trouvait même beaucoup de plaisir dans ce long processus de séduction de Jo Spears.

Il se mit donc avec entrain au nettoyage des selles, au demeurant propres. En temps normal, il n'aimait pas ce genre de corvée. Après le récurage des boxes, c'était même l'activité qu'il détestait le plus, le genre de tâches qu'on lui donnait autrefois pour le punir d'une bêtise. Pourtant, au lieu de se sentir puni, assis là sur cette couverture au milieu de l'enclos, il ne fut pas loin de trouver le moment plaisant. Il faisait un beau soleil et le vent était doux.

Sun trottait autour d'eux, marchait parfois, mais il ne galopait plus dans tous les sens, ne se cabrait plus sans raison, comme un cheval hors de contrôle. Ce changement de comportement le mit de très bonne humeur.

Il devait cependant ce sentiment à la femme assise près de lui. Il avait été patient, attendant qu'elle fasse le premier geste. Bon, il ne s'attendait pas à ce qu'elle lui prenne la main. En fait, il ne se rendait même pas compte qu'il se tapotait la cuisse. Il avait surtout eu à cœur de ne pas effrayer Sun en restant aussi calme que possible, ce qui lui avait demandé plus d'effort qu'il ne pensait. Jamais il n'aurait cru que rester sans bouger soit aussi difficile.

Puis Jo lui avait pris la main. Sans qu'il y ait quelque chose d'équivoque alors, dans son geste. En revanche, sa réaction quand il lui avait caressé la main avec son pouce… Le mur qu'elle avait érigé entre eux avait volé en éclats. C'était l'évidence même, elle était attirée par lui. Il était intéressé par elle. Les choses progressaient, lentement, mais elles progressaient.

Il continua de frotter le cuir avec entrain, jusqu'à ce qu'il sente ses pieds commencer à s'engourdir.

— Combien de temps encore devons-nous nettoyer ces selles ?

Elle se pencha pour examiner son travail.

— Pas mal…

— J'ai des années de pratique derrière moi.

— Vraiment ?

Elle étira ses jambes encore plus longues et plus fermes sous cet angle. Combien de selles devrait-il nettoyer pour avoir la chance de sentir ces mêmes jambes autour de lui ?

— Chaque fois que je faisais une bêtise, je devais soit

nettoyer les selles, soit récurer les boxes. Et quand vous êtes un gosse qui n'a jamais eu de règles à suivre…

Il haussa les épaules. C'était la vérité, bien sûr, mais… Cela, il ne l'avait jamais admis devant personne. Il toussota avant de poursuivre.

— J'ai donc souvent effectué ce genre de corvées. Mais c'est comme ça que j'ai appris. Je suis par exemple capable de harnacher un couple de percherons tout seul.

Elle le regarda en souriant, un peu perplexe sembla-t-il.

— Quoi ?

— C'est juste que tout ça ne colle pas vraiment avec le personnage public, répondit-elle.

— Il n'y a pas que les clubs, dans la vie. Dans la mienne, en tout cas.

Elle lui sourit, et ce sourire qu'il commençait à connaître annonçait de sa part une réflexion comme elle en avait le secret, aussi se prépara-t-il, mais sans rancœur, heureux qu'elle s'amuse, même si ce devait être à ses dépens.

— Que diraient vos conquêtes, si elles vous voyaient assis comme ça, dans la poussière ?

Derrière les mots, il décela comme du dédain, ainsi qu'une bonne dose de jalousie. De la jalousie, oui. Excellent. Mais il devait toutefois procéder avec prudence.

— Je doute qu'elles comprendraient. Voilà pourquoi elles ne viennent jamais ici, répondit-il, ajoutant avant qu'elle ne réplique : Parlez-moi donc de Betty.

— Que voulez-vous savoir ? demanda-t-elle en regardant le petit âne boire dans son seau.

— Depuis quand l'avez-vous ?

Il tenait à montrer à Jo qu'il n'était pas qu'un joyeux fêtard ou un éternel adolescent habitué à satisfaire tous ses caprices, mais un homme soucieux d'autrui, du monde qui l'entourait.

— Environ dix ans.

La brièveté de sa réponse le laissa perplexe. Il eut

l'impression qu'on ne lui avait pas posé la question très souvent.

— Où l'avez-vous trouvée ?

— C'est ma grand-mère qui me l'a donnée, soupira Jo. J'ai traversé… une période difficile. Grand-mère a estimé à l'époque que j'avais besoin de quelqu'un pour me tenir compagnie. La plupart de gens m'auraient offert un chiot, mais pas Lina Throws Spears. Un jour, elle est arrivée avec un bébé âne dans les bras… Mini Petite Betty, quatre cents grammes. Depuis, nous ne nous sommes jamais quittées.

Il hocha la tête, perdu dans ses réflexions. Quel âge avait Jo ? Pas encore la trentaine, de toute évidence. Qu'entendait-elle par « période difficile » ? Aurait-elle vécu un chagrin d'amour ? Cela expliquerait pourquoi elle s'appliquait tant à garder ses distances.

Rompre avec Suzie avait été plus douloureux qu'il ne le pensait. Et ça, c'était avant qu'il n'apprenne ses fiançailles avec ce prince. Mais pour avoir le cœur brisé, encore fallait-il qu'un homme soit amoureux.

Après avoir vu de quelles bassesses étaient capables ses parents et ses belles-mères, tout ça au nom de l'amour, il s'était bien juré ne pas faire la bêtise de donner son cœur à qui que ce soit. Tomber amoureux revenait à donner à l'autre le pouvoir de vous faire du mal.

Le credo de sa vie était donc : pas d'amour, pas de souffrances. Des liaisons, des aventures d'un soir, oui. Cela suffisait amplement à ses besoins. L'amour n'était que désillusions. Tout l'inverse du sexe. Aucun risque ainsi de perdre son cœur ou de voir la fortune familiale pillée.

Mais… D'où venait donc ce nom, Lina Throws Spears ? Jo ne semblait pas avoir de sang indien dans les veines. Oui, elle avait la peau mate, mais ne passait-elle pas ses journées sous le soleil ? Et puis, il y avait ces taches de rousseur disséminées sur son nez, ses joues. Ses cheveux étaient auburn, pas noirs. Et ses yeux ? Couleur noisette, la touche douceur d'une personnalité par ailleurs austère.

D'un autre côté, ce don qu'elle avait de communiquer avec les animaux correspondait assez à l'image que l'on se faisait des Indiens d'Amérique. Mais il s'agissait de clichés en réalité.

— Oui ?

— Quoi ? demanda-t-il, sursautant presque.

— Allez-y, soupira Jo à nouveau. Vous brûlez de savoir.

— Throws Spears ?

— Ma grand-mère et mon père sont des Sioux Lakotas. Ma mère est blanche, elle. Une autre question ?

— Vous avez abrégé votre nom ?

— Mon père, oui.

Il devina à son ton qu'elle préférait éviter le sujet familial. Ce qu'il pouvait comprendre. Au lieu d'être un chêne robuste et bien droit, son propre arbre généalogique ressemblait plutôt à un figuier avec des ramifications tortueuses.

— Où faites-vous dormir Betty ? enchaîna-t-il.

— Quand le temps est beau, elle dort dehors, sinon je l'ai dressée à dormir avec moi, répondit-elle en désignant le camping-car.

— Vraiment ?

— Vraiment. Et pour la route, je lui ai fabriqué un harnais adapté à sa morphologie. Elle adore passer le bout de son nez par la vitre.

— Et vous êtes sûre que c'est un âne ? Pas une sorte de chien ?

— Tout à fait sûre, répondit-elle. D'ailleurs demain, pour vous le prouver, je la sellerai.

Il observa Betty et tenta de l'imaginer avec une selle.

— Je suis impatient de voir ça.

— Tout le monde réagit comme vous, mais vous verrez…

Sur quoi, Jo se leva et s'étira. Le geste eut un effet saisissant sur sa poitrine.

Cette vision lui ravit le corps. Notamment sous la ceinture. Bon sang, comment allait-il pouvoir se mettre debout dans cet état ?

— Quel est le programme ? demanda-t-il, alors que des images de jacuzzi et de lit *king size* se bousculaient dans son esprit.

Il fit en sorte de se lever en lui tournant le dos puis ramassa sa selle, qu'il avait passé une heure et demie à lustrer.

— Laissez ça, ordonna-t-elle.

— Mais je l'ai nettoyée à fond.

— Laissez, répéta-t-elle, avant de se diriger vers le portail.

— J'ai pourtant bien mérité ma récompense, marmonna-t-il en abandonnant sa selle, avec un mauvais pressentiment.

Jo lui ouvrit le portail, ce ne fut donc pas sa faute s'il dut la frôler pour sortir, au point de pouvoir compter ces taches de rousseur sur son nez. Puis elle referma derrière lui, mais ne recula pas. Pas plus qu'il ne s'écarta d'elle. Assez près l'un de l'autre pour se toucher, ils s'appuyèrent donc au portail à présent fermé.

— Expliquez-moi pourquoi nous avons laissé les selles là-bas ? Sun risque de les réduire en bouillie. Vous savez ce qu'elles valent ?

— Vous lui avez déjà montré que vous n'alliez pas lui tirer une flèche hypodermique dans le flanc ou autre chose du même genre. Maintenant, vous allez lui montrer qu'il ne faut avoir peur ni d'une selle ni d'une bride.

— Mais…

— Chuut, dit-elle, le regard rivé sur Sun. Regardez.

Merci pour la récompense.

Frustré, il reporta son attention sur Sun qui tournait gentiment au trot, les regardant eux, les selles, mais aussi le seau dans lequel il avait placé les carottes.

— Ne bougez surtout pas, dit soudain Jo en lui prenant la main.

Il ne s'était même pas rendu compte qu'il bougeait, mais la situation devint soudain problématique. Car sentir sa main sur la sienne déclencha en lui une série de sensations incompatibles avec l'immobilité, qui l'incitaient plutôt à bouger et bouger encore, en rythme avec elle.

Elle dut percevoir son trouble, car elle se tourna vers lui et lui adressa l'un de ses fameux sourires en coin. Il en profita pour retourner sa main, de manière à mêler ses doigts aux siens, le tout sans quitter Sun des yeux. Au bout d'un moment, il sentit la main de Jo se détendre.

Au prix d'un effort surhumain, il réussit à ne pas effleurer ses doigts d'un baiser. Elle avait fait le premier pas et il y avait répondu. Maintenant, c'était son tour. Surtout, ne pas brûler les étapes, elle risquerait de ne plus vouloir jouer.

Or elle finit par resserrer sa main autour de la sienne. Plus de doute, la façon dont ils se donnaient la main maintenant n'avait plus rien à voir avec ce qui se passait dans l'enclos. Non que le spectacle manque d'intérêt. Sun se rapprocha en effet imperceptiblement du seau. L'espace d'un instant, Phillip crut que c'était gagné, mais le cheval s'en détourna subitement pour se diriger droit vers les selles.

Oh non ! Sun s'acharna dessus avec hargne, les piétinant sans relâche. *Des selles de cette valeur !* Le saccage dura moins de cinq minutes, sous le regard morne de Betty. Puis, tête fièrement relevée, Sun retourna vers les seaux et dévora ses carottes, comme si de rien n'était. Phillip marmonna un juron. Il avait déjà été fâché contre Sun auparavant, mais jamais à ce point. Cette selle était hors de prix, comme celle que Jo avait nettoyée, d'ailleurs. Si jamais Chadwick apprenait que la personne chargée de Sun le laissait piétiner un harnachement à plusieurs milliers de dollars, il la mettrait à la porte. Et lui aussi par la même occasion.

— Stupide cheval.

— Un cheval très subtil, au contraire, répliqua-t-elle en lui serrant la main.

— Qu'est-ce qui vous fait sourire ? Il a détruit ces selles. Et, en guise de récompense, il a mangé mes carottes.

Elle le regarda en secouant la tête.

— Vous saviez qu'il agirait ainsi ?

— C'est une manière comme une autre de s'exprimer, répondit-elle, le ton enjoué.

Tout ce travail pour rien !

— La prochaine fois, s'il n'est pas sage, pas de carottes, décréta-t-il, conscient toutefois de sa bêtise.

On parlait d'un cheval, pas d'un bébé.

— Ah… Et… à propos de récompense ?

Il fit courir son pouce sur sa main. Elle frémit, mais ne retira pas la sienne.

— Cette selle était propre, avant que Sun ne la massacre, remarqua-t-il. J'ai mis tout mon cœur à la nettoyer.

Elle fronça légèrement les sourcils, comme si elle pesait ses arguments. Sauf qu'il nota un drôle de sourire sur ses lèvres, qui ne laissait rien présager de bon.

— Et je suis resté calme quand il l'a piétinée, ajouta-t-il en se rapprochant d'elle.

— C'est exact, admit-elle d'une voix sensuelle. Seriez-vous en train de me faire la cour, Phillip ? demanda-t-elle de but en blanc, les pupilles dilatées, rivées sur sa bouche.

Il en eut alors l'intime conviction : elle attendait qu'il l'embrasse. Pourtant quelque chose le retint. C'était trop tôt. En lui prouvant qu'il n'était pas l'homme qu'elle croyait, il aurait la chance de pouvoir se réveiller avec elle dans son lit.

— Ça se pourrait, murmura-t-il.

Il porta sa main à ses lèvres. Et même s'il mourait d'envie de prendre tout ce qu'elle lui offrait, il n'en fit rien.

Lorsqu'il plongea ses yeux dans les siens, il y vit de la surprise, ou plutôt du désarroi, mais du désir aussi, qui fit écho à celui qui coulait maintenant dans ses veines. L'espace d'un instant, il faillit craquer et l'attirer entre ses bras. Car après tout, elle n'attendait que ça, qu'il fasse le premier pas.

— Quel genre de récompense voulez-vous ? demanda-t-elle en rougissant.

— Ma plus belle récompense, répondit-il alors, c'est de voir vos joues toutes roses, comme ça, si belles…

Bien sûr, ce n'était pas du tout ce qu'il avait en vue. Mais dans l'immédiat, il ferait comme si. Puis, de manière à lui monter quel gentleman il était, il lâcha sa main et recula.

— Ce… C'est… tout ? demanda-t-elle, l'air confus.

Manifestement, elle ne s'était pas souvent entendu dire qu'elle était belle, alors qu'elle était… au moins sublime.

— Eh bien, dit-il en arborant son sourire le plus innocent, j'étais censé nettoyer cette selle. Or elle est à présent dans un état pitoyable, donc, si on y réfléchit, j'ai échoué dans ma mission.

Elle écarquilla les yeux, à l'évidence désemparée, puis remarqua :

— Ce n'est que partie remise.

— Pardon ?

Difficile de ne pas noter la malice dans ses yeux. Et cette lueur de défi tellement sexy.

— Eh bien, rendez-vous demain matin. Même heure, même corvée.

Phillip laissa échapper un soupir, pour la forme.

— Je ne sais pas si…

Elle hésita, paraissant soudain perdre confiance en elle.

— Et si vous faites du bon travail…

Il réprima un sourire. Parfait. Ce petit jeu finirait par tourner en sa faveur. Du moins tous les signaux semblaient l'indiquer.

A cet instant, quelqu'un toussota derrière eux. Jo se figea sur-le-champ, perdant toute sensualité. Elle se détourna pour regarder Sun.

Derrière elle, il aperçut Richard à une vingtaine de mètres, chapeau entre les mains, avec un drôle de regard. Bon sang, depuis combien de temps était-il là ? L'avait-il vu embrasser la main de Jo ? Pendant un moment, Jo et lui s'étaient crus seuls au monde.

— J'ai quelques affaires à régler, lança-t-il alors, suffisamment fort pour que Richard puisse entendre. Je passerai plus tard voir où vous en êtes avec Sun.

Elle hocha la tête avec indifférence. Elle pouvait simuler devant Richard mais, en ce qui le concernait, il n'était pas dupe.

- 8 -

Assise à la petite table escamotable de son camping-car, Jo regardait fixement l'écran de son ordinateur depuis maintenant dix bonnes minutes, l'esprit ailleurs. Elle avait pourtant reçu des mails importants, de propriétaires de chevaux qui requéraient son aide, auxquels elle devait répondre au plus vite.

Phillip lui avait embrassé la main. Rien de plus. Mais elle ignorait ce que Richard avait vu, exactement.

Pour la première fois depuis très longtemps, elle se surprit à douter d'elle-même. Un homme connu pour ses frasques, riche à millions, surgissait dans sa vie et voilà qu'elle perdait la raison.

Elle avait pour règle de ne jamais flirter avec les clients. C'était mauvais pour les affaires, mais cela la ramenait de surcroît à un passé qu'elle préférait oublier. Si la rumeur se répandait qu'elle répondait aux avances de ses employeurs, les gens ne feraient plus appel à ses services.

Dès lors, une question s'imposait : puisque flirter avec Phillip Beaumont représentait un problème, pourquoi persistait-elle dans cette voie ? Parce qu'elle avait vu une étincelle dans ses yeux, lorsqu'elle avait laissé entendre que s'il nettoyait une autre selle demain matin, il aurait droit à une nouvelle récompense.

Elle aurait dû retirer sa main quand il l'avait embrassée. En fait, elle aurait dû s'abstenir de tout contact avec lui. Elle aurait dû s'en tenir aux règles qu'elle avait instaurées pour un tas d'excellentes raisons, et éviter Phillip Beaumont comme la peste.

Si elle ne se sentait pas tenue de venir en aide à Sun, elle bouclerait ses valises et s'en irait dès demain chez un autre client, quitte à être moins payée. Bien sûr, perdre le ranch Beaumont ferait tache sur son CV, mais après tout, d'autres dresseurs avaient échoué avant elle. Renoncer à ce travail ne l'empêcherait pas d'aller jusqu'au bout de ses rêves, en revanche avoir une liaison avec Phillip…

Mais non, elle n'abandonnerait pas ce cheval, pas après avoir accompli de tels progrès. Richard avait été clair, si elle ne le sauvait pas, Sun serait euthanasié. Oh ! elle pourrait toujours passer le relais à un confrère qui finirait peut-être le travail, sans se soucier de ce qu'elle laisserait derrière elle. Son ancien moi aurait agi ainsi, pas la femme qu'elle était aujourd'hui.

La bonne nouvelle, c'était qu'elle avait retrouvé toute sa réserve cet après-midi, lorsque Phillip était passé pour l'inviter à venir voir ses pur-sang. Elle avait décliné la proposition, expliquant qu'elle devait travailler avec Sun. Ce serait tellement plus facile si Phillip était un salaud. Elle en avait rencontré souvent dans son travail, raison pour laquelle elle mettait les choses au point dès le début — pas de flirt, pas d'histoire — et verrouillait la porte de son camping-car, le soir.

Mais Phillip n'était pas un salaud. Il avait même un comportement exemplaire, nettoyant sans broncher cette selle quand elle le lui avait demandé, essayant de rester immobile et silencieux pour Sun — même s'il n'y réussissait qu'en partie. Il l'avait même laissée diriger les percherons. Et, le matin, il lui apportait son café.

Rien à voir avec l'attitude d'un salaud. Il était même si prévenant à son égard qu'elle ignorait comment réagir à tant de gentillesse.

Quelques années plus tôt, elle ne se serait pas compliqué l'existence. Elle aurait foncé tête baissée, sans se soucier des conséquences. Elle pouvait donc être fière d'avoir su résister. Il suffisait qu'elle continue comme ça.

Perdue dans ses pensées, elle sursauta en entendant des éclats de voix, étouffés certes, mais des cris tout de même. Elle regarda sa montre. Il était près de 22 heures. Les hommes du ranch étaient rentrés chez eux depuis longtemps. D'habitude, à cette heure-là, on n'entendait pas un bruit, excepté les gardiens qui effectuaient leur ronde toutes les heures.

A nouveau, des éclats de voix retentirent, plus forts cette fois. Il s'agissait de deux voix bien distinctes. *Betty !* Le temps étant doux, elle l'avait laissée dans le pré, juste de l'autre côté de l'enclos.

Elle renfila son jean, remit ses bottes. Heureusement, elle n'avait pas encore retiré sa chemise. Elle attrapa ensuite son revolver dans la boîte à gants, le glissa à sa ceinture, dans le creux des reins, et sortit du camping-car.

Si quelqu'un cherchait à enlever Betty ou Sun, ou tout autre cheval sur la propriété, elle voulait le surprendre en flagrant délit. Elle n'aurait plus ensuite qu'à appeler les gardiens à la rescousse. Ce ne serait pas la première fois qu'elle empêcherait un vol. Et elle savait manier une arme.

Une fois dehors, elle regarda autour d'elle. Des phares éclairaient l'enclos, dans lequel Sun s'agitait. Deux hommes discutaient à côté d'une voiture. Phillip. Et avec lui quelqu'un qui lui ressemblait comme un jumeau en un peu plus grand, la voix plus grave. Chadwick Beaumont en personne.

Elle s'approcha discrètement. La discussion était animée, pleine d'animosité aurait-on dit.

— … de la folie ! protesta soudain Phillip en faisant face à son frère.

— La compagnie, et je dirais la famille tout entière, ne peut plus se permettre que tu jettes l'argent par les fenêtres comme tu le fais, répliqua Chadwick sur un ton sans appel.

— Les percherons sont précieux ! s'insurgea Phillip, hors de lui. Ils sont l'image de marque de la compagnie.

— Vraiment ! ironisa Chadwick. Je croyais que c'était toi, notre image de marque. L'incarnation des bières Beaumont dans tous les clubs de la planète.

Derrière eux, soudain, Sun émit un hennissement, presque un cri. Jo grimaça. Combien de temps faudrait-il au cheval pour retrouver son calme, après une scène comme celle-là ? Mais ni Chadwick ni Phillip ne prêtèrent attention à ce pauvre Sun.

— Tu te rends compte du déficit de sympathie dans le public, si nous nous séparons des percherons ? reprit Phillip.

— Le fonctionnement du ranch nous coûte plusieurs millions de dollars, fit remarquer Chadwick avec froideur. Et tes petits protégés quelques millions supplémentaires chaque année. Sans parler de tes nombreuses escapades…

A cet instant, il remarqua Sun en train de se cabrer, en pleine crise de nerfs, et Jo comprit avec effroi que si Chadwick en avait eu le pouvoir, il aurait demandé depuis longtemps à Richard de l'euthanasier.

Phillip se mit à faire les cent pas, visiblement excédé.

— Tu n'y connais rien, en marketing. Bon sang, Chadwick, les gens aiment, vénèrent même les percherons dans ce pays. Et tu voudrais t'en débarrasser, comme ça ?

— L'amour n'a jamais fait tourner une entreprise, marmonna Chadwick.

Phillip se planta devant son frère, les poings serrés. Jo retint son souffle, prête à intervenir s'ils en venaient aux mains.

— Là-dessus, je ne te contredirais pas. Tu ne comprends donc pas ce que nous coûterait cette lubie ? Nous perdrions des dizaines de milliers de consommateurs. Non, Chadwick, ces percherons font partie du patrimoine des Beaumont. Tu ne peux pas les vendre, pas plus que tu ne peux vendre la compagnie.

Le silence qui s'ensuivit fut si glacial qu'elle en frémit.

— J'ai déjà vendu la compagnie.

Jo en resta bouche bée, comme Phillip.

— Tu as… Quoi ?

Jamais elle ne l'avait entendu aussi désemparé.

— J'en ai assez. Je ne veux plus me tuer à la tâche pour subvenir à tes caprices et te permettre d'acheter des chevaux malades, ni financer les projets loufoques de Frances ou payer pour les déboires sentimentaux de Byron, assena Chadwick avec fermeté. Voilà dix ans que je travaille comme un forçat pour maintenir le niveau de vie de la famille. Et je suis fatigué de tout ça. AllBev m'a fait une offre. Le conseil d'administration l'a retenue. C'est réglé. Nous l'annoncerons officiellement dès que les avocats nous donneront le feu vert.

— Mais… Tu… Papa… La compagnie !

Phillip secouait la tête, littéralement affolé.

— Hardwick Beaumont est mort, Phillip. Depuis des années. Je n'ai plus rien à lui prouver. Ni toi.

Quelque chose changea dans la voix de Chadwick. L'espace de quelques secondes, Jo sentit de l'affection, ce qui était étonnant après l'autorité dont il venait de faire preuve. On aurait dit une autre personne.

— Je vais me marier, ajouta-t-il.

— Quoi ? Mais tu es déjà marié, non ?

— Divorcé, ou presque. J'ai envie de construire quelque chose par moi-même, Phillip. J'ai envie d'être heureux. Et tu devrais en faire autant de ton côté. Essayer de comprendre ce que tu es vraiment, ce que tu attends vraiment de la vie.

Phillip secoua à nouveau la tête, ferma les yeux.

— Tu ne peux pas vendre le ranch. Chadwick, s'il te plaît. J'ai besoin de cet endroit. Des chevaux. Sans eux…

— Les nouveaux propriétaires de la brasserie ne souhaitent pas perdre d'argent en finançant ce ranch, Phillip, dit Chadwick, impassible. Ils se fichent des percherons. Je ne peux pas les garder.

Jo dut laisser échapper un soupir ou marcher sur une brindille, car les deux frères se retournèrent soudain.

— Qui est là ? demandèrent-ils en chœur.

— C'est moi, Jo, répondit-elle en s'avançant dans la lumière.

Phillip esquissa un sourire, Chadwick la regarda de haut.

— Qui ? Qui est-ce ? demanda-t-il à son frère.

— Jo Spears, marmonna Phillip dans un soupir. La comportementaliste chargée de venir en aide à Sun.

Elle hocha la tête, satisfaite de la définition de son travail. Mais Chadwick ne parut pas impressionné.

— Alors maintenant, tu emmènes des femmes au ranch… Et à combien se chiffre ce petit caprice ?

Elle ravala sa fierté. A l'évidence, Chadwick Beaumont n'avait pas le talent de son frère quand il s'agissait de parler aux femmes.

— Je suis venu te prévenir, puisque tu fais partie de la famille, reprit-il, Phillip demeurant obstinément muet. Si j'étais toi, je commencerais à me débarrasser de tous les coûts superflus. Vends au meilleur prix ce que tu peux et épargne-toi ainsi l'embarras d'une saisie et d'une expulsion. Si tu ne fais rien, je serai obligé de m'en charger.

Sur quoi il se mit au volant de sa voiture et démarra, sous les yeux de Phillip visiblement ébranlé. Et parfaitement silencieux.

Chadwick voulait vendre les chevaux, tous les chevaux. Pas juste Sun ou les appaloosas ou les étalons, non, tous. Y compris les percherons, soit une centaine de bêtes. Le ranch allait fermer ses portes. Cet endroit que son arrière-grand-père avait bâti de ses mains allait disparaître en un éclair. Et que resterait-il à Phillip, une fois les chevaux et le ranch évanouis ?

Rien. Absolument rien. Bon sang, un verre, il avait besoin d'un verre, vite.

Une fois de plus, Sun hennit bizarrement, mais il ne trouva même pas la force de regarder. Ce serait si facile de blâmer Sun pour toute cette situation. Chadwick était rentré dans une colère folle, le jour où il lui avait avoué le prix de ce cheval. Sept millions de dollars. Phillip avait toujours voulu le meilleur pour le ranch. Ah, si seulement Sun avait coûté moins cher… Sans parler des autres chevaux, de l'attelage, des chariots, de l'équipe, de Jo.

Comme s'il l'avait appelée, elle vint près de lui, glissa sa main dans la sienne, mêla ses doigts aux siens.

— Venez, lui intima-t-elle de cette voix qui n'admettait aucune réplique en l'entraînant vers le camping-car.

En d'autres circonstances, il aurait eu une montée subite d'adrénaline, mais aujourd'hui, il n'avait pas la tête au sexe. Ni le cœur. Alors même qu'il était sur le point de perdre tout ce pour quoi il avait autant travaillé.

Elle le fit entrer et le poussa vers une petite table.

— Asseyez-vous.

Il s'exécuta, avec l'impression de peser une tonne. Mon Dieu, il savait que la compagnie rencontrait des difficultés, mais jamais il n'aurait imaginé que Chadwick prenne une telle décision et vende la brasserie et le ranch. Il pensait que Chadwick finirait par gagner. N'était-ce pas ainsi que les choses se passaient, d'habitude ? Oui, la compagnie et le reste seraient sauvés et la vie continuerait comme avant.

Mais Chadwick n'avait pas gagné, cette fois. Il allait devoir se débarrasser du ranch. Et tant pis pour Phillip.

Contrairement à la propriété familiale, ou même à son appartement en ville, ce ranch était son foyer, son refuge. Oui, ici, au ranch, il s'était toujours senti chez lui. Ici, il avait fait des choses dont il était fier. Ici, son père l'admirait pour son savoir-faire avec les chevaux, oui, ici il existait pour Hardwick Beaumont.

Et aujourd'hui, cela allait lui être enlevé.

Jo toussota. Il la regarda brancher une bouilloire électrique, un revolver posé à côté d'elle, sur le comptoir.

— Je prépare du thé, expliqua-t-elle de la voix calme et posée qu'elle utilisait avec Sun.

Il eut un rire nerveux, car il n'y avait rien de drôle.

— Avec une dose de whisky dans le mien, s'il vous plaît.

Elle se figea, comme pour lui faire sentir sa désapprobation, avant d'ouvrir un placard. Et alors ? Il avait besoin d'un verre. De plusieurs, même. Il ne supportait pas l'idée de se voir ravir le ranch. Les chevaux. Sun. Tout.

— Je n'ai pas de whisky, finit-elle par répondre.

— De la vodka fera l'affaire.

— Je n'ai que du thé. Et deux cannettes de soda.

Il s'esclaffa de nouveau. Décidément, le monde entier lui en voulait aujourd'hui. La bouilloire se mit à siffler. Un bruit strident, insupportable. Il avait les nerfs à vif. Jo s'assit face à lui, avec un regard bienveillant.

— Tenez, dit-elle en déposant la tasse fumante sous son nez.

Il regarda ses mains qui tremblaient. Et alors ? Qu'avait-elle contre le whisky ? Elle n'allait quand même pas lui faire la leçon. L'avantage de tout ça, c'était que la colère avait quelque chose de réconfortant.

— J'ai du whisky chez moi, je boirai si je veux.

Elle prit sa tasse entre ses mains et souffla sur son thé sans le quitter des yeux.

— Oui, chuchota-t-elle. En effet.

— Et je ne suis pas non plus un cheval détraqué, alors arrêtez de me parler sur ce ton calme et patient, marmonna-t-il.

Si elle prit ombrage de ses paroles, elle n'en montra rien.

— Est-ce que ça vous fait du bien ?

— Pardon ? Qu'est-ce qui doit me faire du bien ?

— De ne plus penser, après trois ou quatre whiskys. Ça vous aide ?

— En tout cas, ça me fait plus de bien que ça, répliqua-t-il, tout en s'en voulant d'être aussi désagréable avec elle.

Il n'avait rien à lui reprocher, au bout du compte, mais son univers était près de sombrer et Chadwick était parti. Il n'avait personne d'autre sur qui se défouler.

— Il ne vous arrive pas d'en avoir assez, parfois ?

— Vous parlez comme si vous me connaissiez. Vous ne savez rien de moi, protesta-t-il. Alors, s'il vous plaît, cessez de me parler sur ce ton. Vous ignorez tout de ma vie.

— Comme vous de la mienne.

— Exact. Mais allez-y, videz votre sac. Dites que je suis en train de gâcher ma vie à faire n'importe quoi et que l'alcool n'a jamais rien résolu.

Elle haussa les épaules.

— Je suis capable d'arrêter quand je veux, ajouta-t-il.

— Donc, vous ne le voulez pas.

— Ce que je veux, c'est un verre, siffla-t-il entre ses dents. Vous ne pouvez pas comprendre.

— Oh que si, répliqua-t-elle, cette fois sur un ton différent.

Il la dévisagea et elle soutint son regard sans ciller. Son nez devait avoir été cassé. On distinguait nettement la petite bosse, sur l'arête. Une légère imperfection par rapport à une beauté parfaite.

Car elle était belle. Et si elle refusait de lui donner du whisky, peut-être accepterait-elle de coucher avec lui ? Après tout, cela faisait une semaine maintenant qu'il lui tournait autour. Il pourrait tout oublier, entre ses bras. Il se sentirait mieux. Pendant un moment, du moins.

— J'ai arrêté, dit-elle pour préciser.

— Arrêté quoi ?

— Rien ne me prédestinait à cela, répondit-elle en se levant. Mes parents sont normaux, heureux en ménage. Je n'étais pas particulièrement timide ni même rebelle.

Elle déboutonna son col de chemise, puis le second, et il sentit son rythme cardiaque s'affoler. Elle était en train de se déshabiller ? En fin de compte, ses efforts allaient peut-être payer. Il avait une sacrée chance…

Pourtant, quelque chose clochait. Ce strip-tease était un peu précipité. Or ça ne ressemblait pas à Jo de se donner à lui pour l'aider à se sentir mieux. Et puis, ce n'était pas ainsi qu'il voyait les choses entre eux. Depuis le début, il n'avait qu'un seul objectif en tête : qu'elle le désire autant que lui.

Il n'eut cependant pas le temps de lui demander d'attendre avant d'aller plus loin, car elle poursuivit :

— Papa était un Lakota, je suis donc ce que l'on appelle une sang-mêlé, mais personne n'est parfait, n'est-ce pas ?

Pourquoi lui disait-elle cela ? Si c'était sa stratégie pour le séduire, elle n'était pas très au point. En revanche, ce qui était au point, c'était son décolleté, le galbe de ses seins qu'il pouvait entrevoir maintenant.

Elle défit un autre bouton. A la différence de son nez, sa poitrine était irréprochable. Il ouvrit la bouche, avec l'idée de lui en faire le compliment, mais elle le devança :

— J'ai bu mon premier verre en cinquième, à l'occasion de la fête nationale. Un punch. J'ai fait croire à tout le monde que c'était du jus de fruits. Et ça m'a plu. Alors, j'en ai pris un autre. Et un autre…

Elle fit sauter le dernier bouton et se tint là devant lui. Sans bouger. Sans trembler ni frémir comme n'importe quelle femme le ferait devant l'homme auquel elle s'apprête à se donner. Il se pencha vers elle, mourant d'envie de la toucher, de sentir sa peau sous ses doigts et d'en finir au plus vite avec ces étranges préliminaires pour aller droit au but et faire l'amour avec elle. Car c'était bien de cela dont il s'agissait, non ?

Mais, à cet instant, elle lui tourna le dos.

— Au lycée, je sortais beaucoup. J'ignore comment j'ai pu réussir mes examens ou encore comment je ne suis pas tombée enceinte. Puis je suis entrée à la fac.

J'allais souvent en cours sans m'être couchée, après une nuit de folie.

La chemise glissa sur ses épaules. Il se mit à transpirer, mais fit néanmoins de son mieux pour se concentrer sur ses paroles et pas sur ce corps qu'elle était en train de lui dévoiler.

— Parfois, il m'arrivait de me réveiller le matin dans un endroit que je ne connaissais pas, avec quelqu'un que je ne connaissais pas. Des camarades étudiants, des hommes plus âgés. Je ne me souvenais pas de les avoir rencontrés, d'être rentrée avec eux. Je ne me souvenais même pas avoir couché avec eux.

La chemise glissa un peu plus bas encore. Il serra les poings, partagé entre désespoir, désir et confusion, laquelle finit par l'emporter. Au lieu d'une peau soyeuse, Jo lui révéla un dos strié de cicatrices.

— Au début, le matin, je consultais mon téléphone pour retrouver des traces de la nuit, des photos, des textos… Mais c'était trop dur de faire ainsi, c'était bien plus facile d'oublier en sortant à nouveau, plutôt que d'assumer ce que j'avais fait et de regarder celle que j'étais devenue.

La chemise tomba. Son dos était marqué de profondes cicatrices qui lui descendaient en dessous de la taille et lui remontaient jusque dans la nuque.

— Si je connais son nom, c'est uniquement parce que grand-mère avait conservé la coupure de presse : Tony Holmes. Il a grillé un feu rouge et nous avons été heurtés par un pick-up. Il ne portait pas sa ceinture. Moi, si.

Elle se pencha légèrement de manière à ce qu'il puisse voir tout son dos. D'autres cicatrices apparurent, bien nettes, chirurgicales.

— La voiture s'est embrasée, mais on a pu m'en extraire à temps.

— Tony ?

Pour la première fois dans ce froid exposé des faits, elle parut ressentir quelque chose.

— Il n'a même pas senti les flammes.

Phillip frémit face à ces cicatrices qui racontaient une tragédie. Un type avait perdu la vie, Jo avait frôlé la mort. Or ce genre de choses pourrait très bien lui arriver.

Cette espèce de fuite en avant, lui aussi connaissait ça par cœur. Les nuits de folie, les filles dont il ne gardait aucun souvenir. Une seule raison lui avait permis d'échapper jusqu'ici au pire. En dépit de ses exploits de noctambule, il restait un homme responsable.

Vraiment ? Non, s'il était encore là, c'était à Ortiz, son chauffeur, qu'il le devait. Chadwick et Matthew le lui avaient imposé. Son ange gardien l'accompagnait à chaque événement sponsorisé par la compagnie. C'est-à-dire à peu près tous les soirs. Il n'avait pas eu le choix.

— J'ai eu la colonne brisée en deux endroits. En principe, je n'aurais pas dû remarcher, ni même m'en sortir.

Elle se tourna pour rattraper sa manche droite, de sorte qu'il entrevit ses seins, fermes et généreux, et aussitôt quelque chose entre ses jambes réagit à cette vision, avant qu'elle ne reboutonne sa chemise.

Il resta sans rien dire, groggy, avec plus que jamais l'envie de boire quelque chose de fort. S'efforçant d'effacer les images qu'elle venait de lui mettre dans la tête — images d'elle dans les bras d'inconnus, d'elle piégée dans une voiture en flammes —, il se frotta les yeux.

— Je ne suis pas comme ça.

— Parce que vous ne conduisez pas.

Il hocha la tête. Jamais il n'avait connu quelqu'un qui avait perdu la vie après une soirée bien arrosée. Et il n'avait jamais rien fait non plus avec une femme qui n'en avait pas envie. La petite table chancela quand elle se rassit. Pourtant, au lieu de la regarder, il demeura tête baissée, incapable de faire un geste.

— Entre les opérations de la colonne vertébrale et les brûlures, j'ai été immobilisée des mois entiers sur un lit d'hôpital, reprit-elle, comme s'il avait besoin d'être torturé un peu plus. Il m'a fallu un an pour pouvoir bouger sans souffrir. Et, comme j'avais abusé de toutes sortes de substances, j'avais interdiction de prendre des antalgiques puissants. J'ai dû tout endurer, tout ce que j'avais fait, tout ce que j'étais. Impossible de fuir…

— Comment avez-vous réussi à vous en sortir ? demanda-t-il, la gorge nouée, parce qu'elle le mettait au supplice avec son histoire.

Enfin, plus exactement, elle lui tendait un miroir où il avait toutes les peines du monde à se regarder.

— J'ai tout arrêté, les sorties, les coucheries…

— Mais si…

Il se tut. Après avoir perdu le ranch, s'il cessait de sortir, de faire parler de lui, de faire l'amour chaque soir avec une femme différente, de s'amuser, que lui resterait-il ? Que resterait-il de Phillip Beaumont ?

— Vous avez agrémenté votre café, ce matin ?

— Non…

Et il le regrettait, d'ailleurs. Un peu de whisky aurait atténué la douleur.

— Et hier ?

Il secoua la tête. Combien de temps cet interrogatoire allait-il durer ? Lui qui pensait avoir la paix, après l'annonce de Chadwick, il se trompait.

— Il est 22 h 53. Encore une heure et sept minutes et vous aurez tenu deux jours, déclara-t-elle sur un ton plein d'optimisme. C'est un bon début.

— Et bla-bla-bla… Mon Dieu, on se croirait dans ces cercles où de pauvres repentis s'autoflagellent. Ridicule, marmonna-t-il.

— C'est toujours ce que disent les gens comme nous.

— Je ne suis pas comme vous, Jo, répliqua-t-il, tout en sachant qu'il se mentait.

— Non, en effet. Mes cicatrices sont là pour le prouver.

— Est-ce que ça vous fait encore mal ? demanda-t-il,

sans savoir s'il parlait de ces balafres, ou d'un autre genre de cicatrices.

— Pas vraiment. Et puis, j'ai Betty avec moi. Elle m'aide. C'est seulement lorsque…

Quelque chose dans la voix de Jo attira son attention. Elle était en train de le regarder, ce qui n'était pas une surprise. En revanche, la façon nostalgique dont elle le regardait le surprit. Disparus, la froideur, le calme, mais ça n'était qu'une posture, en fait.

Face à lui se trouvait simplement une femme qui voulait quelque chose qu'elle s'interdisait. Lui. Ou, plus précisément, Phillip Beaumont.

— Il cherche à vous déstabiliser, reprit-elle soudain.

— Pardon ?

— Votre frère. Il cherche à vous déstabiliser. Ainsi, il pourra faire ce qu'il veut de votre ranch, de vos chevaux, et vous ne serez même pas en état de vous battre.

— Et selon vous, que puis-je faire ?

— Ce ne sont pas mes affaires, répondit-elle. Vous êtes le seul à pouvoir décider. Soit vous vous battez, soit vous capitulez. C'est à vous de voir.

— Vraiment ? dit-il, en s'efforçant de donner le change. Vous vous en moquez complètement ?

Elle le dévisagea un long moment puis soupira.

— Si vous laissez le ranch vous échapper, est-ce que vous arriverez à vous regarder dans une glace ?

Il se prit la tête entre les mains. Ce ranch était le seul endroit sur cette terre où il avait été heureux et où il était heureux aujourd'hui encore, même si son père n'était plus là. Sans le ranch, où trouverait-il refuge ? Où se reposerait-il du monde ? Il n'était pas condamné à n'être que le Phillip Beaumont personnage public, un être plutôt antipathique, et pour tout dire un peu méprisable. Oui, sans le ranch, se supporterait-il ?

— J'ai besoin de cet endroit.

— Alors battez-vous pour lui.

Il hocha doucement la tête en réfléchissant à ses paroles. Les souvenirs affluèrent, de son père le posant petit garçon à cru, sur le dos d'un percheron nommé Sally et lui faisant faire le tour du ranch. Du jour où son père et un dresseur avaient discuté de l'acquisition d'un étalon, quand il avait exhorté son père à signer le chèque, ce cheval étant selon lui un champion. De son père lui caressant les cheveux en souriant : « Mon petit Phillip a le nez fin pour les chevaux. » Souvenir de ce jour aussi où il avait acheté son premier cheval de course, de cet autre où il l'avait vu gagner, dans la loge de l'hippodrome, avec son père à ses côtés.

Souvenir encore du scepticisme de son père au sujet des appaloosas. Quelques jours après, Phillip l'avait surpris en train d'en faire l'éloge, se reprochant même de n'avoir pas su écouter son fils. Souvenir aussi du jour où il avait harnaché les percherons pour les funérailles de Hardwick, quand il avait conduit le chariot, en dépit des protestations de la famille qui jugeait ces obsèques indignes du patriarche.

Oui, quand il n'était pas au ranch, il n'était rien. Il n'avait rien. Seulement des nuits de sexe sans amour, avec des femmes dont il ne gardait aucun souvenir, des gueules de bois et la panique, au petit matin, à l'idée d'avoir provoqué un scandale de plus.

— Si je rentre, je vais me servir un verre.

Le seul fait de dire ça à voix haute était déjà en soi un aveu d'échec. Mais c'était aussi la vérité. Jo soupira.

— Si je vous offre un lit, serez-vous capable de comprendre qu'il ne s'agit pas d'une invitation ? demanda-t-elle. Ce n'est pas que je ne sois pas…

Elle se tut. Intéressée ? Oui, elle l'était. Ici, dans le cadre douillet de son camping-car, après avoir joué cartes sur table, elle n'allait pas le cacher.

— Mais il ne peut en aller autrement pour moi, ajouta-t-elle. J'ai renoncé aux hommes, le jour où j'ai décidé de changer de vie.

Il hocha la tête, ne se rappelant pas avoir passé la nuit avec une femme sans coucher avec elle.

— Vous me laisseriez rester ici, avec vous ? Pourquoi ?

Le sourire qu'elle lui offrit fut sans doute le plus triste qu'il lui ait jamais vu.

— Parce que tout le monde devrait avoir quelqu'un qui lui tend la main un jour, répondit-elle en se penchant vers lui pour poser les mains sur les siennes. Même vous.

Et soudain, elle le lâcha et se leva.

— Mais… Où allez-vous ?

Il la vit attraper le revolver sur le comptoir et le glisser à sa ceinture.

— Je vais voir comment va Sun et récupérer Betty. Elle n'a pas son pareil pour tenir compagnie, dans ce genre de soirées…

Quelqu'un qui lui tend la main.

— Je vous attends, bredouilla-t-il, hésitant entre rires et larmes.

— Bien.

Et elle disparut après lui avoir jeté un dernier regard.

- 9 -

Jo ferma les yeux, mais impossible de trouver le sommeil. Allongée dans son lit, elle restait à l'affût du moindre bruit. Manifestement, Phillip était bien réveillé lui aussi. Et leur insomnie à tous deux exaspérait Betty qui laissait régulièrement échapper de longs soupirs, auxquels Jo faisait écho malgré elle. Jamais elle n'avait été aussi proche d'un homme depuis… depuis l'accident, en fait. C'était comme avoir une boîte de chocolats devant les yeux, avec interdiction d'y toucher.

Vers 2 heures du matin, elle entendit Phillip se retourner, peut-être pour la centième fois. Puis elle entendit un bruit de pas et retint son souffle. Où allait-il comme ça ?

S'il ouvrait la porte coulissante et lui avouait avoir besoin d'elle, il était peu probable qu'elle aurait le courage de le renvoyer à son lit dans un coin-cuisine.

Le bruit de pas s'interrompit, puis ce fut le couinement de la porte du réfrigérateur qui s'ouvrait, se refermait et les pas qui s'éloignaient. Elle l'entendit s'asseoir sur le canapé d'angle et Betty trottiner pour le rejoindre.

Elle l'imagina assis dans la pièce à côté, seul, en lutte contre lui-même. Combien de nuits avait-elle passées au même endroit, à broyer du noir ?

Elle se rappela le jour où, son permis tout juste récupéré, ayant trouvé une excuse pour filer au supermarché, elle avait entendu son père lui lancer : « N'oublie pas, Joey. » Sa mère l'attendait sur le pas de la porte, le trousseau de clés à la main mais, au lieu de la retenir ou de lui imposer sa présence, elle l'avait juste prise dans ses bras en chuchotant : « N'oublie pas, mon ange. »

Ils n'avaient pas essayé de l'empêcher de sortir. S'ils l'avaient fait, elle aurait sans doute fini par braver leur interdiction. Mais ils n'avaient rien fait de tel. Ils avaient montré leur confiance en elle.

Elle s'était alors retrouvée au rayon alcool, devant des dizaines de bouteilles remplies de breuvage ambré. C'était tellement facile, elle n'avait qu'à tendre la main, personne n'en saurait rien. Personne oui, excepté elle.

Rentrée à la maison les mains vides, elle était tombée sur sa grand-mère, assise sous le porche, un petit âne minuscule sur les genoux. Lina lui avait souri avec tendresse.

— Est-ce que tu as trouvé ce que tu cherchais, mon enfant ?

— Non, avait répondu Jo.

Elle s'était attendue à éprouver un sentiment de victoire plus fort. Elle avait arrêté de sortir, de boire pour devenir quelqu'un de bien. De mieux.

Or, tout ce qu'elle ressentait, c'était une sorte de vertige. Comment parviendrait-elle à dire « Non », jour après jour, à quelque chose qui lui permettait d'oublier sa solitude et le grand vide en elle ? A ce moment-là, elle en avait eu la conviction, elle n'y parviendrait pas.

— Je te présente Mini Petite Betty, avait alors lancé Lina en lui posant l'âne sur les genoux. Elle a besoin de quelqu'un qui veille sur elle.

Jo soupira, se retourna pour la millième fois dans son lit. Betty s'était calmée au fil des ans, moins nerveuse, moins craintive. Mais elle avait gardé ce regard doux et bienveillant. C'était grâce à Betty si elle était arrivée à maintenir le cap.

Sauf que ce soir, Betty se trouvait derrière cette cloison, avec Phillip, lequel ne dormait toujours pas. Comment dans ces conditions pourrait-elle trouver le sommeil ? Et si elle allait s'asseoir avec lui pour lui prendre la main. Oui, elle le pourrait. Mais elle n'en ferait rien.

Elle ne savait pas guérir les gens. Elle ne pouvait pas les sauver malgré eux. Et elle n'allait certainement pas risquer de l'embrasser, par exemple. Car elle n'était pas certaine de pouvoir s'en tenir à un baiser. Et après ? Elle n'aurait plus aucune raison de ne pas promener les mains sur son corps, de l'attirer contre elle et de le supplier de la…

Elle garda donc sa porte bien fermée et continua de ne pas dormir. A 6 heures, elle l'entendit se lever. Ivre de fatigue, elle hésita à se lever elle aussi pour lui préparer un peu de café. Mais elle n'en eut pas le temps. Il sortit du camping-car.

Phillip était parti. Elle sut tout de suite qu'elle allait devoir nettoyer les selles seule, aujourd'hui.

Phillip se dépêcha d'aller accueillir Matthew à la porte.

— Tu en as mis, du temps.

— Un problème, au travail. J'ai besoin d'un verre, répondit Matthew avec un sourire las.

— C'est que…

— Un souci ? s'enquit Matt.

— Il n'y a pas une goutte d'alcool, à la maison.

Matthew le dévisagea, l'air perplexe.

— De deux choses l'une, soit tu as déjà tout bu, soit…

Il encaissa. Après tout, son frère n'avait pas tort.

— J'ai donné toutes mes bouteilles à Richard, pour qu'il les distribue à nos hommes.

— Tu as… Quoi ?

— En fait, j'essaie de moins boire. Peut-être d'arrêter.

— Ah bon ?

— Oui.

Un verre aurait pourtant été le bienvenu. Pourquoi éprouvait-il tant de difficultés à parler avec son frère ?

— Une personne qui m'est chère m'a fait comprendre

que si je voulais conserver le ranch, il valait mieux que je reste sobre pour pouvoir me battre.

Matthew hocha la tête.

— Et tu as commencé quand ?

— Hier, répondit-il, la gorge serrée.

— Super. Je serais heureux de rencontrer cette personne qui t'est chère.

— Elle est à l'enclos. Avec Sun.

— Le cheval à sept millions de dollars ?

— Oui.

Un long silence s'ensuivit. Phillip tenta de surmonter une subite crise d'angoisse. Non, il n'en aurait pas la force. Comment avait-il pu imaginer un seul instant pouvoir s'opposer à Chadwick ?

— Elle ?

Il acquiesça d'un hochement de tête.

— Tu veux t'opposer au projet de Chadwick pour une histoire de sexe ?

— Je veux juste essayer de sauver mon ranch, rétorqua-t-il. Et puis, corrige-moi si je me trompe, mais ne risques-tu pas toi-même de perdre ton travail, si le projet aboutit ? Je doute que les nouveaux propriétaires veuillent d'un Beaumont comme vice-président.

— Chargé des relations publiques, rectifia Matthew en le fusillant du regard. D'où ma responsabilité d'essayer d'intervenir chaque fois que tu deviens incontrôlable.

— Je ne suis pas devenu incontrôlable, répondit Phillip. Chadwick a débarqué ici pour m'annoncer qu'il allait vendre mes chevaux, le ranch… Qu'étais-je censé faire ? Noyer mon chagrin dans le whisky ? On parle de ma vie, là, Matthew. Ma vie, elle est ici, au ranch. Tu le sais. Pas question d'y renoncer.

— Tu es sérieux, n'est-ce pas ?

— Bien sûr que je suis sérieux. Et j'ai besoin de ton aide. Chadwick refusera de m'écouter. Je doute même qu'il écouterait si le monde entier le suppliait de ne pas se débarrasser des percherons. Il n'a confiance qu'en toi seul.

Matthew le dévisagea, manifestement sur ses gardes, avant de se radoucir.

— Il n'y a rien à boire ici, vraiment ?

— Et j'ai aussi fait faire le vide dans mon appartement, en ville.

— D'accord, soupira Matthew. Alors, quel est ton plan ? Car tu en as un, non ?

Phillip inspira profondément.

— Je veux racheter le ranch à la compagnie.

Ces heures qu'il avait passées à attendre la visite de Matthew, il les avait employées à tenter de trouver une solution. Si le ranch restait à la compagnie, il le perdrait. Or, il ne pouvait l'accepter.

En revanche, s'il rachetait le ranch, il pourrait éventuellement louer les percherons pour des opérations marketing à la nouvelle direction qui en retirerait ainsi tous les bénéfices, sans avoir à supporter les dépenses inhérentes à un ranch.

Oui, ça pourrait marcher. Excepté sur deux petits détails.

— Est-ce que tu as la moindre idée de ce que ce ranch peut valoir ? demanda Matthew, après quelques secondes de stupéfaction. Rien que pour les terres, il faudrait compter environ dix millions de dollars.

— Huit. Huit millions au total pour les terres, les infrastructures et la maison.

Matthew le regarda avec suspicion.

— Et les chevaux ?

— Entre quinze et vingt mille dollars pièce, juste pour les percherons. Plus deux millions pour les autres. Au total, en comptant Golden Sun et les étalons, on tourne autour de quinze, vingt millions. Il y a ensuite les attelages, les tracteurs et autre matériel agricole, puis le personnel, les silos à grains… Bref, acheter le tout reviendrait à trente millions. Pourquoi ne pas vendre des parcelles du ranch ?

Je suis sûr que les gens se bousculeraient pour acquérir un bout du prestigieux ranch Beaumont.

Matthew ne secoua pas la tête en ricanant, comme il le redoutait.

— Je vois que tu as bien réfléchi au problème. Chapeau.

Un sentiment de fierté submergea Phillip. Incroyable, il avait réussi à impressionner son jeune frère.

— Le ranch tourne tout seul, reprit-il. Je vends beaucoup de chevaux. Si je louais les percherons à la compagnie, entre les foires, les publicités, ça rapporterait pas mal. Quant à Sun, vu le prix des pur-sang dans ce pays, je pourrais en tirer un prix largement supérieur à celui qu'il m'a coûté.

Tout cela était vrai. Avec une gestion un peu plus rigoureuse et la vente de quelques chevaux supplémentaires, le ranch serait une entreprise viable. Restait un léger obstacle.

— Et tu as trente millions ? demanda Matthew.

— Pas précisément, non. J'espérais que Chadwick pourrait m'octroyer un prêt. Après tout, nous sommes frères.

Matthew eut un regard qui en disait long sur sa foi en l'amour fraternel quand il s'agissait de business.

— De combien disposes-tu ?

Phillip sentit une boule se loger en travers de sa gorge.

— Je vendrais l'appartement en ville et vivrais ici à plein-temps. Je réduirais mes dépenses, j'arrêterais de m'acheter des voitures de sport, ce genre de trucs. Je devrais bien pouvoir mettre un, voire deux millions de côté.

— Combien ? répéta Matthew. De combien disposes-tu ?

— Et puis j'ai des actions dans la compagnie, la vente me rapportera une belle somme, non ?

En cet instant, le regard de Matthew en rappela un autre à Phillip. Celui de son père.

— Oui, tu pourras en tirer quinze, allez dix-sept millions maximum. Il en manque treize. Et à ta place, je ne compterais pas trop sur l'amour fraternel pour combler ce déficit.

— Je ne peux pas disposer de plus, reconnut enfin Phillip.

— Quoi ? s'exclama Matthew sur un ton désapprobateur. Tu n'as pas un capital ? Des actions quelque part ?

Phillip secoua la tête.

— Une villa sur une île paradisiaque, je ne sais pas. Vraiment rien d'autre ?

— J'ai tout dépensé.

Son frère se passa la main dans les cheveux, l'air abattu.

— Tu sais que Chadwick n'a toujours pas digéré ce cheval à sept millions de dollars ?

— Oui, je sais.

— Il ne manquera pas de te faire payer cette folie. J'espère que tu en es conscient ?

— Oui, je sais, répéta-t-il, avec le goût amer de la défaite.

C'était inévitable. Il avait toujours été la bête noire de Chadwick, le frère indigne, celui par qui le scandale arrivait. Mais si Chadwick avait toujours été l'héritier désigné par leur père pour les affaires, en ce qui concernait les chevaux, Phillip devenait le fils préféré de Hardwick. Et sur ce point, il n'avait jamais courbé l'échine devant son aîné. Il ne regrettait pas d'avoir dépensé des millions de dollars pour acheter Sun. Car c'était aussi ce qu'aurait fait son père, le Hardwick qui aimait se retrouver au ranch, au milieu des chevaux.

Mais leur père n'était plus là depuis des années. Et pourtant, Phillip avait l'impression de n'en avoir pris réellement conscience que ces derniers jours, en s'interrogeant sur lui en tant qu'homme et pas en tant que Beaumont. En comprenant que ce ranch, ce bonheur fragile, cette unique parenthèse de bonheur dans sa vie risquait de lui échapper.

Il devait cette prise de conscience à Jo qui, avant de voir en lui un fils Beaumont, avait vu un homme qui savait y faire avec les chevaux — un homme faible et stupide, oui, un homme qui gâchait sa vie, mais un homme qui valait la peine d'être sauvé.

— Matthew, bredouilla-t-il, je suis désolé.

— Tu peux, répondit son frère. C'est de la folie.

— Non, enchaîna Phillip, en se donnant du courage. Je ne suis pas désolé de vouloir sauver le ranch. Je ferai n'importe quoi, pour ça. Je… Je suis désolé pour tout le reste, de déraper parfois jusqu'au scandale, désolé aussi de ne pas me souvenir de la moitié des trucs que j'ai pu faire la veille…

— Phillip, l'interrompit son frère, avec une nervosité inhabituelle.

— Non, laisse-moi finir.

Oui, finir était devenu soudain d'une importance capitale. Il s'était toujours senti tellement en colère contre Chadwick qu'il n'avait jamais pris la peine d'essayer de comprendre pourquoi son aîné semblait de son côté ressentir autant de colère, lui aussi. Mais aujourd'hui, l'esprit clair, sans gueule de bois, il comprenait.

— Je suis désolé de t'avoir obligé à servir de tampon entre Chadwick et moi. Je suis désolé aussi de t'avoir détesté quand tu étais enfant…

— Quoi ? s'exclama Matthew.

— Je suis un mauvais frère. Car je t'en ai voulu autrefois, parce qu'à cause de toi, ma mère était partie. Ce n'était pas ta faute.

Ils se firent face un moment, Phillip ne sachant que rajouter.

— Pourquoi me lâches-tu tout ça ? demanda alors celui-ci.

Phillip haussa les épaules. En réalité, il aurait été bien en peine de le dire. Il en avait juste éprouvé un besoin impérieux.

— Je ne veux plus être le genre de type derrière lequel quelqu'un doit passer pour faire le ménage. A partir d'aujourd'hui, je veux être responsable de mes actes, de ma vie… Et désolé s'il m'a fallu autant de temps pour le comprendre.

— Tu… Tu sais, toi aussi, tu étais un enfant. Ce n'est pas de ta faute.

— Quand j'avais six ans, peut-être, mais je suis adulte aujourd'hui et depuis un bon bout de temps déjà. Je me suis comporté comme un minable. Je suis vraiment désolé.

Matthew s'éloigna de quelques pas, avant de s'arrêter net. A cet instant, Phillip sentit le désespoir l'envahir. Cela lui avait semblé une si bonne idée de racheter le ranch, une nécessité vitale pour lui, mais…

— Ce n'est pas si simple, répliqua alors Matthew. Tu es encore lié par contrat pour représenter les Brasseries Beaumont lors des opérations promotionnelles. Si, par miracle, tu arrivais à convaincre Chadwick de te suivre dans ton projet, tu devrais renoncer à la vie que tu mènes depuis des années.

— Je sais.

C'était l'autre détail délicat de l'histoire. Il en était conscient, s'il décidait de vivre au ranch pour travailler avec les chevaux, discuter avec Jo, caresser Betty entre les oreilles, il devrait changer radicalement de vie. Plus de sorties le soir, de coucheries à droite à gauche, de beuveries. Et alors ? Ce n'était pas la fin du monde !

D'ailleurs, s'il avait demandé à Matthew de venir jusqu'ici, c'était bien pour une chose. Il craignait, arrivé à Denver, de se laisser tenter par les distractions multiples que proposait la ville. Les bars, les clubs, la fête. Bien sûr, il pouvait décider de refuser, tout simplement. Tout simplement ? Alors que par deux fois, juste en parlant avec Matthew, il avait eu une envie affreuse de bière.

— C'est pourquoi j'ai besoin de ton aide, Matthew. Je ne sais pas comment m'y prendre et tu es le seul que Chadwick écoute.

— Donc, tu n'as pas eu cette idée juste pour mettre cette femme dans ton lit ?

— Elle n’est pas comme ça.

Il avait besoin de l’expertise de Matthew, de ses contacts, de sa capacité à convaincre Chadwick, surtout.

— Bah, je ne devrais pas me lancer dans cette aventure, dit son frère en soupirant.

— Mais tu veux bien ?

Matthew se retourna et lui fit face.

— Je suis un idiot.

— Faux, rétorqua Phillip avec un grand sourire. Tu es un Beaumont.

Avoir su rallier son frère à sa cause était une victoire.

- 10 -

Jo nettoyait les selles, Sun les salissait. Le processus se répéta plusieurs fois au cours des jours suivants. Mais il y avait une selle que le cheval n'attaquait pas, celle de Betty, que Jo évitait soigneusement de laisser traîner dans la poussière, pour ne pas fâcher le cheval. Betty et lui étaient devenus apparemment les meilleurs amis du monde.

Les journées se ressemblaient et elle sentait peser une certaine angoisse sur ses épaules. Elle n'était pas responsable de Phillip Beaumont et ne l'avait jamais été. Elle n'avait d'ailleurs aucune obligation de le sauver. C'était à lui et à lui seul de faire ses choix.

Bien. Mais tout ça, c'était de la pure théorie, parce qu'au fond, elle n'arrivait pas à se débarrasser d'un certain sentiment de culpabilité et d'empathie avec ses souffrances. Sauf qu'à la différence de Phillip, au pire moment de son existence, elle avait trouvé du réconfort et de l'aide auprès de ses parents. De sa grand-mère. De Betty.

Son combat, elle l'avait mené en solitaire, mais sans jamais se sentir seule.

Ce n'était pas le cas de Phillip. Elle ignorait quelles étaient ses relations avec le reste de sa famille, mais elle ne croyait pas se tromper en pensant que son frère le méprisait et ne tenait aucun compte des aspirations.

Elle n'avait pas revu Phillip depuis qu'il avait passé la nuit dans son camping-car. Et alors ? Le café qu'il lui apportait le matin, la façon qu'il avait de serrer sa main dans la sienne ou de la regarder, comme si elle était son seul espoir, bref, tout ça, elle devrait s'en moquer. Ce n'était pas ses affaires. A chacun ses problèmes.

Mais ce n'était pas aussi simple.

Jo chassa ces pensées de son esprit pour se concentrer sur sa mission. Après tout, elle était ici pour ça, non ? Si Phillip baissait les bras, Sun serait vendu. Et cette seule idée lui était insupportable. Un tel changement annihilerait tous leurs progrès. Mais il était de son devoir de s'assurer que le cheval soit aussi docile que possible, quel que fût son propriétaire.

C'était une question d'éthique. Il en allait de sa réputation.

Au troisième jour de nettoyage des selles, Sun alla les renifler, les piétina mollement, avant d'inspecter ses seaux. Où il n'y avait malheureusement pas de carottes.

Elle s'approcha alors des selles, effaça les empreintes de sabots sur le cuir, puis s'éloigna. Sun revint peu après les renifler, mais cette fois ne les piétina pas.

Enfin ! Il s'était lassé de ce petit jeu. Le moment était venu de passer à l'étape suivante. A savoir, poser l'une de ces selles sur le dos de Sun.

Elle ne se faisait guère d'illusions. Seller Sun ne se ferait pas en un après-midi. L'affaire pouvait prendre des semaines qu'elle n'aurait peut-être pas devant elle.

Elle soupira. Elle avait besoin d'une pause. Pour la première fois, elle en eut soudain assez de se tenir dans cet enclos. Elle rassembla ses affaires, ramassa la selle qu'elle accrocha bien en vue sur la clôture, de manière à ce que Sun puisse la voir.

Richard accepterait peut-être de lui prêter un cheval. Elle irait faire une balade. Peut-être voir les appaloosas. Et pourquoi n'en profiterait-elle pas pour appeler sa grand-mère ? Juste pour prendre de ses nouvelles. Elle pourrait aussi aller au cinéma. Bref, n'importe quoi qui lui change les idées et lui permette d'oublier un moment le ranch Beaumont.

Elle dessella Betty et posa sa selle près de celle de Sun. Si tous deux semblaient plutôt bien cohabiter, elle ne faisait pas suffisamment confiance à Sun pour laisser le petit âne avec lui, dans l'enclos. Betty serait aussi bien dans le pré juste en face à l'attendre.

Comme elle sortait de l'enclos, elle entendit une voiture arriver. Une luxueuse limousine noire se dirigeait vers le ranch. Phillip. Jo soupira, nerveuse. C'était pourtant son credo depuis longtemps, d'éviter tout rapprochement avec les clients, et de ne porter aucun intérêt à leur vie privée. Bref, de garder ses distances.

Difficile maintenant de revenir en arrière. Et s'il était dans un état second, comme lors de leur première rencontre ? Cela signifierait qu'il avait baissé les bras. Dans ce cas, elle quitterait le ranch ce soir même et rentrerait chez elle pour se reposer un peu du monde. Puis elle continuerait sa route, comme avant le ranch Beaumont, irait s'occuper des chevaux de riches propriétaires. Elle ne reverrait plus Phillip Beaumont.

Mais si… La limousine se gara devant elle. Au lieu des chaussures de marque italienne et du pantalon cousu main qu'il portait la première fois où il était descendu de cette voiture, elle le vit apparaître vêtu de santiags flambant neuves et d'un jean délavé dans les règles de l'art. Un grand sourire aux lèvres.

Même à cette distance, elle vit tout de suite qu'il n'avait pas passé la nuit à faire la fête. Il était rasé de frais, les cheveux savamment en désordre. Elle fronça les sourcils et le regarda remercier son chauffeur. Puis il claqua la portière, et la limousine s'éloigna.

En plus du jean, il portait une chemise noire à fines rayures, avec des broderies sur les épaules et aux poignets. Et tout ça lui allait terriblement bien. Trop bien.

Elle retint son souffle lorsqu'il se dirigea vers elle. Ça ne devrait pas être permis d'être aussi beau. Elle l'observa avec attention, mais ne nota rien de suspect.

Phillip Beaumont semblait en pleine possession de ses moyens. En fait, jamais elle ne l'avait vu aussi détendu, aussi sûr de lui ni aussi sexy.

Derrière elle, Sun hennit. Puis Jo entendit le cheval s'élancer, non pas dans un galop frénétique, mais au trot. Sa réaction prouvait deux choses : non seulement il reconnaissait Phillip, mais en plus, il était heureux de le voir. Presque autant qu'elle.

— Vous revoilà.

— En effet.

Il s'arrêta à deux pas devant elle, à distance respectable donc, mais suffisamment près tout de même pour qu'elle puisse le toucher si l'envie la prenait.

Or, ce n'était pas l'envie qui lui manquait. L'homme devant elle était un cocktail explosif de séduction, un sulfureux mélange de play-boy et de cow-boy. Irrésistible.

— Vous avez regardé *Denver This Morning*, ce matin ?

— Euh… Non.

— Cela ne m'étonne pas de vous ! s'exclama-t-il avec un sourire qui lui déclencha des picotements partout.

Elle ne put s'en empêcher, elle renifla discrètement, juste comme le faisait sa grand-mère autrefois avec elle. Un bouquet subtil d'effluves épicés, mais pas la moindre odeur de whisky.

— Je n'ai pas touché à une seule goutte de whisky au cours de ces cinq derniers jours, confirma-t-il.

— Bravo, chuchota-t-elle.

Pourquoi éprouvait-elle tant de mal soudain à faire une chose aussi simple que respirer ? Il n'avait rien bu depuis cinq jours ? Il n'avait jamais été aussi beau ? Et alors, en quoi cela la concernait-il ?

— J'ai embauché un deuxième chauffeur, Fred. Un type bien, chargé de m'aider à ne pas déraper. Il viendra me chercher demain matin et me servira de chaperon, le week-end, dans les clubs où la bière Beaumont organise des soirées de promo.

— Vous avez… Quoi ?

— J'ai embauché un chaperon. Pour m'aider à ne pas faire n'importe quoi et garder les idées claires. Ainsi, je serai en état de me battre pour le ranch. En fait, je voulais vous remercier…

— Me remercier ? répéta-t-elle, la gorge serrée. Pourquoi ?

Il n'eut pas le temps de répondre, Betty trottina jusqu'à lui et se frotta contre sa jambe, quémandant des caresses.

— Ohé, jeune fille, lui dit-il, câlin, en se penchant pour lui frotter le cou. Tu as bien veillé sur Jo pendant mon absence ?

— Vous lui avez manqué.

Elle ravala la boule en travers de sa gorge.

Phillip la dévisagea, vaguement narquois. Il ne fut pas dupe. Alerte rouge. A quoi jouait-elle ? Elle avait renoncé aux hommes, alors pourquoi celui-là ferait-il exception ?

Sur ces entrefaites, il sortit son téléphone de sa poche et, après quelques secondes de manipulation, il le lui tendit.

Le soleil choisit ce moment pour percer à travers les nuages et la réverbération l'empêcha de voir ce qu'il voulait lui montrer. En revanche, elle entendit une voix enjouée déclarer : « … avec nous, ce matin, l'irrésistible Phillip Beaumont, des Brasseries Beaumont ».

— Je ne vois rien, maugréa-t-elle.

— C'est à cause de la lumière.

Elle regarda alors du côté du camping-car qui, à cette distance, lui parut subitement à la fois trop près et trop loin.

— Nous pourrions aller regarder ça dans mon camping-car, suggéra-t-elle et, à la seconde même où elle prononça ces mots, elle sut qu'elle avait autre chose en tête que le simple visionnage d'une vidéo.

Elle se tourna vers Phillip, désemparée. Un quart d'heure plus tôt, elle était déterminée à l'effacer de son esprit. Et maintenant ?

Ils se fixèrent durant de longues secondes, un échange

de regards si intense que l'air crépita autour d'eux, électrique. Elle sentit le froid l'envahir, puis ce fut une bouffée de chaleur, des symptômes qu'elle connaissait. Le désir.

L'heure était grave. Rien en réalité ne l'empêchait d'inviter Phillip à la suivre dans son camping-car et à l'embrasser à en perdre haleine, histoire de lui montrer combien elle était heureuse de le voir et de savoir qu'il n'avait pas touché un verre depuis bientôt une semaine. Personne n'en saurait jamais rien.

Excepté elle. Et lui.

— Oui, pourquoi pas ? répondit Phillip, avec sa voix riche et profonde, aussi douce qu'une caresse. Si c'est ce que vous voulez.

Il ne croyait pas si bien dire. C'était exactement ce qu'elle voulait. Elle le voulait à deux cents pour cent, ce Phillip-là qui n'avait pas peur de se salir les mains en trimballant des bottes de foin ou en nettoyant des selles, le Phillip qui n'avait pas son pareil pour harnacher des percherons et conduire un chariot. Le Phillip qui la faisait rougir.

Incapable d'articuler un seul mot, elle se dirigea en silence vers le camping-car, ouvrit la porte et s'arrêta en haut des marches, à l'abri du soleil. Phillip s'arrêta lui aussi, prêt à la suivre.

— Tenez, marmonna-t-il, sur la première marche, en se penchant vers elle, le téléphone dans la main. Regardez.

La vidéo redémarra. « Retour sur le plateau de *Good morning, America*, déclara une femme que Jo reconnut vaguement. Avec nous, ce matin, l'irrésistible Phillip Beaumont, des Brasseries Beaumont. »

La caméra montra Phillip, installé sur un canapé, parfaitement à son aise, très sexy avec cette chemise western et ses bottes en daim. Il souriait à la présentatrice du plus célèbre show matinal du pays, avec ce fameux sourire qu'il avait dégainé à Jo, le jour de leur rencontre.

« Chacun connaît la passion des Brasseries Beaumont pour les percherons, poursuivit la jeune femme. Mais il semblerait que nous soyons à l'aube de certains changements et Phillip est ici pour nous en parler…

« Merci, Julie, répondit Phillip d'une voix grave. Les percherons font en effet partie du patrimoine des Beaumont depuis 1868. »

A l'écran apparut une affiche noir et blanc montrant des percherons tirant un chariot rempli de fûts de bière. Phillip fit alors le récit de l'épopée des Beaumont en insistant sur ces chevaux qui, depuis plus d'un siècle, faisaient partie intégrante de l'histoire de la compagnie.

« La société vit aujourd'hui de grands bouleversements, reprit Phillip. Et il semblerait que l'ère des percherons soit révolue. Ce qui revient à rompre avec nos racines. Or nous ne pouvons prendre une telle décision sans solliciter l'avis du public, un public de fidèles, parfois sur plusieurs générations. Nous avons donc décidé d'organiser un vote. Les Brasseries Beaumont doivent-elles conserver les percherons ou pas ?

« Passionnant, répondit la journaliste. Et comment peut-on voter ?

« C'est très simple, en se rendant sur la page Facebook de la compagnie, répondit Phillip. Et nous encourageons également les gens à laisser un avis sur ce que représentent ces chevaux pour eux… »

Phillip et Julie bavardèrent encore un moment, puis ils furent interrompus par la coupure publicitaire. La surprise passée, Jo s'exclama :

— C'est… incroyable !

— Je vous montrerai ma prestation au *Denver This Morning*, mais c'est à peu près la même chose, dit-il en posant le pied sur la deuxième marche.

— Et « nous » ? demanda-t-elle, car cela ne lui avait pas échappé, Phillip avait mentionné un « nous » à plusieurs reprises.

— Mon frère Matthew m'a aidé à tout organiser, expliqua-t-il. Mais Chadwick ignore tout de cette petite opération promotionnelle. Nous comptabilisons déjà six mille votes pour conserver les percherons et quatre mille avis, en moins de quarante-huit heures. Je mets Chadwick au défi d'ignorer ce raz-de-marée, tout comme les nouveaux propriétaires de la brasserie, d'ailleurs.

— C'est incroyable, répéta-t-elle, comme hypnotisée par l'écran.

Il ne céderait pas. Ni sur Sun ni sur les percherons. Ni sur ce qui lui tenait tant à cœur. Il ne capitulerait pas sans se battre.

Soudain, il lui ôta son chapeau et le posa sur la chaise, près de la porte. Il ne la toucha pas vraiment, mais elle sentit une chaleur intense courir sur sa peau.

— J'ai beaucoup réfléchi la nuit où vous m'avez offert l'hospitalité, reprit-il. Je me suis demandé qui j'étais, ce que je voulais, celui que je voulais être.

— Vous n'avez pas dormi, je le sais, chuchota-t-elle. Moi non plus.

— J'ai décidé de procéder à certains changements dans mon existence, poursuivit-il en repoussant une mèche sur sa joue. Dès le lendemain matin, j'ai pris contact avec des équipes de nettoyage pour vider mon appartement en ville. J'ai également demandé à Richard de prendre toutes les bouteilles à la maison pour les distribuer aux hommes. J'ai eu une longue discussion avec Matthew et j'ai embauché un deuxième chauffeur digne de confiance.

— Mais comment avez-vous pu faire tout ça ? demanda-t-elle, sidérée par son récit. Quel a été l'élément déclencheur de ce plan de bataille ?

Non, elle ne pouvait pas être à l'origine de tout ça.

Il gravit la dernière marche du camping-car et referma la porte derrière lui. Il se tenait si près d'elle à présent qu'elle sentait la chaleur de son corps à travers sa chemise. Il prit son visage entre ses mains et plongea ses yeux dans les siens.

— Si vous étiez n'importe quelle autre femme en ce monde, je vous dirais que j'ai fait ça pour vous. Mais…

Ce « mais » était sans doute le plus important de sa vie.

— Mais ce ne serait pas la vérité. Pas vraiment.

— Alors, pourquoi ? Pour qui faites-vous tout ça ?

— Pour Sun, Marge, Homer et Snowflake et tous mes chevaux. Pour Richard aussi, ce vieux grigou, parce que c'est un contremaître fiable et qu'à son âge il aurait du mal à retrouver du travail.

— Mais encore ?

Elle posa le téléphone sur son chapeau et noua les bras autour de sa taille, aussitôt subjuguée par le contact de son corps, si chaud et si fort.

— Je l'ai fait pour moi, répondit-il, le regard incandescent.

Cette réponse aurait pu sembler égoïste, mais il n'en était rien. Il la regarda avec une telle ferveur qu'elle en tressaillit. Elle en eut alors la conviction : si elle posait les lèvres sur les siennes, il n'y aurait pas de retour possible.

— Parce que je ne pourrais pas me regarder dans une glace, si je laissais faire, ajouta-t-il.

— Oh…

Elle ne put en dire plus, mais, fatiguée de lutter, elle céda à l'attraction qu'il exerçait sur elle en l'embrassant.

Le soupir que poussa Phillip vint à bout de ses ultimes réserves. Le désir la submergea en un véritable raz-de-marée. Elle sentit le bout de ses seins se dresser, durs à faire mal. Seul Phillip pouvait quelque chose pour apaiser cette douleur.

Elle l'embrassa vraiment et il répondit à son baiser avec la même ardeur, en nouant sa langue à la sienne.

Tout ce qui lui restait de raison finit par s'évaporer. En proie à une fièvre majeure, elle fit courir ses mains sur son dos, puis elle enfouit les doigts dans ses cheveux. Elle le voulait, ce corps qui lui faisait tant de choses, qui lui donnait chaud et froid en même temps. Et elle le voulait maintenant. Elle n'était plus que ce feu entre ses cuisses.

Prendre le temps de la réflexion ? Impossible. Il y avait si longtemps, plus d'une décennie, qu'elle vivait dans le déni du besoin de sentir les mains d'un homme sur elle.

Sans détacher ses lèvres de celles de Phillip, elle tâtonna, cherchant à déboutonner sa chemise, mais finit par la lui arracher. Elle mit un terme à leur baiser et regarda son torse nu, comme taillé dans le bronze, puissant et chaud. Brûlant même.

— Mince, chuchota-t-elle en faisant glisser une main sur ses abdominaux.

— Hmm, soupira-t-il en repoussant ses cheveux pour déposer un baiser dans le creux de son épaule.

Des années de frustration sexuelle lui explosèrent en pleine figure quand il lui mordilla le lobe de l'oreille. Instinctivement, elle se pressa contre lui, dans un effort pour relâcher un peu cette tension en elle.

— Phillip…

— Je suis trop brutal ?

Et aussitôt, il souffla sur l'endroit qu'il venait de mordiller, geste qui, par sa douceur inouïe, fut fatal à Jo.

Elle sut alors que c'était sa seule chance, la dernière, avant de perdre le contrôle. Si elle voulait reculer, c'était maintenant ou jamais. Excepté qu'elle n'avait pas la moindre envie de reculer. Bien au contraire, elle voulait continuer, aller plus loin sans un regard en arrière.

— Non, répondit-elle en bataillant avec sa ceinture. Pas assez.

— La chambre ? marmonna-t-il, la bouche contre son oreille.

— Oui, répondit-elle, même si elle se fichait bien de l'endroit où ils feraient ça.

A sa grande surprise, Phillip l'emporta dans ses bras, le premier autour de sa poitrine, le second sous ses fesses.

— Tu aimes quand c'est rude ? demanda-t-il en se dirigeant vers sa chambre.

— Un peu, oui, répondit-elle avec une bouffée d'angoisse, avant d'avouer : Cela fait si longtemps…

Et s'il n'y avait que ça ! En réalité, elle n'avait pas fait l'amour depuis l'accident. Les stores étaient baissés, mais le soleil inondait la chambre, impossible de cacher ses cicatrices.

— Dans ce cas, nous ferons en sorte de prendre notre temps pour que ça en vaille la peine, murmura-t-il. Tu as failli me tuer, l'autre soir, ajouta-t-il tout en faisant courir ses lèvres sur son cou.

— Vraiment ? répondit-elle, haletante.

Sa chemise finit par s'échouer à leurs pieds. Phillip caressa alors ses seins gonflés sous son soutien-gorge.

— Oui, quand tu as baissé ta chemise pour me montrer ton dos, continua-t-il, ses mains lui encerclant la taille. J'aurais tout donné pour te toucher.

Le soutien-gorge céda sous ses doigts et il prit ses seins dans le creux de ses mains.

— Magnifique, dit-il, extasié, avant de se pencher pour la lécher, là. Tout simplement… magnifique.

— Je…

Il prit l'un de ses tétons entre ses dents.

— Oui ?

Elle le sentait peser contre elle, son désir ne faisait aucun doute.

— Je t'en prie, encore, supplia-t-elle.

— J'aime les femmes qui savent ce qu'elles veulent, susurra-t-il tout en défaisant sa ceinture, avant de faire glisser son jean sur ses hanches.

Il la fit asseoir sur le lit, où elle s'empressa de se débarrasser de ses bottes, puis de son jean et se retrouva en petite culotte, le cœur battant à tout rompre.

Elle reprit néanmoins ses esprits quand Phillip retira son

jean. Sous son boxer rouge vif, elle découvrit une érection à tomber à genoux. Puis le boxer disparut à son tour.

Le souffle de Jo s'accéléra. Elle devrait dire quelque chose, mais quoi ? Elle n'était pas une vierge effarouchée, ni particulièrement pudique, cependant elle était restée abstinente dix ans.

Que devait-elle faire ?

Phillip s'avança. Peut-être attendait-il qu'elle le prenne dans sa bouche.

Mais son membre était énorme. Elle le saisit alors dans le creux de sa main, referma ses doigts autour de lui.

— Jo, gémit-il en enfouissant les mains dans ses cheveux. Attends, ajouta-t-il quand elle se pencha.

Il la repoussa doucement et elle le regarda inspirer puis expirer, comme un homme qui cherche à reprendre le contrôle, après quoi, il rouvrit des yeux d'un vert intense.

— Sauver le ranch, articula-t-il enfin, avec une tension évidente, tant de raisons entrent en jeu. Mais ça, ajouta-t-il en laissant tomber un préservatif à côté d'elle, ce n'est que pour toi.

Et, avant qu'elle puisse répondre quoi que ce soit, il s'agenouilla entre ses jambes et fit glisser sa petite culotte sur ses cuisses.

— Ça fait dix ans, vraiment ?

Comment aurait-elle pu articuler un seul mot alors que ses doigts descendaient doucement sur ses jambes ? Elle se mordit la lèvre.

Il empoigna ses chevilles et la regarda. L'espace d'une poignée de secondes, elle céda à la panique. Il avait l'habitude d'un autre genre de femmes, des femmes au corps de déesse, avec une peau douce, parfaite.

Le temps de deux trois secondes, elle ressentit le besoin de prendre un verre, quelque chose de fort pour se donner du courage et s'abandonner à cet homme à genoux devant elle. Mais l'envie d'alcool disparut bien vite.

Phillip se pencha et déposa un baiser… sur son genou.

— Tu veux t'en souvenir ?

— De quoi ?

— Tu as dit que tu ne gardais aucun souvenir du sexe dans ta vie d'avant. Je veux savoir si tu veux te souvenir de… nous ?

Drôle de propos à un moment aussi crucial. Le genre de paroles que ne tenaient sans doute pas les gens normaux. Mais Phillip et elle étaient différents, avec un passé qui les différenciait des autres. Et les rapprochaient forcément.

Il déposa un autre baiser sur sa hanche. Elle en trembla. Sa réaction était excessive : après tout, ce n'était que sa hanche. Mais la tendresse avec laquelle il opéra la bouleversa.

— Alors ? insista-t-il en embrassant cette fois le haut de sa cuisse.

— Je veux me souvenir, chuchota-t-elle. Je veux me souvenir de nous. De toi.

- 11 -

Oui.

— Moi aussi, je le veux.

Il se pencha sur elle, laissant son érection frotter contre l'intérieur de sa cuisse tout en faisant glisser ses lèvres sur sa gorge, en lui mordillant l'oreille.

— Que veux-tu de moi ? Des caresses ou quelque chose de plus concret ?

Elle se plaqua contre lui, ce qui le rendit fou.

— Les deux, répondit-elle en riant doucement.

Mais il ne fut pas dupe. Elle était nerveuse. Il ne pouvait le lui reprocher. Dix ans, c'était long.

Il s'empara de ses mains et la cloua sur le lit. Aussitôt, elle gémit et se cambra. Et lui ferma les yeux, à la torture. Car ils n'étaient pas encore allés à l'essentiel.

Ses bras commencèrent à trembler sous les efforts qu'il déployait pour ne pas plonger en elle. Il voulait faire les choses bien.

— Les deux, d'accord, lâcha-t-il, entre douceur et âpreté.

Il prit le lobe de son oreille entre ses dents et mordit dedans. La réaction fut immédiate. Elle laissa échapper un petit cri et colla ses hanches aux siennes. *Oui*, pensa-t-il une nouvelle fois.

Il se concentra ensuite sur le côté de ses cicatrices. Elle voulut se retourner, mais il l'en empêcha et, tout en la maintenant immobile, il couvrit son épaule de baisers puis descendit sur sa poitrine, pleine et généreuse.

Il entreprit de lui lécher les tétons, soufflant dessus par intermittence pour les voir se contracter. Jo se tortillait en gémissant sous lui. Pas encore. Trop tôt.

Il s'agenouilla et embrassa la vallée entre ses seins, avant de mordiller l'intérieur du gauche. Elle étouffa un cri et tenta d'arracher ses mains aux siennes.

— Est-ce que ça va ? demanda-t-il.

— Oui…

Elle hocha la tête, mais garda les yeux clos.

— Regarde-moi, ordonna-t-il et, comme elle tardait à s'exécuter, il mordilla le bout de son sein. Jo, je veux que tu regardes ce que je suis en train de te faire.

Puis il prit carrément son sein dans sa bouche et le suça avec frénésie jusqu'à ce qu'elle ouvre les yeux. Et voilà. L'anxiété qui y était tapie un peu plus tôt avait disparu. Ne restaient dans ces yeux-là que du désir et de la fièvre.

Il fit courir ses dents sur elle, sans lui faire mal, mais assez pour qu'elle n'oublie pas cette caresse.

— Phillip, supplia-t-elle en surélevant les hanches, pour quêter son contact.

Sans lui lâcher les mains, il déplaça sa bouche sur elle de plus en plus bas, avant de la tirer vers lui jusqu'à presque la faire asseoir. Pas question de la laisser se rallonger.

— Ne ferme pas les yeux, lui intima-t-il.

Puis il se pencha et déposa un baiser entre ses cuisses, avant de caresser son sexe d'un premier coup de langue.

— Pourquoi as-tu le droit de me faire toutes ces choses, et moi pas ?

Bonne question.

— Parce que tu as été sage, répondit-il, bouche collée contre elle, de sorte qu'elle dut sentir sa voix plus qu'elle ne l'entendit.

Et apparemment, cela lui fit de l'effet, car elle se cambra une nouvelle fois, son corps réclamant plus que sa bouche. Il leva les yeux pour vérifier. Elle regardait. Excellent. Elle avait bien mérité une récompense.

Il se remit à l'ouvrage, tour à tour la dévorant, la savourant comme on dégusterait un bon vin. La nuit promettait d'être passionnante, juste pour elle et lui, sans rien qui fausse la donne, rien qui pervertisse ces moments.

Il ne se montra pas particulièrement tendre. Et cela paya. Après quelques minutes de ce traitement, le dos de Jo se cabra tel celui d'un brave petit appaloosa. Puis un cri strident s'échappa du fond de sa gorge et peu après elle retomba sur le lit, le souffle court.

Il embrassa l'intérieur de sa cuisse, puis mordilla l'autre, n'en pouvant plus lui-même de désir.

— Etait-ce suffisamment rude pour rester mémorable ? demanda-t-il, taquin.

— Inoubliable, plutôt, répondit-elle.

Dans cette voix, il ne nota aucune hésitation, mais des échos de satisfaction.

— Bien, dit-il, le goût de son plaisir sur les lèvres. Maintenant, retourne-toi.

Jo se figea.

— Quoi ?

Se retourner ? Non, certainement pas. Elle ne pouvait pas faire l'amour, surtout avec un homme aussi parfait que Phillip Beaumont, dans une position où il verrait les cicatrices de ses brûlures.

Il couvrit son corps du sien, le poids de son sexe en érection lourd contre sa peau. Si son esprit était un peu confus, son corps en revanche, passé ce premier orgasme, restait en éveil. En alerte. Elle avait besoin de plus. Envie de lui sans relâche.

Il s'agenouilla au-dessus d'elle, puis se pencha pour faire courir ses dents sur son cou. Aussitôt, elle s'arc-bouta contre lui.

— Tu veux ?

Elle hocha la tête, presque avec frénésie.

Il s'intéressa alors à l'autre côté de son cou. Le côté marqué de ces cicatrices qu'elle cachait généralement sous le col de ses chemises ou derrière ses cheveux.

Mais elle aurait bien du mal à cacher quoi que ce soit à Phillip, dans ces circonstances. Il ne le permettrait pas.

— Allons, retourne-toi, murmura-t-il.

La chaleur de son souffle sur sa peau la fit tressaillir. Il s'agenouilla, pressa le bout de son sexe entre ses cuisses.

— Retourne-toi, Jo, pour moi. Donne-toi à moi telle que tu es.

— Mais je… C'est… laid.

— Pas pour moi… Lorsque tu as retiré ta chemise devant moi, l'autre soir, je n'ai rien vu de laid. Ce que j'ai vu, c'est quelqu'un dans toute sa vérité, son honnêteté. Oui, voilà ce que tu représentes pour moi, Jo, la vérité. Personne ne m'a jamais malmené comme tu l'as fait. Personne n'a jamais rien attendu de moi. Et certainement pas que je change pour devenir enfin celui que je suis. Toi, si. Toi, tu as cru en moi. Tu m'as donné la force de croire en moi.

Ce n'était pas le genre de discussion que des amants normaux auraient l'idée d'avoir, dans le feu de l'action. Et alors ? Pour elle, ce furent les paroles les plus douces qu'un homme lui ait jamais dites.

— Non, soupira-t-elle en prenant son visage entre ses mains. Je n'y suis pour rien.

Car elle ne se berçait pas d'illusions. Une fois Sun rétabli, elle reprendrait la route avec Betty, et Phillip vivrait sa vie. Une autre vie qu'il avait choisie, pour lui, pas à cause d'elle. Pas pour elle.

— Tu y es au contraire pour beaucoup, dit-il.

Puis il l'embrassa. Ce fut un pur baiser, entre lui et elle. Partout où il l'avait touchée, partout où il l'avait mordue, sa peau était un brasier.

— Laisse-moi te regarder, Jo, murmura-t-il en se pressant contre elle.

Alors elle se retourna, soudain mille fois plus nue sous ses yeux, mille fois plus exposée. Et elle en frissonna, terrifiée.

Elle ne se rendait pas compte de la tension qui l'habitait, jusqu'au premier contact. Quand les mains de Phillip glissèrent sur ses épaules, elle sursauta.

— Pardon.

— Ce n'est rien, murmura-t-il en écartant ses cheveux pour embrasser la cicatrice à cet endroit tandis que ses mains allaient et venaient sur ses flancs.

Puis il descendit, couvrit de baisers les balafres qui couraient sur son dos, là où la colonne vertébrale avait été brisée. Quand la vie l'avait rejetée, échouée, cassée.

De mauvais souvenirs resurgirent, pourtant bien lointains, alors qu'en ce moment même Phillip la couvrait de caresses d'une tendresse inouïe. Il l'embrassa au bas du dos, juste au-dessus des fesses.

— Tu es si belle, soupira-t-il avant de mordre dans sa chair, morsure aussi douce que brûlante.

Elle gémit entre les draps. C'était bon... Elle se sentait... En vie, oui. Elle agrippa son petit oreiller et ferma les yeux, laissant sa peau réagir à ce qu'elle ne pouvait voir, mémorisant la moindre de ses caresses.

Il caressa ses fesses un moment, les pétrit puis soudain glissa un doigt en elle. Elle laissa échapper un cri.

— Encore... Plus...

Elle voulait tout de lui. Puis, subitement, il l'abandonna. Paniquée, elle tourna la tête, avant de soupirer, soulagée, tandis qu'il déchirait le sachet d'un coup de dent et déroulait le préservatif sur son érection. Puis il la saisit par les hanches et l'attira vers lui, sans brutalité aucune.

Enfin ! Ça valait la peine d'attendre dix ans.

— Tu es belle, répéta-t-il.

Et soudain, elle le sentit se positionner, puis plonger tout entier en elle.

— Oh oui... Oui, viens...

Mais il se figea. Les secondes succédèrent aux secondes, interminables, avant qu'il ne fasse remonter ses mains sur son dos et l'attrape par les cheveux.

— Si je te fais mal, dis-le-moi…

Puis il l'attira en arrière et, tel un vampire, la mordit à la base du cou, pas jusqu'au sang, mais assez fort pour qu'elle gémisse.

Et juste après, il commença à aller et venir en elle, la faisant gémir de plus belle.

— Ça va ?

— Encore, supplia-t-elle. Encore, je t'en prie.

Il adopta un rythme lent, plongeant tout entier en elle puis se retirant et revenant, tout en lui lacérant les épaules et la nuque de ses dents. Chacun de ses assauts la subjuguait.

Et, peu à peu, elle se sentit comme libérée, comme si cet étau qui la maintenait prisonnière depuis tant d'années se relâchait.

Elle était libre.

Elle jouit dans un cri que son oreiller étouffa en partie. Phillip lui lâcha alors les cheveux et lui planta ses ongles dans les fesses, la pénétrant de plus en plus fort, de plus en plus vite, jusqu'à ce qu'un rugissement de plaisir s'échappe de sa gorge. Après quoi il s'effondra sur elle.

— Jo, murmura-t-il d'une voix tremblante, vulnérable.

Elle se retourna, mais pas pour lui cacher ses cicatrices cette fois, pour lui faire face.

Phillip repoussa les cheveux de son visage et l'embrassa avec douceur.

— Oui, tu es belle, soupira-t-il contre ses lèvres avant de la serrer entre ses bras.

Quel sentiment étrange, pour une fois, de ne pas se réveiller avec un goût amer, face à un inconnu dont elle ne se rappelait même pas le nom.

Elle tressaillit, encore brûlante de ses caresses, le corps

alangui, comblé. Jamais elle n'oublierait. Jamais elle ne l'oublierait, lui.

Et maintenant ? Déjà elle voulait plus. Elle le voulait lui, encore. Oh non.

Comment avait-elle pu se laisser aller à ça ? Dix longues années de rigueur, à s'interdire de déborder de cette voie étroite et solitaire qu'elle s'était tracée, et aujourd'hui elle avait tout gâché. Pour trente minutes de sensations, de liberté avec Phillip Beaumont, un play-boy notoire.

Comment avait-elle pu se montrer aussi stupide ?

A ce moment, le téléphone de Phillip sonna.

- 12 -

— Ce n'est pas le thème musical de Dark Vador ?

Phillip se crispa en reconnaissant la sonnerie associée au numéro de Chadwick.

— *La Marche impériale*, oui.

Il attira Jo dans ses bras et déposa un baiser sur son front. Il n'avait pas envie de se lever. Il voulait rester là et continuer à explorer Jo. Oui, il tenait à faire de ce moment quelque chose d'inoubliable.

Mais la vérité, c'était qu'il ne risquait pas de l'oublier. Jamais.

Il tenta de se rappeler le visage de la dernière femme avec laquelle il avait fait l'amour. Rien. Le nom, peut-être ? Même pas. Aucun souvenir.

En revanche, il en eut à ce moment la conviction, le moindre mouvement, le moindre soupir de Jo resterait gravé à jamais dans sa mémoire. Le contact de son corps autour de lui, sa sensibilité, la manière dont elle s'était pliée à ses ordres, il avait envie de tout ça, encore une fois, juste pour s'assurer qu'il n'avait pas rêvé.

Mais Chadwick avait décidé de gâcher la fête. Sans doute avait-il eu vent de son initiative. Et il ne se priverait pas, une fois de plus, de le sermonner, de lui crier dessus.

Phillip soupira, puis il lâcha Jo et s'assit.

— Je dois y aller.

Jo poussa un cri et, avant qu'il puisse ajouter quelque

chose, son téléphone sonna une nouvelle fois. Il attrapa son pantalon, au pied du lit.

Jo fit mine de se lever, mais il la retint, encore bouleversé par son cri du cœur, le cri d'un cœur blessé.

— A ce soir ? demanda-t-il en serrant sa main dans la sienne.

— Ce soir ?

Déjà elle avait repris ses esprits. Il reconnut tout de suite sa voix de cow-girl intransigeante, froide. Glaciale.

— Nous pourrions dîner ensemble à la maison.

La sonnerie de son téléphone se tut, avant de résonner à nouveau trois secondes plus tard.

Elle inclina légèrement la tête et attendit. Le pouvoir avait changé de mains. Elle lui avait abandonné tout contrôle pendant l'amour, mais elle avait repris les rênes.

— S'il te plaît, ajouta-t-il en enroulant un bras autour de sa taille. S'il te plaît, lui murmura-t-il dans le creux du cou.

— Non, répondit-elle en le repoussant.

Elle se leva, se rhabilla en quinze secondes et disparut dans le couloir sans lui laisser la possibilité de réagir. *Non* ?

Il se renfrogna, puis regarda ce lit où ils faisaient encore l'amour, quelques minutes plus tôt. Que s'était-il passé ? Il venait de vivre des moments d'une extraordinaire intensité, les plus intenses sans aucun doute de sa vie, et elle le plantait là ? Comme ça ?

Il s'élança à sa suite quand son téléphone recommença à sonner.

— Quoi ? hurla-t-il dans l'appareil en ouvrant la porte du camping-car.

Jo, Betty sur les talons, se dirigeait vers l'enclos.

— Tu as perdu la tête ? cria Chadwick à l'autre bout du fil.

— Oui, bonjour à toi aussi, répondit Phillip, tout en essayant de comprendre ce que Jo lui reprochait.

Elle voulait de la tendresse, de la passion, ne lui avait-il pas donné satisfaction ?

— Tu te rends compte de ce que tu as fait ! continua d'aboyer son frère. Par ta faute, cette offre de rachat pourrait bien être annulée !

— Je n'ai rien fait qui puisse amener à prendre une telle décision, répondit Phillip en s'efforçant de rester calme, essentiellement parce qu'il savait qu'il n'aurait pas le dernier mot. Je me suis contenté de rappeler aux futurs propriétaires que, pour nos clients, nous représentions autre chose qu'un simple verre de bière.

Il s'avança jusqu'à l'enclos. Jo lui tournait le dos et harnachait Betty. Quant à Sun, il le regarda un moment puis se mit à trotter, toujours sans le quitter des yeux.

— … fous de rage, Harper et le conseil d'administration, hurla Chadwick. As-tu la plus petite idée de ce que cet homme nous fera subir, si ce rachat n'a pas lieu ?

— Que Harper aille au diable, marmonna Phillip. Ce type nous déteste.

Peut-être aurait-il dû demander à Jo s'il pouvait venir ce soir la voir, dans son camping-car, au lieu de l'inviter chez lui ?

— J'ai toujours pensé que tu devais avoir un cerveau, mais que tu avais choisi de ne pas l'utiliser, rétorqua Chadwick, hors de lui. Je vois aujourd'hui que je me trompais. Sache pour ta gouverne, Phillip, que Harper n'hésitera pas à nous coller un procès dont nous nous souviendrons encore dans cinquante ans. Tu peux donc d'ores et déjà tirer un trait sur le ranch. La vente suffirait à peine à payer les avocats.

— Je n'avais pas pensé à ça, marmonna Phillip, comprenant soudain ce que venait de dire son frère.

— Cela n'a rien d'étonnant, tu n'as jamais pris la peine de penser aux conséquences de tes actes, répliqua Chadwick avec amertume. Tout ce qui t'intéresse dans l'existence, c'est de faire la fête.

— C'est faux, se récria-t-il en se massant le front.

C'était en général le moment où, téléphone coincé entre épaule et oreille, il se servait un verre. Il ne supportait pas que son frère lui parle sur ce ton, avec un tel mépris dans la voix.

Il ferma les yeux, tenta d'apaiser l'anxiété qui l'avait soudain pris à la gorge.

— Vraiment ? ricana Chadwick. La fête, oui, avec tout ce qui va avec, l'alcool et les femmes. Voilà à quoi se résume ta vie.

Phillip ravala sa fierté. Après tout, c'était la vérité. Mais en partie seulement. Si Chadwick le prenait ainsi, il n'allait pas courber l'échine. Lui aussi savait appuyer là où ça faisait mal.

— Sais-tu à qui tu me fais penser, là ? rétorqua-t-il d'une voix posée. A papa.

Il y eut en réponse une volée d'insultes, puis juste après, son frère raccrocha. L'espace d'un instant, Phillip se demanda si Chadwick n'avait pas lancé son smartphone dernier cri contre un mur. Au moins, son frère ne risquerait pas de le rappeler avant un bon moment.

Il regarda l'appareil dans sa main, puis la femme dans l'enclos occupée à faire courir Betty. Sans un mot, sans un regard pour lui, comme s'il n'était pas là. Il était loin le temps où il avait remporté le trophée du plus habile séducteur. Jo avait mis fin à la légende.

Il repensa à son plan. Il voulait prouver à Chadwick et aux nouveaux propriétaires de la brasserie que les percherons faisaient partie intégrante de la compagnie.

Mais bon, tout espoir n'était pas perdu. Il venait juste d'en finir avec la phase numéro un. Le moment était venu d'enclencher la phase numéro deux, à savoir, retirer tout pouvoir à Chadwick sur le ranch.

Et pour ça, il devait réfléchir à un nouveau plan.

Il jeta un nouveau regard en direction de l'enclos et frissonna presque face à l'indifférence glaciale de Jo.

Les aventures d'un soir étaient sa spécialité. Il adorait se réveiller avec une femme entre les bras, puis l'oublier aussitôt partie. Mais bon, après tout, si Jo voulait l'oublier, c'était son droit. Il allait simplement passer à autre chose, comme d'habitude.

Sauf qu'il n'avait pas envie de passer à autre chose.

C'était probablement le plaisir de la chasse. Elle était difficile à attraper. Voilà ce qui lui avait plu chez elle.

Bien. Elle voulait jouer à ce petit jeu-là ? Pas de problème.

Place à la phase numéro deux.

- 13 -

Jo se renfrogna en levant les yeux au ciel. Avec la fin de la journée, le vent s'était levé, poussant de gros nuages noirs, annonciateurs de pluie, en direction du ranch. Pourvu qu'il s'agisse d'une pluie modérée, et pas de ces orages monstrueux dont mère Nature avait le secret.

Elle grimaça. Ses jambes étaient courbaturées. Rien à voir avec les longues heures passées dans l'enclos, non, cette fatigue musculaire était due aux efforts inhabituels, exercés un peu plus tôt, dans l'après-midi.

Chassant ces pensées de son esprit, elle tenta de se concentrer sur des choses bien concrètes. S'il pleuvait, elle devrait brosser Betty pour éviter que la petite ânesse ne ramène de la boue dans le camping-car. Quant à Sun… Une petite pluie ne le tuerait pas, mais en cas de tonnerre et d'éclairs, le pauvre risquait d'être pris de panique. Il pourrait se blesser contre la clôture. Elle devait absolument le mettre à l'abri, dans l'écurie, en évitant si possible de recevoir un coup.

Il n'y avait personne, à cette heure. Tout le monde était parti depuis une demi-heure déjà. Et elle n'allait certainement pas demander à Phillip de l'aider. Elle se débrouillerait seule. Elle n'avait pas besoin de lui.

Elle s'était donnée tellement à fond dans son travail qu'elle était épuisée, sur le plan physique. Du moins était-ce la version qu'elle avait choisie, au lieu d'incriminer ses ébats avec Phillip. Surtout ne plus y penser.

Elle n'y pensa donc plus, se contentant de réfléchir au sort du cheval.

Pour le moment, il était plutôt calme. Il ne s'éloignait plus en hennissant comme un fou furieux quand elle faisait courir Betty devant lui.

Non, elle refusait de penser à Phillip, quand il l'avait emportée dans ses bras et posée sur le lit. A la façon dont il lui avait ordonné de garder les yeux ouverts quand il était venu sur elle. Et à la manière dont son corps s'était embrasé quand il l'avait couverte de baisers.

Elle avait été prompte à dire « oui », à se soumettre à ses volontés, à adopter les positions dans lesquelles il la voulait. Il avait marqué sa peau de son empreinte et plongé en elle tout entier pour la faire jouir comme jamais.

Dieu qu'il serait facile de recommencer ! Aussi longtemps qu'elle vivrait ici, il serait là, à portée de main.

Mais après ? Si elle cédait au désir — et elle avait sacrément envie d'y céder —, si elle se jetait sur lui pour le dévorer tout cru et l'être elle-même par la même occasion, qu'adviendrait-il quand, dans une ou deux semaines, elle devrait repartir ?

Aller chez lui, dans sa maison, dans son lit ? Mon Dieu, les gens d'ici finiraient par soupçonner quelque chose et par parler. Sa réputation de professionnelle irréprochable en prendrait un coup et, en un rien de temps, elle perdrait sa crédibilité.

Elle connaissait bien les hommes dans le genre de Phillip. Bientôt, il passerait à autre chose, comme il le faisait toujours.

Elle-même avait eu coutume de le faire, d'ailleurs. Après tout, ils étaient tous pareils, non ?

Sauf que Phillip avait su lui rappeler ce qu'elle aimait, avant tout, chez un homme : la chaleur d'un corps, sa puissance et sa douceur. Dans le feu de l'action, l'impression de voler. Et avec Phillip… D'être entière, complète. Et cela, c'était une grande première. Une sensation terriblement grisante.

C'était après cette sensation qu'elle avait couru des années plus tôt, confondant le désir et le sexe. Mais aujourd'hui, dans les bras de Phillip, elle avait compris.

Elle l'avait désiré et elle avait fait l'amour avec lui. Mais à la différence des autres hommes par le passé, elle le désirait encore. En fait, elle le désirait encore, oui, mais surtout, elle avait envie de l'avoir à elle.

Elle avait perdu la tête, et en toute connaissance de cause. Elle pressentait qu'avec lui ce serait différent. Aussi avait-elle commis l'erreur de sa vie en se jetant dans ses bras.

Elle retira son licol à Betty, puis le lui remit et la refit trotter dans l'enclos, sous le nez de Sun. A un moment donné, la petite chérie s'arrêta juste devant le cheval qui dressa les oreilles et la regarda en mâchonnant de l'herbe, sans ruer ni hennir ni s'éloigner.

C'était un bon signe et Jo en frissonna de plaisir.

— Tu vois, murmura-t-elle à Sun. Ce n'est pas si terrible. Betty est ton amie.

Ce n'est pas si terrible. Et puis, elle avait déjà vu Phillip dans un état second. Du jour au lendemain, il pouvait replonger et redevenir l'homme irresponsable qu'il était jusqu'alors.

Non, elle était déjà allée trop loin.

Tout à coup, elle nota un mouvement du coin de l'œil. Puis, dc façon tout à fait inattendue, Sun renifla le museau de Betty : un contact fugitif, deux trois secondes tout au plus, avant que Sun ne s'éloigne en frétillant.

Jo sourit, retrouvant le moral. Elle regarda Betty trotter derrière Sun, un peu comme une petite sœur le ferait derrière son grand frère.

Et si… ? Jo alla chercher le licol accroché au portail de l'enclos, celui destiné à Sun.

— Betty ! appela-t-elle. Viens.

Après un soupir, très clairement agacée de devoir laisser son ami Sun, Betty vint la retrouver. Avec, dans son sillage, Sun lui-même.

Procédant avec douceur, elle harnacha Betty, de manière à ce que le cheval puisse voir ce qu'elle faisait, en levant le licol pour que Sun soit en mesure de le renifler.

A ce moment précis, le grondement du tonnerre se fit entendre, derrière les nuages. Aussitôt, Sun tourna la tête pour chercher la cause de ce bruit, puis il repartit à l'autre bout de l'enclos. *Et zut !* Elle soupira. Tout était à recommencer.

La pluie se mit à tomber et Sun s'élança soudain, comme hors de lui. Puis Jo entendit quelqu'un siffler. Elle sentit alors une immense colère l'envahir.

Bon, elle en était consciente, déverser sa colère sur qui que ce soit ne résoudrait rien. Mais bon sang, comme c'était tentant de se défouler sur Phillip ! Avant lui, elle était une comportementaliste respectée, sachant rester à sa place, résister à toutes les tentations, et frissonnant seule entre ses draps glacés, pendant ses nuits solitaires.

Elle devait se reprendre et retrouver son sang-froid légendaire. Et surtout garder ses distances avec ses clients.

Elle inspira, expira, s'appliquant à rester de marbre quand il s'approcha du portail et qu'il eut le culot de lui adresser un clin d'œil.

— J'étais sur le point d'accomplir un progrès énorme avec Sun, maugréa-t-elle, avec toute la patience dont elle était capable. Jusqu'à ce que tu aies la judicieuse idée de siffler. Bien, l'orage arrive. Je dois mettre Sun à l'abri, si possible, en évitant un mauvais coup.

Phillip la dévisagea avec une telle intensité qu'elle en eut des suées.

— Il est nerveux, le pauvre. Je sais ce qu'il lui faut : une petite gâterie, répondit-il d'une voix bien trop nonchalante pour être honnête.

Elle le fusilla du regard. Non, pas question de perdre la

tête une fois de plus. Elle n'allait quand même pas tomber là à genoux devant lui, se pâmer et… Stop.

A ce moment, il sortit quelques carottes de sa poche.

— Ça ? balbutia-t-elle, en rougissant. D'accord.

Phillip ouvrit le portail et entra, tendit une carotte à Betty puis, avec un calme admirable, une autre carotte bien à plat dans la main, il attendit.

— Vas-y. Avance-toi un peu, suggéra-t-elle lorsqu'il l'interrogea du regard.

Sun continua de courir tout autour de l'enclos, tout en se rapprochant imperceptiblement de Phillip. Elle retint son souffle, fascinée par ce qu'il était sur le point de réussir peut-être.

Mais le ciel s'obscurcit un peu plus. Elle resta auprès de Phillip, licol à la main. Et tous deux attendirent, sans qu'elle arrête de regarder les nuages au-dessus de leur tête.

— Viens, Sun, l'appela Phillip avec une voix si profonde, si douce, qu'elle en tressaillit. Tout ira bien, tu verras.

Elle retint son souffle en regardant le cheval prendre la carotte dans le creux de sa main.

— Alors, c'est bon ? demanda-t-il tout en caressant le museau du cheval. Tu en aurais plus si tu laissais Jo te passer ce licol.

Sun secoua la tête et s'éloigna, mais de quelques mètres à peine.

Quelques jours plus tôt, Phillip aurait été le premier à se plaindre du temps que ça prenait. Mais pas aujourd'hui. Il sortit simplement une autre carotte de sa poche et se remit à attendre.

Lorsque Betty se frotta à sa jambe, il cassa la carotte en deux et lui donna le morceau le plus petit, attirant aussitôt l'attention de Sun qui revint vers lui.

— Eh oui, déclara-t-il en laissant le cheval prendre l'autre morceau. Rien ne vaut une bonne carotte, quand on a le blues.

Déjà il s'apprêtait à en prendre une troisième dans sa

poche — Sun n'attendait que cela, d'ailleurs —, mais Jo l'en empêcha.

— Laisse-moi d'abord essayer de lui passer le licol et, s'il coopère, donne-la-lui.

Sun la regarda avec un petit air narquois, comme s'il n'était pas dupe de son manège.

— Tu as entendu la dame, renchérit Phillip. Pas de licol, pas de carotte.

Sun secoua de nouveau la tête. Soudain, un autre coup de tonnerre retentit, plus près celui-là.

— Tu ne vas quand même pas passer la nuit sous la pluie, mon vieux, continua Phillip en tendant une troisième carotte à Sun.

Elle fit aussi vite que possible et, en moins de trois secondes, se hissa sur la pointe des pieds pour passer le licol au cheval qui au dernier moment esquiva.

— Pas de licol, pas de carotte, répéta Phillip.

Sun hésita, puis, résigné, baissa la tête. Jo en profita pour lui passer le licol qu'elle tendit aussitôt à Phillip, avant de terminer le harnachement du cheval en quelques gestes experts.

Puis Phillip et elle échangèrent un regard victorieux.

— Maintenant, il nous reste à le conduire dans son box, dit-elle. Tu t'en sens capable ?

Phillip lui adressa l'un de ces sourires dont il avait le secret et qui habituellement lui ôtaient tous ses moyens. Mais elle tint bon.

Pas question de craquer, même face à Phillip Beaumont. Surtout face à Phillip Beaumont. Le spécimen était bien trop dangereux pour sa tranquillité d'esprit et sa survie.

— J'ai fait ça plus d'une fois, répondit-il. Et puis, j'ai les carottes, en cas de soucis.

Elle demeura imperturbable. Sun n'était pas retourné dans son box depuis bientôt deux semaines. La situation pouvait dégénérer à tout instant. Peut-être laisserait-elle Betty cette nuit dans le box voisin, pour apaiser le cheval ?

— Bien. Betty et moi, nous passons devant, dit-elle, mue par le drôle de pressentiment que quelque chose d'inouï se préparait.

Phillip enroula fermement le licol autour de sa main. Les risques pour que Sun soit pris de terreur étaient réels. S'il venait à se cabrer ou à ruer… Eh bien, on aviserait quand l'occasion se présenterait.

Il regretta de ne pas s'être muni d'une bonne paire de gants. En cas de problème, la corde pourrait bien lui déchirer les mains.

Il se dirigea vers l'écurie avec son cheval, suivant Jo et Betty. A cette seconde, un éclair déchira le ciel. Sun se figea, surpris, mais se remit en route sans broncher.

— Le box à côté de celui de Sun est vide, je vais y faire entrer Betty, annonça Jo, une fois à l'intérieur.

— D'accord, répondit-il, nerveux.

Se retrouver dans un enclos avec un cheval tel que Sun était une chose. Le faire entrer dans l'espace exigu d'un box était une autre paire de manches.

— Vas-y doucement, lui intima Jo.

Pour la première fois depuis leur face-à-face passionné, il perçut un accent de douceur dans sa voix. Mais le moment était mal choisi pour s'attendrir.

Il pénétra dans le box avec Sun, puis Jo le suivit et libéra le cheval de son harnachement.

Tous trois restèrent là un moment, humains et cheval, étonnés d'avoir réalisé ce petit miracle sans fléchette hypodermique ni cris. Sun hennit bien un peu, mais sans agressivité, ni peur.

— Carotte, ordonna Jo.

— Voici, répondit Phillip en tendant la dernière carotte au cheval.

Son cheval.

*
* *

Le vent se mit soudain à hurler. Phillip sourit à Jo, ce qui échoua à l'amadouer.

— L'orage arrive.

— Je sais.

— D'après la météo, ça ne se calmera pas avant 23 heures, déclara-t-il. Tu devrais venir te mettre à l'abri à la maison. Ce n'est pas prudent de rester dans le camping-car.

— Je ne coucherai pas dans ton lit cette nuit, répliqua-t-elle après une hésitation.

— D'abord, sache que j'ai une chambre d'amis tout équipée. Ensuite, je suis désolé…

— Désolé ? Pourquoi ?

Il baissa la tête avec un air penaud.

— A vrai dire, c'est bien là le problème. Je ne sais pas. Mais visiblement j'ai dû faire quelque chose qui t'a déplu. Et de ce fait, je me retrouve dans une position inhabituelle pour moi.

Elle le regarda fixer le bout de ses bottes. Etait-il sincère ?

— De quelle position parles-tu ?

— Je souhaite sincèrement me réconcilier avec toi, mais je n'ai pas la moindre idée de la façon dont je dois m'y prendre. Je veux dire, en temps normal, je me ficherais bien de savoir où est le problème. Je ferais envoyer des roses ou un beau diamant à la demoiselle et je passerais à autre chose. Mais aujourd'hui, je ne m'explique pas ce qui a pu se produire. Et je n'ai pas non plus envie de passer à autre chose.

Oh ! mon Dieu, oui, il était sincère ! Elle envisagea alors de sortir en urgence de cette écurie, mais peut-être se lancerait-il à sa poursuite.

— Qu'attends-tu de moi, Phillip ?

— Je… Je voudrais comprendre ce qui fait qu'avec toi, j'ai envie de certaines choses, comme de vivre une autre vie ici, au ranch, de…

Il se tut. Elle retint son souffle, avant de l'encourager.

— Oui ?

— Pourquoi est-ce si difficile ? dit-il en soupirant.

— Et parfois, ça l'est plus encore, répliqua-t-elle, en proie à une tension extrême.

Elle n'avait pas vécu ce genre de situation depuis bien longtemps, où son cœur tout entier était suspendu aux lèvres d'un homme.

Ce serait tellement plus facile s'il lui jouait la comédie. Mais, manifestement, il était mal dans sa peau. Oui, il était perdu.

— Phillip, si je te disais que tu n'y es pour rien, que c'est de moi et moi seule que vient le problème… Est-ce que tu me croirais ? demanda-t-elle du bout des lèvres.

Il leva les yeux et esquissa un sourire.

— J'avoue être un peu sceptique.

— Je t'ai expliqué que j'avais tourné la page sur une existence qui ne me convenait plus et j'ai renoncé aux hommes, tu te souviens ?

Comme elle aurait voulu se blottir contre lui à ce moment, mais c'était hors de question. La vie était bien plus simple quand elle respectait les règles qu'elle-même s'était imposées.

Puis un souvenir traversa son esprit. Cet instant crucial où, entre ses bras, elle l'avait regardé, juste avant de jouir.

La simplicité n'était pas toujours la panacée.

— Oui, je sais.

— Autrefois, j'étais ivre de liberté. Ce qui m'a conduite à tous les excès. Puis tu as surgi dans ma vie et, en un seul sourire, tu as fait voler en éclats la carapace autour de moi… Je n'ai pas été assez forte pour te dire « non ». Et ce n'est pas la première fois…

Phillip lui fit soudain face, le regard perdu, cherchant à comprendre.

— Tu crois que faire l'amour avec moi te met en danger ?

— Ne te méprends pas, murmura-t-elle. Je… Tu as

été fabuleux. Et j'avais oublié à quel point ça pouvait être bon et combien j'aimais ça.

— Je suis heureux de l'entendre, dit-il, mais sans cet aplomb qui le caractérisait, cette confiance inébranlable qu'il semblait avoir en lui. Car je pensais avoir fait quelque chose de travers.

— Dans mon esprit, vois-tu, reprit-elle, ce qui s'est passé entre nous, c'est un peu comme si je ne tenais plus que d'une main au-dessus du vide. Et si je tombe… Si je tombe, je perds tout ce pour quoi je me suis battue si fort. Tout.

— Je comprends. Oui, je comprends.

Elle le regarda, surprise.

— Vraiment ?

— Oui, parce que j'ai beau n'avoir changé de vie que depuis une petite semaine, je me rends compte de la difficulté de la chose. C'est bien plus difficile que ce que j'imaginais.

Elle connaissait ce découragement, cette peur de ne pas y arriver. C'était comme se retrouver face à une montagne dont on n'était pas sûr de pouvoir atteindre le sommet.

— C'est précisément pour cette raison qu'il ne faut pas en faire trop, un peu chaque jour.

Il hocha doucement la tête, puis lui sourit et vint vers elle. Quand il fit mine de la prendre entre ses bras, elle le repoussa, alors que tout en elle l'exhortait à se blottir contre lui, pour sentir son corps contre le sien.

— Reste avec moi, Jo.

— Combien de temps ? Sun va mieux. Bientôt, il n'aura plus besoin de moi.

— Aussi longtemps que tu le voudras, répondit-il en lui caressant la joue. Betty adore le ranch. Et j'ai tant d'autres chevaux. Tu ne risques pas de manquer de travail.

La remarque la laissa sceptique. Si la nouvelle se répandait, lui confierait-on encore des missions ?

— Je ne veux pas que ça se sache. Pas de fuite, ni

sur les réseaux sociaux ni dans la presse, lâcha-t-elle. Je suis une professionnelle et je refuse que notre liaison compromette ma réputation.

— Ce qui se passe entre nous n'a rien à voir avec ton domaine de compétences, voyons.

— Et tes sorties dans les clubs ?

— C'est pour cela que j'ai embauché Fred. Il m'accompagnera chaque fois que je devrais quitter le ranch, répondit-il en écartant une mèche sur son front.

A nouveau, ils se tenaient au bord du précipice, prêts à basculer dans le vide, mais pas comme pour une chute vertigineuse au bas d'une falaise, non… C'était plutôt comme tomber amoureux, ce qui était parfaitement ridicule. Ce genre de choses n'était pas pour elle.

Comme s'il sentait ses tourments intérieurs, Phillip déposa un baiser plein de pudeur sur son front.

— Tu peux dormir dans la chambre d'amis, cette nuit, si tu veux.

Elle le regarda, puis s'écarta de manière à remettre de l'ordre dans ses pensées.

— Je refuse de me mettre en danger pour toi. Si tu me veux, tu dois rester fort… Je ne veux pas t'embrasser et deviner sur tes lèvres le goût du whisky. Pire, le goût des lèvres d'une autre femme que tu auras croisée au cours de l'une de tes folles nuits.

Il plongea ses yeux dans les siens. Envolées, la douleur, et cette angoisse qui les animait encore quelques jours plus tôt. Son regard était clair et lumineux, confiant même.

— Tout ça, Jo, c'est terminé.

Sur ce, il l'embrassa avec fougue et tendresse.

Elle avait dérogé à ses règles, oui, et alors ? Cela ne signifiait pas qu'elle retomberait en enfer.

Dès lors qu'elle saurait maintenir une frontière entre Phillip et ses objectifs, entre une relation physique et les terribles conséquences de quelque chose de plus fort que le sexe, tout irait bien.

Elle s'accrocha à cet espoir. A vrai dire, elle n'avait pas vraiment le choix.

Un formidable coup de tonnerre la fit sursauter. Sun hennit, mais resta calme.

— Rentrons à la maison, chuchota Phillip tout en promenant sa bouche dans le creux de son cou. Viens dormir avec moi, pour te réveiller auprès de moi.

Elle sentit les derniers vestiges de sa détermination vaciller. Comme refuser ?

C'était au-delà de ses forces.

- 14 -

Les trois semaines suivantes dépassèrent tout ce que Jo aurait pu imaginer. Du jour au lendemain, elle se retrouva à vivre avec Phillip Beaumont. Elle n'avait jamais vécu avecquelqu'un, hormis ses parents et ses camarades de fac.

Elle ne tarda pas à trouver l'expérience exaltante. Se réveiller dans les bras de Phillip, faire l'amour au lever du jour, puis prendre le petit déjeuner avec lui. Passer la journée à travailler avec Sun — parfois assistée de Phillip, mais pas toujours — puis rentrer à la maison, après le départ des employés du ranch, et dîner avec lui. Et plus tard, se glisser dans son lit.

Tout ça était si simple. Et si exceptionnel en même temps. Le sexe y était pour quelque chose, bien sûr, mais ce n'était pas tout. Il y avait entre Phillip et elle plus que des baisers, des étreintes ou du plaisir. Ils se comprenaient tous les deux. Vraiment. Jamais elle ne s'était sentie aussi en phase avec un homme, jamais.

Sun avait accompli pour sa part d'énormes progrès. Après une semaine, il prit l'habitude de venir vers elle pour se laisser harnacher. La deuxième semaine, il consentit à se laisser attacher à la clôture de manière à ce qu'elle puisse l'étriller.

Une ou deux fois, Richard était passé la voir dans l'enclos, alors qu'elle faisait courir le cheval. Sun n'appréciait guère, mais pas au point de prendre peur et de faire une crise.

Elle se sentait détendue, sereine. Après dix longues

années, il semblait qu'elle avait réussi à distinguer sa vie d'avant et celle d'aujourd'hui, les hommes d'avant et celui d'aujourd'hui. Elle se sentait épanouie avec Phillip, une autre femme, oui, mais libre.

Après une dizaine de jours, Phillip dut s'absenter du ranch. Son deuxième chauffeur arriva en début d'après-midi, alors qu'elle travaillait avec Sun, mais elle savait que Phillip et Ortiz étaient en train de se mettre d'accord pour l'empêcher de déraper.

Pas d'alcool, pas de femme, il avaitjuré.

Il avait aussi promis de lui envoyer un texto à intervalles réguliers. Elle pourrait également le suivre dans son périple via son compte Twitter.

Elle retrouva donc son camping-car et, le premier soir sans Phillip, elle éprouva le besoin de faire monter Betty pour un peu de compagnie. Dans la soirée elle reçut un texto.

« C'est dingue comme certaines personnes sont pitoyables, quand elles sont ivres. »

Elle sourit et s'empressa de répondre.

« Est-ce que tout va bien ? »

« Tu me manques, et Betty aussi. Je rentre bientôt. »

Plus tard cette nuit-là, son téléphone vibra, puis lui montra la photo d'une chambre d'hôtel avec lits jumeaux et ces mots :

« Juste Ortiz et moi. Tu me manques. »

Elle s'empressa de répondre :

« Tu me manques aussi. »

Le dimanche après-midi, Phillip rentra au ranch après trois jours de promotion intensive, sans avoir failli à ses promesses. Jusqu'à présent, ils s'étaient appliqués à ne rien trahir de leur affection devant les hommes, mais quand il la rejoignit dans l'enclos, elle ne trouva pas le courage de le repousser quand il s'élança pour l'embrasser. Leur baiser s'éternisa cinq bonnes minutes, au terme desquelles ils éclatèrent de rire en voyant Sun les observer avec intérêt.

— Arrête avec tes mains, rabroua-t-elle Phillip quand il se montra un peu trop entreprenant. Plus tard.

— Tu ne perds rien pour attendre.

Elle crut que cette journée n'en finirait jamais. Enfin, une fois les hommes rentrés chez eux, ils se précipitèrent dans la chambre, sans même passer dîner et firent l'amour longtemps, passionnément. Tendrement.

— Bon sang, lâcha-t-il en roulant sur le lit après un deuxième orgasme. J'y suis arrivé.

Elle sourit en se blottissant contre lui, sachant qu'il ne faisait pas allusion à ses prouesses sexuelles.

— Oui, chuchota-t-elle. J'en étais sûre.

— Vraiment ?

— Tout le monde a droit à une deuxième chance.

— C'est un sentiment bizarre, une sorte de renaissance.

Elle n'eut pas la possibilité de répondre. Il l'enlaça et l'entraîna une troisième fois dans une chevauchée fantastique.

Phillip resta une semaine au ranch, avant de devoir repartir, cette fois à un festival de musique où les Brasseries Beaumont avaient leur chapiteau. Elle était inquiète. Il ne s'agissait plus en effet de quelques heures passées à une soirée, mais d'une semaine entière de tentations. Fred serait avec lui. Et elle avait confiance en Phillip. Aussi, quand ils se dirent au revoir, se contenta-t-elle de lui chuchoter :

— N'oublie pas…

Elle faillit ajouter autre chose, mais s'en abstint finalement.

Le samedi, elle dut se faire violence pour ne pas consulter son téléphone toutes les trois minutes. Ne lui avait-elle pas interdit de son côté de l'appeler quand elle travaillait avec Sun ? Le manque de concentration était l'ennemi de tout bon dresseur. Elle avait donc pris la décision radicale de laisser son téléphone dans le camping-car. Ainsi, elle ne serait pas tentée.

Elle ne releva donc ses messages qu'à l'heure du déjeuner. Pour ne trouver qu'un seul texto, envoyé à 10 heures, le matin même.

« La journée va être longue. J'aimerais tant être à la maison, avec toi. »

Depuis, rien, silence radio.

Elle ferma brièvement les yeux, ressentant une profonde angoisse. Une petite voix maligne lui murmura à l'oreille : « Pourquoi te fatigues-tu ? Rien ne change, jamais. » C'était à peu de chose près ce qu'elle se disait, autrefois, dans les moments de désespoir.

Et elle voudrait que Phillip change en un rien de temps ?

Cela dit, elle ne devait pas tirer de conclusions trop hâtives. Phillip avait simplement dû penser qu'elle travaillait dans l'enclos et n'avait pas voulu la déranger. Et puis, il était sans doute très occupé de son côté…

Elle envoya donc un texto :

« Je sais que tu peux le faire, chéri. »

Puis une minute plus tard un deuxième :

« N'oublie pas. »

« Ne m'oublie pas », faillit-elle ajouter, avant de renoncer. Au lieu de quoi, elle prit une photo de Sun et la joignit à son envoi.

Mais elle n'obtint aucune réponse.

Que pouvait-elle faire de plus ? Rien. Elle n'avait pas la possibilité d'aller le retrouver. Il était au Texas. C'était à lui de jouer. Elle ne pouvait décider pour lui, pas plus que ses parents n'avaient pu l'empêcher, un jour, de se rendre dans ce supermarché…

Secouant la tête, elle décida de se changer les idées en essayant, pour la première fois, de seller Sun. L'exercice requérait son attention pleine et entière. Malheureusement, cela ne suffit pas à chasser Phillip de ses pensées. Et elle pria même pour qu'il reste fort et que Fred l'aide si nécessaire.

Car ce qui était réellement en jeu, c'était le ranch, Sun, les appaloosas et les percherons. Pas elle qui était ici pour le chèque et le prestige que lui vaudrait d'avoir réussi là où tous les autres avaient échoué.

Elle devait faire en sorte de maintenir chaque chose à sa place. L'enclos d'un côté, la chambre de l'autre.

Mais il lui avait promis. Jamais elle n'avait autant espéré que quelqu'un tienne sa promesse.

Elle renonça en fin de compte à seller Sun. Le cheval dut sentir sa nervosité, car il refusa même de se laisser brosser. Elle le ramena donc dans son box et laissa Betty à côté, pour lui tenir compagnie.

Puis, la peur au ventre, elle retourna au camping-car et consulta ses messages. Pas le moindre texto.

Elle resta assise, hésitant à lui en renvoyer un elle-même. Elle devait garder son calme, ne pas céder à la panique. Phillip était déterminé, il n'oublierait pas. Elle s'inquiétait pour rien. Il travaillait, voilà tout.

Un peu rassérénée, elle passa sur Twitter et sentit brusquement son sang se glacer. Bon sang ! Presque toutes les demi-heures, il avait posté des photos de lui avec des personnalités qu'elle connaissait de vue pour certaines. Des femmes essentiellement.

Jo frémit en regardant ces visages, ces sourires. La gorge serrée, elle tressaillit en constatant le regard de Phillip sur les clichés. Brillant. Vide. Mon Dieu, qu'avait-il fait ?

Et elle la vit alors, la bouteille de bière Beaumont dans sa main, presque cachée derrière les formes voluptueuses d'une superbe rousse. Et sur la photo suivante, une nouvelle bouteille, plus visible cette fois.

Elle retint son souffle, sachant qu'elle devait arrêter de regarder ces photos, mais ce fut plus fort qu'elle. Jusqu'où était-il allé ? Jusqu'où avait-il oublié ? L'avait-il oubliée, elle ?

Apparemment, plus rien ne subsistait de ses promesses. A mesure que les photos défilaient, les femmes se montraient plus sensuelles, plus entreprenantes et la bière omniprésente. Phillip semblait sur un petit nuage. Demain, il ne se souviendrait de rien.

Arriva le dernier cliché, posté une heure plus tôt. Elle reconnut vaguement les membres d'un groupe de rock, sur scène, entourant Phillip, tous une bière à la main, en train de trinquer.

Elle posa son téléphone et regarda droit devant elle, submergée par un sentiment d'impuissance et un désespoir sans fond. Voilà pourquoi elle s'appliquait à garder ses distances. Elle représentait une malédiction, un vrai danger pour les gens qui l'approchaient, comme Tony, mort dans cette voiture, à côté d'elle. Elle portait malheur. Et il n'était pas question qu'elle mette la vie de Phillip en danger.

Visiblement, il avait choisi de renouer avec une vie qui le mènerait droit dans le mur. Droit au mensonge, à la solitude.

Elle ne pouvait rien pour lui. Elle y avait cru pourtant, cru que les choses pouvaient changer et qu'elle ne ferait pas le malheur de Phillip. Qu'ensemble, tous les deux, ils auraient droit à leur part de bonheur.

Non, jamais elle n'aurait dû faire l'amour avec lui. Jamais elle n'aurait dû tomber amoureuse de lui.

Aujourd'hui, elle n'était que souffrance. Et, comme avec la douleur qu'elle avait endurée au sortir de ses multiples interventions chirurgicales, elle allait devoir se faire une raison. Tout ça, parce que dans un moment de faiblesse elle avait dévié de ses règles. Maintenant, elle en payait le prix.

A nouveau, elle ferma les yeux, tentant de se raccrocher à quelque chose. Phillip avait échoué. Comment le lui reprocher ? Manifestement, son chaperon n'avait pas su veiller sur lui. Mais ce n'était pas une fatalité, peut-être qu'une autre personne saurait.

Son téléphone vibra. Elle hésita, puis regarda le nouveau cliché qui venait de s'afficher. On y voyait Phillip, bras dessus bras dessous, avec deux jeunes femmes qui ressemblaient trait pour trait à celles qu'il avait ramenées au ranch, un mois plus tôt. Une bouteille de bière dans chaque main, il embrassait l'une des bimbos sur la joue.

Non, inutile d'espérer ou de lui chercher des excuses. Elle avait été claire avec lui. S'il ne changeait pas de vie, elle ne resterait pas auprès de lui. Pas question de le récupérer le matin dans un état second après une nuit de folie et empestant le whisky.

Chaperon ou pas, la décision appartenait à Phillip et à lui seul. Il s'était rendu à ce festival dans le même état d'esprit qu'elle, dix ans plus tôt, lorsqu'elle était allée à ce supermarché.

Mais, contrairement à elle, il n'avait pas su résister à l'appel des sirènes. Il avait replongé dans cette vie d'ivresse et de leurres. Croyant trouver de la chaleur humaine parmi des gens qui en réalité étaient comme lui, perdus.

A cette heure-ci, sans doute était-il en train de rire et de chanter, pis… en train de serrer une autre femme dans ses bras. Elle le lui avait dit. Elle ne voulait pas être la raison pour laquelle il choisirait d'être lui-même. Il devait avant tout le faire pour lui seul.

Avec une angoisse extrême, elle secoua la tête, afin d'en chasser toutes ces idées noires. Même dans ces conditions, trouverait-elle la force de ne plus le voir ? De ne plus l'aimer ?

Elle en doutait. Mais une chose était sûre, leur histoire

était terminée. Et aujourd'hui elle n'avait pas le choix. Si elle ne voulait pas sombrer avec lui, elle devait partir.

Elle avait achevé son travail. Sun pouvait désormais être harnaché, monté et étrillé sans représenter un danger pour lui-même ou pour les autres. Oui, au moins le cheval, lui, était-il sur la voie de la guérison.

Elle soupira. La perspective de quitter le ranch n'aurait pas dû lui être si douloureuse. N'était-ce pas la routine pour elle ? Sans doute. Mais elle avait fini par se sentir chez elle, ici. Betty adorait cet endroit et s'était liée d'amitié avec Sun.

Elle ravala un sanglot. Elle devait juste se trouver une nouvelle mission, quelque chose qui lui permette d'oublier Phillip. Elle était l'une des meilleures dresseuses de ce pays. Elle n'avait besoin de personne, et certainement pas d'amour.

Tout ce qu'elle avait, c'était son travail et ses règles de vie avec lesquelles elle ne ferait jamais plus de compromis et que plus jamais elle n'aurait la folie de briser.

Elle ouvrit son ordinateur portable et trouva une série de mails envoyés par des propriétaires de chevaux en détresse lui demandant de bien vouloir intervenir. Elle ne prit même pas la peine de les lire dans le détail.

« Je rentre à la maison », écrivit-elle à ses parents, sans pouvoir davantage retenir ses larmes.

- 15 -

Phillip commit l'erreur de fermer les yeux. Tout se mit à tourner. Il s'empressa de les rouvrir et grimaça.

Jo. Il avait besoin de Jo. Elle saurait comment faire, elle.

Il tourna la tête, pour le regretter aussitôt. D'où lui venait cette migraine ? Et cette nausée ?

A ce moment, sa main effleura quelque chose de long, de rond et de froid. Une bouteille. Que faisait cette bouteille à côté de lui ?

Puis la bouteille roula, avant de cogner contre un obstacle, faisant un fracas de tous les diables, qui lui déchira le crâne.

Il regarda autour de lui. Il était dans la limousine. Sauf qu'il y avait des bouteilles partout. Ses doigts rencontrèrent quelque chose de doux et soyeux. Il regarda le bout de tissu dans sa main, mettant plusieurs secondes à comprendre de quoi il s'agissait. Une petite culotte, rouge. Pas du tout le style de Jo.

Non ! Instantanément, il jeta le sous-vêtement, comme si c'était dangereux, et retint son souffle. L'habitacle était encombré de bouteilles de bière et de vêtements. Puis il remarqua une chaussure. Un escarpin. Mon Dieu ! Que s'était-il passé ?

Vite, de l'air, il avait besoin d'air. Cherchant la poignée de la portière, il ne réussit qu'à abaisser la vitre teintée. Aussitôt, le soleil l'aveugla. Quelle heure était-il ?

Quel jour était-on ?

Impossible de se rappeler. Impossible de savoir où il était, où était Jo et ce qu'il avait fait. Même si toutes les réponses se trouvaient sous ses yeux, ici, dans la limousine, ce qui ne fit qu'accentuer sa nausée.

Il chercha son téléphone dans ses poches, en vain. Il essaya à nouveau d'ouvrir la portière, mais cette fois, ce fut la vitre entre l'avant et l'arrière du véhicule qui s'abaissa.

— Monsieur Beaumont ? Tout va bien ?

— Ortiz ?

— Oui, monsieur Beaumont ?

— Où sommes-nous ?

— Nous serons au ranch dans dix minutes, monsieur Beaumont.

Le ranch. Oui. Jo. Il avait besoin d'elle. Mais… Comment allait-elle réagir ?

— Quelle heure est-il ?

— 16 heures, répondit Ortiz.

— Dimanche ?

— Dimanche.

Au moins n'avait-il pas perdu le fil, se dit-il, plein d'espoir, avant de s'apercevoir qu'il ne se souvenait plus du samedi.

— Où est passé Fred ? demanda-t-il.

— Il a été arrêté.

— Pourquoi ?

— Il s'est bagarré avec ce rappeur, vous savez, Pitbull…

Ortiz attendit, mais, voyant qu'il ne se rappelait pas, il soupira.

— La police a dû intervenir.

— Il est toujours en prison ?

— Votre frère, M. Matthew Beaumont, a payé une caution pour le faire sortir.

— Oh…

Phillip tenta de remettre un peu d'ordre dans ses pensées. Ce n'était donc pas sa faute. Fred avait été arrêté et l'avait laissé seul. En l'absence de son chaperon, il avait dérapé.

Il devait envoyer un message à Jo sans perdre de temps, afin de lui expliquer. Tout ça était un malentendu, une erreur. Qui ne commettait pas d'erreur, dans sa vie ? Une nouvelle fois, il fouilla dans ses poches à la recherche de son téléphone. Sans plus de succès.

— Où est mon téléphone ?

— Perdu. Du moins est-ce ce que vous m'avez dit, répondit Ortiz en l'observant dans le rétroviseur.

— Oui, je me souviens, mentit Phillip, ébranlé.

A ce moment précis, ils franchirent le lourd portail du ranch. Phillip chercha à retrouver ce sentiment de bien-être qui était le sien, chaque fois qu'il revenait ici. Mais tout ce qu'il sentit, ce fut un goût amer dans la bouche.

Mon Dieu, qu'avait-il fait ? Mais non, il n'était pas responsable. C'était Fred qui avait tout gâché. Oui, voilà, il expliquerait à Jo et elle comprendrait que c'était un accident.

Il n'avait pas de mauvaises intentions. Quelques bribes de souvenirs parvinrent dans sa conscience. Fred avait disparu. Puis Phillip était monté sur scène. Quelqu'un lui avait mis une bouteille dans la main, mais il ne voulait pas la boire. Il se le rappelait très clairement. Il ne boirait pas cette bière. Il avait promis. Oui, il avait gardé la bouteille à la main, cela faisait partie de son travail, après tout, d'inciter les gens à boire de la bière Beaumont.

Mais comme elle sentait bon, cette bière ! Et puis une femme l'avait embrassé en pressant son corps contre le sien, parce qu'il était Phillip Beaumont et que les femmes en sa présence se conduisaient toujours ainsi. Il savait pourtant que la photo serait mise sur le Net, que Jo la verrait, qu'elle verrait cette inconnue qui ne signifiait rien pour lui l'embrasser. Elle verrait aussi cette bouteille dans sa main et en déduirait qu'il avait échoué. Elle le quitterait.

Soudain, il éprouva la même sensation que comme lorsque Chadwick lui avait appris qu'il allait vendre le ranch, et les chevaux. Il se sentit désespéré. Il avait été exemplaire durant ces trois semaines avec Jo, mais au moindre accroc, il se retrouvait avec une bière à la main et une femme dans les bras. Pourquoi ? Parce que rien ne changeait jamais. Parce qu'il ne changerait pas.

Il ferma les yeux et eut une vision de Jo le regardant, imaginant la déception dans ses yeux.

— Monsieur Beaumont ? Je vous conduis directement à la maison ?

Mon Dieu, qu'avait-il fait ? Il avait besoin de Jo, de la petite Betty. De quelqu'un qui lui dirait que tout s'arrangerait. Il n'avait qu'à aller se coucher, dormir, et demain tout serait rentré dans l'ordre. Demain, tout cela ne serait plus qu'un mauvais rêve.

Il devait la voir et savoir qu'elle lui pardonnait. Il fallait qu'elle comprenne. Il ne l'avait pas vraiment oubliée.

— A l'écurie, d'abord, répondit-il.

Certes, il devait être pitoyable à regarder, mais il avait besoin de parler à Jo, maintenant.

Ils traversèrent les prés où ses chevaux gambadaient. Tout était parfait, excepté... Que faisait ce pick-up, là-bas, attelé au camping-car ?

Non. Il arrivait juste à temps. Elle ne pouvait pas partir. Elle ne pouvait pas l'abandonner.

Ortiz se gara à proximité. Phillip voulut ouvrir la portière, mais sans succès, et ce fut Ortiz qui l'aida à descendre de voiture.

— Vous ne voulez pas aller vous reposer, d'abord, patron ?

— Il faut que je lui parle, répondit-il en repoussant son chauffeur.

Mais à ce moment-là, le monde autour de lui se mit à vaciller, et il fut obligé de se raccrocher au bras d'Ortiz.

Ce fut donc bras dessus bras dessous que tous deux se dirigèrent vers le camping-car, Phillip peinant à mettre un pied devant l'autre.

— Monsieur Beaumont, s'il vous plaît, insista Ortiz.

A cet instant, Phillip entendit de drôles de bruits, sans parvenir à les identifier. Il se releva et aperçut soudain Richard, à sa gauche.

— Dick ?

— Avec tout le respect que je vous dois, monsieur, quand vous m'appelez Dick, c'est que vous n'êtes pas dans votre état normal.

— Ce n'est pas ma faute, gémit Phillip.

— Si vous le dites. Venez, je vous accompagne jusqu'à la maison.

— Non, je dois voir Jo. Et Betty ?

— Monsieur, je vous en prie, répliqua Richard d'un ton ferme en l'entraînant dans la direction opposée au camping-car.

— Attendez, résonna soudain une voix féminine.

Jo.

Phillip se retourna. Elle était là, face à lui. Enfin, cette femme n'était pas la Jo qu'il avait courtisée durant des semaines et qui s'était donnée à lui.

Il le comprit tout de suite en découvrant son regard froid. A ses pieds se tenait Betty dans une sorte de harnais.

— Non, bafouilla-t-il d'une voix à peine reconnaissable. Ne pars pas. Je suis désolé.

— Sun est à présent tout à fait docile, répondit alors Jo qui semblait réciter quelque chose d'appris par cœur. On peut le harnacher, le faire sortir de son box et l'étriller sans le moindre problème. Il est en voie de guérison.

Ses paroles furent suivies d'un silence, mais il crut entendre : « à la différence de toi », à la fin de sa phrase. Il voulut relever le menton avec le peu de fierté qui lui restait, mais la nausée était trop forte.

— Je… Fred n'était… Jo, implora-t-il, incapable de trouver les mots pour la convaincre de rester. Ne pars pas, je suis désolé. Tu verras, ça ne se reproduira plus. Je réussirai. Pour toi.

Jo regarda les deux hommes de chaque côté de lui. Ortiz et Richard s'écartèrent et, miracle, il parvint à tenir debout.

— Non. Pas pour moi, rétorqua-t-elle en faisant un pas vers lui. Nous avions un accord, toi et moi…

— Cela ne se reproduira plus, répéta-t-il. Ne me quitte pas. Je n'y arriverais pas, sans toi.

Elle approcha une main douce et chaude de son visage. Il se pressa contre elle.

— Je refuse de t'embrasser après toute cette bière, après toutes ces femmes. Je ne peux pas, c'est au-delà de mes forces… Je ne peux pas t'aimer plus que tu n'aimes te perdre. Alors, non.

Aimer ? Mais oui, le voilà le mot qu'il cherchait !

— Je t'aime, Jo. Ne pars pas.

Elle sourit, mais ses yeux furent bientôt inondés de larmes.

— Jamais je n'oublierai ces moments avec toi, Phillip. Jamais je ne t'oublierai, toi. J'aurais tant voulu que tu ne m'oublies pas.

Il voulut l'enlacer, la serrer dans ses bras, la retenir, mais trop tard, elle s'éloignait déjà, entraînant Betty avec elle.

Il aurait voulu crier, mais sa voix resta comme bloquée. Il s'élança, mais trébucha. *Non !*

Puis il sentit des gens l'emmener et il comprit alors qu'il ne pourrait pas la retenir. Il la vit grimper dans le pick-up, boucler la ceinture de Betty, puis elle mit le contact et démarra.

Après ça, il eut un blanc. Impossible de se rappeler.

A quoi bon, de toute façon ?

- 16 -

Jo épousseta son jean en se relevant et soupira. Precious n'était pas d'humeur. La jument n'était pas agressive, pas vraiment, elle avait plutôt des sautes d'humeur. Ainsi, elle avait pu la seller et la monter sans problème, comme si toutes deux se connaissaient depuis toujours, mais soudain, patatras, elle s'était retrouvée à mordre la poussière, et Precious, à l'autre bout de l'enclos, mâchonnait tranquillement quelques brins d'herbe.

Jo se dirigea vers elle et attrapa les rênes tout en s'essuyant le front. Le soleil de cette fin d'été frappait fort. Souvent, elle se prenait à regretter la verdure rafraîchissante du ranch Beaumont.

— Bien, marmonna-t-elle en glissant un pied à l'étrier. J'ai tenu dix secondes, mais tu n'en as pas fini avec moi, ma belle. Je vais à nouveau me mettre en selle et crois-moi, tu te fatigueras avant moi.

Precious la regarda avec dédain et voulut s'écarter. Mais Jo ne s'en laissa pas conter et d'un bond sauta en selle. En se méfiant cette fois quand la jument chercha à la déloger. Puis elle la lança au trot, autour de l'enclos de ses parents.

Après dix minutes à ce rythme et quelques écarts, toujours au même endroit, Jo sourit, convaincue que Precious finirait par arrêter ses caprices.

Cela faisait deux mois qu'elle était rentrée à la maison. Tout en continuant d'exercer son travail. Elle avait renoncé à sillonner les routes du pays, dans l'immédiat en tout cas. Elle avait retrouvé sa chambre de jeune fille et les tartes de maman — qui pestait un peu contre Betty, très friande de ses tapis. C'était bon d'être chouchoutée.

Cela avait pris quelques jours, mais elle avait fini par se confier à grand-mère, un soir, alors qu'elle prenait le frais sur la balancelle du porche.

— Quelques larmes n'ont jamais fait de mal à personne, avait chuchoté Lina tandis que Jo pleurait sur son épaule. Tout finit par s'arranger, ma chérie.

Mais Jo en doutait fortement. Elle avait envoyé sa facture au ranch Beaumont et avait reçu en retour un chèque signé par Matthew Beaumont.

Ce chèque à lui seul suffirait amplement à payer un bout de terrain. Pourtant, même la perspective de pouvoir enfin exaucer son rêve le plus cher en possédant enfin son propre ranch, même les chevaux que des clients lui avaient amenés, tout la laissait un peu indifférente, comme si la vie manquait d'attrait.

Pourtant, sur le plan professionnel, la situation était florissante. Son départ précipité du ranch Beaumont après sa brève liaison avec Phillip n'avait eu aucun impact sur sa réputation. Elle restait une experte et dans le milieu, on la respectait, malgré ses méthodes de travail peu conventionnelles. Elle n'avait donc aucun souci à se faire pour l'avenir.

Oui, bientôt, elle repartirait, mais plus question de se laisser aller à un moment de faiblesse, de se laisser tenter ou séduire. Ces murs qu'elle avait mis des années à ériger pour se protéger resteraient debout, bien ancrés dans leurs fondations. Plus de Phillip. Les hommes, c'était terminé ! Elle s'en était passée dix ans, elle s'en passerait bien dix de plus !

Cela étant, elle ne pensait pas rencontrer autant de difficultés à effacer Phillip de ses pensées et de son corps. Mais avec le temps… Dès qu'elle se sentirait un peu plus assurée, elle prendrait son envol et chercherait le ranch de ses rêves au fil de ses missions.

Elle passa une heure de plus avec Precious, réussissant enfin à tenir en selle jusqu'au bout, et elle s'apprêtait à rentrer quand elle aperçut un nuage de poussière au bout de la route.

Elle se tourna vers la maison. Personne n'avait mentionné de visite et le propriétaire de Precious ne devait venir la chercher que ce week-end.

La voiture approcha. Un superbe pick-up, monté sur quatre roues motrices, un peu comme celui qu'elle utilisait pour tracter son camping-car. Sans doute un fermier de la région venu voir son père, se dit-elle avant de retirer la selle de Precious et de commencer à la brosser.

Elle entendit le pick-up se garer derrière elle, puis un bruit de bottes sur le gravier.

— Papa est à la maison ! lança-t-elle tout en continuant d'étriller la jument.

Puis Betty poussa l'un de ses fameux couinements, comme elle le faisait quand elle était contente.

— Hello, Betty. Tu te souviens de moi ? C'est une gentille fille, ça !

Jo se figea, la brosse en suspension au-dessus du dos de Precious. Elle connaissait cette voix.

Phillip.

Tout doucement, elle se retourna. Il se tenait là devant elle, à mi-chemin entre pick-up et enclos. Il portait un jean usé jusqu'à la trame, une chemise rayée, au col ouvert. C'était à peine si l'on distinguait le bout de ses bottes dans la poussière.

Il caressa Betty entre les oreilles et elle alla se coller à lui, manifestement enchantée de le retrouver.

Jo sentit son cœur se serrer. Il était là. Près de deux mois s'étaient écoulés depuis leur séparation, mais il était là.

Puis il la regarda. Ses yeux étaient plus vifs, d'un vert

plus lumineux. Il semblait être en forme. Mieux que ça, il avait l'air bien. Il avait l'air lui.

Elle était si heureuse de le voir. Elle n'aurait pas dû, pourtant pour un peu, si elle ne s'était pas raisonnée, elle lui aurait bien sauté dans les bras.

Derrière lui, un homme plutôt petit, avec des lunettes, s'avança.

— Voici Dale, annonça Phillip sans préambule. Mon chaperon depuis que je suis sorti de ma cure de désintoxication.

Elle retint son souffle, se gardant bien de se réjouir de cette nouvelle. Que lui importait ce qu'il avait fait ou n'avait pas fait ? Même si…

— Tu as suivi une cure ?

— Vingt-huit jours au total, à Malibu. Je n'ai pas touché à une seule goutte de bière depuis cinquante-trois jours, déclara-t-il avec un petit sourire en coin, hésitant entre fierté et embarras.

— Vraiment ?

Elle le dévisageait, quand Precious lui donna un coup de museau qui la fit trébucher.

— Une minute, dit-elle à Phillip et à Dale.

Il ne lui en fallut pas plus pour mener Precious au pré, juste à côté. Pourtant, cette minute, elle la trouva interminable. Durant tout ce temps, elle sentit le regard de Phillip sur elle et, comme la toute première fois, ce fut à peine si elle parvint à mettre un pied devant l'autre.

Elle aimerait tant lui dire… Il lui avait manqué. S'occuper des chevaux avec lui, se réveiller le matin entre ses bras, tout ça lui avait manqué au point de lui déchirer le cœur.

Et alors ? Elle avait pourtant appris à résister à la tentation, non ? Elle n'allait quand même pas tout gâcher, uniquement pour les beaux yeux de Phillip Beaumont ! Monsieur resurgissait, comme ça, et elle devrait tomber à genoux. Mais pour qui se prenait-il ?

Precious dans le pré, elle revint vers Phillip.

— Deux mois sans aucun écart ? répéta-t-elle d'une voix glaciale. Je suis impressionnée.

— Je savais que tu ne me croirais pas, répondit Phillip, les yeux rivés aux siens. Voilà pourquoi j'ai amené Dale.

Elle regarda l'intéressé qui hocha la tête.

— Il respecte son plan à la lettre.

— Son plan ? Quel plan ? demanda-t-elle, sans cacher son scepticisme.

Ils avaient eu un plan quelques semaines plus tôt et il avait tout gâché. Que s'était-il passé ?

Phillip fit un pas dans sa direction. Plus trace de sourire sur son visage, mais une gravité qu'elle ne lui avait jamais vue. Oh ! comme elle voudrait le croire !

— Après ton départ, j'étais désespéré. Alors Matthew a pris les choses en main et m'a inscrit en cure. Dire que ça a été une partie de plaisir serait exagéré. Mais j'étais prêt à tout pour avoir une chance de te retrouver.

Elle fit en sorte de ne pas sourire à ces paroles, s'interdisant même de frémir.

— Et après ? Tu as perdu le ranch ?

Il avança d'un autre pas. A cette distance, elle n'aurait qu'à tendre le bras pour pouvoir le toucher et s'assurer qu'il était là, qu'elle ne rêvait pas.

— Les Brasseries Beaumont ont été vendues. J'ai pu racheter les chevaux avec ma part sur les bénéfices de la vente.

— Juste les chevaux ? Mais le ranch ? demanda-t-elle, la gorge serrée, sachant à quel point il y était attaché.

Encore un pas.

— Chadwick l'a gardé.

Il approcha la main de son visage et lui caressa la joue.

— Je ne travaille plus pour l'enseigne Beaumont, reprit-il. Après ce festival de musique, j'ai décidé de me lancer dans une tout autre activité que le marketing.

— Et laquelle ?

Non, elle ne nouerait pas les bras autour de sa taille. Non, elle ne se blottirait pas contre lui.

— Je suis désormais le directeur du ranch Beaumont.

— Tu es… quoi ? demanda-t-elle, sous le choc.

— Les nouveaux propriétaires de la brasserie ont estimé que les percherons étaient indissociables de l'image de la marque. Ils tiennent à pouvoir les utiliser dans leurs publicités et leurs opérations promotionnelles. Chadwick leur a fait signer un contrat pour dix ans.

— Donc, ce vote, ton intervention à la télévision, ça a marché ?

— Oui. En plus, Chadwick conserve la collection de bières aromatisées, celle qui est baptisée Percheron, justement. Et il a obtenu le droit d'exploitation du logo avec le chariot et les percherons. Nous réfléchissons à un plan marketing pour sa nouvelle société, avec Matthew et lui.

— Ce qui signifie que tu travailles pour la compagnie de Chadwick ?

— Non, je travaille pour le ranch Beaumont. Chadwick en a fait une entité distincte. Matthew et lui m'ont beaucoup soutenu, durant toutes ces semaines.

— Chadwick aussi ?

Phillip sourit. Oh ! ce sourire devrait être interdit !

— Oui. Nous nous entendons beaucoup mieux depuis que j'ai arrêté d'agir comme un adolescent en crise perpétuelle. Lui aussi a mis de l'eau dans son vin, si je peux me permettre cette image.

Elle se mordit la lèvre pour ne pas rire à sa plaisanterie. Et quand il se pencha, elle recula, loin de ses mains, loin de ce corps qui agissait sur elle comme un aimant.

— Eh bien, c'est génial. Je suis heureuse pour toi. Mais que fais-tu ici au juste ?

Elle le vit alors sourire comme il le faisait quand, le soir, il s'approchait du lit où elle l'attendait, avec un regard terriblement sensuel. Prédateur.

— Je suis venu parce que je sais aujourd'hui que durant

toutes ces années je n'ai cessé de me fourvoyer en laissant l'autre Phillip Beaumont détruire le vrai. Je n'ai pas envie de perdre le ranch ni les chevaux et encore moins Jo Spears. J'ai passé avec toi le mois le plus merveilleux de mon existence et, à partir de là, j'ai su ce que j'attendais de la vie. Je suis désolé, Jo. Tout est ma faute, mais j'ai compris la leçon…

Elle secoua la tête. Cent fois elle avait rêvé de Phillip en train de lui chuchoter toutes ces paroles, mais…

— Je ne veux pas être celle pour laquelle tu as choisi de changer de vie, Phillip.

— Je sais, répondit-il, avec pour la première fois comme du doute dans son regard. Pourtant, une chose est sûre : cette vie, je n'en veux pas sans toi.

— Je…

— Ecoute-moi, je te demande pardon de ne pas avoir tenu ma promesse. Je le sais, je t'ai fait du mal…

— C'est vrai. Et pire, tu m'as fait douter de moi, Phillip.

Il hocha la tête, sans baisser les yeux, acceptant pleinement la responsabilité de ses actes.

— Mais, poursuivit-elle, tu m'as aussi montré que j'étais plus forte que je ne le croyais.

— Tu n'as plus peur de tomber dans le vide ?

Incapable de résister davantage, elle lui sourit et il lui rendit son sourire. Pourquoi diable était-il aussi beau ?

— Non, c'est fini…

— Jo, donne-moi une chance de me racheter.

— Comment ?

Il lui offrit à nouveau ce sourire de l'homme qui obtient toujours ce qu'il veut.

— En tant que responsable du ranch Beaumont, j'ai de grandes ambitions. Il se trouve que je possède un pur-sang exceptionnel et très bien dressé en qui je fonde de grands espoirs.

Avait-elle bien entendu ? Sun, très bien dressé ? Elle sentit ses joues s'embraser.

— Vraiment ?

— J'ai décidé également de m'offrir les services de la meilleure comportementaliste, quelqu'un qui travaille pour le ranch et sache venir en aide aux chevaux en détresse.

— Tu as décidé quoi ? s'exclama-t-elle, médusée.

Phillip lui prit alors le visage entre ses mains.

— Reviens au ranch, Jo, reviens à la maison. Je te veux auprès de moi. Et sache une chose, je n'ai pas changé à cause de toi, mais pour toi. Parce qu'avec toi, je suis moi, le seul, le vrai Phillip Beaumont, ajouta-t-il avec un sourire rieur.

— Phillip, si tu… Je ne pourrais pas le supporter et…

Il la fit taire d'un baiser. Et elle ne trouva pas la force de le repousser. Elle s'abandonna à ses lèvres et noua les bras autour de sa taille pour le serrer contre elle.

— Plus jamais je ne renierai ma promesse, Jo. Parce que plus que les chevaux, plus que le ranch, c'est toi que je ne veux pas perdre. C'est grâce à toi si je me suis retrouvé, moi et pas Phillip Beaumont.

— Tu as toujours été plus qu'un Beaumont, pour moi, dit-elle, d'une voix tremblante.

— Je ne veux que toi, murmura-t-il. Jour après jour, nuit après nuit, et ne jamais, jamais t'oublier.

Elle pressa ses lèvres contre les siennes, pour un baiser où la passion le disputait à la tendresse, juste comme elle les aimait.

Il posa son front contre le sien. Elle sentit son chapeau glisser sur sa tête, et…

— Je t'en prie, Jo, je ne peux pas effacer ce que j'ai fait, mais ce qu'il y a entre nous mérite d'être préservé. Epouse-moi, Jo. Et rentrons à la maison.

« A la maison ». Avec Phillip. Son ranch deviendrait le sien, le leur, tout ce dont elle n'avait jamais osé rêver.

— Je ne veux pas t'oublier moi non plus. J'ai bien essayé, mais c'est impossible, avoua-t-elle.

Il sourit, l'air heureux, et avec cette étincelle de désir

dans les yeux. Il la serra contre lui et elle tressaillit entre ses bras quand il lui déposa un baiser dans le creux de l'épaule.

— Epouse-moi, Jo. Je veux vivre chaque jour de ma vie à tes côtés et m'éveiller chaque matin entre tes bras.

Comment refuser une telle proposition ?

Impossible.

Alors, en guise de réponse, elle lui sauta au cou.

Si vous avez aimé *Tentée par un cow-boy*,
ne manquez pas la suite
de la série « L'empire des Beaumont »,
disponible dès le mois prochain
dans votre collection Passions !

TERESA SOUTHWICK

Au hasard d'une rencontre

Passions

HARLEQUIN

Titre original : AN OFFICER AND A MAVERICK

83-85, boulevard Vincent-Auriol, 75646 PARIS CEDEX 13.
Service Lectrices — Tél. : 01 45 82 47 47
www.harlequin.fr

- 1 -

— Je ne serais pas très étonnée de voir quelqu'un se déshabiller pour sauter dans la fontaine ! lança Lani Dalton à la cantonade.

Trop occupés à s'amuser dans le parc où était donnée la réception, les invités ne lui prêtèrent aucune attention. Braden Traub venait d'épouser Jennifer MacCallum, et les gens de Rust Creek Falls n'aimaient rien tant que faire la fête. Ils s'en donnaient à cœur joie. Les couleurs du drapeau enluminaient l'étendue verte. Des nappes en toile cirée à carreaux rouges et blancs recouvraient les longues tables abritées par des tentes bigarrées qui avaient protégé les invités du soleil. La nuit était tombée depuis longtemps déjà, on avait tiré les feux d'artifice, mais la foule s'attardait pour danser, bavarder, et savourer jusqu'à la dernière goutte le punch traditionnel du mariage.

Lani venait de quitter les bras de son frère après un slow un peu mélancolique. Quelle tristesse de ne pas avoir d'amoureux pour partager un tel moment ! Anderson était son préféré, mais tout de même ! Après une quatrième coupe — ou peut-être était-ce la cinquième ? — elle se sentait un peu éméchée. Il était grand temps de s'asseoir pour se reposer. Elle commença à errer dans le parc à la recherche d'un siège, sans vraiment prêter attention à l'endroit où elle posait les pieds. Il s'ensuivit un choc brutal contre un obstacle aussi résistant qu'un mur de briques. Elle vacilla et aurait sans doute atterri le nez dans la pelouse si des mains puissantes, surgies de nulle part, ne l'avaient retenue pour la remettre d'aplomb.

— Vous allez réussir à tenir debout ?

Mais n'était-ce pas la voix de Russ Campbell, le policier de Kalispell, parfois détaché à Rust Creek pour prêter main-forte au shérif ? Au comble de l'excitation, elle leva les yeux pour s'assurer de l'identité de son bienfaiteur.

— L'inspecteur qui fait rêver toutes les filles !

— Pardon ?

— Lani Dalton ! annonça-t-elle fièrement en se désignant. Je travaille à mi-temps à L'As de cœur, le café-grill du coin. Et vous, vous êtes Russ Campbell.

— Ravi de l'apprendre !

Elle se mit à glousser et fut la première étonnée des sons ridicules qui jaillissaient de sa gorge. Ricaner ainsi, ce n'était pas son genre.

— Je me doute bien que vous savez qui vous êtes. Ce que je voulais dire c'est que moi, je le sais.

— Et alors ?

— Pas très bavard, on dirait !

Comme le shérif n'avait pas d'adjoint, Russ venait l'assister une ou deux fois par semaine. C'était à peu près la fréquence de ses visites au bar. Mais s'il ne semblait pas même remarquer sa présence, elle-même n'avait d'yeux que pour ses larges épaules, ses cheveux bruns ondulés et épais, et ses grands yeux noisette à qui rien, sauf elle, ne semblait échapper. Un très bel homme au sourire plutôt rare, mais absolument ravageur. Assez curieusement, pour ce qu'elle en savait — et elle s'était assez bien renseignée — aucune femme n'avait su le séduire, pas plus ici que n'importe où ailleurs.

Il s'éclaircit la gorge, tout en examinant d'un regard attentif la foule de plus en plus déchaînée.

— Eh bien, si vous permettez, je vais continuer à surveiller les alentours.

Après des mois passés à être ignorée par le policier,

elle avait enfin réussi à entamer une conversation avec lui. Elle n'allait pas laisser passer l'occasion de la poursuivre.

— Vous êtes ici pour qui ? La mariée ou son époux ?

— Vous dites ?

— Lequel des deux est votre ami ? Elle ou lui ?

— Ni l'un ni l'autre.

Il montra l'insigne doré accroché à la ceinture de son jean râpé.

— Je suis en service. Le shérif Christensen avait besoin de renfort pour assurer la sécurité.

Vus d'en bas, les traits de son visage étaient un peu flous. Elle chancela à nouveau et, cette fois encore, les mains rassurantes l'aidèrent à retrouver l'équilibre. De puissants biceps tendaient les manches de son T-shirt noir. De quoi tomber raide. Pas étonnant qu'elle soit ainsi retournée !

— Waouh ! Quelle force ! Et puis vous réagissez au quart de tour. Chapeau, inspecteur !

Etait-ce bien elle qui venait de s'exprimer ainsi ? Elle n'avait pas pour habitude de dire tout haut ce qui lui passait par la tête. Cette fois, l'air gentiment réprobateur de Russ fit place à la fermeté.

— Il est grand temps que vous arrêtiez l'alcool.

— Je n'ai bu qu'un cocktail à base de vin pétillant et de jus de fruits. Pas d'alcool fort dans les lieux publics, vous devriez le savoir, non ? J'ai été tout à fait raisonnable, je vous le jure.

Joignant le geste à la parole, elle leva la main droite comme elle l'aurait fait au tribunal.

— D'accord, je travaille dans un bar, mais je suis sobre comme un chameau. Vous pouvez me croire ! Mais on dirait que je vous agace avec mes discours ?

— Vous croyez ?

Le ton était sarcastique. Pour qui se prenait-il à la fin ? Avait-il décidé de lui gâcher la fête ?

— Venez ! fit-il avec autorité. Nous allons trouver un endroit où vous pourrez reprendre vos esprits.

— Je ne suis pas ivre. Je cherchais d'ailleurs une chaise quand vous m'avez bousculée.

— Permettez-moi de rétablir les faits ! C'est vous qui êtes venue vous empêtrer dans mes jambes.

Elle secoua énergiquement la tête. Il se trompait, elle en était persuadée.

— Les choses ne se sont pas du tout passées comme vous le prétendez.

— Je sais ce que je dis.

Le visage crispé, il cherchait un siège du regard.

— Allons voir par là-bas !

Il serra les doigts sur son avant-bras et la conduisit à travers une foule de gens qui s'écartèrent en les voyant approcher.

— Où m'emmenez-vous ?

— A la fontaine. La margelle est assez large pour s'asseoir et il y fait frais.

Ils dépassaient les dernières tables quand elle aperçut son frère Travis, très occupé à faire la cour à une jolie blonde. Elle savait que l'intéressée sortait avec un cow-boy jaloux et ombrageux. Elle aurait voulu le prévenir, mais l'inspecteur la retenait d'une main ferme. Pour ne rien arranger, Anderson, son autre frère, venait de rappliquer. Sans doute voulait-il s'assurer que Travis se montrait raisonnable, mais elle craignit que sa présence n'envenime la situation au lieu de l'apaiser.

— Nous y voilà ! s'exclama Russ quand ils eurent atteint le bassin et son jet d'eau fraîche. Asseyez-vous donc !

Elle obtempéra et posa son verre orné du drapeau national à côté d'elle.

— Merci, inspecteur.

Il recula d'un pas, manifestement soulagé du devoir accompli.

— Parfait, eh bien, chère madame…

« Chère madame ? » Quelle désinvolture ! Il aurait pu s'adresser en ces termes à n'importe quelle créature du sexe féminin. Non mais, sans blague, elle méritait un peu plus d'égards. Le fait d'être en service ne le dispensait pas des règles de savoir-vivre élémentaires. Elle se demanda soudain ce qui pouvait bien l'attirer en lui. C'était un séducteur. Elle l'avait vu plus d'une fois, accoudé au bar, tenir des jeunes femmes sous son charme. De toute évidence, elle n'était pas son genre. Mais de là à lui servir du « madame » !

— Appelez-moi Lani, s'il vous plaît ! Je n'aime pas trop les « mon petit », « ma belle », ou « ma grande », mais les « madame » me donnent carrément des boutons !

— Comme vous voudrez !

Les clameurs d'une dispute s'élevèrent tout à coup au-dessus du bourdonnement confus de la musique et des conversations. Les cris provenaient de l'endroit où se trouvaient les frères de Lani. Skip webster, le cow-boy sourcilleux, s'en prenait à Travis. Celui-ci essaya d'abord de s'esquiver. Mais quand l'autre lui lança son poing dans la mâchoire, il ne put s'empêcher de répliquer par une droite en pleine figure. Comme Anderson s'interposait entre les deux pour éviter l'escalade, il reçut pour sa part un coup de genou bien placé.

Seul face aux deux frères, Skip se jeta au sol et commença à brailler pour se plaindre et appeler à l'aide.

— Il faut que j'intervienne, déclara Russ.

Elle eut un mauvais pressentiment.

— Qu'allez-vous faire ?

— Arrêter ce gars pour coups et blessures.

Ses propos visaient sans doute Anderson. Une arrestation aurait été à la fois injuste et absolument dramatique dans sa situation. Son frère avait engagé une procédure judiciaire délicate pour obtenir la garde d'un enfant dont il venait d'apprendre l'existence. Le moindre démêlé avec la justice pèserait lourd dans son dossier et jouerait clairement en sa défaveur. Si elle ne trouvait pas un subterfuge pour distraire l'attention de Russ Campbell et l'empêcher d'emmener son frère au poste, celui-ci pouvait dire adieu à ses maigres espoirs. Elle devait agir vite et efficacement.

Le clapotis du jet de la fontaine lui apporta l'inspiration qu'elle cherchait et, sans plus réfléchir, elle gravit la margelle puis sauta dans le bassin, poussant des cris d'orfraie au contact de l'eau fraîche qui aspergeait ses jambes et le bas de sa robe. Malheureusement, le coup d'éclat ne suffit pas à détourner Russ de son devoir de policier. Il la toisa, jugeant manifestement que son comportement était le fruit d'un esprit dérangé, et s'éloigna avec détermination en direction des fauteurs de trouble. Ne sachant plus comment le retenir, elle entonna à tue-tête le dernier tube à la mode, n'hésitant pas à se donner en spectacle pour tirer son frère de cette mauvaise passe. Elle hurlait, plus qu'elle ne chantait, et envoyait des gerbes d'eau autour d'elle avec tant d'énergie que l'une d'elle atteignit l'inspecteur dans le bas du dos. Quand il se retourna, elle commença à se trémousser au rythme de ses propres vociférations.

Alors il revint sur ses pas et se planta devant elle.

— Sortez d'ici immédiatement !

Loin de se laisser intimider, elle se servit de ses deux mains pour l'arroser, riant de le voir essuyer son visage ruisselant. Elle s'amusait et en était la première étonnée.

S'efforçant visiblement de garder son calme, Russ reprit sa voix froide et sévère de gardien de la paix.

— Bon, vous vous êtes bien amusée. Maintenant, le spectacle est terminé.

Quelques curieux s'étant attroupés pour voir à quoi rimait ce tohu-bohu, personne ne l'entendit. Et, trop heureuse d'avoir regroupé un fan-club autour de la fontaine, elle poursuivit son exhibition tandis que le policier lorgnait toujours du côté de ses frères et de Skip.

— Venez donc ! hurlait-elle en faisant signe aux badauds de la rejoindre dans le bassin. Je vous jure, l'eau est délicieuse !

Comme l'idée ne semblait pas leur déplaire, Russ leva la main pour les dissuader.

— Holà ! Pas si vite ! cria-t-il en lui jetant un regard hargneux. Si vous ne sortez pas immédiatement de là, je vais devoir vous arrêter !

L'idée de finir la soirée au commissariat ne l'enchantait guère, mais elle voulait bien se sacrifier pour son frère. Elle n'avait jamais eu d'ennui, et l'incident serait rapidement classé sans suite.

— Je parie que vous n'aurez jamais le cran de venir me chercher, inspecteur !

Il tendit le bras pour l'attraper. Comme elle reculait pour lui échapper, son visage se durcit.

— Allons, Lani, soyez raisonnable !

— Vous ne savez vraiment pas vous amuser. Et puis je ne vois pas de quel droit vous me donnez des ordres.

— Gage m'a convoqué pour veiller à la sécurité, vous le savez parfaitement.

La célébration du mariage et de la fête nationale au cours de la même journée soulevait dans la petite communauté une agitation inhabituelle. Il regardait autour de lui les gens éparpillés dans le parc et commençait à trouver leur comportement un peu trop déluré.

— Vous suffoquez, vous aussi ! Venez donc vous rafraîchir avec moi !

Russ ne portait pas d'uniforme, mais son T-shirt moulant et son jean enfoncé dans ses bottes noires le rendaient particulièrement attirant.

— Est-ce qu'il n'a pas l'air de crever de chaud ? insista-t-elle en prenant les badauds à témoin.

— Tu devrais l'aider à se rafraîchir les idées, s'écria un garçon dans la foule.

— Oh oui, ça lui ferait du bien !

Elle l'éclaboussa de plus belle et, comme l'effort la faisait tanguer, elle manqua de glisser dans la vasque. Cette fois, Russ perdit patience.

— Maintenant, ça suffit ! Je vous arrête pour ivresse et trouble à l'ordre public !

— Quel bonheur de vous entendre, inspecteur ! Je crois que vous ne m'aviez jamais adressé autant de mots à la fois !

Elle ne mentait pas. D'ordinaire, elle avait droit aux simples « Une bière, s'il vous plaît », dont une modeste serveuse apprend à se contenter. Fou de rage, il enjamba la margelle. Horrifiée, elle grimaça. Dans quel état sortirait le beau cuir de ses bottes après un passage dans l'eau ? Tant pis ! Elle n'agissait que pour le bien d'Anderson. Comme elle reculait devant lui, ses admirateurs commencèrent à lui lancer des cris d'encouragement et à claquer des mains.

— Lani ! Lani !

Elle savait bien pourtant que la partie était perdue d'avance. Il était plus grand, plus fort et plus rapide. Le combat était inégal. Mais aussi longtemps qu'elle parviendrait à détourner son attention, son frère resterait à l'abri de ses représailles. Reculant encore un peu, elle posa le pied sur une dalle envasée et glissa dans l'eau de tout son long. Instantanément, Russ se plaça au-dessus d'elle pour lui tendre la main. Elle ne sut jamais à quel moment l'idée germa dans son esprit embrumé mais, au lieu de se laisser secourir, elle accepta sa main et tira d'un coup sec, de toutes ses forces. Penché au-dessus d'elle dans un équilibre précaire, il plongea à son tour.

— Bon sang ! hurla-t-il hors de lui. Au nom de la loi, je vous arrête !

Elle dégagea les cheveux mouillés de son visage.

— Vous avez bien raison, inspecteur.

Il se releva, dépité, lui agrippa le bras et la traîna sans ménagement derrière lui.

— Vous avez le droit de garder le silence. Même si je sais que vous en êtes parfaitement incapable…

Comme ils atteignaient le bord du bassin, Lani s'affala à nouveau sur la pierre. Il pesta avant de la soulever. Elle soupira. Si elle avait pu prévoir cet intermède avec Russ, elle se serait appliquée à perdre quelques kilos ! Une fois hors de l'eau, il la reposa sur ses pieds.

— Vous pouvez marcher ? demanda-t-il en la voyant vaciller.

— Et comment ! Depuis des années !

Sans relever ce soupçon d'humour, il empoigna son avant-bras et se mit en marche sans desserrer les mâchoires.

— Je n'ai pas droit aux menottes ? se permit-elle encore.

Il se raidit un peu plus.

— Vous avez l'intention de résister ?

— Pas le moins du monde.

— Alors taisez-vous et suivez-moi !

Il allongea le pas. Un peu sonnée, elle comprit qu'il l'emmenait tout droit au poste. Elle songea un instant à lui fredonner *Les Portes du pénitencier*, mais elle se ravisa, estimant qu'elle en avait fait assez.

Russ Campbell conduisit Lani Dalton au poste de police, en proie à une colère grandissante. Il aurait été plus utile à surveiller les fauteurs de trouble dans la rue qu'à jouer le chaperon d'une écervelée. Plus curieuse qu'effrayée, celle-ci écarquillait les yeux comme une petite fille à la foire.

— Je n'ai jamais été au trou. Qu'est-ce que c'est excitant !

Il balaya le décor d'un regard circulaire pour imaginer ce qu'elle pouvait bien voir du poste central de Rust Creek Falls. Ils se trouvaient dans une grande pièce meublée de deux tables, l'une réservée à l'agent de la circulation, l'autre à l'adjoint dont Gage était privé depuis quelque temps. Quand il n'était pas en service à Kalispell, Russ lui servait de remplaçant. Un peu plus loin à droite, derrière une porte fermée, se trouvait le bureau du shérif. Un endroit assez peu inquiétant, somme toute. Jadis en poste à Denver, Russ avait travaillé dans un commissariat beaucoup plus important, chargé de régler des problèmes autrement cuisants.

— Si vous trouvez que c'est sympa ici, attendez de voir votre cellule !

— Je suis sûre qu'il existe une loi contre la détention arbitraire.

Sans prendre la peine de lui répondre, il la prit par le bras et l'entraîna dans un couloir où deux cellules d'un mètre quatre-vingts par deux mètres quarante se faisaient face. Elle continua à afficher une mine réjouie, sans rien perdre de son assurance. De deux choses l'une, soit elle était sacrément culottée, soit elle n'était pas assez dégrisée pour saisir la gravité de la situation. Il enrageait en silence. Il se sentait piégé et s'en voulait de s'être laissé distraire par les excentricités de la jeune femme. Mais le véritable problème ne datait pas d'aujourd'hui. En vérité, Lani était le centre de toute son attention depuis le jour où il l'avait aperçue derrière son comptoir.

— Cette arrestation est ridicule. Mon père est avocat. Il me fera sortir avant que ma robe ait fini de sécher.

Ses grands yeux innocents démentaient l'insolence de ses propos. Et Dieu qu'elle était belle dans cette robe jaune dont le crêpe léger et détrempé lui collait à la peau ! Se détournant à regret du spectacle troublant de son anatomie à peine dissimulée, il resserra fermement l'emprise de sa main sur son poignet.

— Et maintenant, je vous propose une visite guidée d'un des placards qui nous servent de cellule !

— Je…

Fermement plantée sur ses jambes, elle refusait cette fois d'aller plus loin.

— Je vois très bien d'ici. Est-ce bien nécessaire de rentrer dedans ?

— Indispensable ! Entre la fête nationale et le mariage, les habitants de Rust Creek me paraissent un peu trop survoltés. A cause de vous, j'ai été détourné de mon devoir de surveillance. La ville est en ébullition, et je dois empêcher que le pire se produise.

— Alors vous avez choisi de vous servir de moi pour montrer l'exemple. Je vous rappelle que vous ne faites pas vraiment partie de notre police municipale.

— Et moi je vous rappelle que Gage Christensen m'a chargé d'une mission et qu'il me paie pour l'accomplir.

Il la fixa du regard qu'il réservait aux délinquants pour les intimider. Mais lui faisait-il vraiment peur avec ce jean dégoulinant et ces bottes dans lesquelles ses pieds produisaient un bruit de succion ridicule ?

— Grâce à vous, je n'aurai pas volé ma paye ce soir.

— Puisque vous parlez du shérif, j'aime mieux vous dire qu'il ne m'aurait jamais arrêtée, répliqua-t-elle avec dédain. Mais, bien sûr, vous n'êtes pas d'ici et vous ne connaissez pas les gens du coin.

Elle commençait à l'énerver sérieusement. Avant son départ de Denver, tout le monde s'était mis à l'éviter comme s'il avait la peste. Pour avoir dénoncé un collègue corrompu, il avait été traité comme un paria et renvoyé à la circulation. Loin de l'aider à surmonter l'épreuve, sa fiancée, déçue par ce revers de carrière, l'avait abandonné, lui infligeant une double peine cruelle. En arrêtant cette jeune femme ce soir, il n'avait fait que son devoir et n'était pas d'humeur à supporter longtemps encore son cinéma.

— Je n'ai pas l'honneur de vivre à Rust Creek Falls, nous sommes d'accord. Mais c'est moi qui porte l'insigne. Vous avez enfreint la loi, Lani Dalton.

— Il y a du progrès, on dirait. Vous ne me donnez plus du « madame » ?

Il aurait préféré éviter de l'appeler par son nom pour garder ses distances. Ses longs cheveux bruns et sa peau veloutée auraient donné des démangeaisons aux mains de tout homme normalement constitué. En temps normal, sa force de caractère l'aidait à résister à la tentation. Mais aujourd'hui, rien ne paraissait sous contrôle.

— Savez-vous qui est mon père ?

— Vous m'avez dit qu'il était avocat. A l'heure qu'il est, je dois vous dire que je m'en moque.

Refusant de discuter davantage, il l'accompagna dans la cellule et claqua la porte derrière eux. La serrure se referma avec un bruit sinistre qui résonna contre les murs nus. Elle tressaillit légèrement.

— Et voilà, nous sommes enfermés !

— Pas tout à fait, corrigea-t-il. « Vous » êtes écrouée et moi je suis le flic qui a les clés dans sa poche.

Elle prit un air énigmatique.

— Ah bon, c'est ainsi que vous voyez les choses ?

— Absolument.

— Vous êtes bien sûr de vous, inspecteur.

Avec un haussement d'épaules, elle se dirigea vers la banquette en métal scellée au mur et souleva le drap qui recouvrait le mince matelas de mousse.

— Waouh ! Mais c'est un hôtel cinq étoiles ! On dirait presque un tapis de yoga.

— Tant mieux si vous vous sentez à l'aise, parce que vous êtes là pour un petit moment !

Elle n'était pas aussi égarée que certaines personnes sous l'emprise de l'alcool. Il pouvait sans risque la laisser seule, et tant mieux, car il avait d'autres chats à fouetter.

— Votre petit spectacle dans la fontaine m'a fait perdre mon temps. Il faut que je retourne dans le parc avant qu'il n'y ait du grabuge.

— Détendez-vous, inspecteur, les gens s'amusent, c'est tout !

— Je ne pense pas que le cow-boy qui s'est fait massacrer s'amuse autant que ça !

— Massacrer ? Qui donc ? Je n'ai rien vu.

Sa candeur paraissait cette fois un peu forcée.

— Eh bien, vous devez être la seule ! Maintenant, il faut que j'aille m'occuper de son agresseur.

— Vous n'allez pas l'inculper, j'espère ?

Pour la première fois depuis leur arrivée au bloc, elle perdait un peu de sa superbe.

— Bien sûr que si. Comme ça, vous aurez de la compagnie pour la nuit.

— Sérieusement, vous comptez m'abandonner ici ?

Elle commençait à appréhender la réalité de sa situation, et le courage dont elle avait fait preuve jusque-là semblait la quitter.

— Tout va bien se passer.

— Je n'en suis pas si sûre.

Elle leva une main tremblante jusqu'à son front et vacilla. Son visage était d'une pâleur alarmante.

— J'ai la tête qui tourne, je crois que je vais être malade.

Il fut près d'elle en une enjambée et, comme il glissait un bras secourable autour de sa taille, elle s'affala contre lui, se laissant aller comme un poids mort, la main accrochée à sa ceinture pour ne pas tomber. Il la porta presque sur la couchette, l'installa et s'assit auprès d'elle.

— Calmez-vous et respirez profondément ! Mettez la tête entre les genoux !

— Je ne peux pas.

Elle se tenait raide sur le fin matelas de mousse, les poings serrés et enfoncés de part et d'autre de ses cuisses pour conserver son équilibre. Après quelques profondes inspirations, elle parut enfin se détendre.

— Je crois que ça va aller.

Son visage reprenait peu à peu des couleurs.

— Je vais vous chercher un verre d'eau.

— Non, non, cela ne ferait qu'empirer les choses !

— Quand on a trop bu, le mieux est de s'hydrater en abondance pour éliminer. Deux cachets d'aspirine vous feraient le plus grand bien.

Quelque chose en elle réveillait son côté protecteur. Il aurait aimé rester à ses côtés pour la réconforter, mais le devoir l'appelait. Et puis, jusqu'où le mènerait un tête-à-tête dans cet espace confiné avec une si jolie personne ? Il se faisait modérément confiance. Un homme digne de ce nom ne résisterait pas longtemps à une bouche provocante et adorable dont il rêvait depuis des mois ?

Brusquement, il se leva et lui tourna le dos.

— Que se passe-t-il ? demanda-t-elle, inquiète.

Il l'entendit changer de position, pivota sur ses talons et la découvrit tranquillement assise, les mains croisées sur les genoux. Sa robe était encore humide et la vue de l'étoffe qui collait sa poitrine ralluma le feu et les contradictions qui couvaient en lui. Il la trouvait infiniment désirable, mais sa raison lui dictait de ne pas tomber dans ce genre de piège. Ni aujourd'hui ni jamais. Il avait mis des mois à se relever du départ de sa fiancée. On ne l'y reprendrait plus. Et, même si le spectacle qui s'offrait à sa vue mettait ses nerfs à rude épreuve, il était bien décidé à se tenir à distance.

— Bon, je dois y aller, maintenant. On dirait que vous vous sentez mieux.

— J'ai encore le cœur au bord des lèvres. Et si jamais j'avais envie de vomir ?

— Débrouillez-vous !

Il n'avait qu'une idée en tête : fuir au plus vite cette dangereuse promiscuité.

— Je file au parc pour voir où en sont les bagarreurs. Une banale histoire de coups et blessures. Soyez tranquille, je serai de retour d'ici peu.

Joignant le geste à la parole, il franchit le peu d'espace qui le séparait de la porte grillagée, tout en cherchant son trousseau au fond de sa poche droite. Ne le trouvant pas à sa place habituelle, il fouilla de l'autre côté, puis à l'arrière de son pantalon. Rien.

— Alors, ça, c'est le bouquet !

— Un problème ? fit Lani avec une feinte sollicitude.

— Je n'ai pas la clé.

La situation était grotesque. Certain de s'exposer à sa moquerie, il baissa sur elle un regard hésitant. De son côté, elle retenait son souffle. Il risquait de deviner qu'elle lui avait subtilisé ses clés pour les dissimuler sous le matelas. Un plan échafaudé en désespoir de cause, qui lui vaudrait à juste titre les foudres de Russ si elle était démasquée. A quoi en était-elle réduite pour protéger son frère !

— Vous avez sans doute oublié de les prendre avec vous, improvisa-t-elle pour meubler le silence. Ou bien elles auront glissé de votre poche pendant votre ronde…

— Je vais appeler Gage, soupira-t-il, préoccupé.

Il pianota sur son téléphone portable et fronça les sourcils.

— De toute évidence, ces appareils sophistiqués ne sont pas amphibies.

— Je suis désolée.

La croirait-il ? Plus il mettrait de temps à contacter le shérif, plus Anderson aurait de chance d'échapper à un interrogatoire.

— Je vous offrirai un nouveau téléphone, promit-elle.

Ses paroles lui valurent une œillade furibonde.

— Je suppose que le vôtre a subi le même sort ?

— Par chance, je ne l'avais pas sur moi.

— Arrêtez de raconter des bobards ! Aujourd'hui plus personne ne sort sans son téléphone.

— Vous ne me croyez pas ? Je suis descendue au mariage en voiture avec mes parents et j'ai laissé mon sac à la maison.

Elle passa les mains le long de son corps.

— Entre nous, je ne vois pas très bien où j'aurais pu le cacher, sauf dans mon soutien-gorge, peut-être. J'espère simplement avoir affaire à un gentleman qui n'ira pas vérifier.

— Rassurez-vous, je vous crois sur parole, même si j'ai des raisons sérieuses de douter de votre sincérité !

— Qu'est-ce que vous pouvez être vexant ! dit-elle d'un air indigné.

Il la traitait vraiment comme une mythomane.

— Pourquoi ? Parce que je vous soupçonne de mentir ou parce que je refuse de vous approcher ?

« Les deux », songea-t-elle, mais elle préféra garder le silence. A quoi bon le pousser àbout ? De toute façon, elle avait renoncé depuis longtemps à compter le nombre de fois où Russ Campbell était passé à L'As de cœur sans lui prêter la moindre attention. Elle ne savait presque rien de lui. Aux dires de Gage, il avait débarqué de Denver dans le Montana, mais personne ne semblait connaître les raisons de son installation dans la région.

Ce soir, elle avait enfin réussi à engager un semblant de conversation avec lui. Mais à quel prix et pour quel résultat ? Il la prenait pour une menteuse et semblait uniquement pressé de se débarrasser d'elle. Aussi décevant qu'humiliant. Elle n'avait aucune chance avec cet homme. Il fallait bien se rendre à l'évidence. D'ailleurs, elle commençait elle aussi à le trouver agaçant.

Il poussa un long soupir.

— Je ne voulais pas vous contrarier. Si vous aviez eu votre téléphone, il aurait pris l'eau lui aussi et n'aurait pas fonctionné davantage que le mien. C'est tout.

— N'essayez pas de vous rattraper ! C'est parfaitement inutile.

Les yeux de Russ s'attardèrent sur son front buté.

— Vous êtes une drôle de cliente, Lani Dalton !

— Ah bon ?

Qu'entendait-il au juste par « drôle » ? Séduisante, charmante, intéressante ou plutôt arrogante et insupportable ?

— J'ai vu des femmes s'évanouir pour une amende de stationnement ou un excès de vitesse. Et vous, vous restez là, impassible, à peine impressionnée par votre séjour en cellule.

— Vous ne semblez pas très impressionné, vous non plus.

— Je n'ai aucune raison de l'être. C'est vous qui êtes dans de sales draps, pas moi.

Cette fois, elle ne pouvait lui donner tort. Son numéro improvisé dans la fontaine ne lui vaudrait sans doute que des remontrances. Il en irait autrement de la dégradation de son téléphone et surtout du chapardage des clés de la prison. Son cerveau, encore embrumé par de trop nombreux verres de punch, peinait à prendre la mesure de la situation.

— Je ne suis pas vraiment inquiète, vous savez. Mon père est Ben Dalton. Vous avez sans doute entendu parler de lui ? Il jouit d'une excellente réputation.

— Je vois.

Il hochait lentement la tête, sans chercher à dissimuler son mépris.

— Vous voyez ? Et que voyez-vous, au juste, inspecteur ?

— Une petite princesse au-dessus des lois, que papa va s'empresser de tirer d'affaire.

Il recula jusqu'à heurter la porte métallique. Eprouvait-il pour elle un si grand dégoût ?

— Vous ne connaissez pas mon père ! s'indigna-t-elle avec colère. C'est un homme parfaitement intègre qui ne trahira jamais ses principes. Pas même pour l'un de ses enfants.

C'était la vérité et sans doute la raison pour laquelle Anderson avait gardé la plus grande discrétion sur sa requête en justice. Elle était la seule dépositaire de son secret, et elle avait juré de ne pas le trahir. Russ ne trouva rien à ajouter, même si la situation ne le réjouissait certainement pas. Sa tenue ne séchait pas aussi vite que la sienne et ses bottes étaient certainement irrécupérables.

— Ecoutez, Russ…

Il semblait fatigué de ses jérémiades.

— Dans quelle galère vous m'avez entraîné ! On m'a engagé pour veiller à la sécurité et jusqu'à présent, je n'ai fait que perdre mon temps. Si ça se trouve, Gage ne passera pas avant demain matin. Il me reste juste à prier pour que la nuit se déroule sans incident majeur.

Elle commençait à se sentir dans ses petits souliers. Si elle avait pu être certaine que la situation ne s'était pas envenimée pour ses frères, elle serait passée aux aveux sans hésiter. Dans le doute, elle préférait maintenir sa ligne de conduite, même si elle commençait doucement à mesurer les conséquences de ses actes.

— Nous sommes coincés, inspecteur ! Autant nous rendre à l'évidence et mettre à profit la situation pour faire plus ample connaissance. Vos parents ne vous ont pas appris à toujours voir le bon côté des choses ?

Il secoua la tête d'un air incrédule. L'aplomb de la demoiselle frisait parfois l'impudence.

— Mais qu'est-ce que j'ai fait au bon Dieu pour mériter ça ? lâcha-t-il à bout d'arguments.

Cette attitude lui déplut.

— Vous êtes toujours aussi désobligeant ou c'est juste moi qui vous inspire ?

Elle le fixait en s'interdisant de baisser les yeux.

— Nous ignorons tout l'un de l'autre. C'est l'occasion où jamais de rattraper le temps perdu.

— Je n'en suis pas convaincu.

— Vous avez tort. Les circonstances nous ont peut-être amenés à mal nous juger. Saisissons la chance qui nous est donnée pour repartir sur de meilleures bases !

Ni le front buté de son interlocuteur, ni son air excédé ne parvinrent à la décourager.

— Voyons, inspecteur, il faut savoir prendre les choses du bon côté !

- 2 -

Russ Campbell toisait sa prisonnière avec des sentiments mitigés. L'ingénuité de son visage était trompeuse. Son dos bien droit et son port fier démentaient une quelconque faiblesse, et la situation embarrassante où l'avait conduite son étrange comportement semblait la laisser parfaitement indifférente. Certes, la captivité forcée et grotesque de son geôlier atténuait beaucoup l'effet de sa punition. Il se reprochait amèrement sa négligence. Oublier de se munir de ses clés avant de l'escorter dans sa cellule ! Pareille étourderie ne lui ressemblait pas. Il s'était mis dans un drôle de pétrin. Eloigné par sa propre faute de sa mission de surveillance, voilà qu'il se retrouvait cloîtré avec Lani. Le métier de policier était un sacerdoce, mais il y avait tout de même des limites.

— Qu'attendez-vous de moi ? maugréa-t-il.

Elle modifia sa position sur la banquette et étira tranquillement le bas de sa robe pour lui permettre de sécher plus vite.

— Pas grand-chose. Je ne vois pas comment nous pourrions sortir d'ici, à moins de tordre le métal de la porte à mains nues. Pour ma part, j'en suis bien incapable.

— Et moi, je ne suis pas Superman. Désolé de vous décevoir !

L'accomplissement scrupuleux de son devoir lui avait coûté sa carrière dans les forces de l'ordre de Denver, ce qui ne serait jamais arrivé à un héros légendaire de bande dessinée. Comme de se faire plaquer par sa fiancée au moment où tout le monde lui tournait le dos. Il n'était pas un surhomme.

Lani soupira.

— Si vous continuez à faire la tête, le temps va nous paraître long jusqu'à demain matin !

Il consulta sa montre.

— Gage ne tardera pas à venir aux nouvelles.

Il espérait avoir raison. Ne le voyant pas sur le terrain, le shérif s'inquiéterait bientôt de savoir où il était passé.

— On dirait que vous êtes vraiment pressé de vous débarrasser de moi. Vous ne m'aimez pas, dites-le franchement !

— Mes sentiments n'ont rien à faire dans cette histoire. Je ne vous ai pas arrêtée pour des raisons personnelles, mais pour trouble à l'ordre public. J'ai fait mon travail, c'est tout.

— Quelle importance, au fond ! Le résultat est le même. Nous sommes coincés dans cette cellule. Vous pensez qu'il vaut mieux nous regarder en chiens de faïence ou discuter gentiment pour passer le temps ?

Il sentit ses épaules s'affaisser.

— Vous avez sans doute raison. Mais de quoi voulez-vous parler ? De la pluie et du beau temps ?

Elle fit mine de ne pas l'entendre et rassembla tranquillement ses longs cheveux mouillés au-dessus de sa tête pour dégager son cou.

— Je donnerais n'importe quoi pour pouvoir démêler ce fouillis.

— Si vous aviez un peu réfléchi avant d'aller vous dandiner dans la fontaine…

— Inspecteur ! protesta-t-elle. Je croyais que nous avions décidé d'une trêve.

— Pardonnez-moi !

Elle tapota le matelas sur sa droite.

— Venez donc vous asseoir ! Nous serons mieux pour

bavarder. La banquette n'est pas très confortable, je vous l'accorde, mais je n'ai rien d'autre à vous proposer. Vous devriez en toucher un mot à l'architecte d'intérieur. Il y a mille manières d'aménager un petit salon.

Il aurait préféré se tenir éloigné mais, incapable d'imaginer comment refuser son invitation, il s'installa à l'extrémité opposée de la couchette. Lani le couva d'un regard plein d'espoir, et comme il ne desserrait pas les dents, elle s'éclaircit la voix.

— Je suis née ici, à Rust Creek Falls, il y a vingt-six ans, et je suis la cinquième de six enfants.

— Eh bien, si les cinq autres sont à votre image, je plains un peu vos parents !

L'éclat joyeux de son rire le pénétra, comme une pluie bienfaisante s'infiltrant dans un sol aride. L'atmosphère commençait à se détendre.

— Je n'ai pas un métier aussi passionnant que le vôtre, reprit-elle avec entrain, mais ma vie me plaît bien et j'adore cette ville.

Elle attendit en vain un commentaire ou une question, puis haussa les épaules et poursuivit.

— Je vis avec mes parents et je travaille dans le ranch familial. Je fais à peu près tout, du nettoyage des écuries à la réparation des clôtures. Et, bien sûr, je nourris le bétail.

— Et L'As de cœur ?

— J'y travaille à mi-temps. Rosey Traven, la patronne, est une femme formidable.

Il ne connaissait que trop bien la grossièreté des gars imbibés de bière qui traînaient dans les bars. Une jeune femme aussi séduisante que Lani devait constituer une cible de choix pour les réflexions inconvenantes et les mains baladeuses. La seule pensée qu'un abruti aviné puisse l'importuner le mettait hors de lui, mais il se contenta d'une remarque anodine.

— Vous avez sans doute affaire à de sacrés énergumènes dans un lieu pareil ?

— Cela arrive, oui. Mais le mari de Rosey est retraité des forces spéciales de la marine. Il connaît mille et une manières de neutraliser les enquiquineurs.

La réponse le laissa plutôt sceptique.

— Et qu'est-ce qui vous plaît tant dans ce travail ?

Elle haussa à nouveau les épaules et son geste produisit des effets étonnants sous le haut de sa robe. Quand il vit pointer le bout de ses seins sous le tissu léger, il se détourna au plus vite.

— Je suis une personne très sociable, déclara-t-elle après un temps. J'aime discuter avec les habitués, et L'As de cœur est le lieu de ralliement de toute la ville. Les soirées entre filles, les verres avec les copains, les parties de poker, ou bien tout simplement un sandwich ou une chope au comptoir. J'adore recueillir les confidences et, en général, les gens aiment beaucoup me parler. Vous trouvez cela stupide, je présume ?

Comme elle l'interrogeait du regard, une petite ride contrariée barrait son beau front lisse.

— Mon travail est radicalement différent du vôtre, répondit-il. Rares sont ceux qui ont envie de livrer leurs petits secrets à un policier.

— Evidemment. Votre rôle est d'interroger les criminels et de maintenir l'ordre. Pas de perdre du temps avec les commentaires des uns et des autres.

— Je ne vous le fais pas dire.

Elle ne releva pas son ironie.

— Moi je considère qu'il est de mon devoir de les écouter et même de leur offrir quelques conseils.

— Je n'imaginais pas qu'un travail de serveuse requérait autant de compétences et d'abnégation !

Là, il y était peut-être allé un peu fort.

— Moquez-vous, c'est facile ! Quoi que vous en pensiez, les gens m'accordent leur confiance.

Il comprit qu'il l'avait vexée.

— Vraiment ? demanda-t-il.

— Rust Creek Falls est une petite ville où tout le monde connaît tout le monde. Certains se croient autorisés à tout savoir de la vie des autres, jusqu'aux détails les plus intimes. Ce n'est pas mon cas. Je sais me montrer discrète, et chacun le sait.

— Je vois bien ce que c'est qu'une petite ville.

— Je me demande comment. Kalispell est gigantesque comparée à Rust Creek.

— J'ai grandi à Boulder Junction, un village pas loin d'ici.

— Je le connais. Il est situé au milieu de la zone agricole, n'est-ce pas ?

— Oui. Ma famille possède un domaine là-bas. Ils cultivent le blé, le maïs et pas mal d'autres choses en moindre quantité.

— Comme quoi, par exemple ?

De toute évidence, Lani ne voulait pas laisser retomber la conversation.

— Pommes, pommes de terre, orge.

— C'est une exploitation importante, on dirait ?

Il hocha la tête.

— Oui, l'une des plus importantes du Montana.

— Une grande famille, alors ?

Il esquissa un sourire presque malgré lui. La curiosité de son interlocutrice paraissait insatiable.

— Une grande famille, en effet.

— Combien de frères et sœurs ?

— Deux frères et une sœur. Je suis l'aîné.

Jamais il n'en avait autant dit en si peu de temps à une parfaite inconnue. Quelque chose en Lani attirait la confidence, c'était indéniable. Un intérêt sincère et bienveillant animait son regard.

— Vous avez voyagé ?

— Si on veut.

— Quelle chance ! Je ne suis jamais sortie d'ici.

Elle resta pensive un instant.

— Et vous avez déjà envisagé de quitter le Montana ?

— Non.

En tout cas, pas depuis son retour du Colorado, deux ans auparavant.

— Vraiment ?

Il avait mené assez d'interrogatoires pour en connaître la technique. Lani Dalton aurait fait une policière hors pair. Rien ne la détournait de son but. Mais, en dépit de son charme, il n'avait pas l'intention de tomber dans le piège.

— Vraiment, répondit-il pour couper court.

Comprenant visiblement qu'il ne s'étendrait pas davantage sur le sujet, elle hocha la tête et tenta une nouvelle approche.

— Parlez-moi de vos frères et de votre sœur ! Ils sont mariés ? Vous avez des nièces, des neveux ?

— Non, à toutes vos questions. Et vous ?

— J'ai deux sœurs et trois frères. Les deux aînés assistaient au mariage de Jennifer et Braden…

La soudaine hésitation de Lani éveilla sa curiosité.

— Et alors ?

— Rien.

L'attitude de Lani avait changé. Son aisance avait brusquement laissé place à une curieuse réserve. Lui dissimulait-elle quelque chose ?

— Mon frère Caleb s'est marié l'an dernier, reprit-elle précipitamment. Ma sœur Paige avait sauté le pas l'année précédente, et maintenant elle a un petit garçon qui fait la fierté de son père.

— C'est bien.

— Oui, ils ont l'air heureux tous les trois. Mais je n'ai pas l'impression que ce genre de vie soit fait pour moi.

Voilà qui était bien étrange dans la bouche d'une jeune femme ! Apparemment, il n'était pas au bout de ses surprises avec elle.

— Moi qui croyais que toutes les filles rêvaient de

remonter l'allée centrale de l'église dans une longue robe blanche, au son de la marche nuptiale !

Elle éclata de rire.

— Eh bien, je ne dois pas être comme toutes les filles. Je n'ai pas besoin d'un homme pour être heureuse et comblée, figurez-vous !

— C'est en général ce qu'on dit quand on a connu un échec.

Au frémissement qu'il vit courir sur ses lèvres, il comprit qu'il avait visé juste. Irritée par ses insinuations, elle redressa le menton.

— On vous a enseigné ce genre de déductions à l'école de police, inspecteur ?

— Je dirais plutôt que j'ai appris à écouter mon intuition.

— Waouh ! s'exclama-t-elle dans une mimique faussement admirative. J'ignorais que j'étais en présence d'un éminent psychologue.

— Pour être flic, je n'en suis pas moins homme !

La proximité de sa jolie détenue le rendait de plus en plus nerveux. Mais si elle remarqua l'ambiguïté de ses propos, Lani n'en laissa rien paraître.

— Vous savez, reprit-il, ce ne sont pas mes affaires, mais vous ne devriez pas laisser une mauvaise expérience vous détourner du mariage.

— Pour quelle raison, je vous le demande ? Parce que vous êtes heureux dans votre vie de couple et que vous n'imaginez pas d'autre existence possible ?

Rusée en diable, voilà qu'elle prêchait le faux pour connaître le vrai.

— Non.

— Jamais été marié ?

Très habilement, elle avait retourné le projecteur sur lui.

— Non.

— Alors de quel droit défendez-vous le mariage ?

— On peut trouver des tas de raisons.

— Ah oui ? Et lesquelles ?

Il adorait ses yeux quand elle commençait à s'échauffer. Sa vitalité et son tempérament fougueux le ravissaient.

— Eh bien…

Il réfléchit quelques instants avant de lui répondre.

— C'est agréable de rentrer chez soi et de trouver quelqu'un qui vous attend.

C'était sans doute ce qui lui avait manqué le plus, quand Alexis l'avait quitté.

— Quelqu'un à qui confier les bons et les mauvais moments de la journée.

Elle écarta l'argument d'un revers de la main.

— Pour ça, mes copines me suffisent largement. Franchement, je ne vois pas l'intérêt de s'engager avec quelqu'un pour le restant de ses jours. D'ailleurs, les hommes sont tous les mêmes. Ils font de belles promesses, mais ils ne les tiennent jamais. Se passer la corde au cou ! J'imagine que vous connaissez l'expression. On croirait parler d'un suicide.

— Vous avez dit vous-même que votre frère et votre sœur étaient heureux en couple.

— Ces deux-là ont toujours été un peu bizarres. Qui peut vraiment rêver de s'emprisonner jusqu'à la fin de ses jours ? De sacrifier sa liberté ? De devoir rendre des comptes à longueur de temps sur ses moindres faits et gestes ? Moi, quand j'ai envie d'aller quelque part, je ne veux pas avoir à demander l'autorisation.

Il n'aimait pas l'entendre s'exprimer en ces termes, mais l'agacement qu'il sentait monter en lui l'irritait encore plus. Si telle était sa philosophie de la vie, en quoi cela le dérangeait-il ?

— Vous savez quoi ? reprit-il, excédé. Oubliez ce que je viens de dire.

Elle prit un air étonné.

— Pourquoi vous mettez-vous en colère ? C'est vous qui avez mis la discussion sur le tapis.

— Absolument pas. C'est vous qui m'avez parlé de votre famille et du mariage de vos frère et sœur.

Elle secoua la tête d'un petit air incrédule.

— Vous n'êtes vraiment pas cohérent, inspecteur. Les hommes ne rêvent généralement que de célibat. Vous, vous défendez le lien conjugal et quand j'ai le malheur de vous contredire, vous devenez agressif ! Franchement, vous ne faites rien pour attirer la sympathie.

Elle était loin d'imaginer combien ses emportements la rendaient désirable. Il déployait des efforts surhumains pour garder ses esprits. Ce huis clos menaçait de le rendre fou et, à défaut de pouvoir prendre ses jambes à son cou, il ne rêvait que d'une chose : mettre un terme à cette conversation insupportable en scellant d'un baiser autoritaire cette petite bouche insolente.

— Vous avez entièrement raison, fit-il pour couper court. D'ailleurs, pour être franc, le célibat me convient tout à fait et je suis heureux d'être libre de tout engagement.

Elle ouvrit de grands yeux.

— Ça alors, quand je pense qu'on traite les filles de girouettes ! Vous changez d'avis comme de chemise. Et vous pouvez me dire ce qui vous rend si heureux dans votre existence solitaire ?

Elle n'eut pas le temps de comprendre ce qui lui arrivait.

— Puisque vous insistez, vous allez le savoir !

Il s'était cru assez fort pour résister à la tentation jusqu'au moment où sa main passa derrière la nuque de Lani pour attirer son visage contre le sien.

— Chère demoiselle, si j'avais quelqu'un dans ma vie, je m'interdirais de faire ça.

Il n'avait jamais envisagé de passer du rêve à la réalité, mais quand il eut goûté ses lèvres, il lui sembla qu'il ne pouvait plus s'en détacher. Loin de le repousser, elle laissait échapper des soupirs de satisfaction capables de leur faire oublier à tous deux l'endroit où ils se trouvaient.

Reprenant subitement conscience du danger, il la repoussa avec fermeté et laissa retomber ses mains.

— Désolé. Je n'aurais jamais dû.

Elle paraissait tout étourdie.

— Pourquoi ? murmura-t-elle, déçue.

— Ma fonction me l'interdit. Utiliser sa position pour profiter d'une femme n'est rien d'autre que du harcèlement. Vous avez le droit d'être furieuse contre moi.

Furieuse, Lani ne l'était pas le moins du monde. Elle avait espéré pendant des mois un regard du bel inspecteur. Il l'avait embrassée et elle était aux anges.

— Je ne suis pas furieuse. Pas du tout.

— C'est ce que vous dites maintenant, mais demain votre père me poursuivra pour détention arbitraire et agression sexuelle.

Baignant toujours dans l'extase d'un baiser trop vite interrompu, elle ne pouvait admettre la sagesse de ses propos. Elle se glissa tout contre lui.

— Comme c'est triste ! Pourquoi s'arrêter là ?

Il avala sa salive avec difficulté.

— Je suis inspecteur de police, Lani. Mon rôle est de faire respecter la loi. Il y a des règles et…

— Les règles sont faites pour être transgressées.

Cette fois, ce fut elle qui prit l'initiative de l'embrasser. Un son échappa de la gorge de Russ, dont elle n'aurait su dire s'il s'agissait d'un juron ou d'un gémissement. Tout à coup, abandonnant toute retenue, il répondit furieusement à son baiser et lui caressa les seins à travers sa robe. Brûlant de sentir son corps contre le sien, elle sortit la chemise de Russ de son pantalon, se serra contre son torse, et le concert haletant de leurs respirations se mit à enfler dans l'espace réduit de la cellule.

Il fit remonter sa robe jusqu'à sa taille et dégrafa les boutons de son propre jean. La force de son désir la surprenait tout autant qu'elle la ravissait. Sans détacher sa bouche de la sienne, il l'étendit doucement sur la banquette et fit glisser délicatement son slip. Puis il remonta les doigts à l'intérieur de ses cuisses, sur les contours de ses hanches, et les guida à nouveau sur ses seins. Comblée, elle sentait son corps s'embraser partout où ces mains la frôlaient et se cabrait avidement sous ses caresses pour en demander plus.

— Lani, je te veux.

Ces mots n'étaient qu'un souffle. Elle balbutia son assentiment dans un murmure à peine audible et, quand son sexe lui écarta doucement les lèvres, elle enroula naturellement les jambes autour de sa taille. Chaque fois qu'il entrait en elle, la pénétrant plus fort, se perdant plus profondément en elle, le bonheur de Lani décuplait et elle criait du plaisir insensé qui enflammait sa chair, anéantie par la puissance indescriptible des sensations qui happaient tout son être.

— Oh ! Lani…

Il ne put en dire davantage. Un gémissement grave accompagna sa jouissance et couronna dans l'extase la symbiose parfaite de leur union. Epuisé, le corps de Russ se détendit au-dessus d'elle. Tandis que leurs silhouettes se confondaient encore en une seule, leur souffle retrouva peu à peu un rythme lent et régulier. Toujours émerveillée, abritée par le corps puissant de son amant, elle revenait lentement à la réalité. Après tout, songeait-elle, la détention n'était pas une punition si désagréable. Cependant, la raison reprenait elle aussi ses droits et elle avait du mal à reconnaître en elle la jeune fille sage et raisonnable qui faisait la fierté de ses parents. Le punch dégusté sans trop de retenue au cours de la soirée n'était peut-être pas étranger à son comportement débridé. S'il ne l'avait pas rendue complètement ivre, il avait certainement levé une partie de ses inhibitions.

Tout à coup, elle fut gagnée d'une irrépressible envie

de dormir. Fermant les yeux, elle sombra dans un profond sommeil, et quand elle sentit un mouvement au-dessus d'elle, elle rouvrit les paupières, incapable de dire combien de temps elle avait somnolé.

— On ferait bien de se rhabiller, fit la voix grave de Russ.

Sans attendre de réponse, il se détacha d'elle, se leva de la couchette et ramassa délicatement sa petite culotte pour la lui tendre dans un sourire. Puis il lui tourna le dos afin de lui permettre de réparer le désordre de sa tenue.

— Merci, fit-elle à regret.

Déjà la chaleur de ce corps et la douceur de ces bras autour de ses épaules lui manquaient. Lui, en revanche, avait déjà retrouvé sa posture de beau garçon dédaigneux et lointain. Quelques instants auparavant, ils avaient partagé la plus grande intimité. Et là, il se comportait comme un étranger. Lani lissa sa robe et contempla les barreaux avec une furieuse envie de fuir. Au terme d'un silence interminable, il osa enfin affronter son regard.

— Je ne voudrais pas que tu te fasses une fausse idée de moi. Je n'ai pas l'habitude de me conduire ainsi.

— Moi non plus.

Sa froideur montrait clairement qu'il regrettait d'avoir cédé à son désir.

— Je suis vraiment désolé.

— Il ne faut pas.

Elle refusait de penser que leur comportement était condamnable et voulait en endosser l'entière responsabilité.

— Russ, j'ai des aveux à te faire.

Il leva aussitôt la main pour l'arrêter.

— Assez de bavardages ! Regarde où ils nous ont conduits. Tu dois me détester pour ce qui est arrivé.

Elle secoua la tête.

— Tu te trompes complètement. Je…

La porte extérieure du commissariat s'ouvrit et fut refermée avec fracas.

— Russ ? Tu es là ?

— Oui, dans l'arrière-boutique.

Comment allait-il expliquer la situation à son chef sans passer pour un imbécile ? Gage apparut dans le couloir et se figea en les voyant tous deux dans la cellule.

— Mais qu'est-ce qui se passe ici ?

— Bon sang, tu n'imagines pas comme je suis content de te voir ! répondit Russ en se passant la main dans les cheveux.

— Tu veux bien m'expliquer ce que tu fais là-dedans ? demanda le shérif.

— Je ne suis pas fier de moi, tu peux le croire. J'ai perdu la clé, lâcha-t-il après avoir pris une profonde inspiration. C'est aussi bête que ça.

Une expression amusée apparut sur le visage du vieil homme.

— Ça, je l'avais deviné. Ce que je comprends moins, c'est ce que Lani Dalton fait là avec toi.

— Je l'ai arrêtée pour trouble à l'ordre public.

— C'est exact, confirma-t-elle d'un air honteux.

En vérité, elle n'était pas très fière. Un peu plus et elle se faisait prendre dans un tête-à-tête plus que compromettant avec un inspecteur de police. Elle qui jouissait d'une réputation sans tache dans la ville.

— Je dansais dans le bassin du parc et, quand il a voulu m'en faire sortir, je l'ai fait tomber dans l'eau. Je ne sais pas ce qui m'a pris. Je n'avais pas bu, je vous jure ! Sauf quelques verres de punch, comme tout le monde. L'inspecteur Campbell n'a fait que son devoir.

L'intéressé lui adressa un regard noir pour lui signifier qu'il n'avait pas besoin d'elle pour se défendre.

— Tout est ma faute, déclara-t-il d'un ton sec.

— Cela ne me dit toujours pas comment tu t'es retrouvé derrière les barreaux avec la demoiselle ! observa le shérif.

— C'est que… elle était très agitée à l'idée de rester seule et elle faisait un tas d'histoires.

— Tu ne pouvais pas la raisonner en restant de l'autre côté de la porte ?

— J'ai dû la conduire à l'intérieur, car elle me résistait. Une vraie furie. Et quand j'ai voulu sortir, je n'ai plus retrouvé ma clé.

Hilare, Gage posa les deux mains sur ses hanches.

— Félicitations, inspecteur ! Un peu plus et elle te laissait tout seul derrière les barreaux avant de prendre la poudre d'escampette !

— Je sens que je n'ai pas fini d'en entendre parler !

— Tu me donnes combien pour ne rien dire à tes collègues de Kalispell ?

Le shérif glissa sa clé dans la serrure et la porte s'ouvrit dans un claquement métallique. Visiblement soulagé, Russ sortit dans le couloir, suivi de près par Lani.

— Pas si vite, mademoiselle ! Je vous rappelle que vous êtes sous le coup d'une arrestation.

Très juste. Elle l'avait presque oublié. Surtout après l'intimité qu'ils avaient partagée. Pour elle, l'incident du parc s'était déroulé dans un passé révolu qui lui semblait à des années-lumière.

— Laisse-la partir, Russ !

Gage se tenait calmement devant lui.

— Comparé aux événements de la nuit, ce qu'elle a fait est vraiment une broutille. Crois-moi, je la connais, nous n'avons pas affaire à une délinquante. Et nous avons des problèmes autrement plus graves à régler à l'extérieur.

Russ observa Lani un instant puis il hocha la tête.

— Comme tu voudras !

— L'inspecteur va te ramener chez toi, fit Gage à l'intention de Lani.

— Oh non, ce n'est pas la peine.

Elle se sentait déjà assez penaude de tout le temps perdu par sa faute.

— J'y tiens. L'atmosphère est un peu électrique cette nuit. Au revoir, Lani ! Tâche d'être un peu plus sage à l'avenir ! Je ne voudrais pas avoir à regretter mon indulgence. C'est compris ?

Elle le salua poliment.

— Oui, monsieur.

Gage sourit d'un air bienveillant et s'éloigna en les laissant tous les deux devant la cellule. Elle se sentait heureuse de retrouver sa liberté, un peu coupable aussi. Russ ne savait rien des raisons qui l'avaient poussée à se donner en spectacle dans le bassin du parc. Il ignorait aussi la responsabilité qu'elle portait dans la disparition de la clé.

Elle s'éclaircit la voix.

— Russ, je voudrais juste te dire…

— Non, pas maintenant. J'ai du travail. Je veux seulement m'assurer que tu rentres chez toi en toute sécurité.

Le ton était sans réplique. Résignée, elle le suivit à l'extérieur et se glissa à sa demande sur la banquette arrière de la voiture de police. Russ Campbell avait repris ses distances. Comme si rien ne s'était passé.

- 3 -

Quand Russ arrêta le véhicule de police devant la porte de sa maison, Lani ouvrit aussitôt sa portière. Il n'avait pas desserré les dents de tout le trajet. A la lueur du plafonnier, elle devinait la tension extrême de son visage.

— Tu vas pouvoir rentrer ?

Le ton glacial la fit tressaillir.

— Evidemment, qu'est-ce qui m'en empêcherait ?

— S'il n'y a personne chez toi, tu vas faire comment ?

Totalement dégrisée, elle en était presque à regretter les effets du punch et la douce insouciance qu'il lui avait procurée. Elle se sentait totalement abattue.

— Je me débrouillerai, merci. Russ, ajouta-t-elle cherchant désespérément à capter son regard, si tu voulais bien m'écouter une seconde…

— La portière, Lani, s'il te plaît !

— Comme tu voudras. Désolée, bonne nuit.

Des paroles creuses pour conclure une nuit qu'il préférait manifestement oublier. La prochaine fois qu'il passerait à L'As de cœur, elle devrait sans doute lui offrir un verre pour se rappeler à son bon souvenir.

— Je te remercie de m'avoir raccompagnée.

Elle descendit de la voiture et vit bientôt disparaître ses feux arrière au bout de la rue. Un regard aux fenêtres lui indiqua que toute la maisonnée était endormie. Elle en fut soulagée. Avec un peu de chance, son tour de chant dans la fontaine avait échappé aux radars de la famille

Dalton. Elle trouva sans peine la clé dissimulée sous une dalle disjointe de la terrasse et ouvrit la baie vitrée qui donnait dans la salle de séjour. Se déplaçant silencieusement dans la maison obscure, elle guida ses pas jusqu'à la cuisine et resta en arrêt devant les chiffres affichés par l'horloge digitale du four à micro-ondes. Comment pouvait-il être si tard ?

La nuit avait été riche en rebondissements et en moments inoubliables. Depuis l'instant où elle avait réussi à dégeler l'atmosphère de la cellule en faisant sortir Russ de sa réserve jusqu'à celui où il l'avait déposée devant sa porte, il s'était passé bien des choses. La jeune femme bien élevée qu'elle était aurait pu se reprocher de s'être donnée aussi facilement à un parfait inconnu. Or il n'en était rien, tant le souvenir de ce moment de bonheur irradiait encore dans tout son être. Dieu merci, elle n'aurait pas à affronter un membre de sa famille après un tel cataclysme. Il lui faudrait du temps pour apaiser le tumulte de ses sentiments.

Elle s'apprêtait à monter dans sa chambre quand tout à coup la pièce s'illumina.

— Où étais-tu passée, pour l'amour du ciel ?

Sa sœur Lindsay se tenait au pied de l'escalier, dans le vestibule qui donnait accès à la cuisine, la salle de séjour et l'entrée principale. Surprise, elle poussa un petit cri.

— Tu m'as fait une peur bleue !

— Navrée.

Lindsay paraissait plutôt angoissée et furieuse.

— J'ai entendu du bruit et je suis venue voir ce qui se passait.

— Comment se fait-il que tu sois encore debout ?

— Je n'ai pas fermé l'œil. J'étais malade d'inquiétude. Tu aurais quand même pu m'appeler ! Je t'ai cherchée partout après le feu d'artifice. On devait rentrer ensemble, je te rappelle.

— C'est vrai. Mais on avait aussi posé une condition.

Lindsay fronça les sourcils.

— Tu veux me faire croire que tu étais en bonne compagnie alors que la voiture du shérif vient de te déposer devant la porte ?

Elle portait un short informe et un cache-cœur rose bonbon vaguement noué sous la poitrine. Une queue-de-cheval hirsute s'agitait au-dessus de sa tête. Un spectacle insolite qui rendait assez peu crédible la sévérité que sa sœur tentait d'afficher.

— Tu veux bien m'expliquer en quel honneur il t'a raccompagnée ? J'aimerais savoir ce qui se passe dans cette maison.

Comme elle haussait de plus en plus le ton, Lani jeta un coup d'œil inquiet en haut de l'escalier.

— Chut ! Tu vas réveiller papa et maman.

— Et alors ?

Elle croisa les bras d'un air renfrogné.

— Quelle mouche vous a piqués ce soir, tous autant que vous êtes ? Tu disparais sans avertir personne. Travis et Anderson cherchent la bagarre avec Skip webster comme s'ils avaient dix ans d'âge mental et…

— Comment va-t-il ? s'inquiéta Lani.

— Oh ! ne te fais aucun souci pour Skip. Une lèvre enflée pendant quelques jours. Ce ne sera ni la première ni la dernière fois.

— Je ne voulais pas parler de Skip, mais d'Anderson.

— Il va bien. Travis aussi. Ils sont en haut, ils récupèrent. Anderson avait trop bu pour rentrer chez lui en voiture. Il est allé s'écrouler dans son ancienne chambre pour la nuit. Ça ne leur ressemble pas de boire autant.

Lindsay lui adressa un regard de reproche.

— Où étais-tu quand j'avais besoin de toi ? reprit-elle. Et qu'est-ce que tu as fait pour obliger le shérif à te ramener jusqu'ici ?

Lani se racla discrètement la gorge.

— En fait, ce n'était pas le shérif, murmura-t-elle.

— Ne me prends pas pour une imbécile ! J'ai bien vu la voiture de police.

— C'était Russ Campbell.

— Qui ça ?

— Je t'ai déjà parlé de lui. L'inspecteur de police de Kalispell, qui passe de temps en temps à L'As de cœur.

Lindsay hésita un instant, mais recouvra très vite ses esprits.

— Ah oui, le beau flic qui ne sait toujours pas que tu existes.

« Eh bien, maintenant, il le sait », songea Lani. Après l'épisode de la fontaine, sans parler de celui du commissariat, il lui serait dorénavant difficile de l'ignorer.

— Celui-là même. Il est venu prêter main-forte à Gage Christensen, à cause de la fête nationale et du mariage.

— Il a bien fait. C'était de la folie dans le parc, ce soir. On aurait dit que tout le monde avait perdu la tête.

— Pas faux, observa Lani.

— Enfin, ça ne me dit toujours pas ce que tu as fait pendant le reste de la nuit.

— Rien de spécial. Je…

— N'essaie pas de me raconter des bobards ! J'ai le droit de connaître la vérité.

Son regard était devenu franchement inquisiteur.

Lani n'avait pas du tout envie de se livrer à des confidences.

— Ce n'est pas parce que tu es en fac de droit et que tu travailles à l'étude de papa pendant les vacances que tu peux me faire subir un interrogatoire.

— Et ce n'est pas parce que je n'habite plus ici qu'on doit me cacher tout ce qui se passe dans la famille. Si tu refuses de me dire où tu étais, tu peux être sûre que papa te fera cracher la vérité !

Elle pivota sur ses talons, comme si elle s'apprêtait à monter trouver son père pour mettre sa menace à exécution.

— Attends, s'il te plaît ! Tu ne vas pas le réveiller à cette heure-ci.

Lindsay soupira d'un air pincé.

— D'accord, alors, accouche !

Lani inspira profondément avant de passer aux aveux.

— Je me suis fait arrêter.

— Quoi ?

— J'ai improvisé un numéro dans le bassin de la fontaine. J'ai chanté. Dansé, aussi. Quand Russ Campbell a essayé de me tirer de là, je l'ai fait tomber dans l'eau. Autrement dit, je me suis débrouillée pour me faire emmener au poste, conclut-elle en haussant les épaules.

Lindsay clignait des yeux, complètement dépassée.

— Mais pourquoi t'as fait ça ?

— Afin de l'empêcher d'arrêter Anderson pour coups et blessures.

— Tu te serais dévouée pour sauver le clan Dalton ? Cette bagarre n'était pas si terrible, ajouta-t-elle avec l'air franchement sceptique.

— Non, mais Skip hurlait comme un beau diable qu'il voulait porter plainte.

— Il n'y a pas eu de blessé. Papa aurait arrangé ça facilement.

— J'ai pensé que les conséquences seraient moins graves pour moi que pour Anderson.

Lyndsay secouait obstinément la tête.

— Papa te dira que tu aurais dû laisser tes frères assumer les conséquences de leurs actes. Tu le sais aussi bien que moi.

Rien n'était plus vrai, elle devait bien l'admettre. Mais elle s'interdisait de trahir le secret d'Anderson pour qui une arrestation pouvait se révéler dramatique.

— Je ne sais pas très bien ce qui m'a pris. J'ai pensé que ce serait une bonne idée de détourner l'attention de Russ.

— Russ ? Tu l'appelles par son petit nom, maintenant ? On dirait que vous vous êtes rapprochés au commissariat.

Comme Lani restait silencieuse, elle se mit à la dévisager attentivement.

— Tu me caches quelque chose. Et ne dis pas le contraire, je te connais trop bien !

— Je n'ai rien à cacher.

Un pieux mensonge. Elles étaient assez proches pour savoir quand l'une ne disait pas la vérité.

Lindsay se rapprocha.

— Bon, alors je résume. Tu te donnes en spectacle pour occuper l'inspecteur. Passons ! Tu réussis à te faire embarquer. Je passe encore. Mais venons-en aux faits : comment t'es-tu débrouillée pour le tenir éloigné du parc ?

Lani était incapable de fournir une explication, et, face à son silence, sa sœur ne pouvait qu'imaginer le pire.

— Non ! Tu n'as pas fait ça ?

— Bien sûr que non ! Je n'ai pas couché avec lui.

— Je ne pensais pas à ça. Tu es folle. A moins que…

— Par pitié, Lindsay ! J'ai l'impression d'être au tribunal. Tu ferais vraiment un excellent procureur.

— Je prends cela pour un compliment.

Mais la satisfaction s'effaça très vite de son visage.

— Ne me prends pas pour une imbécile, sœurette ! Il s'est forcément passé quelque chose entre toi et cet homme. Vous avez disparu pendant des heures. J'aimerais bien que tu m'expliques.

— Il n'y a pas grand-chose à expliquer, mentit-elle.

Elle se résolut à livrer une partie de la vérité à sa sœur pour que celle-ci la laisse enfin en paix.

— Je lui ai piqué la clé de la cellule et on s'est retrouvés enfermés tous les deux derrière les barreaux. Et, avant que tu montes sur tes grands chevaux, j'ajoute que c'est le seul moyen que j'aie trouvé pour l'empêcher de retourner au parc arrêter Anderson.

Lindsay ouvrait des yeux grands comme des soucoupes.

— De mieux en mieux ! Alors là, je ne sais plus quoi dire.

— C'est bien la première fois !

— Et comment es-tu sortie ?

— Le shérif est passé parce qu'il s'inquiétait de la disparition de son inspecteur. Il nous a libérés. Quand Russ a voulu me remettre en cellule, Gage l'en a dissuadé. Il y avait d'après lui des problèmes bien plus graves à résoudre.

— Je ne t'aurais jamais crue aussi fourbe !

Lani soupira.

— Arrête avec les grands mots ! J'ai été réactive, c'est tout. Anderson est libre et c'est tout ce qui compte.

— En tout cas, tu t'es bien moquée de ton bel inspecteur. Espérons qu'il n'entamera pas des poursuites après coup !

Sur ce point, elles ne pouvaient que tomber d'accord.

Quand le réveil sonna aux premières lueurs de l'aube, Lani eut l'impression qu'elle venait de fermer les yeux. Les vacances étaient finies et son travail au ranch l'appelait. Les vaches et les chevaux réclamaient soins et nourriture et ils se moquaient bien de savoir ce que les humains avaient fait de leur nuit.

En quelques minutes, elle enfila son jean, sa chemise et ses bottes, attacha ses cheveux, se brossa les dents, et ajusta sa casquette. L'odeur qui chatouilla ses narines lorsqu'elle descendit l'escalier lui mit un peu de baume au cœur. D'ordinaire, personne n'était debout à une heure aussi matinale pour préparer le café. L'existence n'était peut-être pas aussi cruelle, après tout !

Elle trouva Anderson dans la cuisine, une boîte de cachets d'aspirine à la main.

— Quelle bonne idée ! Tu peux m'en passer deux, s'il te plaît ?

Il lui tendit la boîte.

— Tu as une tête épouvantable, petite sœur !

— Merci du compliment. Permets-moi de te le retourner !

Elle glissa deux comprimés dans sa bouche.

— J'ai l'impression qu'un régiment entier martèle une marche militaire à l'intérieur de mon crâne.

— Pareil pour moi.

Il lui remplit un bol qu'il lui tendit.

— Tu pourrais me conduire jusqu'à mon camion ? Je l'ai laissé près du parc.

— Pas de problème. Mais comment es-tu rentré, hier soir ?

— Bonne question. J'en sais trop rien.

Il se massa lentement le front.

— Aujourd'hui, c'est le brouillard complet. Et je me demande bien pourquoi. J'ai une gueule de bois carabinée alors que j'ai dû boire deux misérables verres de punch.

Elle soufflait sur le liquide brûlant pour le refroidir.

— Tu te souviens au moins de ta bagarre avec Skip ?

Il prit un air étonné, mais plia les doigts en regardant sa main droite.

— Je me suis battu avec Skip ? C'est pour ça alors que mes articulations me font un mal de chien.

— Ce n'est pas dans tes habitudes de frapper quelqu'un, Anderson.

Elle avait toujours admiré son grand frère pour sa droiture, sa gentillesse et sa clairvoyance. C'était lui qui l'avait mise en garde contre Jase Harvey en affirmant qu'il lui briserait le cœur. Lui aussi qui l'avait consolée quand l'inévitable s'était produit. Elle regrettait encore aujourd'hui de ne pas l'avoir écouté.

— Papa nous a appris à ne jamais provoquer une bagarre, reprit-il. Mais il nous a aussi préparés à nous défendre.

— Si ça peut te rassurer, j'ai vu exactement ce qui s'est passé. Skip s'est attaqué à Travis alors qu'il avait le dos tourné. Toi, tu es intervenu, mais c'est lui qui a cogné le premier.

— J'aime mieux ça. Et heureusement que tu t'en es pas mêlée, toi aussi.

— Je m'en suis mêlée, à ma façon. Russ Campbell voulait t'arrêter. J'ai fait diversion.

Il fronça les sourcils.

— Comment ça, « diversion » ?

Anderson était bien le seul à qui elle pouvait confier toute l'histoire.

— Eh bien, j'ai tout fait pour l'éloigner de votre bagarre et pour l'obliger à me conduire au poste.

— Au poste, toi ?

— Il faisait une chaleur torride, souviens-toi ! J'ai décidé de faire trempette dans le bassin, et j'ai même chanté à tue-tête pour agrémenter le spectacle.

Il prit un air consterné.

— Et après ?

— Il m'a enfermée.

— Tu veux dire qu'il t'a mise en prison ?

— Absolument.

Il secoua la tête d'un air désespéré.

— Mais pourquoi as-tu agi comme ça ? Il fallait le laisser faire son boulot de flic !

— Sûrement pas ! Avec ta requête en justice ? Si tu veux obtenir gain de cause, il faut que ton casier soit absolument vierge. Quel juge irait confier un enfant à un père bagarreur ?

Le visage d'Anderson se durcit.

— Quand je pense que c'est moi que l'on juge alors que l'attitude de Ginnie est coupable depuis le début. C'est honteux de vouloir dissimuler à un homme sa paternité.

Ils avaient abordé le sujet maintes fois.

— La vie est parfois injuste, confirma-t-elle amèrement.

Elle ne pensait pas seulement à la situation de son frère. Etre amoureuse d'un homme et se donner à lui sans rien pouvoir espérer en retour, qu'y avait-il de plus injuste ?

— Tout va bien, petite sœur ? Tu es pâle comme si tu venais de croiser un fantôme.

Elle se força à sourire.

— Tout va bien, ne t'inquiète pas. Ce qui compte, c'est que tu obtiennes au moins le droit de visite que tu as demandé. Je fais confiance aux juges. Ils tiendront compte du fait que la mère t'a dissimulé sa grossesse.

— Si elle s'était contentée de ça ! Elle m'a caché l'existence de cet enfant pendant dix ans.

Elle n'avait pas la moindre idée de ce qu'il pouvait ressentir, mais elle allait l'aider. A n'importe quel prix.

— Ce qu'elle t'a fait subir est inacceptable. Mais c'est du passé, Anderson. Maintenant, tu dois te battre pour faire reconnaître tes droits. Et pour y parvenir, ton casier judiciaire doit être absolument vierge.

— Tu as raison, c'est sûr. Mais je ne voudrais pas que tu aies des ennuis à cause de moi.

— Je n'en aurai pas. Gage l'a dit quand il nous a libérés.

— « Nous » ? Vous étiez plusieurs dans la cellule ?

— Ce n'est pas le problème.

Depuis qu'elle avait mis les pieds dans la cuisine, elle n'avait cessé de fournir des explications. Elle commençait à être lasse.

— Crois-moi, la police a bien d'autres chats à fouetter !

— Vraiment ?

Elle haussa les épaules.

— Ce n'est qu'une intuition, mais j'ai l'impression que l'atmosphère était électrique hier soir en ville. Quoi qu'il en soit, le shérif m'a seulement recommandé de me tenir à carreau. L'affaire est classée, j'en suis sûre.

— S'il en allait autrement, papa interviendrait pour toi.

— Il pourrait t'aider, toi aussi, observa-t-elle avec justesse. Si seulement tu lui en laissais le loisir.

— J'ai mes raisons. Et je t'interdis encore d'en parler à qui que ce soit.

— Mais, enfin, Anderson…

— Non !

Craignant d'avoir crié trop fort, il dirigea un regard inquiet vers l'escalier.

— Primo, papa n'est pas spécialisé dans les affaires familiales. Deusio, si maman l'apprenait, l'idée d'avoir un petit-fils la rendrait folle de joie. Tu la connais, elle tirerait mille plans sur la comète. J'aurais trop peur qu'elle soit déçue si ma requête était rejetée. Je n'ai pas envie de leur imposer ça, Lani. Jure-moi de garder encore le secret !

— Je te le jure, Anderson. Tu peux me faire confiance, je resterai muette comme une tombe.

— En tout cas, merci pour tout ce que tu as fait, murmura-t-il dans un tendre sourire. J'apprécie. Vraiment.

— Ne t'inquiète pas, je saurai m'en souvenir ! Tu as une sacrée dette envers moi, maintenant. Me faire jeter en prison pour te sauver la mise ! Désormais, tu pourras difficilement me refuser quoi que ce soit !

— Aïe, je crains le pire !

— Tu as raison d'avoir peur.

— Sérieusement, petite sœur, j'espère que la captivité n'a pas été trop dure.

— Horrible ! s'écria-t-elle en se pinçant le nez. Une odeur de moisi que tu ne peux pas imaginer. Et le matelas sur la banquette : un vrai nid à microbes !

Pour bien illustrer son propos, elle commença à se gratter furieusement. Anderson l'attrapa par la queue-de-cheval pour l'immobiliser.

— Quel clown ! Tu as vraiment raté ta vocation. Et si on songeait à aller travailler, maintenant ?

— Puisqu'il le faut !

Comment dire à son frère que son séjour derrière les barreaux avait été paradisiaque ? Elle avait peu d'espoir de revoir Russ Campbell à L'As de cœur. Comme la honte lui interdirait sans doute de se présenter devant elle, devrait-elle commettre une nouvelle infraction pour qu'il daigne une nouvelle fois s'intéresser à elle ?

- 4 -

Russ arrêta son pick-up devant le bureau du shérif. Depuis le jour mémorable de la fête nationale, il ne pouvait entrer dans le bâtiment sans se remémorer les heures torrides passées dans la cellule avec Lani Dalton. Pour le policier : une violation de toutes les règles de l'éthique. Pour l'homme : un souvenir inoubliable qui hantait chacune de ses nuits. Le jour suivant lui avait réservé une nouvelle surprise, et pas la moindre, quand l'agent chargé du nettoyage avait découvert son trousseau sous le matelas de la banquette. La preuve claire et irréfutable que Lani s'était moquée de lui en l'enfermant délibérément avec elle. Il ne pouvait le digérer, d'autant qu'il avait déjà connu la trahison. La duplicité des femmes n'en finissait pas de le décevoir.

Pourquoi fallait-il alors que les grands yeux innocents de Lani obsèdent chacune de ses pensées ? En vérité, il avait envie de tout savoir de sa vie, de tout connaître de sa personne, et son plus grand désir était de la serrer à nouveau dans ses bras. Pourtant, chaque fois qu'une affaire l'amenait à Rust Creek Falls, il s'interdisait de passer à L'As de cœur. Chat échaudé craint l'eau froide. Il avait mis du temps à reconstruire sa vie. Ce ne serait vraiment pas malin de foncer tête baissée dans les ennuis.

Il sortit de son véhicule et entra dans le commissariat. La porte du bureau de Gage était entrouverte. Il frappa doucement sur le battant.

— Russ ! fit le shérif en levant la tête de ses dossiers. Merci d'être venu aussi vite.

— J'ai cru comprendre qu'il y avait urgence.

— En effet, assieds-toi !

Il attrapa une chaise métallique contre le mur et s'installa rapidement.

— Il règne ici une atmosphère exécrable, commença le shérif. Je ne reconnais plus ma ville depuis la nuit agitée de la fête nationale. Tous ceux avec qui j'ai pu échanger quelques mots me jurent qu'ils n'ont rien bu d'autre que le punch offert au mariage et qu'ils se sont retrouvés dans un état lamentable.

Russ approuva d'un signe de tête.

— Ouais. Peu de temps après cette soirée, Will Clifton est venu me trouver au commissariat de Kalispell. Il sait que je travaille aussi ici et il voulait me parler. Il est persuadé que sa femme a ingurgité une cochonnerie. Comme la moitié de la ville était salement éméchée, il se demande si quelqu'un n'aurait pas versé une substance frelatée dans le punch servi à la réception.

— Que lui as-tu répondu ?

— Que je m'interrogeais moi aussi, mais que je n'avais pas avancé beaucoup sur la question.

Il se frottait la nuque d'un air à la fois désolé et perplexe.

— Claire Wyatt et son mari, Levi, m'ont tenu des propos à peu près similaires, ajouta-t-il.

Lani aussi avait affirmé n'avoir pas bu d'alcool fort cette nuit-là. Elle l'avait même répété à plusieurs reprises. Il s'en souvenait parfaitement bien, mais il évita d'évoquer la jeune femme.

— Oui, j'ai lu tes rapports, dit Gage. Avec la plus grande attention.

— Il semble bien que le seul dénominateur commun soit ce maudit punch. Je pense en effet qu'un petit malin y a versé une substance toxique.

Gage approuva.

— Tout porte à le croire, mais nous n'avons rien pour le prouver. Et maintenant, il est trop tard. La vasque dans laquelle il était servi a été vidée et nettoyée, les preuves effacées. Des tests sur tous ceux qui l'ont goûté ne serviraient à rien. Leur sang ne doit plus porter aucune trace de poison, si poison il y a eu. Rien de tangible pour mener sérieusement l'enquête.

— Et plus le temps passe, plus il sera difficile de découvrir la vérité.

Pour avoir travaillé sur de nombreuses affaires criminelles, Russ savait d'expérience que plus tôt on bouclait une scène de crime pour relever des indices, plus on avait de chances de trouver des pistes menant à la résolution d'un mystère.

— Tu as parfaitement raison, hélas ! Voilà deux mois que je réfléchis sans avancer d'un pouce. Et nous avons devant nous la fête du Travail, la semaine prochaine, et Halloween dans la foulée. Rassemblements, célébrations et fêtes en tout genre. Que faire ? Nos concitoyens sont inquiets.

— On peut les comprendre.

— Depuis que John a accepté ce poste à Helena, je suis toujours privé d'adjoint. La situation est grave. Je ne peux pas faire face tout seul.

Russ hocha la tête.

— Rust Creek Falls n'est plus un petit village. L'extension d'une commune s'accompagne toujours d'une multiplication et d'une aggravation des problèmes.

Le regard de Gage se fit plus perçant.

— Tes paroles sentent le vécu. Tu ne m'as jamais parlé des postes que tu avais occupés avant d'arriver à Kalispell. Je serais curieux de t'entendre.

Un bref silence s'abattit sur la pièce.

— Je n'ai pas très envie de me replonger dans tout ça.

Il avait travaillé avec d'excellents flics, mais aucun n'avait levé le petit doigt pour prendre sa défense quand il en avait eu besoin. Sa déception avait été à la hauteur de l'admiration qu'il leur portait.

— Comme tu voudras !

Le shérif s'appuya contre le dossier de son fauteuil.

— Je ne t'ai pas demandé de venir uniquement pour m'épancher sur mes problèmes, tu dois t'en douter.

— En effet.

Russ connaissait son interlocuteur depuis toujours et leur relation dépassait le cadre strictement professionnel. Jadis, l'exploitation agricole de ses parents fournissait les fermes de Rust Creek Falls et de Boulder Junction. Adolescent, il était souvent sollicité pour aider aux livraisons. Au ranch des Christensen, il offrait toujours ses services pour le déchargement des meules de foin. Au fil du temps, il s'était lié d'amitié avec Gage. C'était un homme sérieux de nature, mais aujourd'hui il affichait l'air préoccupé qu'il réservait aux circonstances exceptionnelles, comme l'avaient été les inondations dramatiques qui avaient failli rayer sa municipalité de la carte, deux ans auparavant.

— Mon rôle est de préserver la tranquillité et la sécurité de mes concitoyens. J'ai l'habitude de régler les conflits et d'apaiser les querelles avant qu'elles ne dégénèrent. C'est mon quotidien et je m'en acquitte sans problème la plupart du temps. Mais, depuis quelques semaines, il règne un vrai malaise dans la population, et mes administrés se tournent tous vers moi pour obtenir des réponses à leurs questions. Même si je n'en ai aucune à leur fournir, je ne renoncerai pas à les trouver !

— Le problème est de savoir comment.

— J'ai besoin que tu m'aides, Russ. Tu es un enquêteur chevronné et tu étais présent cette fameuse nuit. Tu sais comment conduire une enquête et croiser les informations. Je te demande de faire ça pour nous. Je sais que ton travail à Kalispell te mobilise beaucoup, mais je te serais infiniment reconnaissant pour tout le temps que tu arriveras à nous consacrer.

Russ n'eut pas besoin de réfléchir longtemps. Quand il avait démissionné de la police de Denver, Gage l'avait chaudement recommandé à Kalispell. Etant lui-même représentant de la loi, son opinion avait eu un poids déterminant. Il lui devait son poste et une reconnaissance éternelle.

— Tu peux compter sur moi, répondit-il. Je n'ai pas pris de vacances depuis au moins deux ans. Si j'ajoute les jours de congé auxquels j'ai droit et les remplacements occasionnels de mes collègues, je peux m'absenter de Kalispell pendant un mois complet. Cela ne me pose aucun problème de le consacrer à Rust Creek.

Il s'interrompit un instant pour réfléchir.

— Il faudra que je trouve un logement en ville. Si je séjourne ici, les gens me verront davantage et ils seront plus enclins à me parler.

Visiblement soulagé, Gage se concentrait pour lui proposer très vite une solution.

— Il se peut qu'il y ait une chambre à la pension Strickland. Sinon, Lissa et moi serons très heureux de t'accueillir à la maison.

— C'est très gentil à toi, mais je vais d'abord essayer chez les Strickland.

Il avait des scrupules à imposer si longtemps sa présence à la femme de son ami.

— Comme tu voudras. Je te remercie infiniment, Russ. Tu me rends un fier service et je saurai m'en souvenir.

— Je te dois bien ça, ne t'en fais pas ! Si on part du principe qu'un individu a versé un poison dans une boisson destinée à régaler la moitié de la ville, ajouta-t-il après s'être s'éclairci la voix, on est en droit de penser qu'il a des comptes à régler avec une bonne partie de la communauté, et non avec une personne en particulier.

— J'en ai bien peur. Ton raisonnement se tient.

— Des tas de gens très différents ont bu ce punch.

Il réfléchissait à voix haute et s'efforçait de garder une

vue générale sur l'affaire, même si l'image de Lani, de son comportement débridé et de la robe jaune qui lui collait à la peau venait sans cesse troubler le fil de ses pensées.

— Des commerçants, des fermiers, de jeunes parents... C'est un sacré défi de trouver le fil rouge qui relie tous ces individus !

— Surtout pour quelqu'un qui n'a pas l'habitude des bizarreries et des particularismes des gens d'ici.

Gage n'était pas le premier à le ramener à sa condition d'étranger. Une fois encore, le souvenir de Lani traversa ses pensées.

— Et si nous procédions autrement ? Je pourrais prendre en charge ton travail de routine pour te permettre de te consacrer toi-même à la résolution de cette affaire.

Le shérif secoua la tête.

— J'ai besoin d'un gars comme toi pour enquêter. Tu es formé à lire entre les lignes, à établir des liens qui ne sont pas évidents à première vue. Après tout, c'est peut-être un atout de ne pas appartenir à la communauté. Ton regard neuf et objectif nous amènera à découvrir des détails qui pourraient nous échapper.

— Qui sait ? En tout cas, je ne négligerai aucune piste, tu peux me faire confiance. C'est tout de même incroyable qu'une boisson habituellement inoffensive fasse perdre ainsi la tête à la moitié d'une ville ! J'interrogerai tout le monde, sans exception. Quelqu'un doit bien savoir quelque chose. Et j'ai l'impression qu'ici, personne ne peut garder un secret bien longtemps.

Lani elle-même le lui avait laissé entendre. Une pensée lui traversa l'esprit. Et si elle était mêlée de près ou de loin à cette affaire ? En le retenant prisonnier, elle l'avait éloigné du théâtre des opérations. Avait-elle agi dans un but bien précis ? S'était-elle donnée à lui à dessein ?

Gage claqua soudain des doigts.

— Tu me donnes une idée. Tu as raison de dire que les commérages vont bon train par ici. Et s'il y a un endroit où les gens ont tendance à beaucoup bavarder, c'est bien à L'As de cœur.

— Très juste. J'en toucherai deux mots à Rosey Traven, la patronne.

Le shérif n'eut pas l'air convaincu.

— Rosey n'est pas en contact direct avec la clientèle. Les serveuses sont sans doute beaucoup mieux placées pour tendre l'oreille.

Russ se racla discrètement la gorge.

— J'ai eu l'occasion d'échanger quelques mots avec deux d'entre elles, Annie Kellerman et Liza Bradley.

Les deux jeunes femmes étaient assez mignonnes, mais tout à fait ordinaires à côté de Lani. Elle seule avait ce piquant et ce magnétisme qui envoûtent les hommes. C'était d'ailleurs pourquoi il l'avait soigneusement évitée depuis son arrivée à Rust Creek. Et il se porterait beaucoup mieux aujourd'hui si les circonstances ne les avaient pas rapprochés.

Son interlocuteur ne paraissait toujours pas satisfait.

— Ni l'une ni l'autre n'habite ici depuis assez longtemps. Tu devrais plutôt commencer par Lani Dalton. Elle connaît tout le monde et pourrait bien avoir entendu quelque chose. Elle est curieuse et rien ne lui échappe.

— Lani Dalton ! répéta-t-il, incrédule. Tu as la mémoire courte. S'il y a une personne dont le comportement a été suspect cette nuit-là, c'est bien elle.

Gage éclata de rire.

— Ne sois pas rancunier ! Cette nuit-là, des tas de gens très bien, des citoyens modèles ont fait des choses vraiment étranges à cause de cette maudite boisson. Lani est une victime parmi les autres. Je ne peux pas croire qu'elle ait sciemment cherché à commettre un délit. C'est une jeune femme sans histoires, je t'assure.

Un éclair malicieux animait son regard.

— Peut-être qu'elle craque complètement pour toi et qu'elle voulait t'avoir pour elle toute seule.

En plein dans le mille. Russ se demanda qui, de lui ou du shérif, était le meilleur détective.

— Un sacré numéro, cette fille ! glissa-t-il sans oser affronter son regard.

— Tout comme le reste de la famille. Mais ce sont des gens droits et je peux t'assurer qu'elle n'a jamais causé le moindre problème.

— Si tu le dis, je suis bien obligé de te croire !

— Commence par elle ! insista Gage.

Russ se leva de son siège.

— C'est un ordre ?

— Je dirais plutôt un conseil. Fie-toi à mon intuition !

— Très bien ! C'est ta ville, c'est toi qui décides.

En arrivant au poste de police, Russ n'avait pas imaginé se retrouver dans un tel pétrin. Après l'avoir sciemment évitée pendant des semaines, il se voyait dans l'obligation d'affronter à nouveau une jeune femme dont les motivations lui paraissaient des plus douteuses. Mais au fond, n'était-ce pas ses propres doutes qui l'effrayaient le plus ?

C'était l'heure où la plupart des habitants de Rust Creek Falls achevaient leur journée de travail. Certains s'arrêteraient à L'As de cœur avant de rentrer chez eux. En ce milieu de semaine, ils seraient sans doute peu nombreux, mais Lani se préparait à accueillir ceux qui décideraient de passer. Selon un rituel mille fois répété, elle remplissait les porte-serviettes et les salières disposés sur les tables.

Derrière l'une des fenêtres se dressait le poteau en bois où les cow-boys attachaient leur monture quand ils descendaient en ville à cheval. Des publicités lumineuses clignotaient à l'extérieur et une énorme enseigne rouge en forme d'as de cœur surmontait la façade. Les charnières rouillées de la porte grinçaient chaque fois qu'un visiteur pénétrait dans l'établissement, servant fidèlement de signal à tout le personnel. Le bar courait le long du mur du fond, et des dizaines de tabourets s'alignaient sur le vieux parquet. Hissés sur ces sièges, les clients pouvaient apercevoir leur reflet dans le miroir installé derrière un alignement impressionnant de bouteilles. Des box plus intimes remplissaient la partie opposée du décor et de grandes tables rondes entouraient la piste de danse située au milieu de la salle.

Quelques âmes occupaient déjà les lieux. Un couple échangeait des sourires amoureux, quelques gars cajolaient leurs bières sur le comptoir, mais l'attention de Lani était focalisée sur un certain Wes Eggleton. Le malheureux, récemment séparé de sa femme, fixait son verre comme s'il voulait y plonger tête la première pour y disparaître à jamais. Rosey, la patronne, s'affairait dans l'arrière-boutique avec son mari, soi-disant occupée à dresser l'inventaire du stock de boissons. Plus d'une fois, Lani les avait surpris à se cajoler comme des adolescents. Elle leur enviait le lien indéfectible qui les unissait.

Elle s'occupait du bar et de la salle en attendant l'arrivée d'Annie Kellerman, qui avait téléphoné un peu plus tôt pour prévenir d'un léger retard. Touchée par la détresse de Wes, elle vint se planter devant lui.

— Tu veux que je t'apporte un peu d'eau ?

Il avait les yeux rougis et infiniment tristes.

— Non, merci.

— Comment ça se passe avec Kathy ?

— La séparation ne lui suffit plus. Maintenant, elle veut divorcer. Elle me l'a annoncé aujourd'hui.

Voilà qui expliquait son humeur macabre.

— Je suis navrée.

Ils avaient une petite fille de trois ans.

— Aucune chance pour que les choses s'arrangent entre vous deux ?

Il haussa les épaules.

— Elle voulait qu'on aille voir un conseiller conjugal, mais j'ai refusé.

— Pourquoi ?

Face à son air buté, elle leva la main en signe d'apaisement.

— Désolée, cela ne me regarde pas. Tu n'as pas à m'en parler si tu n'en as pas envie.

— Ça sert à quoi de parler ? C'est pas ça qui va arranger quoi que ce soit.

La porte grinça derrière elle et se referma bruyamment. Elle ne se retourna pas. Le nouvel arrivant devrait attendre un peu.

— Le regard d'une personne étrangère peut apporter un éclairage nouveau, murmura-t-elle à l'attention de Wes.

— C'est des bêtises, pour moi.

Elle contourna le bar, mit de la glace dans un verre et le remplit d'eau minérale. Après y avoir glissé une rondelle de citron vert, elle le posa sur le comptoir, à côté de la bière.

— Le pire serait de rester inactif, Wes. Tu n'as rien à perdre en acceptant de voir un conseiller. Et si cela ne mène à rien, tu pourras au moins dire à ta fille, si un jour elle t'en parle, que tu as tout fait pour essayer de préserver sa famille.

Il la regarda fixement pendant quelques instants puis il se redressa.

— Je n'avais pas vu les choses sous cet angle.

— Tu vois, fit-elle dans un sourire. Le point de vue d'une tierce personne est toujours important.

— Je vais y réfléchir. Merci, Lani.

— De rien.

Elle déposa une paille à côté de son verre.

— Viens me voir, si tu as besoin de parler !

Elle se retourna à moitié vers le nouvel arrivant pour s'excuser.

— Désolée de vous avoir fait attendre, je…

Les mots restèrent coincés dans sa gorge quand elle reconnut Russ Campbell. La dernière fois qu'elle l'avait vu, la ville était toute décorée de rouge, de blanc et de bleu, et baignait dans l'éclat d'un été resplendissant. Maintenant, à une semaine de la fête du Travail, les prémices de l'automne s'annonçaient. Pendant ces deux longs mois, elle n'avait cessé de penser à lui. Au début, au moindre grincement de la porte d'entrée, son cœur bondissait dans sa poitrine. Mais quand elle osait relever les yeux, ce n'était jamais le bel inspecteur qu'elle voyait pénétrer dans le bar. Après quelques semaines d'espoir et de déception, elle s'était résignée à ne plus l'attendre. Et voilà que ses grands yeux noisette la fixaient de l'autre côté du comptoir !

— Salut, Lani.

La voix était suave comme un chocolat noir aromatisé au meilleur whisky de malt. Elle avait bien du mal à croire qu'il soit là en chair et en os. Au fil des jours, elle avait presque abandonné tout espoir de le revoir un jour.

— Un bail qu'on ne s'est pas vus. Il faut dire que je n'ai pas mis les pieds ici depuis longtemps. En plein travail ?

— Eh oui, fidèle au poste ! Qu'est-ce qui t'amène aujourd'hui ? Tu ne viens pas m'inculper, j'espère. Après tout ce temps, il y a prescription.

Il esquissa un sourire.

— Je ne suis pas ici pour ton remarquable tour de chant dans la fontaine, mais bien pour ce qui s'est passé le 4 Juillet.

Elle sentit son pouls s'accélérer. Faisait-il allusion à leurs folles effusions derrière les barreaux de la cellule ? L'avaient-elles lui aussi obsédé pendant des nuits ?

— Nous avons reçu de nombreuses plaintes concernant les débordements de cette soirée. La plupart incriminent le punch servi à la réception. Beaucoup se plaignent de s'être retrouvés dans un état d'ébriété incontrôlable qui aurait eu des conséquences fâcheuses sur leur comportement.

— Comme moi, par exemple ?

— Comme toi, en effet. Quelqu'un a versé quelque chose dans le punch, nous en sommes presque certains.

Elle secoua doucement la tête.

— D'une certaine manière, cela me rassure sur mon compte. Mais qui aurait pu faire ça ? Et pour quelle raison ?

Des frissons d'angoisse la parcouraient.

— Aucune idée pour l'instant. Mais Gage m'a demandé d'élucider l'affaire.

— Tu aurais quitté ton poste de Kalispell ?

Il secoua la tête.

— Non. Je prends juste un mois de congé pour m'en occuper.

— Là, tu me fais vraiment peur ! s'exclama-t-elle après un temps. Le shérif est-il vraiment si inquiet ?

Il ne put qu'acquiescer.

— Nous ignorons pour l'instant l'identité du coupable et ses motivations. Mais s'il a, comme nous le pensons, une dent contre Rust Creek Falls, un autre incident pourrait se produire. La fête du Travail approche. Il va y avoir des pique-niques et des rassemblements un peu partout. Si un type mal intentionné tient à faire du grabuge, c'est le moment idéal.

— Mince alors !

— Et d'autres jours fériés se profilent. Halloween, Thanksgiving, Noël… Autant d'occasions pour organiser des fêtes et des attroupements un peu partout dans la ville et dans les alentours. Je dois résoudre cette histoire avant qu'il ne soit trop tard. Et j'ai décidé de commencer par toi.

— Moi ?

Elle était perplexe.

— Tu ne me crois tout de même pas responsable ?

— Pour l'instant, je ne crois rien. Mais je sais une chose. Tu as semé une sacrée pagaille cette nuit-là.

Cette fois, il poussait le bouchon un peu loin.

— Sacrée pagaille, tu exagères ! Je me sentais comment

dire… euphorique. Oui, c'est ça, juste un peu euphorique. J'ai peut-être fait quelques sottises mais…

— Subtiliser les clés d'un inspecteur de police et l'enfermer dans une cellule, tu appelles cela une sottise ?

— Moi, faire une chose pareille ?

Elle ne risquait rien à tenter un coup de bluff.

— Quelqu'un d'autre a très bien pu…

— Ne joue pas à ce petit jeu avec moi ! rétorqua-t-il en levant la main pour la réduire au silence. On les a trouvées sous le matelas.

Il ne semblait pas d'humeur à supporter les enfantillages. Elle choisit de faire profil bas.

— Je suis désolée, Russ.

— Je n'en suis pas si sûr. N'importe qui aurait utilisé ce trousseau pour sortir. Tu as préféré que nous restions prisonniers. La question est pourquoi. Qu'est-ce que tu mijotais ?

Elle avait seulement voulu rendre service à son frère, mais elle ne pouvait l'avouer.

— Je suis incapable de faire du mal à quiconque, et surtout pas aux gens d'ici. Ce sont mes amis, mes voisins.

Il la toisa un long moment, cherchant à évaluer sa sincérité.

— Gage se porte garant pour toi, mais j'ai appris à ne jamais rien prendre pour argent comptant, rien, ni personne.

Ne sachant que faire de ses deux mains, elle attrapa un chiffon mouillé et se mit à astiquer le comptoir.

— Une philosophie bien pessimiste, ma foi.

— J'ai mes raisons.

L'occasion ou jamais de se venger d'une pique qu'elle n'avait pas digérée.

— On dirait bien les paroles d'un homme qui s'est fait plaquer. Tu as besoin d'en parler ?

Le masque dur du flic disparut un instant, mais il se reprit très vite et ignora sciemment son invitation.

— Je passe ma vie avec des criminels qui mentent

comme des arracheurs de dents. Pourquoi voudrais-tu que je sois confiant dans la nature humaine ?

— Pas faux.

— Bon, je vais être franc avec toi. Je suis venu te trouver sur les conseils de Gage. Il prétend que tu connais bien les gens d'ici et que tu pourrais avoir entendu quelque chose. Quand on a un peu bu, on devient parfois bavard.

Elle réfléchit un instant, mais ne trouva rien à répondre. Elle n'avait rien entendu de suspect.

Désolée, elle secoua la tête.

— Si j'avais su quoi que ce soit, je me serais immédiatement précipitée chez Gage.

— Tant pis !

Il descendit de son tabouret, comme si, déçu par sa réponse, il voulait mettre un terme à la conversation et s'éloigner d'elle aussi vite que possible.

— Mais Gage a raison, s'empressa-t-elle d'ajouter. Je connais tout le monde à Rust Creek Falls et je recueille toutes les confidences.

— Ouais, je t'ai entendu discuter avec ce garçon assis un peu plus loin.

Elle tourna la tête en direction de Wes qui buvait son eau minérale à petites gorgées.

— C'est triste quand des enfants se trouvent mêlés aux conflits des adultes.

— Pour une fois, je suis d'accord avec toi. Bon, alors c'est d'accord ? conclut-il en posant sa main à plat sur le bar. Si tu entends quoi que ce soit, tu passes au commissariat pour nous informer.

— Bien entendu. J'aimerais vraiment pouvoir vous aider à trouver le coupable. Tu as bien fait de t'adresser à moi. Je connais comme ma poche toutes les histoires des gens d'ici. Vengeances, bagarres, différends. Je vais réfléchir et rester vigilante. Qui sait ? En cherchant bien, je pourrai peut-être vous indiquer un individu ayant des raisons d'en vouloir à la communauté.

— Si tu le dis, fit-il d'un air sceptique.

Elle soupira.

— Ecoute, Russ, je comprends tes réserves à mon égard. Mon comportement n'a pas été exemplaire durant la nuit du 4 Juillet. Mais le shérif a raison, je suis tout ce qu'il y a de plus réglo. Et puis j'adore cette ville et mes concitoyens. Ce qui compte le plus pour moi, c'est leur bonheur et leur sécurité.

— Ouais.

L'inspecteur ne semblait toujours pas convaincu. En passant à L'As de cœur, il avait obéi aux consignes de Gage, mais n'attendait au fond rien d'elle.

— Je tendrai l'oreille, insista-t-elle, et je poserai des questions à tous les clients du bar. A nous deux, nous formerons une équipe fantastique.

— Je vois ça d'ici, répliqua-t-il avec un sourire narquois.

Elle sentit son visage s'enflammer. Il ne voyait en elle qu'une créature légère et sans cervelle.

— Comme tu voudras ! fit-elle avec amertume. Puisque c'est ainsi, je ferai cavalier seul.

Il l'observa pendant un long moment, semblant réfléchir. Sans doute songeait-il qu'elle pourrait ainsi lui dissimuler des éléments essentiels pour l'enquête, et se mettre ainsi en danger. A contrecœur, il céda.

— Très bien, je veux bien t'accepter comme ma coéquipière.

Satisfaite de sa promotion et impatiente de passer à l'action, elle fronça les sourcils et balaya la grande salle d'un regard circulaire.

— Il y a des oreilles indiscrètes ici. Nous ferions mieux de trouver un endroit plus tranquille pour échanger nos informations. Tu montes à cheval ?

— Bien sûr. Je suis né dans une exploitation agricole, comme tu le sais.

— Parfait. Alors viens au ranch demain ! Autour de

midi. Je t'emmènerai dans un endroit où personne ne pourra nous entendre.

— D'accord ! Et si jamais tu as besoin de me joindre, tu me trouveras à la pension Strickland. A demain.

Ce soir-là, elle aurait tout donné pour accélérer la marche des aiguilles de l'horloge jusqu'au lendemain.

- 5 -

Russ s'était présenté à l'heure dite au ranch des Dalton, où deux chevaux sellés attendaient dans l'écurie. Tandis que sa monture trottinait gentiment à la hauteur de la jument de Lani, ses craintes se dissipèrent. Réflexion faite, cette promenade au grand air se révélait mille fois plus agréable qu'une confrontation tendue dans le triste décor du commissariat.

— Tu n'es pas très bavard, observa-t-elle en chemin.

— Je me concentre pour rester en selle.

Elle éclata de rire.

— Ce que tu peux être menteur ! Tu montes aussi bien que mes frères dont c'est le métier.

— Tu te débrouilles pas mal non plus.

Par quel mystère la trouvait-il encore plus séduisante aujourd'hui ? Rien dans sa tenue n'était fait pour attirer le regard. Elle portait un vieux jean et une chemise de cow-boy à carreaux. Une tresse bien sage descendait dans son dos et un stetson râpé protégeait son visage des rayons du soleil.

— Je monte quasiment tous les jours, répondit-elle simplement.

Comme le fracas d'une chute d'eau couvrait peu à peu leurs échanges, elle le précéda sur le petit pont de bois qui enjambait la rivière et ils contournèrent une colline verdoyante. Ils grimpèrent ensuite à travers la forêt et débouchèrent dans une clairière inondée de lumière qui surplombait une cascade somptueuse, celle qui donnait son nom à la ville de Rust Creek Falls. Plus bas, une vasque naturelle entourée de rochers formait un endroit idyllique pour une promenade romantique. Il se raidit malgré lui. Saurait-il refréner le désir fou qu'il éprouvait pour cette femme dans ce cadre bucolique quand il en avait été incapable derrière les barreaux d'une cellule ?

— Personne ne viendra nous surprendre ici, annonça Lani en toute innocence.

Elle sauta à terre et conduisit sa jument jusqu'au bassin pour la faire boire. Il l'imita.

— Tu as pris un luxe de précautions en m'amenant jusqu'ici, fit-il en flattant l'encolure de sa monture. Ce n'était pas forcément nécessaire.

— Peut-être, mais j'avais envie de profiter de cette journée magnifique. Et puis, je ne me lasse pas d'admirer cette cascade. C'est mon petit coin de paradis.

Son regard embrassa le paysage autour d'elle tandis qu'elle inspirait une longue bouffée d'air pur. Refusant de se laisser gagner par son exaltation, l'inspecteur tenta de revenir à l'objectif de leur petite escapade. Les chevaux avaient fini de se désaltérer et ils broutaient paisiblement près du tronc d'arbre où ils les avaient attachés.

— Bon, et si nous parlions un peu de notre enquête, maintenant.

— Pas avant d'avoir déjeuné.

Elle attrapa un sac de toile et une couverture roulée derrière la selle de sa jument.

— J'ai préparé un petit pique-nique et je meurs de faim. Personnellement, je suis incapable de réfléchir le ventre vide.

Lui aussi était affamé, mais pas seulement de nourriture. Ces longues semaines n'avaient en rien assagi son attirance pour Lani et il réprimait avec peine sa nervosité. Pour autant, il ne voulait pas se montrer discourtois.

— Quelle bonne idée ! s'exclama-t-il en lui prenant le plaid pour l'étaler sur le sol.

Elle s'assit en tailleur et lui tendit une pomme, ainsi qu'un sandwich soigneusement enveloppé.

— J'espère que tu aimes les crudités avec le jambon. Mais si tu es amateur de mayonnaise, tu vas être déçu.

— Ne t'inquiète pas, je suis sûr que ce sera délicieux.

Il sortit les tranches de pain de mie de leur emballage et remarqua le soin tout féminin apporté à leur garniture. Un en-cas parfaitement diététique. Touché malgré lui par autant d'attention, il lui souhaita un bon appétit puis ils mangèrent dans un silence seulement troublé par la rumeur de la cascade et le pépiement des oiseaux. Quand elle eut avalé sa dernière bouchée, un masque presque solennel se peignit sur ses traits.

— J'ai bien réfléchi, déclara-t-elle, et je suis arrivée à dresser une liste de suspects.

Il fronça les sourcils.

— Sur quels critères ?

— Eh bien, disons que des événements marquants et un peu étranges sont survenus ce soir-là…

Elle leva trois doigts devant elle pour les baisser au fil de sa démonstration.

— Premièrement, un couple décide subitement de se marier. Deuxièmement, un autre se sépare tout aussi soudainement. Troisièmement, un homme perd son ranch sur un coup de poker malheureux.

— Je suis au courant pour les deux premiers. Une semaine ou deux après ce mariage précipité, Will Clifton est venu me trouver pour me dire que son épouse, Jordyn Leigh, avait sans doute été droguée.

— Avait-il un comportement suspect ?

— Pas spécialement. Il m'a fait l'effet d'un homme qui s'inquiète pour la femme qu'il aime, rien de plus. Quant à l'autre couple, j'ai bavardé avec Claire Wyatt de la dispute qu'elle a eue avec son mari.

— Et alors ? demanda Lani avant de croquer dans sa pomme.

Il dut se faire violence pour détacher les yeux de sa bouche. Une goutte de jus sucré brillait sur sa lèvre inférieure et l'envie de goûter le nectar devenait presque irrésistible.

— Russ ?

Il sursauta.

— Tu avais commencé à me parler de ta conversation avec Claire, lui rappela-t-elle.

— Ah oui !

S'il ne se concentrait pas davantage, cette enquête n'en finirait jamais.

— Je ne vois rien dans ce qu'elle m'a confié qui pourrait nous éclairer sur l'identité du criminel. Je pense que les Clifton et les Wyatt sont des victimes, tout comme toi.

— Je suis d'accord avec toi. Les Wyatt n'avaient rien à gagner à enivrer la ville entière. Levi est juste angoissé par le poids de ses responsabilités. Une femme et un bébé à nourrir, ce n'est pas rien.

— Leur statut de jeunes parents ne les rend pas forcément innocents.

— C'est vrai. Mais je ne vois tout simplement pas ce qui pourrait les avoir poussés à commettre un acte pareil.

Elle secoua la tête.

— Mon intuition me dit que nous pouvons les éliminer de la liste.

— Tu en es certaine ?

— Absolument.

Il partageait son opinion mais ne put résister à l'envie de la taquiner.

— Je ne suis pas sûr que ton intuition suffise à convaincre un jury. Devant la cour, il faut fournir des preuves concrètes.

— Si tu avais des preuves, concrètes ou pas, nous ne serions pas là aujourd'hui.

Il n'avait plus qu'à s'incliner.

— Pas faux ! dit-il en soupirant.

Face au charme insolent de Lani, il sentait ses défenses fondre comme neige au soleil. Et plus il cherchait à se donner mauvaise conscience de partager ce moment avec elle, moins il y parvenait.

— Le mobile, déclara-t-il avec emphase, en s'abritant derrière le langage du policier. La clé d'une enquête réside toujours dans le mobile. Qui avait intérêt à mettre toute la ville dans cet état d'ébriété avancée ?

Elle prit appui sur le tronc d'arbre derrière elle et étendit les jambes.

— Je n'ai encore rien dit de cette partie de poker.

Pour faire durer le suspense, elle sortit un paquet de frites, le posa sur la couverture et en grignota quelques-unes avant de dévoiler l'information recueillie auprès de ses collègues.

— Le vieux Boyd Sullivan a perdu sa propriété au profit de Brad Crawford, dans une partie dont les enchères ont, paraît-il, atteint des sommets à L'As de cœur.

— Voilà qui me paraît plus intéressant.

Il l'interrogea du regard.

— Rien d'autre ?

— Si. Comme je te le disais tout à l'heure, Jordyn Leigh Cates a épousé Will Clifton cette nuit-là. « La Gazette de Rust Creek » en a fait tout un plat.

— « La Gazette de Rust Creek » ?

Là, il avait vraiment besoin de ses connaissances d'autochtone.

— C'est une petite chronique dans le journal local. Ecrite par une personne apparemment très soucieuse de conserver son anonymat. Jamais signée.

Un éclair malicieux illumina son regard.

— J'ignore qui en est l'auteur, mais il a un tas d'anecdotes croustillantes à raconter sur la fête du 4 Juillet.

— Un suspect potentiel ? Qui avait intérêt à semer la zizanie pour recueillir de la matière pour ses articles ?

Il scruta attentivement sa réaction.

— Qui sait ? fit-elle dans un haussement d'épaules.

— Et si c'était toi la mystérieuse chroniqueuse ? Toi qui te vantes sans arrêt de connaître tous les secrets de la ville.

Elle éclata de rire.

— Tu es sérieux ?

— Tout ce qu'il y a de plus sérieux.

— Puisque tu mets ma sincérité en doute, permets-moi de relever les défaillances de ton raisonnement ! Un certain nombre de ragots colportés dans la gazette concernaient des événements ayant eu lieu pendant que j'étais bouclée dans la cellule avec toi. Comment aurais-je pu en être témoin ?

L'ombre de son chapeau n'était pas assez grande pour cacher le rouge de ses joues subitement empourprées.

— Ton alibi ne tient pas, protesta-t-il. Tu aurais pu tout aussi bien recueillir les informations au bar, le lendemain.

— Plausible, mais absolument faux.

Sa défiance l'avait de toute évidence blessée. Elle se mit en colère.

— Dis-moi un peu quand je pourrais trouver le temps d'écrire le moindre article pour la gazette ! Je me lève aux aurores tous les matins pour travailler au ranch, et le soir j'épuise mes dernières forces à L'As de cœur.

Il s'allongea puis se redressa sur les coudes. Ses bottes étaient à quelques centimètres de celles de Lani.

— A ton avis, combien de temps faut-il à une histoire pour sortir dans la chronique ?

— Je n'en sais rien, répondit-elle, agacée. Tes soupçons sont vraiment déplacés. Ce n'est pas moi qui écris ça.

— Désolé si je t'ai vexée, mais je suis bien payé pour savoir qu'il t'arrive de mentir. Or je donnerais cher pour connaître l'identité de l'auteur. Il semble bien renseigné sur cette soirée et pourrait nous faire gagner un temps précieux pour l'enquête.

— Tu es pressé d'en finir pour te débarrasser de moi ?

— Je n'ai jamais dit cela.

S'il était pressé de résoudre l'affaire, c'était avant tout pour éviter de nouveaux incidents et rassurer la population. Lani en avait parfaitement conscience.

Elle soupira.

— Je sais que ton métier t'oblige à douter de tout et de tout le monde. Je ne t'en veux pas de mettre ma parole en cause, même si je suis innocente.

La sagacité d'un inspecteur reposait avant tout sur ses talents d'observation. Or il voyait bien que ses soupçons n'effrayaient pas son interlocutrice. De deux choses l'une, soit elle était innocente, soit elle excellait à jouer la comédie.

— Revenons aux choses sérieuses ! reprit-elle après un temps. Au mariage précipité de Will et Jordyn, par exemple.

— C'est là que ta connaissance de la psychologie des uns et des autres s'avère indispensable.

Après un moment de tension, un brin de flatterie ne pouvait nuire à la conversation.

— Crois-tu cette femme capable de droguer la moitié de la ville pour se faire épouser ?

— Elle a emménagé à Rust Creek pour rencontrer un homme et se marier, ce n'est un secret pour personne. Mais elle connaissait déjà Will depuis longtemps. Ils s'étaient liés d'amitié à Thunder Canyon.

Elle secoua la tête avant de poursuivre.

— A la crèche où elle travaille, elle a toujours montré un comportement exemplaire avec les enfants. J'ai du mal à croire qu'une personne aussi dévouée agisse de la sorte.

— Mais tu ne pourrais pas en jurer ?

— Non.

— On ne peut donc pas l'éliminer de la liste. J'irai lui parler.

— C’est sans doute ce qu’il y a de mieux à faire, concéda Lani. Aborder directement la question avec elle.

— Absolument. D’ailleurs, ce serait bien que tu m’accompagnes.

Son invitation répondait-elle aux besoins de l’enquête ou à l’envie de partager des moments avec elle ? Il n’aurait su le dire. Ce qui était indiscutable en revanche, c’était l’aptitude de Lani à susciter les confidences et à prodiguer des conseils judicieux et pondérés. Il l’avait vue à l’œuvre à L’As de cœur en présence du jeune homme mélancolique, et avait admiré la manière dont elle l’avait convaincu de chercher l’apaisement avec sa femme.

— Si tu le juges nécessaire, je serai là.

— Et Brad Crawford ? Penses-tu qu’il soit capable d’un acte aussi fourbe ?

— Bonne question.

Elle médita sur la question en se tapotant doucement la lèvre avec l’index.

— Quand il s’agit de leurs terres, les Crawford peuvent devenir enragés, mais… je ne sais pas.

— Je vois. Nous ne pouvons pas l’exclure lui non plus.

Elle soupira.

— Nous n’avançons pas beaucoup.

Tout était adorable en elle. Son désir de bien faire tout autant que ses moments d’indignation. Russ ne se lassait pas d’observer les expressions qui transformaient son beau visage. Sentant qu’il se laissait un peu trop attendrir, il décida de mettre un terme à cette escapade un peu trop charmante.

— Il faut que je rentre au commissariat, fit-il en se redressant.

— Oui, bien sûr.

Elle se leva et commença à rassembler ses affaires.

— Le devoir m’appelle, moi aussi. On doit déjà m’attendre au ranch.

Sur le chemin du retour, son esprit torturé continuait

à s'inquiéter de l'ascendant que Lani exerçait sur lui. Il avait accepté sa collaboration dans l'enquête pour éviter qu'elle se mette en danger en agissant seule de son côté. Mais l'évolution de leur relation ne risquait-elle pas de les exposer à un plus grand péril ?

— Tu as pu facilement te libérer pour la soirée ?

Russ gardait les yeux fixés sur la route.

— Sans problème. Je t'ai dit que j'avais une patronne en or. Elle s'est arrangée pour me remplacer.

Ils roulaient vers le ranch de Jordyn Leigh et Will Clifton, à l'est de Rust Creek Falls. Chaque fois qu'elle tournait la tête vers son chauffeur, Lani était fascinée par les mains fermes et sûres posées sur le volant. Le souvenir de leurs caresses restait toujours aussi vivace sur sa peau. Mais si elle mourait d'envie d'éprouver à nouveau ces émotions dont elle avait rêvé pendant tant de nuits, rien n'indiquait dans le comportement de Russ qu'il se rappelait la passion qui les avait si violemment enflammés. Sans doute ferait-elle mieux d'oublier, elle aussi !

— Jordyn attend-elle notre visite ?

Il fit un signe affirmatif.

— Je l'ai appelée pour la prévenir et lui expliquer nos interrogations sur la fameuse soirée. Elle m'a précisé que Will ne serait pas là.

— Elle sait que je t'accompagne ?

— Oui.

— Elle a dû trouver cela étrange. Tu lui as dit que je participais à l'enquête ?

— Absolument pas. Pour deux raisons. Premièrement, si les gens apprenaient que tu nous sers d'informatrice, ils pourraient se méfier de toi et préférer se taire en ta présence, ce qui nous priverait d'indications précieuses. Deuxièmement, et c'est plus grave, la personne responsable de ce qui est arrivé pourrait s'en prendre à toi.

Elle croisa les bras.

— Alors, que lui as-tu dit pour expliquer ma présence ?

— Rien.

— Vraiment ?

Il lui jeta un regard un peu gêné.

— Elle ne m'a pas posé de questions.

— Ce n'est pas bien, fit-elle en secouant la tête. Nous sommes dans une petite ville, Russ, et les gens sont curieux de savoir ce que chacun fabrique et avec qui. Ce n'est pas pour rien que les ragots de « La Gazette » ont tant de succès.

— Tu as raison.

Un muscle de sa mâchoire tressaillit.

— Il faut trouver une histoire crédible, au cas où elle nous interrogerait.

— Elle ne va pas se gêner, tu peux en être sûr.

— Tu as une idée ?

— Non, pas vraiment.

— Nous lui dirons simplement que je suis passé te chercher à L'As de cœur pour t'inviter à dîner et que tu m'as accompagné pour mon dernier rendez-vous.

Combien de fois avait-elle rêvé d'une telle invitation alors qu'il passait au bar sans même lui accorder un regard ?

— Je ne suis pas sûre que ce soit une bonne idée, murmura-t-elle, contrariée.

— Pourquoi ?

— Les rumeurs vont aller bon train.

— Trop tard pour élaborer une meilleure stratégie. On arrive.

Ils avaient traversé des hectares de prairies vallonnées, parsemées çà et là de bois de peupliers, de pins et de chênes. Le soleil était bas sur l'horizon et ses derniers rayons se répandaient juste au-dessus de Montain Fall, sur les crêtes enneigées des Rocheuses. Les bâtiments du ranch apparurent, après une succession d'enclos à bétail.

Russ gara le pick-up devant le bâtiment principal.

— Surtout n'en dis pas trop ! lui conseilla-t-il. Mieux vaut la laisser parler.

— Fais-moi confiance ! Je suis une experte en la matière.

Ils montèrent côte à côte les marches et s'arrêtèrent sur le perron, devant une porte récemment repeinte d'un blanc brillant et surmontée d'une lucarne en forme d'éventail. Russ frappa doucement et Jordyn apparut quelques secondes plus tard. C'était une ravissante petite blonde au visage doux et innocent.

— Bonsoir, inspecteur. Entrez, je vous prie !

Elle s'effaça pour les laisser entrer dans la salle de séjour où le plancher à larges lattes avait été reverni de frais.

— Puis-je vous offrir un thé ou un café ?

— C'est très aimable, répondit Russ, mais nous ne voulons pas vous retenir trop longtemps.

Lani regardait autour d'elle d'un air impressionné. Il était de notoriété publique que la maison était dans un état lamentable quand le couple y avait emménagé et que tous deux avaient travaillé d'arrache-pied pour la remettre en état. Le résultat était admirable.

— J'imagine que vous ne vous êtes pas ennuyés, ces derniers temps, remarqua-t-elle.

— Tu ne crois pas si bien dire. Entre la crèche, ma formation et le chantier, je ne vois pas le temps passer.

Ses yeux bleu clair étincelaient de bonheur.

— Je suis contente que tu sois venue avec l'inspecteur. Vous vous connaissez depuis longtemps ?

Comme on lui avait gentiment conseillé de se taire, Lani préféra se tourner vers Russ pour le laisser répondre.

— On apprend vite à connaître tout le monde dans une petite ville. Vous savez ce que c'est…

Il aurait pu clarifier la situation en alléguant une relation amicale, mais il n'en fit rien. Il s'ensuivit un silence embarrassé que Lani s'empressa aussitôt de rompre.

— Nous nous sommes rencontrés à la réception du

mariage. Pour tout dire, Russ m'a obligée à sortir du bassin où j'avais entamé un tour de chant et il m'a arrêtée.

— J'ai entendu parler de cette histoire, fit Jordyn, amusée.

— S'il s'agit d'être tout à fait exact, j'ai dû l'interpeller parce qu'elle refusait d'obtempérer.

— Peu banal comme rencontre !

— C'est vrai, admit Lani. Heureusement, nous avons appris à mieux nous connaître depuis.

Elle couva l'inspecteur d'un regard appuyé et coquin, mais il se détourna ostensiblement. Soit il était nul pour les missions secrètes, soit il la détestait. Elle décida d'enfoncer le clou et se rapprocha de lui pour poser la tête sur son épaule.

— Jamais je n'aurais imaginé qu'une cellule de prison puisse offrir un cadre aussi romantique. Tu te souviens ?

Après une brève hésitation, il lui adressa un sourire ravageur et passa un bras autour de sa taille.

— Il ne faut pas l'ébruiter, murmura-t-il à l'attention de leur hôtesse.

— Vous pouvez compter sur ma discrétion. D'ailleurs, vous êtes là en visite officielle.

Elle leur indiqua deux fauteuils disposés devant la cheminée.

— Asseyez-vous, je vous en prie ! Vous vouliez m'interroger sur la soirée du mariage, n'est-ce pas ?

— Absolument, acquiesça Russ. Il paraît que vous vous êtes installés ici très récemment ?

— Oui, juste après le 4 Juillet.

— Aux dires de tous, le mariage que vous avez contracté ce jour-là a été décidé de façon très soudaine. Saviez-vous que Will était en train d'acquérir cette propriété quand vous l'avez épousé ?

— Oui, bien sûr, mais pourquoi cette question ?

Il la fixa intensément sans donner de réponse. Une technique enseignée à l'école de police pour déstabiliser les personnes soumises à interrogatoire et qui fonctionna. Jordyn perdit une partie de ses moyens.

— Je… nous en avons beaucoup parlé quand nous nous sommes retrouvés par le plus grand des hasards à la réception.

— C'est un superbe domaine, observa Russ. Avec un très beau potentiel.

Une fois encore, il se tut, attendant des explications. Lani reconnaissait son habileté, mais elle craignait aussi que ses méthodes ne paralysent la jeune femme et la dissuadent de livrer spontanément des informations importantes. Elle choisit d'intervenir pour détendre un peu l'atmosphère.

— Tu habitais à Thunder Canyon avant de venir ici, n'est-ce pas ? Et je crois que ton amitié avec Will remonte à cette époque ?

Les yeux de Jordyn s'inondèrent de tendresse.

— Pour tout vous dire, nous avons grandi ensemble. J'ai toujours été amoureuse de lui, mais il me traitait comme sa petite sœur.

— Quand vous vous êtes retrouvés à la réception et qu'il s'est vanté auprès de vous d'avoir acquis une belle propriété, quelle a été votre attitude ? Avez-vous essayé de l'influencer ?

Lani se retint de lui donner un coup de coude dans les côtes. Un éléphant dans un magasin de porcelaine n'aurait pas été plus maladroit. Sa méthode marchait peut-être avec des criminels endurcis cuisinés dans une salle d'interrogatoire munie d'une glace sans tain, mais avec une créature aussi angélique que Jordyn, elle était vouée à l'échec.

— Russ cherche à comprendre le brusque revirement d'attitude de Will. On ne peut pas parler de coup de foudre pour deux personnes qui se connaissent depuis si longtemps.

— C'est vrai, concéda-t-elle. Il faut dire que nous étions dans un état second, ce soir-là.

— Que s'est-il passé exactement ? demanda Lani.

— Je dois admettre que mes souvenirs sont un peu confus. Tout ce que je sais, c'est que je me suis réveillée le lendemain matin avec une gueule de bois épouvantable et un certificat de mariage entre les mains.

Russ hocha la tête et son visage se radoucit.

— Nous sommes certains, le shérif et moi, que le punch a été drogué.

— C'est aussi l'opinion de Will, et je ne suis pas loin de la partager. Je dois vous confesser un vrai trou de mémoire pour tout ce qui se rapporte à cette soirée.

Lani lui adressa un sourire bienveillant.

— Et d'après toi, quel genre d'individu aurait eu intérêt à faire en sorte que la moitié de la ville se retrouve dans cet état d'ébriété ?

— Je n'en ai pas la moindre idée. Mais, très égoïstement, je dois dire que…

Comme elle hésitait à conclure, Russ l'interpella d'un ton pressant.

— Oui ? Je vous écoute.

— Eh bien, figurez-vous que je le remercie ! Oh ! j'ai un peu honte de m'exprimer ainsi quand toute la communauté est à ce point inquiète, mais voyez-vous, il m'a permis d'épouser l'amour de ma vie.

Russ opina poliment.

— Bien, je vous remercie de nous avoir accordé un peu de votre temps.

— Si je peux vous être utile d'une manière ou d'une autre, reprit-elle avec embarras, surtout n'hésitez pas. Je reste à votre entière disposition.

— N'oublie pas de saluer Will de ma part, lança Lani au moment de prendre congé.

Peu après, Russ lui tendait une main galante pour l'aider à se hisser dans le pick-up.

— C'est bien ce que je pensais, fit-il en s'installant derrière le volant. Cette femme est innocente.

— Je suis d'accord avec toi. Cette piste ne nous mènera nulle part.

Ils roulèrent un instant sans échanger un mot, puis elle finit par rompre le silence. Une question la taraudait depuis un moment.

— Y a-t-il eu des blessés cette nuit-là ? demanda-t-elle.

— Pas à ma connaissance. Pourquoi ?

— C'est toute l'ambiguïté de cette affaire. On peut la regarder comme un mauvais canular et cesser de s'inquiéter. Mais on peut aussi la prendre plus au sérieux. Si le fautif avait une véritable envie de nuire, on peut considérer qu'il a manqué son objectif. Dans ce cas, tout laisse craindre une récidive de sa part.

— Bien pensé, inspecteur Dalton ! Nous en avons longuement débattu avec Gage, et le principe de précaution nous oblige à tout mettre en œuvre pour parer à la deuxième hypothèse. Crois-moi, cette histoire n'est pas terminée !

Elle partageait fortement son inquiétude, mais la situation présentait aussi un avantage. La rumeur de leur dîner en tête à tête ne tarderait pas à se répandre et ils avaient tout intérêt à entretenir la fable d'une prétendue liaison pour les bienfaits de l'enquête. Tant que ses concitoyens ne la croiraient pas au service de la police, ils se confieraient à elle. Et pendant ce temps, Russ Campbell serait contraint de la garder auprès d'elle. Pour le pire, mais peut-être aussi pour le meilleur…

- 6 -

La porte de L'As de cœur grinça sur ses gonds, comme à son habitude, quand Russ fit son entrée dans le bar ce jour-là. Il chercha Lani du regard dans la salle faiblement éclairée. Depuis leur rencontre avec Jordyn Leigh Clifton, il n'avait pas progressé dans son enquête et il espérait que, de son côté, Lani aurait glané quelques informations. En cette veille de week-end, prolongé par la fête du Travail, l'endroit était bondé et l'humeur très festive. Il devenait urgent de résoudre le mystère. De nombreuses réjouissances étaient organisées à Rust Creek. S'il pouvait seconder le shérif lors du grand pique-nique prévu dans le parc, il ne pouvait être partout à la fois, malgré toute sa bonne volonté.

Lani s'affairait à une table occupée par quatre cow-boys forts en gueule. Tout en déposant devant eux de copieuses portions de burgers et de frites, elle écoutait leurs balivernes quelque peu graveleuses en souriant et semblait même y prendre plaisir. Russ tiqua sur son comportement. Il avait beau se dire qu'elle était célibataire et libre de ses faits et gestes, le spectacle l'irritait plus qu'il ne l'aurait souhaité. Il tenta de se sermonner et s'installa au comptoir comme si de rien était.

A l'instant où il se hissa sur son tabouret, les conversations cessèrent et les rires s'éteignirent. Il en était ainsi chaque fois qu'une assemblée détectait l'arrivée d'un policier. Des dizaines de regards méfiants convergèrent dans sa direction et vinrent peser sur ses épaules. Une sensation qu'il avait expérimentée bien des fois, y compris en présence de ses collègues de Denver, quand il avait osé dénoncer la corruption de l'un des leurs. Manifestement, toute la communauté savait aujourd'hui qu'il était à Rust Creek Falls en service commandé. Sa mission lui octroyait un rôle singulier tout en le soumettant à une inexorable quarantaine. Avec les années, il s'était fait une raison.

Lani passa derrière le comptoir et le tira de ses pensées.

— Bonsoir Russ ! Comment vas-tu ?

— Très bien et toi ? répliqua-t-il d'un air un peu guindé.

— Inutile de garder tes distances avec moi, tout le monde ne parle que de notre dîner en tête à tête.

— Alors qu'il n'a jamais eu lieu, souligna-t-il.

— Nous le savons l'un et l'autre, mais le mensonge que nous avons raconté à Jordyn a fait le tour de la ville. On dirait que les gens s'ennuient et qu'ils n'ont vraiment rien à se mettre sous la dent.

— C'est bien toujours ainsi, non ?

Elle soupira profondément.

— Il y a deux ans, quand l'électricité a été entièrement coupée suite aux inondations, les commérages se sont un peu calmés. Personne n'avait plus de téléphone, ni fixe ni portable. Mais après deux jours d'abstinence, les langues se sont déliées au-delà de toute espérance. Pour le meilleur et pour le pire.

— Que dit la rumeur exactement ?

— Que veux-tu qu'elle dise, sinon que nous sortons ensemble ?

Elle débarrassa son plateau et glissa les verres sales dans le lave-vaisselle.

— Cela n'a pas l'air de te contrarier, observa-t-il.

— Pour être franche, je me moque du qu'en-dira-t-on. Et puis, c'est plutôt pratique pour l'affaire qui nous intéresse. Nous n'avons pas besoin de nous cacher pour échanger des informations. Les gens prendront nos conversations pour des conciliabules d'amoureux. Ils penseront que tu me dragues, c'est tout !

Il ne put réprimer un sourire. Il lui était de plus en plus difficile d'ignorer la manière dont le charme et la joie de vivre de Lani illuminaient les recoins les plus sombres de son âme.

— Tu trouves que je ressemble à un dragueur ?

Elle leva sur lui un regard désespéré.

— Pas vraiment, si tu veux mon avis. Et tu ferais bien de t'appliquer un peu. C'est une chance pour toi de passer pour mon petit ami. Les gens arrêteront peut-être de te regarder comme un étranger.

— Tu as sans doute raison.

— Evidemment que j'ai raison ! Alors détends-toi un peu, inspecteur, et raconte-moi des histoires, fais-moi rire. Je ne sais pas, moi, prends-moi la main, donne-moi des rendez-vous à voix haute, fais-moi la cour et essaie de te comporter comme si je te plaisais un peu !

Partagé entre l'obligation de réprimer le désir fou qu'il éprouvait pour elle et la nécessité de mettre en scène leur prétendue liaison, il obtempéra. Quand elle contourna le comptoir pour retourner dans la salle, il lui barra le chemin, prit ses hanches et l'attira contre lui. Elle ne s'y attendait pas. Ecarquillant les yeux, elle se tendit entre ses bras en se demandant visiblement jusqu'où il oserait aller.

— Ce n'est pas ce que tu voulais ? demanda-t-il. Un peu de spectacle pour alimenter la rumeur ?

Sans lui laisser le temps de répondre, il la serra un peu plus et l'embrassa avec fougue. Revenue de sa surprise, elle donna le change, passa une main derrière sa nuque et prolongea son baiser.

— Rien de tel qu'une petite exhibition pour marquer les esprits, murmura-t-elle à son oreille.

Il approuva en silence, espérant bien que les quatre gaillards dont il avait surpris les plaisanteries égrillardes en prenaient plein la vue.

— Tout à fait d'accord, mais il faut rester raisonnable. Je ne voudrais pas risquer de te faire renvoyer. Je tiens à conserver ma source d'information.

— Tu as raison.

Elle utilisa le menu qu'elle avait à la main pour s'éventer ostensiblement.

— Au fait, tu as découvert quelque chose ?

Il secoua la tête de gauche à droite.

— Je comptais sur toi pour glaner quelques indices.

— Malheureusement, je n'ai rien, moi non plus.

Trop heureux d'entretenir la mascarade, il entremêla ses doigts à sa main libre.

— J'ai interrogé les jeunes gens qui fêtaient leur mariage ce jour-là, j'ai rencontré leurs amis. J'ai cuisiné les parents du marié, Bob et Ellie Traub. Ce sont eux qui ont préparé le punch. Jus de fruits, eau gazeuse, un peu de vin pétillant, c'est tout. Je n'ai aucune raison de mettre leur parole en doute.

— Donc, retour à la case départ ?

— J'en ai bien peur. Sauf si tu as entendu quelque chose d'intéressant ici.

Les yeux de Lani s'assombrirent.

— Rien du tout. D'ailleurs, j'ai bien du mal à prêter des intentions malveillantes à tous ces gens.

— Dis-toi bien que les criminels sont toujours de grands dissimulateurs qui savent parfaitement cacher leur jeu. La plupart du temps, ils ressemblent à Monsieur Tout-le-Monde, et on leur donnerait le bon Dieu sans confession.

Il s'éclaircit la voix et s'éloigna d'un pas.

— Personne n'est à l'abri du soupçon, conclut-il.

Le policier avait repris le dessus. Lani scruta longuement son visage, et une ligne amère étira sa bouche.

— Même pas moi, murmura-t-elle tristement. C'est ce que tu veux dire, n'est-ce pas ?

La déception qui perçait dans sa voix donna à Russ l'impression d'avoir rudoyé une petite fille inoffensive.

Un sentiment fort désagréable qui le mit aussitôt sur la défensive.

— Essaie de te mettre à ma place ! J'ignore toujours les raisons qui t'ont poussée à voler mes clés pour m'enfermer et me tenir éloigné du parc. Qui est en mesure d'affirmer que tu n'as pas joué un rôle dans cette histoire ? Si j'avais été libre de mes mouvements cette nuit-là, le criminel serait sans doute hors d'état de nuire à l'heure qu'il est.

Lani gardait les mâchoires serrées. De toute évidence, elle lui en voulait de laisser peser sur elle le soupçon, tout en comprenant sa défiance.

— Tu n'as aucune raison objective de croire à ma bonne foi, concéda-t-elle après un temps, mais je te jure que je suis innocente. Je n'ai pas touché à ce punch et je ne vois vraiment pas qui aurait pu le faire. Cela dit, je comprends que mon comportement puisse te paraître un peu étrange.

— Madame est trop bonne.

Il était horrifié de voir qu'il en était venu à douter de tout et de tout le monde. Une qualité certaine et indispensable dans son métier, mais un réel handicap dans sa vie privée. Jamais il ne l'avait autant regretté qu'en cet instant.

— Je suis navré, Lani, mais avoue que ta conduite pose question. Si tu voulais bien t'expliquer, je pourrais certainement changer d'avis.

Embarrassée, elle se mordit la lèvre inférieure et hocha lentement la tête.

— J'aimerais pouvoir le faire, je te le jure, mais je suis liée par un secret. J'ai promis de garder le silence.

Elle confessait enfin un motif à son étrange comportement, mais refusait d'en dévoiler la nature. Dans d'autres circonstances, il aurait applaudi à sa loyauté. Sa mission le lui interdisait. Lui aussi avait un serment à honorer : celui de garantir la sécurité des habitants de Rust Creek. Et pour cela, il avait besoin de connaître la vérité.

— Donne-moi ce menu, ordonna-t-il un peu sèchement. Et apporte-moi une bière.

— Tout de suite.

Elle revint sur ses pas et, dans un geste mille fois répété, posa une serviette en papier et une bouteille sur le comptoir. Son flegme avait de quoi surprendre dans l'atmosphère électrique engendrée par son aveu. Elle leva tranquillement le regard vers lui.

— J'ai du mal à comprendre comment tu peux me faire travailler sur cette enquête, alors que tu ne m'as pas exclue de la liste des suspects. Tu me connais bien mal pour imaginer que je pourrais nuire à mes voisins et amis. Je te rappelle par ailleurs que toute ma famille participait aux festivités.

Elle disparut dans la salle sans lui laisser le temps de répondre. Fâché contre lui-même, il porta son verre à ses lèvres. Lani était une personne de confiance, comment pouvait-il en douter ? Le shérif lui-même se portait garant de son honnêteté. Alors pourquoi s'obstinait-il ainsi dans sa méfiance ? Il soupira. Manifestement, son passé continuait à lui jouer des tours. Combien de temps encore la trahison de sa fiancée minerait-elle ses relations avec les femmes ? Serait-il un jour capable de tourner la page ?

— Merci infiniment pour cette invitation ! s'exclama Russ en saluant ses hôtes.

Lissa et Gage Christensen l'accueillaient pour la première fois dans leur ranch. La table était dressée dans la cour.

— C'est un plaisir de t'avoir avec nous ce soir, répondit le shérif. Je suis tellement soulagé que ce long week-end se soit passé sans incident ! Je propose que nous portions un toast à notre ville.

— A Rust Creek Falls ! s'écria joyeusement son épouse.

— Et à ses charmants habitants ! renchérit Russ.

Il appréciait le cadre agréable de cette douce soirée de septembre, mais en vérité, il aurait préféré dîner d'un hamburger à L'As de cœur. Voilà trois jours qu'il n'avait pas échangé un mot avec Lani. Il commençait à trouver le temps long. Certes, elle était plutôt remontée contre lui, la dernière fois qu'ils s'étaient vus, mais comment le lui reprocher ? Il n'aurait pas aimé, lui non plus, faire l'objet de soupçons infondés.

Le soleil venait juste de disparaître derrière les montagnes et la cour baignait dans une pénombre apaisante. Quatre larges fauteuils en bois agrémentés de confortables coussins étaient disposés autour d'une table ronde. Un plat de viande attendait près du barbecue et Lissa avait préparé un assortiment d'amuse-bouches.

— Je vous en prie, Russ, servez-vous !

— Avec plaisir, tout cela est très appétissant.

— Je vous en donnerai à emporter chez vous.

— C'est très gentil, mais n'en faites rien ! Chez les Strickland, il n'y a pas de réfrigérateur dans les chambres.

— Dans ce cas, vous êtes obligé de vous servir copieusement. On s'est dit qu'un peu de cuisine maison ne vous ferait pas de mal. Pas vrai, Gage ?

— Tout à fait, approuva l'intéressé. Mais je dois préciser que ce dîner est une idée de Lissa. Elle se faisait un souci d'encre pour toi.

— Un souci d'encre, n'exagérons rien ! répliqua-t-elle en portant un verre de vin blanc à ses lèvres. Mais il est vrai que vous avez tout laissé à Denver pour venir mener cette enquête. Le moins que l'on puisse faire, c'est d'adoucir un peu votre séjour.

Russ aurait préféré que ses amis se préoccupent un peu moins de son sort. Bien sûr, il appréciait leur geste, et la promesse du barbecue le faisait saliver d'avance. Mais à la seconde où Lissa lui avait ouvert la porte, une étrange sensation de vide et de frustration l'avait submergé. Dans le ranch des Christensen, la douce présence d'une femme était perceptible de partout, depuis les fleurs sur la table, jusqu'à l'imprimé délicat des coussins. L'endroit respirait le bonheur conjugal et le renvoyait à sa solitude de vieux garçon, plus cruellement encore que la modeste chambre où il séjournait depuis son arrivée.

— Merci encore, répondit-il avec un sourire aimable. Le citadin que je suis n'est pas habitué à tant de sollicitude.

— Je comprends ce que vous voulez dire. Nous sommes bien loin de l'anonymat d'une grande ville.

Lissa était arrivée deux ans auparavant à Rust Creek Falls, dans le cadre d'une mission de sauvetage dépêchée de Denver suite aux inondations. Sa tâche consistait à venir en aide aux personnes déplacées et demeurées sans abri suite à la catastrophe. C'était à cette occasion qu'elle avait rencontré Gage, tandis qu'ils œuvraient ensemble à la coordination des secours, et elle n'avait plus jamais quitté la région.

— Rust Creek est un endroit tranquille, reprit-elle, loin de l'agitation et du stress. Et la solidarité n'est pas ici un vain mot. Je l'ai bien vu après les inondations. Les gens se sont tous mis en quatre pour rendre service à leurs voisins.

Elle sourit et tendit une main que son mari prit et serra affectueusement.

— En prime, je suis tombée amoureuse d'un homme merveilleux. Il ne voulait vivre nulle part ailleurs, et moi je ne pouvais plus vivre sans lui. J'ai vite décidé de rester.

Russ faisait mine d'écouter Lissa, mais une seule femme occupait ses pensées, et cette femme, elle aussi, lui avait parlé de son attachement à Rust Creek Falls. Il se tourna vers le maître des lieux.

— Et toi, Gage, qu'est-ce qui te plaît tant ici ?

L'intéressé désigna d'un geste ample le ranch et la campagne alentour.

— Qui pourrait rêver d'un meilleur cadre de vie ? J'ai un petit bout de terrain, des vaches, quelques chevaux. Et pour ce qui est du travail, je n'ai pas à me plaindre non plus. Ma fonction de shérif m'apporte beaucoup de satisfactions. J'adore veiller sur le bien-être de mes administrés.

— Bel équilibre, observa Russ.

— Exactement. Je vis au rythme de ma ville. Pour les bons et les mauvais moments. Et quand ça ne tourne pas rond, je suis plutôt inquiet.

Il reprit une gorgée de vin.

— Depuis les incidents du 4 Juillet, je n'arrive pas à trouver le repos. J'ai besoin de résoudre l'énigme et de comprendre pourquoi les citoyens de cette ville, d'ordinaire si respectables et si équilibrés, ont brusquement perdu la tête.

— Du nouveau dans l'enquête ? lui demanda Lissa.

— Pas vraiment. Personne n'a rien vu, ni entendu. Il faut dire que l'alcool n'aide pas à avoir les idées claires.

— Il y a pourtant une personne à qui rien ne semble avoir échappé, glissa Russ. Vous avez lu « La Gazette », j'imagine ?

— Bien sûr ! s'exclama Lissa. Vous avez bien raison. La plume mystérieuse de Rust Creek Falls a collecté une foule de détails sur cette soirée.

Russ avait consciencieusement relu tous les numéros du journal. L'avis de la jeune femme l'intéressait.

— Je me demande quel crédit on peut vraiment accorder à ces ragots.

Elle haussa les épaules.

— Ce ne sont pas que des sornettes, il faut bien se rendre à l'évidence. Will et Jordyn se sont effectivement mariés sur un coup de tête ce jour-là.

— C'est vrai, mais ils s'aimaient.

Face aux regards étonnés de ses hôtes, Russ poursuivit.

— J'ai longuement parlé avec Jordyn. Elle assure que l'effet du punch n'a fait que lever leurs inhibitions. Ils semblent très heureux de s'être enfin trouvés.

Lissa acquiesça d'un air songeur.

— « La Gazette » mentionne aussi la brouille de Claire et Levi. Heureusement, il semble que tout soit rentré dans l'ordre maintenant. Leur relation en serait même ressortie consolidée.

— L'auteur de cette rubrique a vu des choses, souligna le shérif. Cela ne fait aucun doute.

— Je donnerais cher pour connaître son identité, renchérit Russ.

Il se tourna à nouveau vers son hôtesse, dont le blog était bien connu des habitants de la ville.

— Alors, Lissa, aucune idée sur cet auteur mystérieux ?

Elle secoua la tête.

— Pourquoi me posez-vous la question ? Ce n'est pas parce que je tiens un blog que j'entretiens des relations avec tous les écrivaillons de la région !

— C'est juste, pardonnez-moi.

— En revanche, je reconnais bien volontiers le plaisir que j'éprouve à me plonger dans l'édition du dimanche. Découvrir les aventures des uns et des autres m'amuse énormément.

— C'est votre droit, concéda Russ dans un sourire.

Une lueur malicieuse éclaira les yeux de Lissa, qui le mit aussitôt sur ses gardes.

— A propos, il y a une information que je n'ai pas trouvée dans le journal.

— Ah bon ? Laquelle ?

— D'après « La Gazette », vous avez arrêté Lani Dalton ce soir-là, et Gage m'a confié qu'il vous avait trouvés tous les deux derrière les barreaux.

Russ lança un regard noir au shérif.

— Désolé, fit ce dernier. J'ai beau essayer, je ne peux jamais rien lui cacher.

— Je me demande à quoi vous avez bien pu occuper votre temps pendant ces longues heures de captivité, demanda-t-elle sans détours.

— Vous savez…

Elle pencha la tête de côté et le regarda d'un air franchement réprobateur.

— Vous pensez vraiment que je vais me contenter d'une réponse comme celle-là ?

Il soupira. La tête sur le billot il n'aurait rien avoué, mais il devait essayer de satisfaire un peu sa curiosité.

— Bon, très bien, vous avez gagné !

— N'essayez pas de me raconter des histoires, inspecteur ! J'attends de vous toute la vérité.

— Nous avons passé des heures à discuter. Un vrai calvaire, car je déteste ça !

Lisant de la déception sur les traits de son interlocutrice, il choisit de s'en sortir par une boutade.

— Au moins, on ne pourra pas m'accuser de l'avoir malmenée pour la faire parler. Cette fille est un vrai moulin à paroles !

Lissa rit de bon cœur, mais elle ne renonça pas pour autant.

— Vous voulez me faire croire que vous êtes resté une partie de la nuit avec une fille aussi jolie que Lani sans faire autre chose que bavarder ?

Il implora Gage du regard pour que celui-ci se porte à son secours, mais son ami quitta lâchement la table pour s'occuper du barbecue.

— J'ai fouillé la cellule de fond en comble sans y trouver le moindre jeu de société, reprit Russ en tentant de conserver son humour.

— Vous l'avez embrassée, au moins ? insista Lissa.

Il préféra ignorer la question.

— Gage vous a dit qu'elle m'avait subtilisé mes clés pour que je me retrouve enfermé avec elle ?

— Il me l'a dit. Et vous interprétez son geste comment ?

Il reprit son visage impassible et sévère de policier.

— Quand on n'a rien à cacher, on ne se conduit pas d'une manière aussi étrange. Son comportement me paraît fort suspect et je ne peux pas m'empêcher de penser qu'elle avait intérêt à m'empêcher d'accomplir ma mission de surveillance.

— Lani Dalton ? Vous ne parlez pas sérieusement !

Lissa fronça les sourcils et prit son mari à témoin.

— Qu'en penses-tu, chéri ? Tu pourrais croire cette jeune femme coupable de quoi que ce soit ?

Gage secoua énergiquement la tête.

— Je la connais depuis toujours, ainsi que sa famille. Elle est franche, honnête, loyale et elle n'a jamais causé le moindre problème. Non. Si Lani est coupable, je jure de me jeter dans la rivière Badger en plein hiver.

— J'aimerais bien voir ça ! protesta sa femme.

— Ne te réjouis pas trop vite parce que, franchement, il n'y a aucune chance pour que cela arrive ! Cette fille est un modèle de sagesse et de droiture. Jamais elle n'aurait pris le risque de faire absorber une substance toxique à tous ses concitoyens.

Russ aurait aimé les croire, mais quelque chose en lui l'empêchait de renoncer à ses soupçons. Baisser la garde devant Lani reviendrait à lui accorder sa confiance. Et, dans ce domaine, il avait encore bien du chemin à parcourir.

- 7 -

Ereintée, affamée, Lani essuya du revers de la main la poussière qui collait à son front. Une journée entière passée à vérifier les clôtures du ranch familial l'avait anéantie, et elle n'était pas au bout de ses peines. Avant de rejoindre le confort douillet de l'appartement de ses parents, il lui restait à rentrer sa jument et à récupérer sa voiture garée devant la ferme de son frère. Dans la lumière orangée du soleil couchant, elle se remit en selle, guida sa monture jusqu'à l'écurie, la bouchonna vigoureusement et lui servit une généreuse portion d'avoine. Comme elle se dirigeait vers la maison pour saluer Anderson, elle aperçut une voiture de police dans la cour. Elle soupira. La douche et le repas réconfortants qu'elle appelait de tous ses vœux devraient attendre encore un peu.

« Attention, inspecteur, si tu oses toucher à ma famille, tu auras affaire à moi ! »

Elle supportait avec peine la défiance qu'il affichait à son égard, même si, au fond de son cœur, elle ressentait ses soupçons comme une barrière qu'il érigeait entre eux pour se protéger. Sa suspicion lui servait de rempart en lui donnant des raisons de la repousser. Mais si elle trouvait des excuses à son attitude suspicieuse, elle n'admettait pas qu'il ose importuner ses proches. Elle entra sans frapper et le trouva dans la salle de séjour, en compagnie de ses deux frères. Comme il tournait le dos à l'entrée de la pièce, elle ne put distinguer son visage, mais son allure figée n'augurait rien de bon.

— C'est Skip qui a frappé le premier, expliquait Anderson. Ce garçon est d'une jalousie maladive, c'est de notoriété publique.

La porte avait claqué derrière Lani, le parquet n'avait pas étouffé le bruit de ses pas mais, trop absorbés dans leur confrontation, les trois hommes ne l'avaient pas entendue. Elle n'attendit pas pour se manifester.

— Ce Skip webster est un malade. C'est exactement ce que j'ai pensé quand je l'ai vu agir ce soir-là.

Russ se retourna au son de sa voix.

— Bonsoir, Lani.

— Inspecteur, répondit-elle avec un signe de tête.

Décidément, elle n'aimait pas le masque de flic qu'il arborait dans ces circonstances.

— Quel bon vent vous amène ?

— J'étais en train d'exposer à ces messieurs l'enquête que nous menons avec le shérif.

— En quoi mes frères sont-ils concernés ?

Elle passa devant lui pour venir se ranger aux côtés des siens, lui signifiant clairement qu'ils étaient trois contre un et qu'il avait tout intérêt à mesurer ses propos.

— Tout va bien, Lani, murmura Anderson. Tu n'as pas besoin de t'en mêler.

Manifestement embarrassé par la tournure que prenaient les événements, Russ se frotta la nuque.

— Je ne suis pas là pour accuser qui que ce soit. J'interroge toutes les personnes qui se trouvaient dans le parc ce soir-là, pour ne pas dire toute la ville. Un témoin m'a signalé la présence de Travis et Anderson et leur altercation avec Skip webster.

— Un incident stupide, reconnut Anderson. Je n'en ai d'ailleurs conservé qu'un souvenir très vague. Ce que je peux affirmer, par contre, c'est que Skip a cherché la bagarre sans trop savoir pourquoi. C'est plus fort que lui, tout le monde vous le dira. D'ailleurs, il n'a pas porté plainte, comme vous devez le savoir.

— En effet.

Elle sentait peser sur elle le regard accusateur de Russ. Il ne lui pardonnait pas de l'avoir tenu éloigné du parc pendant la réception. Son hostilité la blessait, mais pour rien au monde elle n'aurait trahi la promesse faite à son frère en lui confessant les motifs de son étrange comportement.

— L'enquête progresse ? demanda-t-elle.

— Pas vraiment. Et c'est là où je voulais en venir quand vous êtes arrivée.

Il dévisagea Travis, puis Anderson.

— L'un de vous aurait-il vu ou entendu quelque chose d'étrange ce soir-là ?

— Si vous voulez tout savoir, inspecteur, l'arrestation de ma sœur m'a un peu choqué, fit Travis d'un ton hostile.

Lani était dans ses petits souliers. La tension de ses deux frères était tangible, et elle était condamnée à un véritable travail d'équilibriste pour apaiser les esprits.

— Comme l'a souligné l'inspecteur, je ne me suis pas très bien conduite. Il a eu peur que les choses ne dégénèrent.

— Votre sœur aurait pu se blesser dans le bassin. Je l'ai conduite au commissariat pour la mettre à l'abri.

— Sa mission était de maintenir l'ordre et la sécurité, appuya-t-elle.

Travis laissa échapper un ricanement moqueur.

— Mission difficile à accomplir quand on s'enferme dans une cellule en charmante compagnie.

Il jouait à la perfection son rôle de grand frère protecteur, mais son attitude n'arrangeait pas les affaires d'Anderson.

— Tout est ma faute, intervint Lani. En toute franchise, ce n'est pas ce que j'ai fait de plus glorieux jusqu'à maintenant, mais j'aimerais autant que l'on change de sujet. Croyez-moi sur parole, Russ n'y est pour rien !

Manifestement surpris du soutien inattendu qu'elle lui apportait, l'inspecteur s'adressa à nouveau à ses frères.

— Le shérif et moi, nous pensons que le punch a été frelaté et que tous les incidents qui se sont produits ne sont que la conséquence de cet acte criminel. Ce qui nous intéresse maintenant, c'est de trouver le responsable et de comprendre ses motivations.

Lani vola une fois de plus à son secours.

— Vous voulez éviter que cela ne se reproduise, n'est-ce pas, inspecteur ?

— Exactement.

Travis ne l'entendait pas de cette oreille.

— Je ne sais pas ce que vous attendez de nous, maugréa-t-il. Vous nous interrogez comme si nous étions coupables.

— Du calme, Trav, glissa Anderson en posant une main apaisante sur son bras. Cela ne me plaît pas plus qu'à toi, mais il fait son boulot de flic.

La voix de la raison. Elle reconnaissait bien leur aîné.

— Il ne fait pas partie de la police de Rust Creek, insista Travis. Il est basé à Kalispell. Et, d'après ce que j'ai entendu dire, les conditions de son départ de Denver ne seraient pas très claires.

Elle vit tressaillir la mâchoire de Russ. Un souvenir douloureux venait apparemment de refaire surface, et elle aurait donné cher pour en connaître la nature. Mais ce n'était ni le lieu ni le moment de le questionner sur son passé.

— Ecoutez, les gars, fit-elle à l'adresse de ses frères. Vous n'êtes peut-être pas au courant de la situation. Russ a été engagé par notre shérif pour mener cette enquête, et il a eu la gentillesse de prendre sur ses congés pour venir lui prêter main-forte. Le moins que nous puissions faire est de coopérer.

— Cet homme est un étranger, s'entêta Travis. Si Gage Christensen me posait des questions, je lui répondrais bien volontiers.

Elle soupira devant tant d'obstination.

— Sois raisonnable, Trav ! Le fait que Russ ne soit pas d'ici est plutôt un élément positif. Il n'a aucune implication personnelle dans les résultats de l'enquête. Son objectivité ne pourra pas être mise en doute.

Elle aurait quant à elle préféré de la part du bel inspecteur une plus grande implication personnelle, mais elle se garda bien de le dire. Les soupçons qu'il nourrissait envers elle la froissaient plus qu'elle n'aurait su le dire, mais il suffisait qu'elle le voie apparaître pour oublier sa rancœur.

Le regard méfiant de Travis glissa du visage du policier au sien.

— Le bruit court que tu sors avec lui, lâcha-t-il sans détours. C'est vrai ?

C'eût été trop demander que les commérages n'arrivent pas jusqu'aux oreilles de ses frères. Habituellement, ils ne s'intéressaient pas à sa vie privée, mais les questions du policier avaient exaspéré Travis.

— Tu ne vas pas prêter attention aux ragots ! répondit-elle sans s'émouvoir. Russ et moi, on se connaît, sans plus.

— Je confirme, renchérit l'intéressé de sa voix grave.

— De toute façon, cela ne te regarde pas !

— Compris ! admit Travis.

Mais elle ne put ignorer son attitude nettement réprobatrice.

— Ecoutez, je ne fais que poser des questions, reprit l'inspecteur avec calme.

Il se tenait en face des deux hommes, bien campé sur ses deux jambes, et les fixait droit dans les yeux.

— Même si vos souvenirs de cette nuit-là ne sont pas très clairs, vous connaissez peut-être un détail important sans même vous en rendre compte.

— Vous voulez savoir si nous avons vu quelqu'un de suspect traîner dans les parages ? demanda Travis.

— Par exemple.

Son frère secoua la tête.

— La ville entière participait à cette fête. Il faisait trop chaud et tout le monde cherchait quelque chose à boire. Que voulez-vous qu'on vous dise ?

— Avez-vous repéré un étranger ? Un individu au comportement suspect ? Quelque chose d'anormal ?

Ses deux frères se regardèrent, perplexes, essayant en vain de se remémorer un fait marquant. Après un moment de réflexion, Anderson s'exprima pour eux deux.

— Les fêtes locales ont toujours lieu dans ce parc, déclara-t-il, et nous n'avons rien remarqué qui sorte de l'ordinaire.

— Bien, je vous remercie de votre aide, répondit Russ.

— Vous en avez fini avec nous ? demanda Travis.

— Pour le moment.

Il se tourna vers la sortie.

— Je vous suis, déclara-t-elle en lui emboîtant le pas. Je retourne en ville, moi aussi. On se retrouve chez les parents, Travis ?

Son frère opina sans plus de commentaire.

— Bonsoir, Anderson, à demain matin.

— Bonsoir, Lani, répondit-il affectueusement. Sois prudente sur la route !

Elle lui adressa un petit signe de la main et suivit Russ à l'extérieur de la ferme. Une fois sur le perron, elle prit soudain conscience de sa pitoyable apparence. Après sa longue journée de travail dans les champs, elle était loin de ressembler à un top model. Mais que faire ? Couverte de poussière et de sueur comme elle l'était, elle ne pouvait enlever son stetson sans révéler une coiffure en forme de casquette et des cheveux agglutinés sur son crâne. Et que dire de la crasse qui lui tenait lieu de maquillage ? Elle éprouva néanmoins le besoin de renouer le fil de la conversation.

— Travis et Anderson ne sont pas aussi susceptibles, d'habitude.

— Ce n'est pas l'impression qu'ils m'ont donnée.

Il avait retrouvé son visage fermé de flic.

— Difficile de conserver son calme quand on est interrogé dans le cadre d'une histoire criminelle.

— Ah bon ?

Il semblait partagé entre la compréhension et l'agacement, cherchant manifestement de quel côté elle se rangeait. Après l'avoir défendu devant ses frères, elle leur cherchait maintenant des excuses. Elle comprenait sa mauvaise humeur, mais pour des raisons qui lui échappaient, elle ne voulait pas qu'il garde de sa famille une mauvaise impression.

— Mes frères sont des types bien, je t'assure. Ils ne sont pas parfaits, bien sûr, mais jamais ils ne feraient quelque chose de mal ou de déshonorant.

— C'est bon, Lani.

Il l'escorta jusqu'à sa voiture, lui ouvrit la portière et la regarda s'installer derrière le volant.

— C'est gentil, merci.

Elle n'avait pas l'intention de le quitter de la sorte, mais il claqua aussitôt la portière, lui signifiant clairement que tout avait été dit.

— Au revoir, murmura-t-elle derrière la vitre close.

— Au revoir.

Il lui tourna le dos et se dirigea vers sa voiture. De toute évidence, seul le travail comptait à ses yeux et il n'avait qu'un objectif dans l'existence, incarner dignement l'inspecteur Russ Campbell ! Les moments intimes qu'ils avaient partagés ne signifiaient rien pour lui.

— Lani, il faut que je te parle.

Elle n'avait pas refermé la porte que la voix de son père la cueillait dans l'entrée. Quand il l'interpellait de cette manière, elle pouvait s'attendre au pire. Une fois encore, sa douche et son repas étaient remis à plus tard.

— Salut, papa.

Elle entra dans la cuisine où l'odeur délicieuse qui s'échappait du four lui donna des crampes d'estomac, tant elle était affamée.

— Où est maman ?

— Elle a dû faire un saut chez Crawford, je crois.

Elle venait à peine de se remettre de la confrontation entre Russ et ses frères et n'avait aucune envie de devoir rendre des comptes à son père. Mais sa mine sombre n'augurait rien de bon.

— Que se passe-t-il, papa ?

La chevelure de Ben Dalton était parsemée de quelques fils argentés qui, selon la légende familiale, se multipliaient chaque fois qu'un de ses enfants lui donnait du souci. Quand elle le vit prendre une bière dans le réfrigérateur, lui qui ne buvait jamais, elle se mit à craindre le pire.

Il posa sa bouteille sur la table.

— Anderson vient de téléphoner.

— Ah bon ?

L'appel devait avoir un lien avec la visite de Russ mais, en bonne fille d'avocat, elle préféra tenir sa langue et attendre d'en apprendre plus.

— Il m'a dit que l'inspecteur Campbell était venu au ranch pour enquêter sur une bagarre qui aurait eu lieu le soir du mariage.

— Oui, en effet, je viens de les quitter.

— Tu savais qu'Anderson avait frappé Skip webster ?

Les manches de sa chemise étaient roulées sur ses avant-bras et le nœud de sa cravate rouge était défait. Pas vraiment la tenue qu'il aurait arborée devant le tribunal. Pourtant, la voix autoritaire qui l'interrogeait lui donnait l'impression de se trouver dans le box des accusés. Comme elle ne répondait pas, il commença à s'impatienter.

— J'attends, Lani.

— Oh pardon, maître, fit-elle avec malice. Oui, je sais qu'Anderson s'est battu avec Skip. Cela dit, ce cow-boy mal élevé l'avait bien mérité. C'est lui qui a donné un premier coup à Travis, alors qu'il avait le dos tourné. Anderson a fait ce qu'il fallait.

— Tu as vu ce qui s'est passé ?

— Parfaitement.

Il avala une gorgée de bière.

— J'ai entendu dire que Gage avait engagé l'inspecteur Campbell pour mener une enquête.

— J'ai entendu la même chose, fit-elle avec prudence.

— C'est une décision sensée. Les gens auront l'esprit plus tranquille s'ils savent que les autorités prennent l'affaire au sérieux. Mais je n'aurais jamais cru qu'un membre de ma famille serait un jour soupçonné d'empoisonnement.

— Russ ne soupçonne personne, papa, il se borne à poser des questions. Travis l'a mal pris, cependant tu sais mieux que personne qu'un policier se doit de vérifier les faits et gestes de tout le monde sans faire aucune exception.

— Je le sais très bien, mais cela ne me plaît pas du tout.

Il faisait tourner sa bouteille de bière entre ses doigts.

— Il interroge tous ceux qui se trouvaient dans le parc.

Elle s'adossa au mur, croisa les bras sur sa poitrine et attendit la suite.

— Tu as été approchée, toi aussi ? demanda-t-il avec inquiétude.

— Immédiatement.

Il fronça les sourcils.

— Je peux savoir pourquoi ?

Le rôle qu'elle avait joué ce soir-là l'avait placée aux premières loges, mais elle ne pouvait le confesser à son père.

— Le shérif pense que L'As de cœur est le lieu idéal pour recueillir des informations. Il m'a donc envoyé l'inspecteur.

— Je comprends le raisonnement de Gage. Mais pour quelle raison te désigner en particulier ?

Elle haussa les épaules et chercha à dissimuler son embarras.

— Je ne sais pas. Mais quelle importance ? Le bar est

en effet un endroit où les langues se délient facilement. Ils ont pensé que je pourrais glaner au passage des détails utiles à leur enquête.

— Tel a été le cas ?

— Non.

Il affichait un air de plus en plus grave.

— Je t'avoue que je ne suis pas tranquille, Lani.

— Je ne vois pas pourquoi. Ils ont raison de vouloir élucider ce mystère et de maintenir coûte que coûte les réjouissances qui font le bonheur de notre ville.

— Je suis bien d'accord sur ce point. Mais c'est toi qui me préoccupes.

Ben n'était pas né de la dernière pluie. Elle avait beau tenter de rester vague, il la replaçait sans merci sur le gril.

— Je vois clair dans ton jeu, Lani.

Il la fixait sévèrement.

— Quel jeu ?

— Celui qui consiste à ne pas répondre aux questions quand on a quelque chose à cacher.

— Je n'ai rien à cacher.

Cette affirmation aurait affolé n'importe quel détecteur de mensonges.

— Alors, dis-moi pourquoi Russ Campbell t'a conduite au commissariat.

Elle fit mine de ne pas s'émouvoir.

— Tu le sais aussi bien que moi. Toute la ville est au courant. C'était même dans « La Gazette ».

— J'aimerais l'entendre de ta bouche.

L'avocat avait refait surface. Il ne portait pas sa toge, mais il agissait comme à l'audience. Elle était dans ses petits souliers.

— Eh bien, je… j'ai bu quelques verres de punch, comme tout le monde, et je me suis sentie un peu étourdie. Il faisait très chaud, j'ai voulu me rafraîchir dans le bassin.

Sa rencontre avec le bel inspecteur avait quelque peu

ajouté à son trouble, mais il s'agissait là d'un détail qu'elle n'entendait pas confesser à son père.

— Je pense que l'histoire ne s'arrête pas là.

Il y avait dans son regard la sévérité du magistrat et du père de famille réunis.

— Si j'ai bien compris le déroulement des faits, Anderson a été impliqué dans cette altercation juste avant que tu ne décides de goûter à l'eau de la fontaine.

— Et alors ?

— C'est tout ce que tu trouves à répondre ?

Il la scrutait avec insistance.

— Tu ne penses tout de même pas t'en sortir aussi facilement ?

Ne sachant comment se tirer d'affaire, elle tenta une ultime pirouette.

— Je proteste, Votre Honneur !

Ben Dalton ne put réprimer un sourire.

— C'était bien essayé, je le reconnais. Malheureusement, je ne suis pas d'humeur à plaisanter, Lani.

— Je ne vois pas ce que tu veux me faire dire, papa.

— La vérité me suffirait amplement. Ton rôle dans cette histoire est sujet à caution.

— Que veux-tu dire ?

Elle perdait peu à peu du terrain face à l'habileté de l'avocat. Son opiniâtreté était bien connue du barreau et il était d'ailleurs regrettable qu'Anderson refuse de faire appel à lui pour obtenir gain de cause dans son procès.

— Tes frères ont été plus loquaces, reprit-il après un temps.

A ce stade, elle devait redoubler de prudence pour ne pas révéler un détail qui pourrait nuire à son frère ou bien à elle.

— Et que t'ont-ils dit ?

— Anderson m'a avoué que Campbell l'aurait sans doute interpellé si tu n'avais pas fait diversion avec ton petit numéro de chant aquatique.

— Il t'a dit cela tout à l'heure, juste avant que je rentre ?

Ben secoua lentement la tête de gauche à droite.

— C'était un jour ou deux après les faits.

— Alors pourquoi avoir attendu aujourd'hui pour m'en parler ?

— Parce qu'une enquête de police est maintenant en cours, que le criminel risque gros et que tu étais présente sur les lieux. Les événements ont pris une tournure beaucoup plus grave. Pour être en mesure de protéger mes enfants, j'ai besoin de connaître la vérité.

— Tu la connais déjà, papa. Comme Anderson te l'a expliqué, j'ai créé une diversion pour détourner l'attention de Campbell.

L'unique objectif de son père était de préserver sa progéniture, elle le savait pertinemment, mais elle ne pouvait lui confier les raisons qui avaient motivé son comportement sans trahir le secret d'un frère dont les confidences commençaient à peser lourd. Ben Dalton était un homme honnête et très loyal. Elle regrettait de devoir lui cacher une partie de la vérité. Pourtant, si elle voulait imiter sa droiture, elle se devait de rester fidèle à son serment. Elle avait donné sa parole à Anderson, elle refusait de la trahir.

— Ce que je ne comprends pas, c'est pourquoi tu t'en es mêlée. Ton frère est bien assez grand pour régler ses problèmes tout seul.

« Faux ! » songea-t-elle sans pouvoir s'exprimer à voix haute. Ce soir-là, son intervention l'avait tiré d'un mauvais pas. Elle parvint à soutenir le regard de son père sans flancher.

— Il protégeait Travis et j'ai fait de même pour lui. N'est-ce pas ainsi que tu nous as appris à nous comporter ?

— Tu as raison, concéda-t-il tout en la scrutant comme s'il pouvait lire au fond de son âme. Mais il y a quand même un problème. Que faisait Russ Campbell derrière les barreaux avec toi ? D'après « La Gazette », vous avez passé un bon moment ensemble. Je sais bien qu'il ne faut pas prêter attention aux ragots, mais, vu les circonstances, je ne peux pas m'empêcher de me poser des questions.

— Je comprends, papa.

Elle parcourut la distance qui les séparait, passa les bras autour de son cou et le regarda dans les yeux, avec l'espoir qu'il voudrait bien lui accorder son indulgence.

— Ce que je vais te dire est difficile à entendre, mais j'avais ce jour-là de bonnes raisons de passer quelques heures en prison. Il faut que tu me croies sur parole. Par bonheur, il n'y aura pas de suites judiciaires à cette arrestation. Et pour ma défense, je dirai aussi que je suis une victime de l'empoisonneur, comme tous les autres.

— Peut-être, mais rien ne t'obligeait à intervenir en faveur de ton frère.

— Ce n'est pas mon avis mais, au risque de te déplaire, je n'en dirai pas plus.

— Ah, tu peux te vanter de me causer du souci ! dit-il en soupirant.

Etait-ce un tour que lui jouait l'éclairage de la cuisine ou la tête de son père avait-elle blanchi un peu plus ?

— Je ne prétendrai pas que je ne t'ai jamais donné l'occasion de t'inquiéter pour moi, mais…

— Heureusement, la coupa-t-il en souriant avec bienveillance, parce que je le contesterais avec vigueur. Les parents sont toujours angoissés pour leurs enfants. Cela fait partie du contrat.

— Laisse-moi m'exprimer autrement. Je ne pense pas avoir un jour démérité de ta confiance, reprit-elle après un instant de réflexion.

— Je reconnais que c'est vrai. Tu as toujours été une fille très bien.

— Alors je te demande de m'accorder le droit à quelques petits secrets. Je sais ce que je fais, papa.

Il l'observa un long moment et finit par hocher la tête.

— D'accord, Lani.

Soulagée, elle déposa un tendre baiser sur sa joue.

— Et maintenant, je crois que j'ai bien mérité la douche que j'attends depuis des heures ! Tu as vu dans quel état je suis ?

Sans lui laisser le temps de répondre, elle disparut dans l'escalier, heureuse et malheureuse à la fois. Elle était ennuyée de devoir manquer de sincérité envers une personne aussi loyale que son père. Le pauvre homme n'avait d'autre choix que de lui accorder sa confiance. Si seulement le bel inspecteur pouvait montrer autant d'indulgence et lui accorder aussi généreusement le bénéfice du doute ! Un policier devait apprendre à rester sur ses gardes, c'était l'évidence même, mais dans le cas de Russ Campbell, cela commençait à friser la paranoïa. Avait-il une raison particulière de se conduire ainsi ? Une raison qui l'aurait obligé à quitter Denver pour revenir s'installer dans le Montana ?

L'incompréhension pesait lourd dans le cœur de Lani. Elle décida de se pencher sérieusement sur la question.

- 8 -

Le numéro du portable de Lani figurait parmi ses favoris, mais Russ avait jusqu'à présent résisté à l'envie de l'utiliser. Tantôt contre lui, quand elle le détournait de sa mission de surveillance, tantôt à ses côtés, quand elle prenait sa défense face à ses frères, elle demeurait pour lui une énigme. Après des semaines consacrées à de vaines investigations, Gage avait insisté pour qu'il prenne un peu de repos ce dimanche. Il avait passé la matinée et le déjeuner en solitaire, et la perspective d'un long après-midi se profilait encore devant lui. Agissant presque contre son gré, il sélectionna sur son téléphone le contact de la jeune femme et regretta aussitôt son geste. Trop tard ! L'appel était lancé. Avec un peu de chance, elle ne décrocherait pas.

— Allô ?

Deux sonneries à peine et déjà la petite voix vibrait adorablement dans l'appareil.

— Salut, Lani.

— Russ ? Que se passe-t-il ?

Le savait-il lui-même ? Embarrassé, il préféra d'emblée amener la conversation sur l'enquête.

— La fin de la semaine a dû être animée à L'As de cœur. Je me demandais si tu avais glané quelques informations.

— Toujours rien. Je suis vraiment désolée.

Le timbre chaleureux formait un tel contraste avec le triste décor de sa chambre que toute prudence l'abandonna.

— J'ai pensé que nous devrions nous voir pour faire un point et réexaminer les éléments en notre possession.

— C'est une bonne idée, malheureusement…

— Tu es prise.

Il s'efforça de dissimuler sa déception.

— Un autre jour, alors.

— Pas si vite ! Ma mère organise chaque dimanche soir un dîner où elle réunit tous ses enfants. Une tradition à laquelle il est difficile de se soustraire à moins d'avoir une bonne raison. Il faut que je trouve quelque chose à lui raconter. Un rendez-vous incontournable, une obligation…

— Evite de lui parler de ton implication dans les recherches de la police, cela pourrait l'inquiéter.

Il l'entendit soupirer.

— Je ne vois vraiment pas ce que je pourrais inventer.

— Tu pourrais peut-être lui dire que je veux te présenter à ma famille ?

— Voyons, fit-elle pensivement. Oui, après tout, ce n'est pas une mauvaise idée. Puisque le bruit court que nous sortons ensemble, ce serait une suite logique à notre histoire. Un mensonge plausible qui pourrait même lui plaire. Chez les Dalton, la famille, c'est sacré !

— Si je t'emmène pour de bon à la ferme de mes parents, ce ne sera même pas un mensonge.

Il s'étonnait lui-même. N'était-il pas en train de brûler les étapes ?

— Je peux passer te prendre vers 17 heures, si tu veux.

— Entendu, je t'attendrai.

En vérité, il craignait un peu de se laisser dépasser par les événements, mais ce dimanche plutôt lugubre promettait soudain de se terminer sur une note plus joyeuse.

L'après-midi était déjà bien avancée quand Lani prit place dans la voiture de police. Ses parents avaient fait preuve d'une grande discrétion quand l'inspecteur les avait salués sur le pas de la porte. Il faut dire qu'elle avait patiemment répondu au flot de leurs questions quand elle leur avait exposé le motif de son absence au repas dominical.

— Ils ont l'air très gentil, fit Russ en semblant lire dans ses pensées.

— Ils sont adorables, mais parfois un peu trop curieux. Quand je leur ai expliqué que tu m'emmenais dans ta famille, ils ont tenu à savoir où en était notre relation.

Il esquissa un sourire et se garda de tout commentaire. Boulder Junction se trouvait à mi-chemin entre Rust Creek Falls et Kalispell. Elle s'attendait à échanger sur l'enquête pendant le trajet, mais comme son compagnon n'abordait pas le sujet, elle préféra respecter son silence et s'absorber dans la contemplation du paysage. Peu après les faubourgs de la ville, ils longèrent d'immenses étendues de terre cultivées dont les sillons et les dégradés de couleurs formaient un gigantesque patchwork naturel.

— Je ne me lasserai jamais d'admirer cette nature, murmura-t-elle après un long moment. Elle est si belle et si généreuse.

— Nous sommes arrivés, annonça Russ en quittant la route pour s'engager dans un chemin de gravier.

Au détour d'un virage, elle aperçut une vaste ferme à deux étages, aux façades recouvertes de bardeaux fraîchement repeints de blanc et de jaune. Un peu plus loin, une série de hangars abritaient des tracteurs et tout un cortège de machines agricoles dont elle aurait été bien en peine de deviner l'usage. Des cèdres centenaires ombrageaient la maison et des massifs de chrysanthèmes bordaient l'allée qui conduisait à une solide porte en chêne.

— C'est vraiment très joli, s'exclama-t-elle.

Il ôta ses lunettes de soleil, les posa sur le tableau de bord et s'essuya le front du revers de la main.

— Tu n'as encore rien vu, répondit-il fièrement. Quand nous aurons fait les présentations, je t'emmènerai visiter la propriété et nous pourrons parler de l'enquête. Pour l'instant, je crois que tu peux te préparer à un interrogatoire en règle !

— Aucun problème, je suis rodée.

Ils descendirent du véhicule et gravirent les quelques marches du perron. La porte s'ouvrit devant eux sans qu'ils aient eu besoin de frapper.

— Bonjour, Addie.

— Russ !

Une ravissante petite rousse aux yeux verts lui sauta au cou et le couvrit de baisers.

— J'ai vu arriver ta voiture sur le chemin. Je ne savais pas que tu devais venir.

— Je voulais te faire la surprise.

Elle posa un regard curieux sur son escorte.

— Tu es venu avec une amie ?

— Lani Dalton.

Il lui prit la taille pour ne laisser à sa sœur aucun doute sur la prétendue nature de leur relation et l'invita à avancer.

— Lani, je te présente Adeline, la petite dernière de la fratrie.

— Ne m'appelle pas comme ça ! fit l'intéressée en tordant le nez. Tu sais que j'ai horreur de ce prénom.

— C'est pourtant charmant et original, glissa Lani avec douceur.

— On croirait entendre ma mère, mais je ne suis vraiment pas convaincue.

Elle ouvrit le battant pour les inviter à entrer.

— Maman va être drôlement contente de te voir, vieux frère ! Et de faire la connaissance de ton amie. La famille est au complet aujourd'hui.

Le fait de pénétrer ainsi dans le territoire de Russ rendait Lani un peu nerveuse, mais elle ne voulait rien laisser paraître de son appréhension. Le vestibule ouvrait sur une vaste salle à manger où la table était déjà dressée pour le repas. Séparée par un bar imposant, la cuisine ultramoderne, mélange de bois et d'acier, était digne de figurer dans un magazine de décoration. Pas du tout ce que l'on pouvait s'attendre à découvrir dans une ferme traditionnelle du Montana.

— Regardez qui vient nous voir ! claironna Addie.

Une femme d'une cinquantaine d'années se retourna en abandonnant une casserole sur le feu. Elle avait des cheveux bruns très courts, les mêmes yeux noisette que Russ et, tout comme son fils, un sourire qui lui illuminait le visage.

— Russel, tu aurais dû me prévenir ! fit-elle en apercevant la nouvelle venue.

— Lani, je te présente ma mère, Teresa Campbell. Maman, voici Lani Dalton.

— Enchantée de faire votre connaissance, mademoiselle.

— Moi de même, répondit Lani en acceptant la main tendue.

— Tout le monde au bar pour souhaiter la bienvenue à notre visiteuse ! clama la maîtresse de maison.

Trois hommes se tenaient au fond de la grande salle, les yeux rivés à un poste de télévision, hypnotisés par la retransmission d'un match de foot. Dociles, ils se détournèrent de l'écran et s'approchèrent de la cuisine.

Russ serra la main de chacun d'eux et fit les présentations.

— Voici mon père, John, et mes frères Micah et Carson.

Quand il s'approcha pour la saluer, Lani ne put s'empêcher de remarquer le léger boitillement de Micah. Les yeux pétillants de Carson lui rappelèrent le côté espiègle de Travis, et elle reconnut aussitôt en lui le plus jeune des garçons.

— Je suis très heureuse de vous rencontrer tous, fit-elle en souriant.

— Rassurez-moi, vous restez pour dîner avec nous ? s'enquit Teresa.

Lani se tourna vers Russ en lui laissant le soin de décider.

— Eh bien, je ne sais pas trop…

— Ah, non, Russel James, tu ne vas pas refuser ! Tu nous fais trop rarement l'honneur de ta présence.

— Fais attention, risqua Lani avec malice. A ta place, je réfléchirais. Quand j'entends ma mère m'appeler Lani Elizabeth, je sais que j'ai intérêt à filer doux !

Sa remarque déclencha l'hilarité générale et Russ lui-même parut se détendre.

— D'accord, maman, nous acceptons l'invitation. Cela me fera plaisir de rester, si cela ne te dérange pas trop.

— Bien sûr que non ! Tu sais que je prépare toujours trop à manger.

Quelques instants plus tard, ils étaient tous attablés et les plats de poulet rôti, la purée de pommes de terre, et les épis de maïs circulaient de main en main. Les assiettes à peine remplies, l'interrogatoire de Lani débuta. En bonne mère de famille, Teresa attaqua la première.

— Je suis curieuse de savoir comment vous avez rencontré mon fils, demanda-t-elle sans détours.

La question avait beau être innocente, Lani manqua pourtant de s'étrangler.

— C'était le jour de la fête nationale. Un mariage était organisé dans le grand parc de Rust Creek Falls. Russ était chargé de surveiller les festivités.

C'était la vérité, certes un peu abrégée, mais elle ne pouvait guère entrer dans les détails. Comprenant son embarras, Russ vola à son secours.

— Le shérif est un ami de longue date. Gage Christensen, vous vous rappelez ? Il lui manque un adjoint depuis plus d'un an. Je le remplace de temps à autre.

— Bien sûr que je me souviens de Gage ! déclara Teresa. Un homme charmant. Et je suis bien heureuse qu'il te confie des missions qui te rapprochent un peu de nous.

Elle se tourna vers Lani.

— Il était si seul dans le Colorado, après sa rupture avec Alexis.

Le visage de Russ se crispa ostensiblement.

— Une vraie sorcière, cette bonne femme, lança Addie avec une horrible grimace. Je la détestais.

Au bout de la table, John acquiesça.

— A toute chose, malheur est bon. Tu l'as échappé belle, mon fils. Quitter le Colorado a été pour toi une bénédiction.

Russ s'agitait sur son siège.

— Papa, je t'en prie…

— Rust Creek Falls ? glissa Micah pour tirer son frère de ce mauvais pas. C'est là où nous jouions au basket autrefois.

— En effet, confirma Russ en le gratifiant d'un regard reconnaissant.

La diversion de Micah orienta naturellement la conversation vers les souvenirs d'enfance et les travaux à la ferme. L'atmosphère se détendit. Lani observait Russ en silence, s'interrogeant une fois encore sur les épreuves qu'il semblait avoir traversées à Denver. Le sujet, apparemment très sensible, l'intriguait de plus en plus. Le repas achevé, Teresa suggéra à son fils de faire visiter la propriété à sa jeune amie. Trop heureux de se soustraire au cocon familial un peu oppressant, il s'empressa d'accepter.

Comme ils longeaient les hangars alignés derrière la maison, il passa en revue la diversité du matériel agricole destiné à la culture intensive, répondant patiemment à ses questions sur l'usage des innombrables tracteurs, charrues et autres moissonneuses-batteuses. Un peu plus loin, il l'invita à grimper sur un muret d'où elle put mesurer l'immensité de l'exploitation dont les cultures céréalières et les vergers s'étendaient à perte de vue. Ils descendirent ensuite sur les berges de la rivière Boulder qui, en plus d'irriguer généreusement le domaine, offrait aux promeneurs un cadre somptueux.

Ils marchaient côte à côte sur le chemin de halage bordé de peupliers quand elle s'arma de courage pour poser les questions qui lui brûlaient les lèvres.

— Pendant le repas, ta mère a cité le nom d'une certaine Alexis. Qui est cette femme ? C'est à cause d'elle que tu as quitté la police de Denver ?

Le visage de Russ s'assombrit.

— Je vous trouve bien curieuse, mademoiselle Dalton !

Elle haussa les épaules sans s'émouvoir.

— Je mentirais si je prétendais le contraire. Voilà plusieurs semaines que nous nous connaissons et je ne sais toujours rien de toi. Pour quelle raison es-tu revenu dans le Montana ?

— Un désaccord, répondit-il.

Elle trouva la réponse un peu courte.

— On ne change pas d'Etat sur un simple désaccord. Que s'est-il passé, Russ ? Qui t'a poussé à partir ?

Ignorant ses questions, il lui posa un doigt sur la bouche et, le regard en feu, le promena doucement sur ses lèvres avant d'attirer son visage contre le sien pour l'embrasser presque frénétiquement. L'ardeur de cette étreinte eut sur elle l'effet d'une décharge électrique foudroyante qui lui descendit de la nuque jusqu'au creux des reins. Emprisonnée dans ses bras puissants, elle n'eut d'autre choix que de se plaquer contre son torse pour maintenir son équilibre. Le souffle court, il caressa ses longs cheveux et, lui passant une main derrière la nuque pour maintenir sa bouche contre la sienne, il lui donna un long baiser bouleversant de tendresse. S'il ne l'avait pas maintenue contre lui au moment où il s'écarta, elle aurait sans doute vacillé. Pas un mot ne fut prononcé pendant un long moment. Seul le son de leur respiration haletante se mêlait au clapotis de l'eau sur la rive.

Quand elle recouvra ses esprits, Lani cligna des yeux en le regardant.

— Tu agis toujours ainsi quand tu n'as pas envie de répondre ?

Un sourire malicieux éclaira son visage.

— C'est une technique de diversion efficace, non ?

— En effet. Et je dois sans doute te remercier pour le cadre ? Plus agréable qu'un café ou une cellule de prison, je dois dire.

— Je ferais n'importe quoi pour te plaire.

Elle soupira.

— Mensonge ! Tu voulais juste éviter de me parler de ta vie à Denver et des raisons de ton départ.

— Franchement, Lani, cela ne présente aucun intérêt.

— Quand on refuse d'évoquer son passé, c'est que l'on a des choses à cacher. Des souvenirs inavouables.

Elle vit son visage se fermer et leva la main pour s'excuser.

— J'ai compris. Je n'insisterai pas.

— Je t'en serai reconnaissant.

Il lui en coûtait vraiment de refouler sa curiosité mais, comme elle tenait à leur relation, elle jugea plus sage de respecter sa volonté. Tout au moins pour le moment.

Vendredi soir, déjà. Près d'une semaine s'était écoulée depuis qu'il avait emmené Lani au ranch de ses parents. Ils avaient bavardé tous les jours au téléphone, pour confronter leurs réflexions sur l'enquête et, à chacun de leurs appels, Russ s'était arrangé pour la garder en ligne un peu plus longtemps que nécessaire. Sa voix le ravissait et son impertinence mettait son cœur en joie. Elle lui plaisait. De plus en plus, et bien davantage qu'il ne l'aurait souhaité.

Ce week-end, il avait pour mission de veiller au bon déroulement de la kermesse annuelle de l'école primaire. Malgré leurs inquiétudes, le maire et le shérif avaient choisi de maintenir la manifestation. Elle avait lieu dans le même parc que la réception mémorable du mariage, le criminel qui avait empoisonné le punch n'avait toujours pas été démasqué, mais ce n'était pas une raison pour priver la communauté d'un événement aussi rassembleur. Tout le monde s'accordait sur ce point. La petite vie tranquille de Rust Creek Falls devait continuer, même s'il fallait redoubler de vigilance pour garantir la sécurité de chacun.

Russ fit une halte devant la fontaine où il avait connu sa première querelle avec Lani. Sagement installée derrière son étal de pâtisseries, elle affichait aujourd'hui une attitude infiniment plus discrète. Une vingtaine de stands comme le sien étaient disséminés à travers le parc. On y trouvait de quoi restaurer et distraire petits et grands. Il s'agissait pour l'école de récolter des fonds suffisants afin d'acheter quelques ordinateurs et financer des sorties culturelles. Les parents d'élèves étaient tous mobilisés.

Il aurait passé des heures à l'admirer, mais il avait mieux à faire. Une carrière à redorer, une vie entière à reconstruire. Il n'allait pas mettre en péril son avenir pour les beaux yeux d'une jolie demoiselle qui ne jouait pas franc-jeu avec lui. Tant qu'elle s'obstinerait à lui taire les raisons qui l'avaient poussée à l'éloigner du parc, le soir du 4 Juillet, il ne pourrait lui accorder totalement sa confiance.

Il arpenta le parc des heures durant, surveillant sans relâche les allées et venues des visiteurs. Quand arriva la fin de l'après-midi, la foule commença à se raréfier et l'on couvrit les stands pour les protéger jusqu'au lendemain. Sous la houlette du directeur de l'école, la nourriture et les boissons furent enfermées en lieu sûr. Le moment était venu de faire les comptes. Lani était absorbée dans la vérification de sa caisse quand Russ la rejoignit. Elle ne remarqua pas immédiatement sa présence mais, lorsqu'elle leva enfin les yeux sur lui, le sourire chaleureux qui lui venait normalement aux lèvres s'effaça aussitôt.

— Salut, lança-t-elle d'un ton sec.

— Bonsoir, Lani.

Il glissa les mains dans les poches de son jean pour se donner une contenance.

— Belle journée, n'est-ce pas ?

— Si tu veux dire par là que personne n'a empoisonné le glaçage des petits-fours, je suis d'accord.

Sa repartie était plutôt froide et il devinait pourquoi. Sans doute avait-il eu tort de la présenter à sa famille. Elle lui en voulait d'avoir fait semblant d'officialiser une relation qui en réalité ne comptait pas pour lui.

— Aucun incident à signaler, reprit-il comme si de rien n'était. Tant mieux, mais il ne faut pas baisser la garde. Après ce qui s'est passé l'été dernier, on ne sera jamais trop prudent.

— Tu crois vraiment que cela pourrait se reproduire ?

— Mon instinct me dit que non, mais tant que le fautif ne sera pas derrière les barreaux, je préfère ne rien négliger.

Il éprouvait encore de la défiance envers Lani, mais s'il y avait une personne qu'il entendait protéger entre toutes, c'était bien elle.

— Tu en as fini pour aujourd'hui ?

— Il me reste à remettre ma recette à Carol Watson. En tant que présidente de l'association des parents d'élèves, c'est elle qui coordonne toutes les activités.

Comme si elle les avait entendus, une petite brune d'une quarantaine d'années vint justement se planter à côté de lui.

— Bonsoir, Russ, et merci. Votre présence a vraiment rassuré les habitants.

— Carol ! s'exclama-t-il avec un sourire chaleureux. Contente de cette première journée ?

— Oui, tout s'est bien passé et les enfants se sont amusés comme des fous. Les affaires ont marché sur ton stand ? demanda-t-elle en se tournant vers Lani.

— Très bien. On a presque tout vendu.

Elle lui tendit la pochette qui contenait l'argent.

— Parfait ! J'espère que nous aurons autant de clients demain et après-demain.

— J'en suis sûre. Il faudrait plus qu'un punch frelaté

pour décourager les gens de cette ville de soutenir leur école.

— Que Dieu t'entende ! Merci en tout cas pour le coup de main.

— Rien de plus normal ! assura Lani. Ma sœur Paige fait partie des institutrices et, crois-moi, elle n'a pas son pareil pour encourager le bénévolat dans la famille.

Lorsque Carol se fut éloignée, Lani ramassa ses affaires et voulut prendre congé à son tour.

— Bonne soirée, Russ.

Il n'avait pas envie de la quitter aussi vite.

— Je t'accompagne jusqu'à ta voiture.

— Je suis venue à pied. Je n'habite pas si loin.

— Alors, je te ramène chez toi.

— Ce n'est pas la peine.

Elle contourna son stand et lui tourna le dos.

— Attends, Lani !

Il la rattrapa et posa une main sur son bras pour la retenir.

— Tu es restée debout tout l'après-midi, tu dois être fatiguée.

— J'ai l'habitude. A L'As de cœur, je passe des soirées entières à piétiner.

Il n'aimait pas son air hostile et buté.

— Qu'est-ce qui ne va pas, Lani ?

— Le fait qu'un criminel se promène librement dans notre ville a de quoi inquiéter. Tu ne trouves pas ?

Voilà qu'elle devenait agressive !

— Carol paraissait satisfaite de la journée, mais je ne partage pas du tout son point de vue, reprit-elle. Les gens étaient inquiets. Je les ai bien observés. Ils ont répondu « présent » à la fête, mais ils étaient sur les nerfs. Cette kermesse est l'occasion pour les familles de se retrouver en toute insouciance. Or c'était tout le contraire, aujourd'hui. L'enquête piétine, ce qui n'est pas du tout rassurant.

Ces heures passées à guetter tout comportement suspect

l'avaient de toute évidence épuisée. Avec douceur, il la déchargea de son sac.

— Je te ramène chez toi.

Après un mouvement d'hésitation, elle finit par céder. Ils traversèrent le parc pour atteindre le parking et s'installèrent en silence dans la voiture de police. La tension de la jeune femme restait tangible. Russ voulut tenter de la réconforter.

— Tu as l'air vraiment très tendu, constata-t-il en tournant la clé de contact. Raconte-moi ce qui te préoccupe !

— Rien n'est plus pareil depuis la fête nationale. Tout le monde est sur le qui-vive. J'ai passé l'après-midi à tendre des gâteaux aux enfants en essayant de me convaincre qu'ils n'étaient pas empoisonnés.

Le risque zéro n'existait pas, mais il s'abstint d'en convenir.

— On a pris toutes les précautions possibles et passé au peigne fin les inscriptions des bénévoles. Les articles livrés ont été pointés à partir d'une liste établie par le directeur de l'école. En dernière lecture, tout a été validé par Gage et le personnel de l'établissement. On sait avec exactitude qui a fait quoi et, en cas de problème, on est en mesure de recouper toutes les informations. Quel idiot tenterait de nuire à la communauté dans ces conditions ? Il serait tout de suite repéré.

— C'est peu probable, je te l'accorde. Mais on ne sait jamais.

Il réfléchit un instant avant d'avancer d'autres arguments pour la rassurer.

— L'empoisonnement du punch s'est produit dans des conditions très différentes. Personne ne s'y attendait. On n'était pas préparé. Maintenant, nous sommes sur nos gardes. Si des gâteaux étaient contaminés, il s'agirait forcément d'une petite quantité dont nous pourrions sans mal identifier la provenance. Personne ne s'y risquerait.

— Cela paraît sensé, soupira-t-elle. Mais c'est terrible

d'admettre qu'une seule personne arrive ainsi à nous pourrir l'existence.

— C'est vrai.

— Je n'arrive pas à comprendre pourquoi l'enquête n'aboutit à rien. Nous n'avons pas avancé d'un pouce, il faut bien l'admettre.

— Pas encore.

Il regrettait vraiment que sa confiance fondamentale dans la bonté d'autrui soit à ce point ébranlée et il cherchait de tout son cœur à la rassurer.

— Depuis le temps que je travaille dans la police, j'ai acquis quelques certitudes. On ne sait jamais à quel moment un élément déterminant va intervenir pour la résolution d'une affaire. La patience est notre meilleure alliée.

— Tout de même, on piétine depuis trop longtemps. A mon avis, il est grand temps de forcer le destin.

L'affirmation mit aussitôt l'inspecteur sur ses gardes.

— Que veux-tu dire exactement ?

— Nous devrions donner un grand coup de pied dans la fourmilière et attendre de voir ce qui se passe.

Il y avait une bonne dose d'entêtement dans ses propos.

— Il ne faut pas sous-estimer l'intérêt de battre le pavé et de rester aux aguets.

— Cela ne me paraît pas suffisant, répondit-elle, butée.

Il arrêta sa voiture devant la porte de Lani et coupa le moteur dans l'intention de poursuivre la discussion. Quand elle ouvrit la portière, la lumière du plafonnier éclaira son visage. La détermination qu'il put lire sur ses traits lui donna un mauvais pressentiment.

— Je ne sais pas ce que tu as en tête, Lani, mais je tiens à te recommander la plus grande prudence.

— Nous n'avons pas assez exploité la piste de la partie de poker. Si le gain d'un ranch n'est pas un mobile suffisant à tes yeux, je ne comprends pas très bien ce que tu attends. Je vais me débrouiller pour rencontrer Brad Crawford et lui tirer les vers du nez.

— Il n'en est pas question, Lani ! Tu pourrais te mettre en danger !

Elle claqua la portière et disparut dans la maison, coupant court à toute discussion. Bouillonnant de rage et de frustration, il frappa du plat de la main un grand coup sur le volant. La douleur irradia jusqu'à son bras et le rappela brusquement à la réalité. N'était-il pas en train de tout mélanger ? Sa colère paraissait tout autant motivée par les sentiments qu'il éprouvait envers Lani que par son devoir de flic. Il n'aurait sans doute pas réagi aussi violemment envers une autre personne. Son désir de la protéger n'était-il pas excessif ? Et d'ailleurs, de quoi voulait-il la protéger au juste ? D'une mauvaise rencontre avec un criminel ou juste d'un tête-à-tête avec un autre homme que lui ?

Il devenait jaloux du moindre de ses faits et gestes.

- 9 -

Lani referma la porte derrière elle et appuya son front contre le battant. Il lui vint à l'esprit que Russ était peut être jaloux de son projet de rencontre avec Brad Crawford, mais elle repoussa l'idée. Il se moquait éperdument de ses fréquentations et elle était bien stupide de se laisser charmer par son allure nonchalante, sa façon un peu narquoise de pencher la tête sur le côté et son sourire ravageur. Elle n'avait rien à attendre de lui. Un jour, il la traitait comme une suspecte ordinaire, le lendemain, il l'embrassait à perdre la raison et, pas plus tard qu'aujourd'hui, il s'adressait à elle comme à une petite fille stupide qu'il convenait de rassurer et de dissuader de faire des bêtises.

— Lani ?

Elle abaissa les paupières avec lassitude. Aurait-elle un jour le loisir de monter dans sa chambre sans avoir à rendre des comptes aux uns ou aux autres ? Sa sœur aînée avait dû rentrer pour le week-end. Elle achevait ses études de droit et préparait l'examen d'entrée au barreau. Ses visites étaient rares et celle-ci tout à fait imprévue. Inquiète, Lani se précipita aux nouvelles et trouva Lindsay en train d'ouvrir une bouteille de chardonnay. Deux verres à pied attendaient déjà sur l'îlot de la cuisine.

— Comment as-tu deviné que j'avais besoin d'un remontant ? fit-elle en la prenant dans ses bras.

— Maman m'a dit que tu donnais un coup de main à la kermesse de l'école. Tu dois avoir la tête comme une citrouille. Et puis j'ai vu que le bouillant et séduisant inspecteur Campbell t'avait raccompagnée, ajouta-t-elle avec une aigreur inhabituelle.

Lani fit mine de ne pas entendre et accepta le verre que sa sœur lui tendait.

— Merci, sœurette ! A quoi buvons-nous ce soir ?

— A nous, et à nous seules !

— Tu n'as pas l'air dans ton assiette. Tu es sûre que tout va bien ?

Lindsay haussa tristement les épaules.

— Tu sais ce que c'est avec les hommes, il ne faut pas trop en demander.

— Barry a fait des siennes ?

— Disons que je ne partage pas son interprétation du mot « fidélité ». Je l'ai surpris avec sa secrétaire. Sur son bureau !

— Oh non, pas lui ! dit Lani en grimaçant. Je suis vraiment désolée. Il n'a pas peur des clichés, on dirait.

Une ombre passa dans les yeux bleus de Lindsay.

— Je suis bien d'accord avec toi. Aucune imagination. Sauf qu'il montrait avec elle une ardeur et une inventivité que je ne lui connaissais pas.

Lani avait mal pour sa sœur. Elle la prit dans ses bras pour la réconforter.

— Evidemment, je pourrais te servir le couplet habituel. Que ce garçon ne te mérite pas et qu'un autre t'attend, quelque part, qui vaut mille fois mieux que lui. Mais je n'en ferai rien.

— Pourquoi ? s'étonna Lindsay.

— Parce que ce serait parfaitement inutile. Demandons plutôt à Anderson, Travis et Caleb de lui rendre une petite visite !

— Un règlement de compte ?

La tristesse s'effaça un instant de son visage et elle sourit avec indulgence à sa petite sœur.

— Lani, je suis officier de justice. Si je veux travailler à la cour, je ne peux pas cautionner ce genre de pratique.

— Je ne demande pas qu'ils lui mettent la tête au carré. Il suffirait qu'ils se pointent dans son bureau en roulant des mécaniques. Crois-moi, ils ne se feraient pas prier et, face à leurs gros bras, Barry pourrait bien avoir la peur de sa vie !

— Ma foi, l'idée est assez séduisante...

Lindsay réfléchit un instant puis elle soupira.

— Il ne mérite pas qu'on se donne autant de peine. Et au fond, cela le conforterait dans l'idée qu'il compte vraiment pour moi.

— C'est pourtant le cas, non ?

— Malheureusement. Nous avions échafaudé tant de projets pour l'avenir. Je devais entrer dans son étude et lui ramener des affaires importantes. Tout cela est bien fini, maintenant.

— Essaie de voir les choses du bon côté, il vaut mieux que tu l'aies démasqué avant de t'engager vraiment avec lui.

Lani savait bien que Lindsay partageait son point de vue. Mais elle savait aussi que ces paroles ne lui étaient d'aucun secours et que seul le temps pourrait adoucir son chagrin.

— Tu trouveras quelqu'un d'autre pour partager ta vie, Linds. Quelqu'un de bien.

— Je ne sais pas. Je vais de déception en déception. Il y a sûrement quelque chose qui cloche chez moi.

— Qu'est-ce que tu racontes ?

— J'essaie seulement d'être lucide. Je dois faire partie de ces femmes que les hommes ne respectent pas. Ou pire encore, un palliatif. Une sorte d'ersatz qu'on utilise avant de trouver mieux.

Lani commençait à s'inquiéter pour de bon. Cette attitude désespérée ne ressemblait pas à sa sœur. L'empathie ne suffisait plus. Il fallait changer de tactique et la bousculer un peu.

— Maintenant, arrête d'être ridicule et de te lamenter ! Tu es belle et très séduisante. Au lycée, tu passais pour le bourreau des cœurs au féminin.

— C'est là que la malédiction a commencé, répliqua Lindsay avec conviction.

— S'il te plaît, ne joue pas les martyres ! Il n'y a rien chez toi d'irréparable en dehors de ton opinion sur les hommes. Essaie de les oublier pendant quelque temps. Tu as juste besoin de te changer les idées.

— Les oublier.

Lindsay vida d'un trait le contenu de son verre.

— Tu as raison. Les oublier, oui, mais pour toujours.

— C'est ça ! fit Lani en levant les yeux au ciel.

Elle renonça à la contredire sur ce point. Le chagrin de Lindsay était encore trop douloureux.

— Je serai bientôt surnommée la « Solitaire du barreau ». Qu'en penses-tu ?

— C'est plutôt classe ! Tu pourrais aussi créer le club des « Laissées pour compte ».

— Un club dont je serais le seul membre ? Un peu bizarre quand même !

— Pas du tout, j'en ferais partie moi aussi.

Lindsay secoua la tête d'un air malicieux.

— Impossible ! Je suis sûre que ce cher inspecteur Campbell s'y opposerait formellement.

— Il n'aurait pas voix au chapitre.

Elle songea avec amertume qu'en réalité il s'en moquerait éperdument.

— Tu ne penses pas ce que tu dis, objecta sa sœur en croisant les bras.

— Bien sûr que si ! rétorqua Lani.

— Tu essaies de me convaincre que tu n'éprouves rien pour lui ?

— Cette histoire ne regarde que moi.

— Je vois. On dirait que la situation n'a pas changé depuis la fameuse nuit de la fête nationale.

— En effet, et il n'y a rien à dire sur le sujet.

— Permets-moi d'en douter, petite sœur !

Lindsay se mit à arpenter la cuisine du pas mesuré de l'avocate qui porte le suspense à son paroxysme avant de fondre sur sa proie. Et soudain, elle pointa un doigt accusateur dans sa direction.

— Lani Dalton, je sais parfaitement que tu mens ! C'est toujours la même histoire avec toi. Quand tu proclames haut et fort ne pas aimer un garçon, c'est que tu es raide dingue amoureuse !

— Alors là, tu te trompes !

— Ah oui ? Eh bien, je vais te démontrer le contraire, avec preuves à l'appui. Primo : tu délaisses ta famille un dimanche soir pour aller dîner chez les Campbell. Oui, c'est maman qui me l'a raconté. Secundo : il t'embrasse à pleine bouche à L'As de cœur. Toute la ville en parle. Tertio : tu oses prendre sa défense contre tes propres frères.

— Waouh ! Tu es drôlement bien renseignée !

— Travis me raconte tout. Tu sais qu'on est très proches tous les deux.

Devant un tel assaut, Lani se trouvait parfaitement démunie.

— Tout cela n'a aucun sens, bredouilla-t-elle, à court d'arguments.

— Ecoute, ma belle, si je me permets de dire ce que je pense, c'est parce que je m'inquiète. Ne commets pas les mêmes erreurs que moi, je t'en prie !

Boudeuse, Lani remplit son verre une deuxième fois.

— Je n'ai pas à craindre d'infidélité, puisqu'il n'y a rien entre Russ et moi.

— Ce n'est pas ce que je voulais dire. Tu es en train de tomber amoureuse, c'est clair. Le problème, c'est que cet homme n'est pas d'ici. Quand sa mission sera terminée, il repartira.

Lani regrettait le ton amer de la conversation. Ses sentiments pour Russ étaient confus et ambigus. Les partager avec sa sœur l'aurait certainement aidée, mais Lindsay était bien trop désabusée aujourd'hui pour lui apporter le réconfort dont elle avait besoin.

— Tu as raison ! concéda-t-elle pour mettre un terme à la discussion. Alors c'est officiel, nous devenons toi et moi les membres fondateurs du nouveau club des Laissées pour compte !

Lindsay la gratifia d'un regard protecteur.

— Promis juré, tu laisses tomber le bel inspecteur ?

— Promis juré ! déclara-t-elle en levant solennellement la main droite.

Sur ces mots, elles s'embrassèrent et chacune s'en alla retrouver le refuge de sa chambre à coucher. Ne parvenant pas à trouver le sommeil, Lani ressassa longuement les paroles de sa sœur. Lindsay avait raison. Russ n'appartenait pas à la communauté de Rust Creek et il s'en irait tôt ou tard. Alors à quoi bon prolonger le supplice ? Il fallait boucler l'enquête au plus vite. Le bien-fondé de sa visite à Brad Crawford n'était plus contestable et elle se moquait dorénavant de ce que pourrait en penser le bel inspecteur.

Le samedi soir, Russ se rendit à L'As de cœur. Loin du triste décor de sa chambre, la foule joyeuse et bruyante du bar rendait sa solitude plus supportable. Toutes ces veillées passées à consulter sa liste de suspects et le rapport écrit de ses interrogatoires commençaient à lui saper le moral.

Ce soir, la patronne supervisait le bar. C'était souvent le cas, les jours d'affluence. Elle s'adressait à l'une de ses serveuses, Annie Kellerman, mais le brouhaha couvrait leur conversation. Lani assurait le service dans la salle. Quand elle aperçut l'inspecteur, elle se figea, puis elle s'empressa de retrouver contenance. Pour quelque temps encore, il lui faudrait afficher un sourire de façade et laisser croire à leur prétendue liaison. Elle avança jusqu'à lui et se blottit dans ses bras.

— Surtout, ne va pas te faire des idées. Je ne fais que respecter ma partie du contrat.

— Reçu cinq sur cinq.

Il ne pouvait lui en vouloir. Après tout, il récoltait ce qu'il avait semé à force de lui souffler le chaud et le froid. Un jour il la soupçonnait du pire, le lendemain il l'embrassait à perdre haleine. Comme pour donner le change, lui aussi, il déposa un baiser sur son front.

— Tu finis ton service à quelle heure ? demanda-t-il assez fort pour être entendu de tous.

— Bientôt.

— Parfait, alors je t'attends.

— Est-ce vraiment nécessaire ? lui murmura-t-elle à l'oreille.

— Indispensable à l'enquête.

Elle serra les mâchoires, acquiesça en silence, et ressortit son carnet de commandes. Tandis qu'elle retournait dans la salle, il se hissa sur un tabouret devant le comptoir.

Annie se présenta presque aussitôt devant lui.

— Bonsoir, Russ. Qu'est-ce que je te sers aujourd'hui ? Comme d'habitude ?

— Ma foi, oui !

L'habitude, c'était une bouteille de bière avec un long col, qui lui arriva presque instantanément. Depuis qu'il avait mis les pieds pour la première fois dans l'établissement, il bavardait facilement avec les serveuses. Enfin, pas avec toutes. Un seul regard sur Lani avait suffi à éveiller sa méfiance. Ce genre de femmes, il le savait bien, était capable de lui mettre la tête à l'envers. Ironie du sort, c'était précisément elle que Gage avait choisi de lui imposer pour l'enquête. Et voilà qu'aujourd'hui ils se trouvaient contraints de parader comme un vrai couple.

— Bonsoir, inspecteur.

La voix énergique de la patronne le fit soudain sursauter.

— Vous avez l'air perdu dans vos pensées.

— En effet.

Il ne l'avait pas vue arriver, ce qui ne lui ressemblait pas.

— J'ai tellement de choses en tête.

— J'imagine.

Elle posa les mains sur ses hanches et le mouvement eut pour effet d'entrouvrir un décolleté vertigineux.

— Vous commencez à avoir une idée sur cette histoire de punch frelaté ?

— En toute franchise, nous n'avons pas beaucoup avancé.

— Un inspecteur comme vous, pourtant habitué aux grands criminels ! Quelque chose me dit que vous allez bientôt vous lasser de cette affaire.

— Vous n'avez peut-être pas tort, mais il ne faut pas baisser la garde tant que la kermesse n'est pas terminée.

— Le dimanche est traditionnellement une grosse journée.

Il approuva d'un signe de tête.

— Gage m'a prévenu. Nous resterons sur le qui-vive jusqu'à la fermeture. Entre nous, il m'arrive de souhaiter que le fautif récidive, qu'on le prenne la main dans le sac et qu'on en finisse une bonne fois pour toutes.

Le voulait-il vraiment ? La clôture de l'enquête marquerait la fin de sa présence à Rust Creek Falls. Et aussi la fin de son histoire avec une belle jeune femme.

— Il paraît que vous sortez avec Lani ?

Rosey pouvait-elle lire dans ses pensées ? L'air de ne pas y toucher, elle saisit une chope et l'essuya avec un soin exagéré.

— Difficile d'avoir une vie privée dans une petite ville.

Il but une longue gorgée de bière.

— Et alors ?

— Et alors quoi ? demanda-t-il, légèrement agacé.

— Vous fréquentez le bar pendant des mois sans jamais lui prêter attention et voilà qu'un beau jour vous vous retrouvez tous les deux enfermés pendant des heures dans une cellule de prison. C'est bizarre, non ?

— Il n'y a rien de bizarre, je peux tout vous expliquer.

Comme il n'en faisait rien, elle posa son torchon et se pencha au-dessus du bar.

— Je connais Lani depuis quelques années, maintenant. C'est une personne droite et je l'aime comme ma propre fille. Je l'ai vue sortir avec des hommes assez différents. Je l'ai vue vraiment mordue, une fois ou deux. Vous me suivez ?

Il essaya d'ignorer l'accès de jalousie qui le submergeait à l'évocation des fréquentations masculines de la jeune femme.

— Où voulez-vous en venir ? demanda-t-il avec impatience.

— Eh bien, je ne l'ai jamais vue aussi perturbée que depuis que vous sortez ensemble.

— Où est le problème ? C'est peut-être bien pour elle.

— Ou peut être pas du tout.

Elle le transperça d'un regard menaçant.

— J'ai déjà vu Lani souffrir le martyre à cause d'un imbécile et je ne laisserai personne lui briser le cœur une deuxième fois.

Il remua nerveusement sur son tabouret. Sous le regard impitoyable de son interlocutrice, il se faisait l'effet d'un adolescent pris en faute.

— C'est clair ? insista-t-elle d'un ton dictatorial.

— Parfaitement clair.

Elle se redressa et ajusta une nouvelle fois son corsage sur ses hanches.

— Ravie d'avoir pu bavarder avec vous, inspecteur. Maintenant, vous pouvez savourer tranquillement votre bière.

Il la regarda s'éloigner en songeant qu'elle avait manqué une brillante carrière d'adjudant, puis ses pensées le ramenèrent très vite à la vie sentimentale de Lani. Il brûlait de connaître l'identité de l'abruti qui s'était mal conduit avec elle et il se promit de la questionner sur le sujet.

- 10 -

A l'approche de la fermeture, une bande de joyeux lurons investit L'As de cœur, et Rosey dut retenir son personnel plus longtemps que prévu. Quand Lani engagea Russ à rentrer chez lui, il refusa. Elle fut à la fois touchée et embarrassée par sa sollicitude. La gentillesse de l'inspecteur revêtait toujours pour elle des conséquences désastreuses. S'ils étaient indéniablement attirés l'un par l'autre, la méfiance et l'indécision qu'il manifestait à son égard étaient autant de mauvais présages pour l'avenir de leur relation.

Une heure plus tard, épuisée, elle passa dans l'arrière-boutique pour attraper son sac à main, prit congé de Rosey et le rejoignit près du comptoir. Seul un couple d'amoureux s'attardait encore dans la salle.

— Je rentre chez moi. Le bar est presque vide. Ce n'était pas la peine de m'attendre.

— Un monologue entre les quatre murs de ma chambre ne me tentait pas beaucoup.

— Je vois ! fit-elle avec un sourire malicieux. Entre deux maux, tu as préféré le moindre !

Elle avait choisi de le taquiner, même si l'aveu de son sentiment de solitude l'avait quelque peu attendrie.

— Je me suis mal exprimé.

Il posa une main sur ses reins et la poussa doucement vers la sortie.

— Je voulais dire que ta compagnie méritait bien un peu de patience. J'adore partager des moments avec toi.

Elle se raidit mais s'efforça de ne pas le montrer.

— Le policier aurait à nouveau cédé la place au séducteur ? Sais-tu que ta voix enjôleuse pourrait tourner la tête à plus d'une femme ?

— Pas la tienne, Lani. Tu es bien trop intelligente.

— Flatteur avec ça !

Elle s'emplit les poumons de l'air frais du dehors. Les soirs où la foule était nombreuse dans le bar, l'atmosphère y devenait irrespirable. La nuit était claire et les étoiles scintillaient dans le ciel comme une poussière magique.

— Le Montana est vraiment une région magnifique au début de l'automne.

— Imprévisible, aussi. Le temps peut changer si brutalement.

« A ton image, inspecteur Campbell. » Un jour aimable, un jour distant, elle ne savait jamais sur quel pied danser avec lui.

— Ma voiture est garée de ce côté, indiqua-t-elle en levant le bras vers la droite. Il est tard, il faut que je rentre.

— Je voulais juste te poser une question, Lani.

— A quel propos ?

— A propos de l'homme qui t'a brisé le cœur.

La fraîcheur de la nuit devint soudain pénétrante. La voyant frissonner, Russ enleva son blouson de cuir et le posa sur ses épaules. Dans la chaleur de son habit, elle se sentit en sécurité, un peu comme s'il l'avait prise dans ses bras.

— C'est Rosey, j'en suis sûre. Qu'est-ce qu'elle a bien pu te raconter ?

— Elle a commencé à me poser des questions sur toi et moi. Ta patronne a l'œil à tout.

— Quel genre de questions ?

— Elle était curieuse de connaître les circonstances

de notre rencontre. Elle est même allée jusqu'à me faire des recommandations.

— Vraiment ?

— Elle m'a clairement demandé de ne pas jouer avec tes sentiments.

— Je ne suis pas surprise. Rosey est un peu trop maternelle avec ses employées.

— Peut-être, mais ses paroles ont fait écho à celles que tu avais prononcées dans la cellule. Tu prétendais qu'une femme n'avait pas besoin d'un homme pour être comblée. Pour moi, c'est le discours d'une femme désabusée.

Voilà qu'il paraissait s'inquiéter pour elle !

— Je ne voudrais pas que cela t'empêche de dormir, ironisa-t-elle.

— Rassure-toi, je ne suis pas insomniaque ! Juste un peu curieux. J'aimerais savoir ce qu'il t'a fait.

Elle ne trouva aucune raison de lui cacher la vérité. Tout le monde en ville aurait pu lui décrire par le menu cet épisode pathétique de sa vie. Elle marqua une halte et s'appuya contre la palissade qui bordait le parking.

— Jason Harvey était un superbe cow-boy et un très beau parleur. Il m'a eue à l'usure.

— Comment ?

Elle inspira une longue bouffée d'air avant de lui répondre.

— Il avait débarqué à Rust Creek Falls après les inondations. Découragés par l'ampleur des dégâts, bien des gens avaient quitté leurs propriétés. Il prétendait vouloir racheter leurs terres pour y construire des bâtiments utiles à la collectivité.

— Je vois.

— Tout le monde a pris ses belles promesses pour argent comptant. Il faut dire qu'il ne manquait pas de bagou. Je n'ai pas fait exception à la règle et je suis tombée sous son charme, moi aussi. Comme tu le sais, je connais des tas de gens dans la région. Je l'ai présenté à tous ceux qui pouvaient l'aider à monter son projet.

— Et que s'est-il passé ?

— Par bonheur, un notable de la ville ne partageait pas la confiance aveugle de tout le monde. Il a convaincu le shérif d'enquêter sur son passé. Les mauvaises surprises n'ont pas tardé à arriver. C'était un escroc embarqué dans des combines immobilières véreuses, qui voyageait d'Etat en Etat pour s'enrichir aux dépens des honnêtes gens. Quand l'affaire a éclaté sur la place publique, il a disparu sans un mot pour moi.

Il avait à la fois trahi ses sentiments et son honneur, car elle ne s'était jamais pardonné de lui avoir servi de caution auprès de tous ses amis.

— Il a pris la fuite sans même trouver le courage de me parler. Je crois que c'est sa lâcheté qui m'a le plus blessée. Et cette sensation d'avoir été utilisée.

Russ passa une main derrière sa nuque dans un geste embarrassé.

— D'une certaine manière, moi aussi je t'utilise pour mon enquête. J'avoue que je n'en suis pas très fier.

— Ce n'est pas du tout la même chose. Si nous agissons ensemble, c'est pour le bien de tous.

Son argument ne suffit manifestement pas à alléger la culpabilité qu'éprouvait Russ.

— En tout cas, tu dois savoir que ton aide m'a été précieuse jusqu'à présent.

— J'ai bien l'intention de continuer, répondit-elle en reprenant sa marche.

Le sujet de Jason était clos. Elle en était soulagée.

— Il faut absolument que je me dépêche de rencontrer Brad Crawford. Je m'étais promis de le faire, mais je n'en ai pas trouvé le temps.

— C'est une mauvaise idée, Lani. Nous en avons déjà parlé et je pensais que nous étions d'accord sur le sujet.

— Ne prends pas tes désirs pour la réalité, inspecteur ! Je n'ai jamais dit que je renonçais à suivre sa piste.

— Je la trouve dangereuse, pour ne pas dire parfaitement inutile, et je te conseille d'y renoncer.

Elle secoua la tête.

— Si quelqu'un avait intérêt à enivrer la moitié de la ville, c'est bien lui. Où est le problème si je me rapproche un peu de lui ? Je le baratine légèrement pour essayer de l'amadouer et j'essaie de le faire parler.

— S'il est coupable et s'il devine tes soupçons, les choses pourraient tourner assez vite au vinaigre.

Elle soupira. L'extrême prudence de Russ ne risquait pas de les amener vers une résolution de l'affaire. Elle tenta de l'adoucir.

— Je n'ai qu'à lui donner rendez-vous dans un endroit public. Un café, par exemple ?

Il resta sur sa position.

— Tu n'as aucune expérience de ce genre de traquenard. Franchement, tu ferais mieux de laisser tomber.

— C'est toi, l'expert, concéda-t-elle de guerre lasse. Mais si nous ne progressons pas dans les jours qui viennent, je prendrai contact avec lui.

— Nous en reparlerons, si tu veux bien, et nous examinerons ensemble la meilleure façon de procéder.

— D'accord. A moins qu'une occasion inattendue ne se présente d'ici là.

Elle s'arrêta devant sa voiture et déverrouilla sa portière.

— Promets-moi de ne pas jouer les détectives toute seule dans ton coin ! fit-il dans une dernière tentative.

— Arrête de t'inquiéter pour rien ! Je suis une personne raisonnable.

L'évocation de la solitude qu'il éprouvait dans la pension où il logeait ne l'avait pas laissée insensible et elle hésitait à le quitter sans la promesse d'une nouvelle rencontre.

— Cela te dirait de partager le repas dominical des Dalton, demain soir ?

Elle avait parlé sans réfléchir. De son refus ou de son approbation, elle n'aurait su dire ce qu'elle redoutait le plus.

Il hésita.

— Tu es sûre que ta famille sera d'accord ?

Il n'avait pas oublié l'hostilité de ses frères, visiblement.

— Tu n'as rien à craindre. Travis et Anderson sauront se montrer sous un meilleur jour.

— Alors d'accord, fit-il en souriant. Avec plaisir.

— Très bien. Je t'attends vers 16 heures.

— Ce sera peut-être un peu tôt pour moi. Je dois superviser la fermeture de la kermesse.

— Pas de problème. Nous ne sommes pas à une heure près.

Il vint poser un baiser léger sur ses lèvres.

— Bonne nuit, Lani.

Elle lui rendit son blouson à regret, s'installa au volant et baissa sa vitre avant de démarrer.

— Alors à demain !

— Tu peux compter sur moi.

Elle s'éloigna en espérant de tout son cœur que ses frères lui réserveraient un bon accueil.

Lani ne tenait plus en place. Elle avait l'impression d'attendre depuis une éternité quand la voiture de Russ s'arrêta enfin devant chez elle. Elle se précipita dans la salle de séjour pour sermonner ses frères une dernière fois.

— Russ est arrivé. Vous n'avez pas oublié ce que je vous ai dit ? La dernière fois que vous l'avez vu, il ne faisait que son travail.

Travis lui lança un regard courroucé.

— On a compris, c'est bon. Tu nous prends pour des demeurés ?

Anderson lui sourit.

— Pas de panique, sœurette. On saura se tenir. Je

trouve, cela dit, que tu attaches une bien grande importance à cette visite et je serais curieux de savoir pourquoi.

L'heure n'était pas aux explications. Par chance, la sonnette retentit juste au bon moment pour l'en dispenser.

— J'y vais.

Arrivée devant la porte, elle prit une profonde inspiration. Une fois de plus, la vue de l'inspecteur réveilla sa féminité.

— Bonsoir, murmura-t-elle dans un souffle.

— Bonsoir, j'espère que je ne suis pas en retard. La fête a duré un peu plus longtemps que prévu.

— Tout s'est bien passé ?

— Sans problème, répondit Russ en entrant dans le vestibule. Aucun incident à signaler.

— Tant mieux. Eh bien, prépare-toi maintenant à rencontrer le clan Dalton ! Tu as de la chance, il n'est pas tout à fait au complet, ce soir. Ma sœur Lindsay finit ses études de droit. Elle ne rentre pas tous les week-ends à la maison.

— Elle marche sur les traces de son père, à ce que je vois.

— En effet.

Manifestement, il n'avait pas oublié la réputation de son père, dont elle s'était vantée lors de son arrestation. Elle préféra ne pas s'étendre sur le sujet.

— Tu es prêt ? demanda-t-elle.

— Un flic peut affronter toutes les situations.

— Alors, voyons comment tu tires ton épingle du jeu.

Elle plaça ses mains en porte-voix.

— Nous avons de la visite ! Russ Campbell est arrivé.

La communication fut suivie d'un chœur de paroles de bienvenue. Elle le précéda dans la cuisine, où ses parents s'affairaient à la préparation du repas.

— Voici mon père, Ben, et ma mère, Mary.

— Enchanté de faire votre connaissance, Russ, répondit le maître des lieux en lui tendant la main.

— C'est un plaisir de vous accueillir ce soir, renchérit sa mère. Lani m'a dit que vous aviez, vous aussi, une nombreuse famille.

— C'est juste. Deux frères et une sœur. Mais il semble que vous ayez fait beaucoup mieux.

Ben sourit d'un air comblé.

— Je dois dire que nous ne nous sommes pas ennuyés avec notre tribu, mais je n'échangerais aucun d'eux contre les plus grandes richesses du monde.

— Travis, peut-être ? glissa Lani avec malice.

— Je pense qu'il aurait fait la même suggestion pour sa petite peste de sœur, fit remarquer Mary.

— Probablement, reconnut-elle. Est-ce que je peux t'aider, maman ?

— Pas maintenant, ma chérie. Nous passerons à table dès que tu auras fini les présentations.

— Eh bien, alors, suis-moi ! lança-t-elle à Russ. Je suis sûre qu'ils sont tous agglutinés devant la télé. Exactement comme chez toi.

Ils trouvèrent en effet le gros de la troupe dans le salon.

— Tu connais déjà Travis et Anderson.

Ils interrompirent leur jeu vidéo et se levèrent pour lui serrer la main.

— Content de vous revoir, fit le premier avec une grâce qui surprit heureusement sa sœur.

— Moi aussi, fit le second.

Malgré l'accueil plutôt détendu, Russ restait un peu sur ses gardes.

— Comment allez-vous ? demanda-t-il à Anderson.

— Très bien, et vous ? Et cette enquête, elle progresse ?

— Hélas, non, et je le regrette. Nous aimerions tous pouvoir tourner la page sur cet incident. L'atmosphère est devenue un peu délétère.

— C'est vrai et c'est très inhabituel ici. J'espère que nous ne vous avons pas fait trop mauvaise impression, la dernière fois. En vérité, tout le monde apprécie votre présence en ville.

— Je confirme, souligna Travis. Votre visite nous avait surpris et nous étions un peu sur la défensive.

— Ne vous inquiétez pas ! J'ai l'habitude et je ne me formalise pas pour si peu.

Lani aurait pu sauter dans les bras de ses frères. Ils lui menaient souvent la vie dure, mais elle pouvait toujours compter sur eux dans les grandes occasions. Elle adressa à chacun un signe de gratitude.

— Désolée d'avoir interrompu votre partie.

— Pas grave ! s'exclama Anderson. J'étais en train de perdre.

A l'autre extrémité de la pièce, un petit bonhomme s'agitait sur le tapis, sous le regard attentif de ses parents.

— Voici ma sœur Paige, poursuivit Lani, son mari, Sutter, et leur adorable bébé, Carter Benjamin.

Le petit garçon commençait à peine à marcher. Quand il leva les yeux sur le grand homme qui s'approchait de lui, il tomba lourdement sur les fesses.

Russ mit un genou à terre et lui offrit sa main.

— Eh bien, mon garçon, tu t'es fait mal ?

— Il est habitué, expliqua aussitôt sa mère. Ne vous inquiétez pas, dans trois secondes, il aura oublié !

Paige enseignait en classe de sixième à Rust Creek Falls.

— J'ai beaucoup entendu parler de vous, reprit-elle.

— En bien, j'espère ! répondit-il avec ce sourire dévastateur, capable de lui faire perdre tous ses moyens.

— On dit que vous avez une affaire compliquée sur les bras, glissa la voix paisible de Sutter.

C'était un homme doux, au regard clair, qui excellait dans le dressage des chevaux. Russ haussa les épaules.

— J'aimerais pouvoir dire que nous progressons un peu. Malheureusement, ce n'est pas encore le cas.

Il s'interrompit quand le bébé frappa la paume de sa main de ses doigts minuscules.

— Tope là, petit bonhomme !

L'enfant éclata de rire et recommença.

— Ses dents ont poussé ! s'émerveilla Lani. Il en a quatre maintenant.

Elle se pencha au-dessus de son neveu et écarta les mèches de son front.

— Il grandit trop vite, murmura-t-elle en se tournant vers sa sœur. S'il te plaît, jure-moi que tu ne lui couperas jamais les cheveux !

— Jamais ? s'indignèrent en chœur les deux hommes.

— Mon pauvre chéri ! soupira sa jeune maman. On dirait bien que tu fais déjà partie de leur clan !

Comme pour illustrer ses paroles, Carter se servit de la main de Russ pour se hisser sur ses jambes, et le supplia du regard pour qu'il le prenne dans ses bras. Tout le monde en fut très étonné. Le bébé était d'ordinaire plutôt craintif avec les gens qu'il ne connaissait pas.

— Vous savez rudement bien vous y prendre avec les petits, remarqua Paige.

— Un homme aux talents aussi nombreux qu'inattendus, plaisanta Lani.

— Les enfants sont des êtres simples et spontanés, fit Russ. Ce qui n'est malheureusement pas le cas des adultes.

Elle l'approuva en silence avant de s'inquiéter du reste de l'assemblée.

— Je n'ai pas fini les présentations. Où sont passés Caleb et Mallory ?

— Dehors avec Lilly, répondit sa sœur. Elle voulait qu'ils l'entraînent à jouer au foot.

— Ce sont les derniers, promis ! lança-t-elle à Russ. Tu vas voir, Lily est très précoce et vraiment amusante. On ne sait jamais à quoi s'attendre avec elle.

Ils sortirent par la baie vitrée qui donnait sur une grande terrasse en briques située à l'arrière de la maison. En contrebas s'étendait une vaste pelouse agrémentée d'une tonnelle. Caleb, l'un des fils de la famille, et sa femme

Mallory renvoyaient sans relâche un ballon noir et blanc à leur petite fille de neuf ans.

— Coucou tante Lani ! s'écria joyeusement l'enfant. Grand-mère a dit que ton copain venait nous voir, c'est lui ?

— Je te présente Russ, fit-elle, un peu embarrassée.

— Je suis Mallory, annonça sa belle-sœur avec un large sourire. Et voici Lily, notre fille. Ma chérie, ajouta-t-elle à l'attention de cette dernière, ta grand-mère a parlé d'« un » copain de Lani pas de « son » copain.

L'adorable fillette leva au ciel ses grands yeux noirs.

— Tu comprends rien, maman. Puisque c'est un copain de Lani, j'peux bien dire que c'est son copain.

Le raisonnement était d'une logique implacable. De peur de se lancer dans d'interminables explications, aucun des adultes ne se risqua à le nuancer.

Caleb s'approcha de Russ et lui tendit la main.

— Enchanté, déclara-t-il.

— Moi de même.

— C'est vrai que t'es policier ? demanda Lily en se plantant effrontément devant lui.

— C'est vrai. Je suis inspecteur de police.

— Alors t'arrêtes les méchants ?

— S'ils font des choses interdites, oui.

— Et tu les mets en prison ?

Il hocha la tête en souriant.

— Quelquefois, répondit-il.

— Mais pourquoi pas tout le temps ? demanda encore la petite curieuse d'un air mécontent.

— Bon, Lily, arrête un peu, intervint gentiment Mallory. Tu vas finir par casser les oreilles de notre visiteur.

— N'importe quoi ! rétorqua l'intéressée. C'est pas du verre, les oreilles, ça se casse même pas !

— Je crois bien que si ! intervint Caleb avec lassitude. Et crois-moi, c'est une chose que tu fais très bien. Tu ne voudrais pas aller chercher ton ballon ?

Elle soupira d'un air exaspéré.

— J'en ai marre de jouer au foot ! Je vais voir Carter !

— Et moi, décréta Mallory, je vais aider grand-mère à mettre le couvert.

Caleb les regarda s'éloigner avec soulagement.

— Je suis heureux de faire votre connaissance, Russ. J'espère que ma fille ne vous a pas trop ennuyé avec ses questions.

— Non, pas du tout. Mais je dois dire qu'elle n'a pas son pareil pour mener un interrogatoire.

Les deux hommes se lancèrent ensuite dans une longue conversation sur les résultats sportifs de l'équipe de foot du Montana et la soirée se poursuivit aussi agréablement qu'elle avait commencé. Très à l'aise, Russ échangea avec tous les membres de la famille. Amoureuse, mais très réservée, Lani l'observait en silence en s'interrogeant sur les sentiments qu'il éprouvait pour elle. Une seule chose était certaine : tant que son enquête ne serait pas résolue, elle ne connaîtrait pas les véritables raisons de l'intérêt qu'il semblait lui porter. Etait-ce la jeune femme qu'il voyait en elle ou juste une personne susceptible de l'aider à démasquer le mystérieux empoisonneur ?

Le suspense était douloureux et il avait assez duré. Il était temps de précipiter les événements. Que cela plaise ou non à l'inspecteur Campbell, elle allait rencontrer Brad Crawford. Et le plus tôt serait le mieux.

- 11 -

Le hasard fait parfois bien les choses. Le jour suivant la décision de Lani de tenter le tout pour le tout afin d'affronter Brad Crawford, l'occasion se présenta sur le lieu même de son travail. C'était un lundi, un jour d'ordinaire assez calme à L'As de cœur. Elle venait de terminer son service et s'apprêtait à rentrer chez elle, quand l'individu en question fit son entrée dans le bar. Elle le salua, comme on salue une vague connaissance, puis se précipita pour l'inviter à prendre une bière avec elle. Il accepta sans l'ombre d'une hésitation.

Passant derrière le comptoir, elle rédigea un message rapide à l'intention de Russ pour l'informer de la chance extraordinaire qui l'avait mise en présence de Crawford et lui promettre de le rappeler plus tard. Elle attrapa deux canettes dans le réfrigérateur et rejoignit le visiteur dans un coin tranquille de la salle. Son téléphone vibra à deux reprises, mais elle choisit de l'ignorer.

— A quoi allons-nous boire ? fit-elle en levant sa bière devant elle. Tu as quelque chose à fêter, ce soir ?

— Rien de spécial. Pas besoin de prétexte pour se désaltérer !

— Tu as raison.

Brad était un très beau garçon. Une masse de cheveux noirs, brillants, encadrait son visage, et ses grands yeux bleus pétillaient de malice. Il était grand, robuste, et la toile usée de son jean laissait deviner les muscles puissants de ses cuisses. De six ans son aîné, il n'avait pas fréquenté le lycée en même temps qu'elle, mais elle avait beaucoup entendu parler de lui. Comme toutes les filles de la ville, elle connaissait son histoire et sa réputation. Il avait été la coqueluche des jeunes demoiselles pendant toute sa scolarité. Au fil des années, ses nombreuses aventures lui avaient conféré une réputation de don Juan bien peu pressé de se mettre en ménage, et l'annonce de son mariage avec Janie Delane, sept ans auparavant, avait causé la stupéfaction générale. Le couple avait divorcé quelques mois plus tard car, selon la rumeur, sa jeune épouse s'était lassée de jouer la bonne à tout faire pour un coureur de jupons sans cervelle.

Le téléphone de Lani se remit à vibrer dans sa poche et elle continua à l'ignorer.

— Alors, Brad, qu'est-ce que tu deviens ?

Il s'appuya contre le dossier et sirota sa bière.

— En ce moment, tu veux dire ? Ça va.

— Rien de nouveau dans ta vie ?

— Ben, j'sais pas. A quel sujet ?

Bon sang ! Pas très loquace, le phénomène !

— Je ne sais pas, moi. Tu sors avec une fille ?

— C'est une proposition ?

Elle crut déceler une once de méfiance dans son regard charmeur.

— J'ai entendu dire que tu fréquentais cet inspecteur de Kalispell ?

Lui aussi était bien renseigné.

— On est plus ou moins amis, avec Russ. On s'amuse.

— Alors, buvons à ce genre d'aventures sans complications ni conditions.

Elle hocha la tête en essayant de se montrer enthousiaste, mais elle manquait de conviction. Elle n'aimait pas le cynisme de Brad, ni sa façon d'esquiver les questions. Elle revint à la charge.

— Et toi ? Tu fréquentes quelqu'un ?

Il se pencha au-dessus de la table et fit tourner sa bouteille entre ses doigts.

— Si on veut. Sortir avec une fille, d'accord, mais quelque chose de sérieux, pas question.

— Tu as l'air bien sûr de toi.

— Parce que je le suis. Je veux bien profiter de la vie, mais les attaches et les scènes de ménage, très peu pour moi !

Elle ne savait pas trop comment interpréter ses paroles. Exprimait-il simplement sa philosophie de l'existence ou lui adressait-il une invitation à prendre du bon temps avec lui ? Quoi qu'il en soit, elle n'était pas intéressée. Même si elle n'était pas insensible à son charme, son attitude avec les femmes lui déplaisait foncièrement. L'image de Russ lui traversa brièvement l'esprit. Si le bel inspecteur était lui aussi un loup solitaire, elle ne le classait pourtant pas dans la même catégorie que Brad. Pour quelles raisons ? Elle ne le savait pas vraiment.

— Donc, côté sentimental, aucune attache, reprit-elle après un temps. Et côté professionnel ? D'après ce que j'ai entendu, les affaires marchent plutôt bien pour toi ?

— Ah bon ?

Il la scruta d'un air suspicieux.

— Oui. J'ai entendu parler, comme tout le monde, de cette fameuse partie de poker. On dit que les cartes t'ont porté chance ce soir-là.

— Parce que j'ai gagné le ranch du vieux Sullivan ?

Ce n'était pas vraiment une question. Il savait, bien entendu, à quoi elle faisait allusion.

— Oui, c'est bien de cela que je veux parler, répondit-elle sans s'émouvoir, en essayant en vain de lire les émotions sur son visage.

Il était clairement sur la défensive, mais elle n'aurait su dire s'il éprouvait de la colère, de la culpabilité ou de la honte.

— Tu as déjà joué aux cartes, Lani ? J'entends par là une vraie partie, avec de l'argent sur le tapis.

— Non, dut-elle reconnaître.

— C'est bien ce que je pensais.

Comme il s'interrompait pour avaler une nouvelle gorgée de bière, elle s'empressa d'exprimer sa compassion pour le vieil homme.

— C'est tout de même triste de perdre sa maison sur une malheureuse partie de poker. Le fruit de toute une vie de travail !

Il la regarda droit dans les yeux.

— Ce n'est pas ma faute s'il a joué comme un âne. Entre nous, on aurait dit qu'il faisait exprès de se mettre en difficulté.

— Dommage qu'on ne puisse pas lui poser la question ! Personne n'a plus aucune nouvelle de lui depuis des semaines. On dirait qu'il a disparu de la surface de la terre.

Brad haussa les épaules. De toute évidence, il se moquait éperdument du sort du pauvre bougre qu'il avait ruiné. Les remords de conscience, ce n'était pas pour lui. Pas plus que les attaches sentimentales. Mais de là à l'accuser d'avoir enivré Sullivan pour lui voler son bien, il y avait un pas qu'elle ne pouvait pas franchir. Après tout, il appartenait à une famille honorable qui, à sa connaissance, n'avait jamais eu affaire à la justice. Elle ne s'avoua pas vaincue pour autant.

— Tu ne trouves pas complètement dingue ce qui est arrivé pour la noce ? Tous ces gens ivres, d'ordinaire si tranquilles, qui avaient perdu la tête ?

Elle-même n'avait pas fait exception à la règle, mais elle espéra qu'il serait assez délicat pour ne pas le mentionner.

— Là-dessus, tu dois être mieux renseignée que moi. C'est bien ton petit copain qui a été embauché pour découvrir le fautif ?

Elle approuva d'un signe de tête. L'air de rien, Brad n'avait pas son pareil pour lui renvoyer ses questions.

— Le shérif a pensé que son expérience de détective pourrait l'aider. Il est pressé de résoudre l'enquête. Toute la ville est angoissée à l'idée que l'empoisonneur puisse récidiver. Tu l'as goûté, toi, ce punch ?

— Ouais.

— Tu en as bu beaucoup ?

— Assez.

Elle avait vraiment l'impression d'échouer à lui tirer les vers du nez. Sans aucun succès.

— Moi j'en ai encore la chair de poule quand j'y pense. La ville entière a fini sens dessus dessous. Tu sais que nous avons eu de la chance. Quelqu'un aurait pu se blesser ou pire encore.

— C'est un peu… inquiétant, concéda-t-il. Mais après tout ce temps, ton petit ami pense-t-il vraiment arriver à lever le mystère ?

Y avait-il un défi délibéré dans ses paroles ? A supposer qu'il soit le coupable qu'ils recherchaient, se pouvait-il que Brad ose se jouer d'elle ? L'heure était venue d'entrer dans le vif du sujet. Tandis qu'elle formulait mentalement sa question, elle entendit la porte s'ouvrir et de se refermer, mais elle n'y prêta pas attention.

— Je ne dirais pas de l'inspecteur Campbell qu'il est mon petit ami, commença-t-elle pour renouer le fil de la conversation. Mais pour en revenir à…

Comme pour la faire mentir, Russ se présenta devant elle et se pencha pour déposer un tendre baiser sur ses lèvres.

— Bonsoir, mon cœur, Je suis venu aussi vite que j'ai pu.

Comme il avait manifestement l'intention de s'asseoir à ses côtés, elle se poussa sur la banquette pour lui faire de la place.

— Tu as fait vite, bredouilla-t-elle, quelque peu contrariée par cette arrivée intempestive.

— Voilà ce que c'est quand on fréquente un flic ! ironisa Brad Crawford. Plus moyen de boire un verre tranquille avec un vieux copain !

— Je ne crois pas avoir l'honneur de vous connaître, fit Russ en tendant le bras au-dessus de la table.

L'autre lui serra la main.

— Brad Crawford, content de vous rencontrer, inspecteur.

Même si elle ne voyait que le profil de Russ, elle remarqua sur ses traits tendus l'hostilité immédiate qu'il éprouva face à Brad. Et quand il se retourna, elle lut dans son regard une franche désapprobation.

— Désolé d'avoir interrompu votre conversation.

— On parlait de tout et de rien, s'empressa-t-elle de répondre. Pas grand-chose d'intéressant, en fait.

— Ouais, acquiesça Brad. On bavardait de choses et d'autres. Et on se posait des questions sur l'empoisonneur de notre charmante petite ville.

— Vous suspectez quelqu'un ? demanda aussitôt Russ.

— Non, soupira-t-elle. Brad est comme moi. Il a du mal à admettre qu'un de nos concitoyens puisse agir de la sorte.

— Je disais aussi à Lani qu'après tout ce temps, il me semblait bien improbable que vous mettiez la main sur le coupable.

— Notre seule chance, c'est sans doute qu'il récidive. En vérité, nous l'espérons.

— Je vois, fit Brad en opinant du chef. Bon, ce n'est pas que votre compagnie me déplaise, mais faut que j'y aille. Beaucoup de boulot au ranch demain matin.

— Sûr qu'avec les terres que tu as gagnées à cette partie de poker, tu ne dois pas t'ennuyer !

— Je ne te le fais pas dire ! Merci pour la bière, Lani, conclut-il en les saluant d'un signe de tête. A un de ces jours, inspecteur.

Il marcha sans se retourner jusqu'à la sortie et disparut dans la nuit noire. Cette première entrevue avec Brad Crawford se soldait par un échec. L'enquête n'avait pas avancé d'un pouce. Après un long silence, Russ rompit le silence d'un ton rogue.

— Mais tu pensais à quoi, bon sang, en rencontrant cet homme ? Tu n'es pas armée pour te confronter à ce genre d'individu.

Elle remua sur la banquette. Russ avait raison, mais elle ne pouvait admettre qu'il la chaperonne comme une fillette.

— Le ranch que Brad a gagné constitue à mes yeux un mobile puissant. Tu devrais plutôt me remercier de l'avoir approché.

— Te remercier ? Mais de quoi, grands dieux ?

Il semblait plus inquiet pour sa sécurité que véritablement en colère.

— De jouer avec le feu ? Je te rappelle que tu m'avais promis de me prévenir.

— Il est arrivé au moment où je terminais mon service. Je ne pouvais pas laisser passer ma chance.

— La chance d'enfiler des habits de détective amateur ?

Il lui jeta un regard en biais.

— Un interrogatoire en solo peut dégénérer très vite et de mille manières. Surtout si l'on a affaire à un coupable.

— Je ne l'ai pas rencontré n'importe où, mais dans un lieu public.

— Public, certes, mais quasi désert. Il aurait pu profiter d'un moment où la serveuse passait dans l'arrière-boutique pour t'agresser.

Elle soupira bruyamment.

— J'aurais crié au secours et l'affaire était réglée. Je trouve vraiment que tu exagères.

— Et s'il avait sorti une arme pour te faire taire ?

Elle n'y avait pas pensé et se trouvait à court d'arguments.

— Alors ? bougonna-t-il.

— Ecoute, il n'a rien fait de tel et je suis toujours vivante.

— Heureusement que je suis arrivé à temps pour t'empêcher de…

Il s'arrêta net et elle attendit en vain la suite.

— Pour m'empêcher de faire quoi ?

— Laisse tomber !

L'indignation avait changé de camp. La façon qu'il avait de la sermonner pour ensuite se refermer comme une huître commençait à lui taper sur les nerfs. Elle aurait préféré une explication franche, mais il en paraissait incapable.

— Bon, eh bien, si tu n'as rien d'autre à dire, je rentre chez moi !

Elle espérait qu'il se lèverait pour lui permettre de s'extraire du box, mais il n'en fit rien.

— Cela t'ennuierait de me laisser passer ?

— Dis-moi ce que ce type t'a raconté.

Un petit sourire de satisfaction se dessina sur les lèvres de Lani. Il daignait enfin s'intéresser à son initiative.

— Avec plaisir, répondit-elle. D'abord, nous avons échangé tout un tas de banalités. Et puis j'ai fini par l'amener sur le terrain qui m'intéressait et je lui ai demandé s'il n'avait pas quelques remords à priver un pauvre vieux de sa maison. Il m'a répondu que Sullivan avait obtenu ce qu'il voulait.

Russ fronça les sourcils.

— Comment cela ?

— Si j'ai bien compris, il lui prête une attitude suicidaire et décline toute responsabilité dans l'issue de la partie. D'après lui, le vieil homme a mis sur le tapis des sommes qu'il n'avait pas, et c'est tant pis pour lui. Son absence de compassion me sidère et le rend très suspect à mes yeux.

— Je n'aime pas ce type, reconnut Russ après un moment de réflexion. Il est antipathique au possible. Mais il y a quelques failles dans ton raisonnement.

Elle se redressa sur son siège, un peu vexée.

— Ah oui ? Et lesquelles ?

— Cette partie de poker était improvisée. Rien n'a pu être prémédité. Comment l'empoisonneur aurait-il pu savoir d'avance qui allait boire le punch, qui allait jouer aux cartes et qui allait parier sa maison ?

— C'est juste. Mais cela ne le rend pas innocent pour autant.

— Tu as d'autres raisons de le soupçonner ?

— Il m'a paru nerveux, amer, cynique même. Cet homme en veut à la terre entière.

— Tu as récolté des détails sur sa vie privée ? Il sort avec quelqu'un ?

— Rien de sérieux. Un vulgaire cavaleur. Après un mariage raté, il a repris avec soulagement sa vie de célibataire. Ce soir, il a voulu boire aux aventures sans lendemain et à la liberté ! Quand j'ai cherché à savoir s'il avait une petite amie, il m'a demandé si je me portais candidate.

— Bougre de s… !

Il frappa du poing sur la table.

— Calme-toi ! Après tout, c'est moi qui lui ai proposé de prendre un verre. Il est très seul mais il ne s'en rend pas compte.

— Seul ? Mais qu'est-ce que tu racontes ? Je croyais qu'il allait de conquête en conquête.

— La quantité ne remplace pas la qualité. Et, même s'ils refusent souvent de l'admettre, les hommes n'ont qu'une envie : se fixer et partager leur vie avec l'être aimé.

En vérité, elle devait bien admettre que le désir profond des femmes n'était pas différent. Elle-même souffrait bien souvent de sa solitude. Avec Jase, elle avait cru quelque temps à cette merveilleuse complicité à laquelle elle aspirait. La trahison et le départ de Jase avaient laissé un grand vide dans son existence. Dès lors, elle n'avait plus permis à quiconque de prendre une telle importance dans son cœur. Jusqu'à l'arrivée d'un superbe inspecteur à Rust Creek Falls…

— Que connais-tu des hommes pour lancer de telles affirmations ?

— J'ai des frères. Je les entends souvent bavarder.

— Détective en herbe ou espionne confirmée ?

Russ s'était détendu. Il recommençait à la taquiner.

— C'est de la curiosité, plus que de l'espionnage, répondit-elle dans un sourire. Les hommes sont des êtres complexes, monsieur l'inspecteur. Pas toujours faciles à comprendre.

L'éclat de rire du policier eut sur elle un effet dévastateur. Elle adorait le voir ainsi.

— Je ne me laisserai pas entraîner sur ce terrain-là, répondit-il. Quand une femme commence à jouer la carte de l'intuition, c'est la raison qui fout le camp.

— Je vois, je vois. La Science avec un grand S opposée à la vulgaire psychologie.

— Je suis policier, Lani, et j'aime m'en tenir aux faits. On ne peut pas accuser un homme, aussi détestable soit-il, sur de vagues suppositions.

Elle sentit une boule se former dans sa gorge. Décidément, il ne cesserait jamais de lui souffler le chaud et le froid. Un échange amical était impossible avec lui. L'inspecteur refaisait toujours surface. Le shérif l'avait embauché pour résoudre un mystère et elle n'était pour lui qu'un moyen d'atteindre son objectif. Elle avait donc terminé sa mission pour aujourd'hui.

— Il faut que je rentre, déclara-t-elle.

— Attends ! Je crois que tu ne m'as pas tout dit.

Elle plissa le front. Avait-elle oublié un détail dans le récit qu'elle lui avait livré de son entrevue avec Brad ?

— En approchant de la table tout à l'heure, je t'ai entendue nier le fait que j'étais ton petit ami. Tu semblais même sur le point de lui préciser ce que nous étions exactement l'un pour l'autre.

— Ton arrivée m'en a dispensée. Maintenant, si tu veux bien m'excuser…

Il refusa une nouvelle fois de bouger.

— Si je n'avais pas débarqué à ce moment-là, que lui aurais-tu dit sur nous deux ?

Elle haussa les épaules avec lassitude.

— Je ne sais pas, moi, que nous étions juste des amis.

— Ce n'est pas tout à fait la vérité.

Il avait décidément un don pour jouer avec ses nerfs.

— Russ, je ne sais pas très bien où tu veux en venir et je ne sais pas non plus de quoi tu voulais me protéger en déboulant ici ce soir. Je ne courais aucun danger avec Brad. Ce n'est ni un idiot ni un psychopathe.

Il la regarda intensément avant de lui répondre.

— Je voulais t'empêcher de partir avec lui, avoua-t-il enfin.

Elle secoua la tête d'un air incrédule.

— Je ne l'aurais jamais fait. Je lui ai offert une bière, d'accord, mais je n'avais pas l'intention d'aller plus loin. Franchement, tu aurais pu t'épargner la peine de venir.

— Non.

— Pourquoi ? Tu me fais donc si peu confiance ? Et tu me crois assez idiote pour me mettre en danger en me laissant embarquer par le premier venu ?

— Lani, je suis venu pour m'assurer que tu ne partirais pas ce soir avec lui, mais avec moi.

La vérité commençait à s'insinuer en elle.

— Tu veux dire que tu serais jaloux de Brad Crawford ?

— Peut-être bien, répondit-il.

— Mais c'est insensé, jamais je ne…

Il posa un doigt sur ses lèvres pour l'empêcher de poursuivre.

— Alors tu viens avec moi ?

— Où veux-tu m'emmener ?

— Dans mon lit, murmura-t-il d'une voix rauque.

L'éclat de ses yeux verts exprimait clairement le désir qu'il ne pouvait plus dissimuler.

— Dis-moi « oui », Lani !

Vaincue, elle acquiesça d'un petit signe de tête.

- 12 -

Lani aurait adoré visiter la véritable maison de Russ mais, pour l'heure, son lit se trouvait dans la pension Strickland. Réflexion faite, étant donné l'heure tardive, ce n'était pas une mauvaise chose. En un rien de temps et en toute discrétion, ils se retrouvèrent dans sa chambre, au deuxième étage du petit immeuble. Melba Strickland avait des principes extrêmement stricts et elle n'acceptait sous son toit aucune entorse à la morale. En dehors des liens sacrés du mariage, un homme et une femme n'étaient pas censés avoir des relations trop intimes.

Russ ferma la porte derrière lui et poussa un soupir de soulagement.

— On a réussi !

Elle riait sans bruit.

— Ne me dis pas que Melba fait des patrouilles de nuit pour surveiller la bonne conduite de ses pensionnaires !

— Je n'en serais pas surpris. Le matin, au petit déjeuner, elle observe chacun de nous, et je te jure qu'elle devine tout sur nos visages.

— Ton imagination te joue des tours.

— Détrompe-toi ! Rien ne lui échappe. Elle est rusée comme un renard.

— Si cette dame reste alerte malgré ses quatre-vingts ans, tant mieux pour elle !

— Tu as raison. N'empêche que je serais plus à l'aise à

poursuivre un malfaiteur qu'à devoir affronter ma logeuse pour justifier de mon comportement !

Elle promena son regard dans la pièce.

— C'est une jolie chambre, en tout cas.

Les lampes de chevet éclairaient un intérieur confortable, équipé d'un mobilier désuet, mais très soigné. La seule touche de modernité était un écran plat fixé au mur.

— Nettement plus douillet qu'une cellule de la prison, observa-t-elle dans un sourire.

— Ce n'est pas très difficile.

Depuis cette fameuse nuit du 4 Juillet, il avait agi comme si rien ne s'était passé entre eux. Devait-elle remercier Brad Crawford pour ce changement d'attitude ? Elle avait l'impression que, sans sa jalousie à l'égard du cow-boy, Russ ne l'aurait jamais amenée jusqu'ici. Il enleva les coussins décoratifs disposés sur le lit pour les déposer sur le canapé. Puis il se posta devant elle.

— Je vais essayer de me faire pardonner.

— Quoi donc ?

— La prison.

— Oh !

Elle haussa les épaules.

— Il n'y a rien à pardonner. C'est plutôt un bon souvenir.

— Je suis d'accord avec toi, mais l'ambiance laissait un peu à désirer.

Les vêtements avaient changé eux aussi. Cette nuit-là, Lani était vêtue d'une robe d'été décolletée. Aujourd'hui, elle portait un jean et un chemisier. Cette nuit-là, ils avaient peur d'être surpris. Aujourd'hui, ils avaient tout leur temps. Lentement, elle commença à dégrafer les boutons de son chemisier. Et, comme Russ retenait sa respiration, elle sentit très vite ses genoux chanceler sous l'intensité de son regard. Il se pencha pour déposer un baiser à la naissance de ses seins.

— Je crois bien que tu as décidé de me faire mourir à petit feu, murmura-t-il.

— Je peux aller plus vite, si tu veux.

Il promena la langue sur le lobe de son oreille puis le frôla d'un souffle léger.

— Surtout pas ! Ce genre de torture ne me dérange pas. J'ai rêvé de ce moment avec toi si souvent que j'ai cru devenir fou. J'ai essayé de t'oublier, de te chasser de mon esprit, mais rien à faire, tu étais toujours là.

Son aveu gonfla de bonheur le cœur de Lani. Leurs étreintes passionnées derrière les barreaux avaient donc représenté pour lui aussi bien plus qu'une brève aventure. Il écarta doucement les mains et défit le bas de son chemisier, avant de dégrafer son soutien-gorge pour le faire glisser de ses épaules. Puis il s'immobilisa et contempla sa poitrine avec des yeux éblouis.

— Tu es si belle, murmura-t-il dans un souffle.

Tandis qu'il ouvrait la fermeture de son jean, elle se débarrassa de ses baskets. En un instant, elle se trouva entièrement nue devant lui. Sans hâte, jouissant de chaque instant, il promena longuement son regard sur sa nudité.

— Quelle merveille !

Quant à son tour il se déshabilla, elle fut elle aussi saisie par la beauté de son corps et elle ne put résister à l'envie de poser la main sur les muscles puissants de son torse, avant de la laisser glisser jusqu'à son ventre tendu.

— Impressionnant, inspecteur Campbell !

— Heureux de vous imposer enfin le respect, mademoiselle Dalton !

Comme elle promenait lentement son doigt sur sa taille, Russ dut encore retenir son souffle.

— Décidément, tu adores jouer avec le feu !

— Tu trouves ?

Il lui prit les seins dans les paumes de ses mains et en frotta doucement les extrémités avec ses pouces.

— A ce jeu-là, je peux être fort, moi aussi.

La pression de ses doigts faisait naître des vibrations au plus profond de la chair de Lani. Pour la première fois de sa vie, elle éprouvait la sensation troublante de devenir une marionnette soumise au bon vouloir d'un savant prestidigitateur. Comme un squelette privé de colonne vertébrale, elle était sur le point de se disloquer et de s'effondrer sur le sol.

— Ce grand lit est bien vide, murmura-t-elle d'une voix à peine audible en l'invitant à s'allonger près d'elle.

Elle sentit le matelas s'enfoncer sous leur poids et, au contact fugitif du drap froid succéda aussitôt la chaleur des bras vigoureux qui l'étreignirent. Quand il prit possession de sa bouche, elle perdit tout contact avec la réalité. Russ savait prendre son temps, et il en était devenu le seul maître. Ses lèvres se promenaient nonchalamment sur les siennes et les délaissaient soudain pour serpenter jusqu'à la base de son cou. Sa langue revenait ensuite dessiner les contours de sa bouche avant de s'y enfoncer avec fougue. Cependant, il caressait ses hanches avec application. Partout où il posait les mains, sa peau paraissait s'embraser.

Tout le temps que durèrent ses baisers, elle laissa errer les doigts sur ses épaules. Le contour et la fermeté de ses muscles avaient un pouvoir hypnotique. Force et douceur se mêlaient dans ses gestes, et tous les sentiments contenus jusqu'à cette heure se déversaient comme la lave d'un volcan. Brûlante et magnifique. Ardente et délicieusement dévastatrice. Leurs souffles bruyants emplissaient la pièce, à mesure que la tension grandissait. L'ayant conduite au paroxysme du désir, il la laissa reprendre les rênes et, quand elle attira enfin sa taille contre la sienne, il s'installa entre ses cuisses et la pénétra. D'abord souples et lents, ses mouvements l'invitèrent à épouser son corps au plus près. Puis, quand ils se firent plus vifs, elle se moula contre lui jusqu'à s'y fondre tout à fait. Le rythme s'accéléra pour atteindre bientôt une cadence endiablée, au point que respirer devenait un défi. Plongé au plus profond de son intimité, il laissa son plaisir exploser, avant de se retirer pour tracer avec son sexe dur les contours de ses lèvres humides. Puis il la pénétra à nouveau et, dans un assaut ultime, il laissa échapper un cri rauque où résonna toute l'intensité de sa propre jouissance.

Ils restèrent longuement unis l'un à l'autre et Russ ne relâcha son étreinte que lorsque leurs derniers frissons de bonheur se furent apaisés.

Il était minuit passé quand Russ regarda Lani s'extraire des couvertures. Depuis qu'il avait emménagé à la pension c'était la première fois qu'il trouvait agréable, voire presque joyeux, le décor de sa chambre. Le départ de la jeune femme l'attristait, mais elle avait besoin de dormir quelques heures avant d'entamer sa journée de travail au ranch. Il était plus sage qu'il la raccompagne sans trop tarder au parking de L'As de cœur, pour lui permettre de récupérer sa voiture.

Ils se rhabillèrent rapidement et restèrent un instant au pied du lit, tout proches devant les draps froissés qui avaient été témoins muets de leurs ébats. Ils échangèrent un sourire complice, puis il posa un doigt sur sa bouche, encore gonflée de ses baisers. Ses joues étaient roses, ses yeux pétillants de vie. Elle était magnifique. Russ ne pouvait plus le nier, il était amoureux. Si elle n'avait occupé une place particulière dans son cœur, il n'aurait pas cédé à la tentation une seconde fois. Mais le secret qu'elle continuait à lui taire le contrariait. Comment pouvaient-ils, sans une totale confiance réciproque, s'engager dans une véritable relation ?

— Tu parais bien soucieux, observa-t-elle. Tu t'en veux ?

Non, il ne s'en voulait pas, mais ses doutes le rongeaient.

— Je devrais ?

— Bien souvent, les gens hésitent à faire l'amour de peur d'avoir des regrets le lendemain matin.

— Eh bien, tu vois, je n'ai pas hésité et je ne regrette rien. Et toi ?

Elle lui prit la main et entrelaça ses doigts aux siens.

— Le lendemain matin est déjà là, et mon seul regret est de devoir te quitter aussi vite.

— Alors, ne pars pas ! Reste encore un peu avec moi !

— Je ne peux pas. Attaquer une journée de travail après une nuit blanche serait de la folie. Et puis, je préfère ne pas croiser Melba Strickland dans le couloir.

Il répugnait à lui dire au revoir quand ils ignoraient encore tant de choses l'un de l'autre. Il savait que les raisons de son départ de Denver l'intriguaient. S'il faisait le premier pas en lui révélant ses propres secrets, accepterait-elle à son tour de se livrer à lui ?

— Il y a un certain nombre de choses dont je voudrais te parler.

— D'accord, répondit-elle.

Elle alla s'asseoir sur le petit canapé, et il s'installa dans un fauteuil, en face d'elle.

— Je sais que tu te poses des questions sur mon changement d'affectation. C'est tout à fait légitime et je veux t'expliquer ce qui s'est passé.

Un long silence s'installa entre eux. Elle ne s'attendait visiblement pas à tant de gravité.

— Tu n'es pas obligé, tu sais.

— Je sais, mais je préfère être sincère avec toi.

Les sentiments qu'il éprouvait pour elle ne supportaient aucune dissimulation, et il voulait croire qu'elle partagerait sa façon de penser.

— J'ai découvert que mon coéquipier acceptait des pots-de-vin des malfrats.

— Pardon ? fit-elle, les yeux écarquillés.

— Il touchait de l'argent en sous-main, en échange de tout un tas d'informations. Il les renseignait sur les opérations que nous envisagions de mener contre les trafiquants, et en particulier sur les flagrants délits que nous organisions patiemment. Il allait même jusqu'à dissimuler des preuves devant le tribunal.

— Comment t'en es-tu aperçu ?

— A des petits détails, au début. Je l'ai surpris deux ou trois fois dans des endroits où il n'avait rien à faire. Son train de vie, ensuite. Une maison et une voiture un peu trop luxueuses pour un modeste flic. Des bribes de conversations téléphoniques un peu étranges. Quand mes soupçons sont devenus trop lourds, j'ai décidé de le filer et je n'ai pas tardé à découvrir le pot aux roses.

Il passa une main dans ses cheveux et inspira profondément avant de poursuivre.

— J'ai accumulé les preuves de sa malhonnêteté, notamment des photos de lui en compagnie d'un dealer bien connu de nos services. J'avais même des clichés où on les voyait échanger des enveloppes.

Comme il s'interrompait une nouvelle fois, elle se pencha pour lui prendre la main.

— Que s'est-il passé ensuite, Russ ?

— Je suis allé voir le responsable de la brigade des Stupéfiants pour lui déballer tout ce que je savais.

Les yeux innocents de Lani brillaient de sympathie et d'inquiétude.

— Et qu'a-t-il dit ? Il a dû se passer quelque chose de terrible pour que tu sois amené à quitter la ville.

— En effet. Pas besoin d'être dans la police pour le deviner, déclara-t-il avec un sourire infiniment triste. Il m'a dit de m'en remettre à lui.

— Et alors ?

— Alors, j'ai attendu. Mais comme il ne se passait rien, je suis retourné le voir. Là, il m'a simplement fait comprendre que je ne devais pas me mêler de cette histoire. Mon métier était de faire régner l'ordre, pas de semer la zizanie. Je me suis donc adressé à ses supérieurs. La police des polices, si tu veux. Malheureusement, les choses avaient traîné, et mon coéquipier était sur la défensive. Ils n'ont jamais pu rassembler assez de preuves contre lui pour monter un dossier. A partir de là, ma vie est devenue un enfer.

— Je ne comprends pas. Tu n'avais fait que ton devoir.

— Les flics ont un code d'honneur, exactement comme les vieux truands. Entre camarades, on se serre les coudes, quoi qu'il arrive.

Il exhala un long soupir.

— En le dénonçant, j'ai trahi la sacro-sainte solidarité.

— Mais c'était un pourri qui se moquait de la loi ! C'était lui qu'il fallait condamner, sûrement pas toi !

— Bien sûr, sauf que mes collègues travaillaient ensemble depuis des années. J'étais le petit nouveau. Ils m'ont traité comme un arriviste qui cherchait le gros coup pour se faire mousser auprès de la hiérarchie. Ils se sont tellement acharnés contre moi que j'ai été rétrogradé. Une façon déguisée de me pousser vers la sortie, mais j'ai refusé de partir. Alors tous les policiers du commissariat ont fait bloc. Ils refusaient de travailler avec moi et, s'ils y étaient forcés, ils falsifiaient les rapports pour me discréditer.

— Quelle horreur ! On a du mal à imaginer que ce genre de choses puisse se produire.

— Le pire, c'est que, pris individuellement, tous ces hommes sont plutôt de bons policiers. Mais l'habitude, bien ancrée, de soutenir un frère d'armes est plus importante que la découverte de la vérité. Au début, je les épaulais dans les situations délicates et ils me renvoyaient l'ascenseur. Je croyais avoir créé avec eux un climat de confiance. Mais ils se moquaient en fait pas mal de l'honnêteté d'un des leurs quand l'esprit de corps était en cause.

— Tu as décidé de partir ?

— J'ai essayé de faire face quelque temps. Mais la situation devenait dangereuse. Je ne pouvais plus compter sur aucun d'eux pour lever le petit doigt pour moi en cas de danger.

— Alors, tu as donné ta démission.

— Bien obligé, pour éviter le pire.

Lani le regardait avec admiration.

— Tu as sacrifié ta carrière pour dénoncer un collègue malhonnête. Tu es un homme droit. Félicitations !

— Ma fiancée ne partageait pas cet avis.

— Ta fiancée ? La fameuse Alexis ?

Il se leva et se mit à arpenter la chambre de long en large.

— Oui. Alexis Davidson.

— Joli nom !

— Très joli nom, pour une très jolie femme. J'étais pressé de me remettre au travail, reprit-il après une pause. Quand j'ai trouvé ce poste à Kalispell, elle m'a dit de ne pas compter sur elle pour aller s'enterrer dans un trou perdu du Montana.

— Si elle t'avait vraiment aimé, elle t'aurait suivi jusqu'au bout du monde.

— Il faut croire que ce n'était pas le cas.

Tout détective qu'il était, il n'avait jamais vraiment cerné la vraie personnalité de sa fiancée.

— En un rien de temps, j'avais perdu ma carrière et celle qui partageait ma vie, alors que je n'avais fait que mon devoir.

Lani paraissait sincèrement désolée pour lui.

— J'ai du mal à comprendre qu'une femme puisse se comporter ainsi, mais je crois que tu l'as échappé belle.

— Que veux-tu dire ?

— Elle devait être bien superficielle pour ne pas voir les qualités de l'homme qu'elle avait à ses côtés. Apparemment, elle ne te méritait pas. C'est une chance pour toi que votre histoire se soit arrêtée là.

— C'est vraiment ce que tu penses ?

Elle leva sur lui un regard étonné.

— Je dis toujours ce que je pense, Russ. Dans cette histoire, ton entourage n'a pas fait preuve de loyauté à ton égard.

Il se laissa retomber dans le fauteuil en face d'elle.

— Envers moi, non. Mais par loyauté envers un des leurs, mes collègues ont choisi de taire la vérité. La loyauté peut-elle justifier les mensonges, Lani ?

Sous l'intensité de son regard, elle croisa et décroisa les jambes d'un air embarrassé, montrant bien par son attitude qu'elle avait compris où il voulait en venir. Puis elle leva sur lui un regard suppliant.

— Il arrive malheureusement qu'on n'ait pas d'autre choix que le silence, répondit-elle d'une voix faible.

A ces mots, il sentit un abîme s'ouvrir devant lui. Elle n'était toujours pas décidée à lui confier la raison pour laquelle elle l'avait sciemment éloigné de sa mission de surveillance, la nuit du 4 Juillet. Il en éprouva une profonde tristesse.

- 13 -

Lani s'affairait derrière le comptoir comme une âme en peine. Trois jours s'étaient écoulés depuis la soirée passée avec Russ dans la pension des Strickland. Trois jours sans nouvelles, trois jours d'attente et de doute. Après des retrouvailles passionnées, qui lui avaient donné toutes les raisons d'espérer un avenir pour leur relation, leur tête-à-tête s'était achevé sur une note infiniment triste. Prise au piège de la promesse faite à son frère, elle ne pouvait fournir à son amant les explications qu'il attendait d'elle. Depuis la fête nationale, Anderson n'avait toujours pas obtenu gain de cause auprès des juges. La révélation de son implication dans une bagarre stupide était encore de nature à lui porter préjudice.

Après l'heure d'affluence du déjeuner, l'ambiance était calme à L'As de cœur. Avec des gestes mille fois répétés, elle empilait les corbeilles à hamburger, remplissait les salières, disposait les verres dans le lave-vaisselle et emportait les assiettes sales dans l'office. Comme elle enveloppait dans des serviettes en papier les couverts propres destinés à dresser les tables pour le service du soir, la porte s'ouvrit sur le shérif. Russ lui emboîtait le pas. Ils s'installèrent dans un box proche de la devanture. Troublée par cette apparition inattendue, elle s'approcha pour s'enquérir de leur commande.

— Bonjour, fit-elle avec un pâle sourire. Comment allez-vous aujourd'hui ?

Gage ôta son chapeau et le posa sur la banquette.

— Très bien, Lani, merci ! Mais ça irait encore mieux si vous arriviez à mettre la main sur ce fichu empoisonneur !

— C'est sûr, répondit-elle. Malheureusement, nous n'avons pas l'ombre d'un indice.

— Ce qui me surprend le plus, c'est que personne n'ait rien vu, observa le shérif.

— C'est curieux, en effet, approuva Russ en levant le regard sur Lani. J'ai parfois l'impression que certains ne disent pas tout ce qu'ils savent.

Directement visée, elle préféra ne pas s'appesantir sur le sujet. Elle aurait aimé lui parler, mais pas en présence d'une tierce personne, bien sûr.

— Qu'est-ce que je vous sers ? demanda-t-elle en sortant son bloc-notes.

— Un hamburger et un café pour moi, répondit Gage.

— Vous n'avez pas encore déjeuné ?

— On n'a pas eu le temps. Depuis ce matin, on vérifie une à une toutes les informations ayant trait à l'enquête. Comme le départ de Russ approche, il faut bien que je sois en mesure de prendre le relais.

Elle eut un pincement au cœur. L'inspecteur n'était là qu'à titre provisoire. Le temps qu'il consacrait à Rust Creek Falls arriverait bientôt à son terme.

— Frites ou salade, avec le hamburger ? demanda-t-elle comme si de rien n'était.

Gage prit un air goguenard.

— De la salade ? C'est Lissa qui t'a donné des consignes ? Comment veux-tu qu'un homme s'acquitte de sa mission en ingurgitant de la verdure ?

— Les chevaux ne mangent que cela par ici, et ils travaillent dur.

— Mais c'est une conspiration ! Ah, les femmes, vous vous serrez les coudes, à ce que je vois !

Elle jeta un coup d'œil à Russ, qui restait étrangement silencieux.

— Tu vas laisser notre ami raconter des bêtises encore longtemps ?

Il eut un demi-sourire.

— Au risque de trahir la solidarité masculine, je dirais qu'il s'est piégé tout seul. Il n'avait qu'à se contenter de commander des frites.

— Deux contre moi ? s'indigna Gage. Moi qui te prenais pour un ami. Bon, va pour des frites ! Mais je vous préviens, si vous me dénoncez à ma femme, vous aurez affaire à moi !

Elle se tourna une nouvelle fois vers Russ.

— Et pour toi, ce sera ?

— La même chose.

— Très bien, je transmets la commande et je reviens avec le café.

Elle rejoignit Rosey dans l'office.

— Deux hamburgers et deux frites ! annonça-t-elle en détachant la première feuille de son bloc. C'est pour le shérif et son inspecteur.

La précision était nécessaire, car la patronne servait toujours plus généreusement les forces de l'ordre et les vétérans de l'armée.

— Tout de suite, répondit-elle en jetant deux épaisses tranches de bœuf sur la plaque de cuisson.

Elle abaissa le panier de frites dans l'huile chaude, puis jeta un coup d'œil par-dessus son épaule.

— Tu vas bien, Lani ? Je te trouve un peu déprimée depuis quelque temps.

— Non non, tout va très bien.

— Hum !

Rosey saisit deux corbeilles sur l'étagère au-dessus de la cuisinière.

— On ne me la fait pas, à moi. Les problèmes de cœur, ça se voit comme le nez au milieu de la figure !

Elle montrait toujours tant de sollicitude envers ses employées qu'il était presque impossible de lui mentir.

— Le séjour de Russ dans notre ville touche à sa fin, admit Lani avec tristesse.

— Et alors, c'est pas si grave ! Boulder Junction ne se trouve pas à l'autre bout du monde !

Encouragée à la confidence, Lani évoqua le récit marquant qu'il lui avait fait de son départ de Denver.

— Il m'a appris récemment les raisons de son retour dans le Montana. Tu savais qu'il a été obligé de donner sa démission à cause de la corruption d'un de ses collègues ?

— Non, je l'ignorais. Mais ce que je sais, c'est que c'est un bon gars. Si tu devais partir d'ici pour le suivre, ce ne serait vraiment pas un drame. Dans la vie, il faut savoir faire des choix. Accroche-toi, ma petite ! Toujours garder le cap, comme dirait Sam.

— Tu as raison. Merci, Rosey. Je vais servir leur café et je reviens pour les hamburgers.

Les deux hommes restèrent attablés un peu plus d'une demi-heure. Pendant tout le temps que dura leur repas, elle les surveilla du coin de l'œil et, deux ou trois fois, elle surprit le regard de Russ tourné dans sa direction. Il ne lui en fallut pas davantage pour se décider à lui parler. Elle réfléchissait à un moyen de le retenir quand Gage saisit son téléphone pour répondre à un appel. Dans la minute qui suivit, il attrapa son chapeau et se glissa hors du box. Comme il mettait la main à la poche pour sortir un billet, Russ l'en empêcha d'un signe de la main. Elle attendit que le shérif soit parti pour apporter la note et la poser sur la table.

— Tu veux un autre café ? proposa-t-elle.

— Non, merci. Il faut que je retourne au bureau.

La salle était presque vide. Elle ne pouvait manquer une si belle occasion d'échanger quelques mots avec lui.

— Attends ! fit-elle en s'installant à la place occupée par Gage un instant plus tôt. J'ai une question à te poser.

— Je t'écoute.

L'expression du visage de Russ était aussi engageante que le ton employé pour lui répondre.

— Je voudrais bien comprendre les raisons de ta froideur envers moi. Je pense les connaître, mais j'aimerais mieux les entendre de ta bouche.

— Lani, dit-il en soupirant, cette conversation est-elle vraiment indispensable ?

— Pour moi, oui. Dis-moi clairement ce qui ne va pas !

— Si tu y tiens !

Il joua un instant avec l'anse de sa tasse avant de s'exprimer.

— La nuit du 4 Juillet, tu as tout fait pour que je t'emmène au commissariat. Il faut que je sache pourquoi.

— Je t'ai déjà expliqué que je ne pouvais pas te le dire. Mais, crois-moi, cela n'a rien à voir avec…

Il attrapa l'addition.

— C'est bon, inutile de poursuivre.

— Je t'en prie, Russ. Essaie au moins de comprendre ! Tout le monde te dira que je suis une personne droite et digne de confiance.

— Pour moi, la franchise est la première des qualités.

— Ne me dis pas que tu n'as jamais juré à un proche de garder un secret, je ne te croirai pas.

— Je ne prétends pas une chose pareille. Mais il n'y a pas de secret qui tienne quand le respect de l'ordre est en jeu. Je suis bien payé pour le savoir et je n'ai aucune envie de renouveler l'expérience.

Il se leva et jeta quelques billets sur la table.

— Tu peux garder la monnaie, lança-t-il avant de s'éloigner.

Elle serra les mâchoires pour ne pas hurler. Comment osait-il l'éconduire ainsi ? S'il pensait s'en sortir avec une froide et absurde leçon de morale, il se trompait lourdement. La porte ne s'était pas refermée derrière lui que déjà elle s'était juré d'exiger une nouvelle explication.

*
* *

Après d'interminables heures passées au commissariat, Russ regagna sa pension en fin d'après-midi. Il fit les cent pas dans sa chambre, avant d'attraper sa valise sur le haut de l'armoire pour la poser sur son lit. Il ouvrit sa commode et commença à en vider le contenu. Son contrat arrivait à échéance dans trois jours, mais comme il n'avait aucun projet pour la soirée, il pouvait tout aussi bien commencer à faire ses bagages. Se préparer à quitter Rust Creek Falls l'aiderait peut-être à éloigner Lani de ses pensées. Un coup discret frappé à sa porte le fit soudain sursauter. Il se prit à espérer qu'elle s'était enfin décidée à venir lui faire des aveux. Il se figea quand il reconnut sur le seuil la silhouette de ses deux logeurs.

— Bonsoir, déclara-t-il d'une voix sans timbre.

— Bonsoir, monsieur Campbell ! fit joyeusement Melba Strickland.

— Vous pourriez m'appeler Russ, depuis le temps.

Le mari toussota avec gêne.

— Voyez-vous, nous préférons nous adresser à nos pensionnaires de façon plus formelle, expliqua-t-il. Cordiale mais toujours réservée. Vous comprenez, n'est-ce pas ?

Non, il ne comprenait pas, mais il avait déjà eu affaire à des personnages plus originaux que ces deux-là.

— Comme vous voudrez.

— Parfait. Je savais bien que vous étiez une personne sensée. Pas comme les jeunes d'aujourd'hui qui ne respectent plus rien.

Russ commençait à s'impatienter.

— Je peux faire quelque chose pour vous ? demanda-t-il. Mais vous voulez entrer un moment, peut-être ?

— Non, merci, répondit Melba. Nous ne voulons pas vous envahir. Monsieur Campbell, reprit-elle d'une petite voix haut perchée qui se fit plus aiguë que de coutume, nous savons que vous avez eu une visite dans votre chambre, l'autre nuit.

Elle releva le sourcil d'un air interrogateur, attendant sans doute qu'il avoue ce que, de toute évidence, elle savait déjà. Mais d'où tenait-elle ses renseignements ? Avaient-ils installé une vidéosurveillance dans le hall ? Comme il restait silencieux, elle fut obligée de poursuivre.

— C'est une pension de famille respectable, monsieur Campbell, et vous devez savoir que je suis opposée à toute relation intime avant le mariage. Si Lani Dalton doit revenir vous voir, il vaudrait mieux qu'elle porte une alliance, la prochaine fois.

Elle connaissait jusqu'à l'identité de sa visiteuse. Il n'en revenait pas et l'écoutait, abasourdi, en regrettant de ne pouvoir la compter parmi les témoins de la réception du mariage. Nul doute qu'avec elle son enquête serait résolue depuis longtemps.

— Voyez-vous, la réputation d'une maison comme la nôtre ne peut souffrir aucun dévergondage. Aussi, je me fais un devoir de savoir ce qui se passe sous mon toit.

— Ah, je dois dire que, là-dessus, ma femme est intraitable, observa son mari, quelque peu embarrassé.

Excédé, Russ choisit de faire profil bas pour abréger son supplice.

— Je vous prie de m'excuser, chère madame. Comme vous le savez, mon séjour touche à sa fin. Je vous promets de me conformer strictement au règlement jusqu'à mon départ.

Un grand sourire détendit les traits de Melba.

— Je vous remercie, monsieur Campbell. J'étais sûre de pouvoir compter sur votre compréhension.

Au moment où ils allaient prendre congé, une série de pas décidés résonna au fond du couloir.

— Monsieur et madame Strickland, je suis heureuse de vous voir en si bonne forme !

L'arrivée de Lani ne pouvait pas tomber plus mal. Il recula d'un pas à l'intérieur de sa chambre.

— Bonsoir, mon petit, fit Melba, le minois à nouveau très pincé. Comment vas-tu ?

— Très bien, merci.

Ses yeux cernés et la pâleur de son teint démentaient pourtant ses paroles.

— Je passais apporter un message à l'inspecteur.

— Inutile de raconter des histoires ! vitupéra la vieille dame. Moi qui te prenais pour une jeune fille respectable ! Nous savons très bien que tu étais là l'autre nuit, et nous étions précisément en train d'en parler avec M. Campbell.

Lani soupira. De toute évidence, elle n'avait aucune envie de supporter une leçon de morale !

— J'espère ne pas avoir à te le répéter. C'est ton honneur qui est en jeu, demoiselle. Transmets mon bon souvenir à tes parents !

— Oui, madame.

— A votre place je n'attendrais pas pour lui passer la bague au doigt, glissa son mari fort mal à propos. Elle est si jolie !

— Viens donc, au lieu de raconter n'importe quoi ! s'écria Melba en le tirant par le bras.

Le pauvre diable se laissa entraîner dans la cage d'escalier, comme un petit garçon pris en faute. Russ les regarda s'éloigner en secouant la tête.

— Ces deux-là appartiennent à une autre époque.

— Ils veulent bien faire, observa Lani, résignée.

— Tu ne pouvais pas arriver à un plus mauvais moment. Je ne m'attendais pas à ta visite.

— J'avais besoin de te voir.

Comment pouvait-il lui avouer la joie qu'il éprouvait à la retrouver ?

— Me voir ? Pourquoi ?

Elle entortilla une longue mèche de cheveux qu'elle plaça d'une main tremblante derrière son oreille.

— J'ai le sentiment que nous avons encore beaucoup de choses à nous dire.

— Cela dépend de toi.

Il lui faisait porter l'entière responsabilité de l'impasse dans laquelle se trouvait leur relation.

— Je peux entrer ?

— Si tu veux.

Dès qu'elle pénétra dans la chambre, son regard s'arrêta sur la valise et les vêtements éparpillés sur le lit.

— Tu t'en vas ?

— Ma mission touche à sa fin.

Elle hocha tristement la tête.

— Et tu as déjà commencé à emballer tes affaires. Tu es pressé de partir, on dirait.

L'idée de dire adieu à Lani lui était intolérable, mais il n'avait pas le choix. Il tenta de maintenir la conversation sur un terrain purement professionnel.

— Les dossiers ont dû s'empiler sur mon bureau pendant mon absence. Je vais être submergé de travail à Kalispell.

— Tu ne reviendras plus à Rust Creek Falls ? Même quand le shérif aura besoin d'un coup de main ?

— C'est peu probable.

Si au moins elle acceptait de se confier à lui, il pourrait envisager l'avenir d'une tout autre manière. Il voulut lui laisser une nouvelle chance de s'expliquer.

— De quoi voulais-tu me parler, Lani ?

Elle était en plein désarroi. L'imminence de son départ et le spectacle de sa valise ouverte sur le lit sonnaient visiblement le glas de toutes ses espérances.

— Cela n'a plus aucune importance, maintenant. Désolée de t'avoir dérangé. J'espère que je ne t'ai pas causé d'ennuis avec les Strickland.

— Voyons, Lani, tu ne m'as pas dérangé. Je…

Il s'interrompit quand elle ouvrit la porte.

— Adieu, Russ, lança-t-elle en se précipitant à l'extérieur.

Il resta figé, incapable de trouver les mots pour la

retenir, se reprochant amèrement sa maladresse et son intransigeance. Parviendrait-il un jour à se libérer de son passé ? La double trahison de ses collègues et de sa fiancée se dresserait-elle toujours devant lui comme un obstacle à toute nouvelle relation ? Ses déboires l'avaient rendu exagérément méfiant et inflexible. Mais, s'il était conscient de ses faiblesses, il restait incapable de les surmonter.

- 14 -

Après une nuit peuplée de cauchemars, Lani prit le chemin du ranch. Comme chaque matin, elle s'arrêta chez Anderson pour laisser sa voiture et boire un café avant d'attaquer sa journée de travail. Passant devant le living-room avant de rejoindre la cuisine, elle se remémora le jour où elle y avait trouvé Russ en compagnie de ses frères. A l'époque, elle nourrissait encore l'espoir d'une belle histoire avec le mystérieux inspecteur. Essuyant ses larmes du revers de la main, elle poursuivit son chemin.

Le percolateur était allumé et Anderson ne tarda pas à la rejoindre.

— Bonjour, sœurette ! lança-t-il gaiement.

— Salut !

Comme elle gardait le dos tourné pour trouver le temps de se ressaisir, il s'approcha du placard pour en sortir les tasses.

— Aujourd'hui, il faudrait que tu regardes les palissades du côté sud. Les mauvais jours arrivent.

Il ne croyait pas si bien dire. Un froid glacial engourdissait son cœur. Elle essuya une dernière larme sur sa joue et s'éclaircit la voix.

— Pas de problème, je m'en occupe.

— J'ai envoyé Travis sur le flanc nord. Moi, je dois passer à la banque et chez le vétérinaire.

— D'accord.

Il fronça les sourcils. Il devait la trouver inhabituellement peu loquace.

— Tu es sûre que ça va ?

— Oui, oui.

Elle sortit une bouteille de lait du réfrigérateur.

— Je te trouve bizarre, ce matin. Tu n'arrêtes pas de renifler. Enrhumée ?

— Une allergie, je pense.

Sceptique, il lui prit l'avant-bras et l'obligea à se retourner.

— Tu as pleuré !

— Mais non, ce n'est pas mon genre. Tu me connais…

Pour l'avoir consolée après le départ de Jase, il était bien placé pour savoir qu'elle mentait.

— Lani, tu sais bien que tu peux tout me dire.

Son regard compatissant eut raison de ses derniers efforts. Elle porta les mains à son visage et éclata en sanglots.

— Viens là ! fit-il en l'attirant contre lui. Et parle-moi ! Si quelqu'un t'a fait du mal, j'irai le trouver !

Anderson, le chevalier blanc ! N'était-ce pas sa manie de jouer les redresseurs de torts qui l'avait mise dans le pétrin depuis le début ? S'il n'avait pas frappé Skip webster pour voler au secours de Travis, elle n'aurait pas eu besoin de distraire l'attention de l'inspecteur.

— Je… je ne veux pas en parler.

Il lui tapotait le dos pour la réconforter.

— La dernière fois que je t'ai vue dans cet état, c'était à cause d'un homme. Je vais aller rendre une petite visite à Russ Campbell. Je suis sûr que c'est lui le responsable.

Elle secoua farouchement la tête.

— Je t'interdis de le faire. Crois-moi, tout cela est sans importance !

— A d'autres ! Tu es bouleversée, je le vois bien. Tu te sentiras mieux si tu me racontes ce qui te met dans cet état.

Elle ne pouvait le faire sans le culpabiliser et elle s'y refusait.

— Je m'en remettrai, murmura-t-elle en se frottant

les yeux. Tu vois ? C'est déjà fini, ajouta-t-elle avec son plus beau sourire.

Il soupira d'impatience.

— Tu me prends vraiment pour un imbécile. Puisque c'est comme ça, je file chez les Strickland. Et ce bellâtre d'inspecteur aura tout intérêt à me fournir des explications.

Elle connaissait suffisamment son frère pour savoir qu'il ne parlait pas en vain. Une confrontation avec Russ serait la pire des solutions.

— Attends ! Je vais tout te dire.

Il revint sur ses pas et se servit une tasse de café.

— Raconte !

— Russ est sur le point de partir. C'est cela qui me rend triste.

— Sa mission à Rust Creek Falls était provisoire. Il fallait s'y attendre.

— Tu as raison, mais je suis idiote.

Toutefois Anderson n'était pas né de la dernière pluie.

— Il ne part pas à l'autre bout du monde. Il y a forcément autre chose. D'autant que le shérif n'a toujours pas d'adjoint. Il est probable qu'il fera à nouveau appel à ses services.

— Il n'a pas l'intention de revenir. J'en conclus que je ne l'intéresse pas vraiment. L'histoire se répète. Les hommes ne s'attachent pas à moi.

— Ce n'est pas ce qu'on raconte en ville.

— Les gens ne savent pas de quoi ils parlent.

Et c'était mieux ainsi. Qu'auraient-ils pensé d'une liaison engagée derrière les barreaux d'une cellule et conclue en catimini dans une pension de famille ? Anderson la fixa un long moment, comme s'il cherchait à lire dans ses pensées.

— Tout a commencé le soir du mariage, n'est-ce pas ? Quand il t'a arrêtée.

— C'est exact. Il m'a emmenée au commissariat à cause

de mon esclandre dans le bassin, mais il a vite compris que je le manipulais. Je ne sais pas jouer la comédie.

— Tu as voulu l'éloigner du parc pour l'empêcher de me passer les menottes.

Il rassemblait inéluctablement les pièces du puzzle.

— Depuis le temps, tu aurais pu lui expliquer que tu avais voulu m'éviter la prison, poursuivit son frère.

Elle secoua la tête.

— C'est un policier, Anderson. Il ne m'aurait pas laissée en paix avant de savoir pourquoi. Je ne voulais pas te faire courir le moindre risque.

— Je te remercie infiniment, Lani, pour tout ce que tu as fait pour moi, mais je regrette de tout mon cœur de t'avoir plongée dans cette situation. J'aurais dû garder mes problèmes pour moi seul et ne pas te confier un secret beaucoup trop lourd à porter.

— Tu n'as rien à regretter, Anderson. Cette histoire a révélé une facette plutôt sombre de la personnalité de Russ. Cet homme est incapable d'accorder sa confiance à quiconque. Je n'aurais pas été heureuse avec lui. Au fond, c'est sans doute mieux qu'il s'en aille.

— Je ne crois pas un mot de ce que tu racontes. D'ailleurs, tu n'y crois pas toi-même. Je suis vraiment navré de t'avoir impliquée dans mes difficultés, conclut-il en la serrant à nouveau dans ses bras.

— Ne t'en fais pas ! Je m'en remettrai.

Si elle tentait de rassurer un frère qu'elle aimait tendrement, elle doutait de se relever un jour de la terrible épreuve que lui infligeait sa rupture avec Russ. Il avait fallu qu'elle le perde pour mesurer à quel point elle l'aimait et elle était persuadée de ne plus jamais connaître le bonheur.

Russ achevait sa dernière journée de travail au commissariat. Tandis qu'il rédigeait son rapport définitif, tous les détails de l'enquête le ramenaient à Lani. La couleur jaune vif de la robe d'été qui lui collait à la peau quand il l'avait extirpée du bassin de la fontaine, le décor féerique de leur promenade à cheval, la silhouette gracieuse qui se faufilait entre les tables de L'As de cœur, leurs étreintes passionnées dans sa chambre de pensionnaire… Le remords le rongeait depuis cette nuit-là. Comment avait-il osé l'entraîner dans son lit quand il savait leur relation sans avenir ? Le visage dévasté de la jeune femme hantait chacune de ses pensées.

L'arrivée du shérif le tira brusquement de son marasme.

— Alors, inspecteur ! Encore dans tes dossiers ? Je voulais t'inviter à boire un verre pour fêter ton départ.

— C'est très gentil, mais je suis loin d'avoir terminé.

En vérité, il n'avait pas la force d'entrer dans le bar et d'affronter encore le regard de Lani.

— Je suis vraiment désolé de te laisser sur une enquête inachevée. J'ai complètement échoué dans la mission pour laquelle tu m'avais embauché.

— Je ne suis pas d'accord, assura Gage. Ta présence dans la ville et tous les interrogatoires que tu as menés ont rassuré la population. Je pense aussi qu'ils ont dissuadé toute récidive, et c'est bien là l'essentiel.

— J'aurais quand même préféré démasquer le coupable.

— Je comprends, mais moi je suis très satisfait de ton travail. Allez, lâche ton ordinateur et viens vite boire une bière avec moi !

— Une autre fois, Gage.

— Cela ne sert à rien de chercher à l'éviter.

Russ se figea sur son siège.

— Eviter qui ? Qu'est-ce que tu racontes ?

Le shérif posa ses deux mains sur ses hanches.

— Pour qui me prends-tu, mon garçon ? Tu crois peut-être que tu es le seul à voir clair chez les autres ? N'importe quel imbécile a deviné qu'il se passait quelque chose entre Lani et toi. Et cela bien avant l'épisode de la cellule. Chaque fois que nous allions à L'As de cœur, tu passais ton temps à la dévorer des yeux. Et elle n'était pas en reste. J'ai toujours été étonné que vousn'alliez pas plus loin.

— C'est pour cette raison que tu me l'as recommandée pour l'enquête ? Tu essayais de jouer les entremetteurs ?

— Absolument pas ! Il n'est jamais bon de mélanger les affaires de cœur et le travail.

Il n'en croyait pas un mot.

— Un shérif déguisé en Cupidon ! Ce n'est vraiment pas sérieux, Gage.

— Pardonne à un vieil ami ! Je ne voulais que ton bonheur. Mais à ce propos, dis-moi, à quoi avez-vous passé le temps derrière les barreaux, tous les deux ?

Russ crut qu'il allait s'étrangler et il ne dut son salut qu'à l'arrivée intempestive d'un visiteur dans le commissariat.

— Bonjour, shérif !

— Ravi de te voir, Anderson ! Qu'est-ce qui t'amène ici ?

Le frère de Lani paraissait dans tous ses états.

— Il faut que je parle à l'inspecteur Campbell.

Il les dévisagea tous les deux, puis son regard bleu acier se concentra sur Russ.

— Seul à seul, si cela ne vous ennuie pas.

— Pas de problème, répondit Gage. J'ai justement un tas de paperasses à classer.

Il se dirigea vers son bureau et referma la porte derrière lui. L'air furibond qu'affichait Anderson incita Russ à se lever pour être prêt à lui faire face. Son agressivité n'avait pas échappé à Gage, et l'avait sans doute incité à rester dans l'enceinte du commissariat pour intervenir en cas de besoin.

— Bonsoir, Anderson. Content de te voir.

— Peut-être pas pour longtemps. Il faut qu'on discute.

Russ choisit d'emblée la franchise.

— Tu es venu me parler de Lani, je présume.

— Elle est malheureuse à cause de toi. Je l'ai rarement

vue dans cet état. Franchement, je ne sais pas ce qui me retient de te démolir le portrait.

Russ lui aurait bien infligé une petite correction. Il n'avait pas l'habitude d'être accosté sur ce ton. Mais son comportement envers Lani n'ayant pas été exemplaire, il s'abstint de chercher la bagarre.

— Et qu'est-ce qui t'en empêche ?

— Ma sœur, pour commencer. Elle ne me le pardonnerait jamais.

— Quoi d'autre ?

— Mon rôle dans cette histoire.

— Que veux-tu dire ? fit Russ en plissant le front.

— Eh bien, ce malentendu entre vous deux, j'en suis le seul responsable.

— Explique-toi ! Je ne comprends toujours pas.

Anderson était survolté. Il ne savait par où commencer.

— Voilà ! Le soir de la fête, j'étais ivre à cause de ce maudit punch.

— Comme la moitié de la ville. Et alors ?

— Alors, j'ai frappé Skip webster parce que ce crétin s'était jeté sur mon frère. Quand elle a vu que tu te dirigeais vers nous, elle a cherché à accaparer ton attention pour t'empêcher de me passer les menottes.

— Même si je t'avais arrêté, tu ne risquais pas grand-chose.

— Elle avait peur pour mon casier.

— Ton casier judiciaire ? Il serait sans doute resté vierge. D'autant qu'il a été prouvé que le punch était frelaté.

— Oui, mais ce soir-là, personne ne s'en doutait. Lani a voulu m'épargner des ennuis.

— Il me semble qu'elle s'est affolée pour rien.

Anderson secoua désespérément la tête.

— Tu ne comprends pas. Je… Il y a quelque temps, j'ai appris que j'avais un enfant dont on m'avait caché l'existence. J'ai fait une demande auprès des tribunaux pour en obtenir la garde, mais tu sais comme moi que les juges donnent généralement la préférence à la mère. Mon comportement est scruté à la loupe par la partie adverse, qui guette la moindre incartade pour me démolir.

— Lani aurait dû me le dire.

— Je lui avais fait promettre de n'en parler à personne.

Anderson paraissait furieux contre lui-même et la situation qu'il avait engendrée.

— Pas même à ta famille ? Ton père est avocat, je crois.

— Je ne veux surtout pas impliquer mes parents dans cette histoire. Ils seraient très affectés d'apprendre l'existence d'un petit-enfant qu'ils ne connaissent pas. C'est mon problème. Je les informerai le jour où l'affaire sera réglée.

Russ resta pensif un instant.

— Pourquoi as-tu décidé de me mettre dans la confidence aujourd'hui ?

— Parce que Lani tient toujours ses promesses. Au risque de compromettre son propre avenir. Je ne pourrais plus me regarder dans une glace si j'étais responsable de son malheur.

— Je ne vois toujours pas en quoi cette histoire me regarde !

Anderson soupira.

— Le secret qu'elle garde si précieusement pour me protéger se dresse comme un obstacle entre vous. Pour être franc, ajouta-t-il après une pause, je pense plutôt que tu l'utilises pour te défiler. Tu as passé du bon temps avec ma sœur, et maintenant que ta mission est terminée, tu cherches un prétexte pour t'en débarrasser.

Cette fois, Russ eut bien du mal à conserver son calme.

— Je ne te permets pas de me juger. Une relation ne peut être fondée sur des cachotteries.

— A qui le dis-tu ! Le silence de Lani est bien inoffensif, comparé à celui de la mère de mon enfant.

Cette réflexion était frappée au coin du bon sens. Le comportement de la femme en question était particulièrement indigne quand celui de Lani méritait l'indulgence.

Les épaules de Russ s'affaissèrent. Il s'était conduit comme un âne.

— Tu as bien fait de venir me parler, Anderson.

— Crois-moi, je donnerais tout ce que j'ai pour ne pas être à l'origine de cet imbroglio. Mais quand j'ai appris ma paternité, j'étais complètement désemparé. Le soutien de ma sœur m'a été précieux. Je ne voudrais pas qu'elle paye aujourd'hui pour sa générosité.

Russ se sentait libérée d'un poids énorme.

— Merci, Anderson. Merci, vraiment. Tu ne peux pas savoir comme je me sens soulagé.

Face à lui, le frère de Lani restait toujours distant.

— J'aimerais, bien sûr, que tu gardes pour toi ce que je viens de te raconter.

— Je n'en dirai rien à personne, tu as ma parole !

Il tendit la main à Anderson, éprouvant du respect pour les épreuves qu'il traversait et l'énergie qu'il déployait afin de protéger sa famille. L'abnégation de Lani méritait tout autant de considération. Elle avait mis en danger ses propres intérêts pour soutenir son frère, reléguant au second plan les soupçons injustifiés dont elle était l'objet. Il comprenait aujourd'hui la détresse qu'il avait devinée dans son regard et s'en voulait terriblement de son intransigeance.

— Merci, Russ.

— Je t'en prie, Anderson.

Gage ne lui laissa pas le temps de reprendre ses esprits. La porte du commissariat s'était à peine refermée sur le frère de Lani qu'il faisait irruption devant lui.

— Alors, qu'est-ce qu'il te voulait ?

— Rien qui puisse intéresser un shérif.

Gage n'apprécia guère d'être ainsi remis à sa place.

— Je vois. S'il était venu déclarer un vol de chevaux ou je ne sais quel ennui, tu aurais aimablement partagé l'information. Mais comme le sujet était mille fois plus passionnant, je me fais renvoyer dans les cordes. Il avait l'air plutôt énervé quand il est arrivé. Tu aurais mérité qu'il te laisse avec une lèvre tuméfiée et un œil au beurre noir.

Russ croisa tranquillement les bras.

— Je reconnais bien là mon ami ! Et pourquoi Anderson aurait-il dû me laisser dans cet état ?

— Parce que tu as fait la cour à sa petite sœur et que maintenant tu te sauves comme un lâche.

Il ouvrit la bouche pour récuser ces accusations, mais ne trouva rien à dire pour sa défense. Au fond, Gage n'était pas si éloigné de la vérité.

— Donc tu ne me diras pas ce qu'il t'a raconté ? insista son interlocuteur d'un air franchement mécontent.

— Non, je ne te dirai rien.

Russ souriait devant l'évidente frustration de Gage.

— Désolé, il faudra que Lissa trouve un autre sujet pour son blog.

— Cela m'apprendra à faire venir des étrangers dans ma ville. Aucune reconnaissance ! Mais je sais être magnanime.

Il alla décrocher son blouson du portemanteau et revint le lui poser sur les épaules.

— Lani a bientôt fini son service. A ta place, je me dépêcherais de la rejoindre. C'est tellement plus agréable de boire une bière avec une jolie femme qu'avec un shérif trop curieux !

Russ ne marqua pas la moindre hésitation. Comme s'il n'avait attendu que la bénédiction de son ami pour aller retrouver Lani, il se précipita au dehors et s'engouffra dans sa voiture.

- 15 -

— Hé, Lani ! Tu sers un petit blanc pour Kathy ?

— Bien sûr, Wes. Et pour toi ?

— Une bière, s'il te plaît.

Elle ouvrit une bouteille de chardonnay, remplit un verre à pied, sortit une canette du réfrigérateur et posa le tout sur le comptoir. Wes Eggleton était accompagné ce soir de sa femme, une charmante petite brunette, qui se montrait rarement au café.

— Merci ! firent en chœur les deux tourtereaux.

— C'est chouette de vous accueillir ici tous les deux ! Qu'avez-vous fait de votre petite Chloé ?

— Nous l'avons laissée à ma mère, répondit Kathy en levant un tendre sourire sur son compagnon. C'est notre soirée en amoureux.

— Oh !

— Nous voyons une conseillère conjugale, expliqua Wes.

Lani se rappelait avoir évoqué le sujet avec lui quelques semaines auparavant, le jour où Russ était venu lui demander de l'assister dans son enquête. Pour le couple qui se trouvait devant elle aujourd'hui, les cieux s'étaient apparemment montrés plus cléments que pour elle.

— Puisque vous êtes là, tous les deux ensemble, c'est sans doute que le résultat a été positif ?

— La démarche n'a pas été aussi terrible que ce que je craignais, avoua Wes. Mais nous devons poursuivre les séances afin de consolider notre relation.

— La psychologue a beaucoup insisté pour que nous nous réservions au moins deux sorties par mois en tête à tête, ajouta Kathy. Elle a eu raison. Je dois dire que je me sens beaucoup mieux.

— Je suis ravie pour vous, dit Lani.

— J'adore ma fille, mais je dois avouer que ces petites recréations nous sont vraiment bénéfiques.

— Hey, Lani !

Elle regarda par-dessus son épaule et aperçut un cow-boy à l'autre extrémité du bar. Il avait le bras enroulé autour de la taille d'une jolie blonde. Elle leva la main pour lui signifier qu'elle arrivait.

— Félicitations, fit-elle encore à l'adresse de Wes et Kathy. Je vais servir les autres et je reviens.

Annie, sa collègue, avait bien mal choisi son jour pour tomber malade. L'As de cœur était toujours bondé, le vendredi soir. Le coup de feu du dîner était passé, mais de nombreux clients poussaient encore la porte de l'établissement pour boire un verre. Des couples, il va sans dire. Ils bavardaient gaiement, souriaient, et se montraient tendres. Exactement ce qu'il fallait pour la ramener à sa solitude.

Elle attrapa deux nouvelles bières, les servit au cow-boy, et rangea ses billets dans le tiroir-caisse. Tous les tabourets du bar étaient occupés, tant et si bien qu'elle distinguait à peine le reste de la salle. Soudain, deux silhouettes familières vinrent se dresser devant elle. Elle fronça les sourcils en reconnaissant les mines réjouies de ses frères.

— Qu'est-ce que vous venez faire ici, tous les deux ?

— Eh ben ! soupira Anderson. Si c'est comme ça que tu accueilles la clientèle, tu as des progrès à faire, petite sœur ! Question relations publiques, tes compétences m'ont l'air un petit peu limitées !

— Laisse mes compétences tranquilles, tu veux bien ? Fichez-moi la paix !

— De mieux en mieux ! s'indigna Travis. Je me demande si je ne devrais pas en toucher deux mots à Rosey.

— Tu vas aller me dénoncer ? C'est du propre !

— A quoi serviraient tes grands frères s'ils n'étaient pas là pour te rappeler à l'ordre de temps en temps ? observa Anderson.

Elle soupira d'un air excédé.

— Alors les casse-pieds, qu'est-ce que je vous sers ?

— Que veux-tu nous servir ? ironisa Travis. Une grenadine, peut-être ?

Elle serra les mâchoires et se retourna pour sortir deux nouvelles bières du réfrigérateur. Son stock fondait comme neige au soleil. Si ses clients voulaient bien la laisser tranquille une minute, elle pourrait enfin passer dans la réserve pour le regarnir.

— A votre santé ! fit-elle de mauvaise grâce.

Travis avala une gorgée.

— C'est plutôt à la tienne qu'on devrait boire, sœurette. A ce qu'on m'a dit, ça aurait plutôt mal tourné avec ton inspecteur ?

Elle sentit sa gorge se serrer. Demain matin, Russ aurait quitté la ville et définitivement disparu de sa vie.

— Je m'en remettrai, murmura-t-elle d'une voix blanche, alors que Rosey la rejoignait derrière le comptoir.

Naturellement, celle-ci avait tout entendu.

— J'ai bien vu que ça n'allait pas fort, aujourd'hui. Et si ces deux bons à rien sont venus exprès pour te remonter le moral, c'est que l'heure est vraiment grave. Qu'est ce qui s'est donc passé avec ce cher Campbell ?

Tout à coup, un grand silence se fit de part et d'autre du comptoir, et des dizaines de regards convergèrent vers le visage de Lani. Tous étaient suspendus à ses lèvres.

— Je… eh bien, ça n'a pas marché, bredouilla-t-elle, au bord des larmes.

— C'est un peu court comme explication ! gronda Rosey. Qui est le responsable ? Toi ou lui ?

Elle aurait aimé disparaître dans un trou de souris.

— Rosey, je vous en prie, supplia-t-elle en se penchant vers l'oreille de sa patronne. Le moment n'est pas bien choisi. Il y a bien trop de monde…

— T'inquiète pas, mon chou, tout le monde t'adore, ici, et on se fait tous du souci pour toi ! Alors vide ton sac, tu en as sacrément besoin !

— Elle a raison, approuva Anderson. N'aie pas peur ! Tu n'as que des amis, ici.

Elle réussit à grand-peine à contenir ses larmes. Tant de sollicitude ne l'aidait pas à garder la face.

— Alors ? insista Rosey. C'est qui le fautif ?

Elle jetait des regards désespérés autour d'elle.

— De Russ ou de moi, vous voulez dire ? Eh bien, je dirais qu'il y a match nul.

Elle lui en voulait, mais refusait de lui imputer toute la responsabilité de leur désaccord.

— J'en crois pas un mot. C'est lui le coupable, j'en donnerais ma main à couper.

— Pas vraiment, répliqua-t-elle en secouant la tête. C'est… c'est plutôt un concours de circonstances.

Un murmure s'éleva dans la salle et Anderson jeta un regard par-dessus son épaule. Quand il se retourna, elle remarqua une expression étrange sur son visage.

— Arrête de le protéger ! fit-il. Il ne le mérite pas.

— Le mérite n'a rien à faire dans cette histoire. Les sentiments ne se commandent pas.

— Je te trouve bien trop indulgente avec ce type, insista son frère. Il se conduit comme un crétin. Il ne tardera pas à te regretter, crois-moi !

Elle le regardait d'un air un peu perplexe. Peu habituée à le voir ainsi dénigrer les gens en public, elle appela sa patronne à la rescousse.

— Rosey, je vous en prie, remettez-le à sa place ! Il dit n'importe quoi.

— Désolée, Lani, répondit l'intéressée. Je ne peux pas.

— Mais pourquoi ?

— Parce qu'il a entièrement raison. Je n'ai jamais compris ce que tu trouvais à ce minable. En plus, il n'est même pas des nôtres.

— Je suis bien de son avis ! s'exclama un inconnu dans la foule. Ce gars-là ne m'a jamais inspiré confiance.

Elle tenta de trouver un dernier soutien.

— Travis, je t'en supplie, dis quelque chose !

Mais là encore, elle essuya un échec.

— Ne compte pas sur moi pour le défendre, sœurette ! Le shérif l'a embauché, soit, mais je n'ai jamais compris pourquoi.

— Mais qu'est-ce que vous avez tous contre lui ? s'insurgea-t-elle.

— C'est un faux jeton et un fouineur, renchérit Travis. Il nous a tous harcelés et culpabilisés avec ses questions. Et tout ça pourquoi ? Après des semaines d'enquête, l'empoisonneur est toujours en liberté.

— C'est vrai, ça ! acquiesça Anderson.

Autour de lui, les clients hochaient la tête dans un chahut de sifflets.

Elle ne put réprimer sa colère plus longtemps.

— Taisez-vous ! lança-t-elle en retrouvant toute sa voix. Vous avez perdu l'esprit, ma parole ! Quelle bande d'ingrats vous faites ! Si Russ Campbell s'est rendu coupable d'une chose, c'est de veiller à la sécurité des imbéciles que vous êtes. Et c'est comme ça que vous le remerciez ?

Elle les fusillait tous du regard et plus particulièrement Skip webster, dont l'agressivité coutumière trouvait dans le brouhaha un terreau un peu trop fertile.

— Tu pourrais en prendre de la graine, espèce de minable ! C'est un homme bon, courageux, droit et loyal. Il a sacrifié ses vacances pour nous protéger. Vous devriez tous avoir honte. Votre comportement est inqualifiable.

— Surtout aux yeux d'une jeune femme amoureuse, glissa Rosey avec indulgence.

Elle ne chercha pas à nier la profondeur de ses sentiments. Ils étaient bien plus nobles que ceux de tous les gens qui l'entouraient.

— Eh bien, oui, je l'aime ! déclara-t-elle en fixant sa patronne avec insolence. Et je me moque de ce que vous pouvez en penser.

Un murmure parcourut la foule, tandis qu'elle s'écartait pour laisser le passage à un nouveau venu. Sans comprendre ce qui lui arrivait, Lani vit surgir devant elle une silhouette un peu trop familière.

— Bonsoir, Lani.

Son cœur s'arrêta de battre.

— Russ, je… J'ignorais que tu étais là.

Russ se retint de sauter par-dessus le comptoir pour la couvrir de baisers. Quel idiot il avait fait ! Un peu plus et il renonçait à la plus belle chose que la vie lui ait jamais offerte.

— Je sais que tu ne m'avais pas vu, mais Anderson, lui, avait parfaitement remarqué ma présence. Et il a pris un malin plaisir à te faire sortir de tes gonds.

— Anderson ?

Elle ouvrit de grands yeux en direction de son frère.

— Je plaide coupable, confessa ce dernier. Mais je n'étais pas le seul. Rosey s'est bien amusée, elle aussi.

— J'avoue, reconnut la patronne.

Lani les examina les uns après les autres, sans bien comprendre à quoi rimait leur petit manège.

— Mais pourquoi ?

Russ connaissait la réponse, mais il préféra laisser Anderson s'expliquer.

— J'étais sûr que tu prendrais la défense de ton bien-aimé, et je voulais qu'il l'entende. Je tenais aussi à ce que tu mesures toute la loyauté de Lani, ajouta-t-il en se tournant vers l'inspecteur. Même fâchée contre toi, elle n'a pas supporté d'entendre des abominations sur ton compte. Ma sœur est une fille fantastique. Il fallait que tu le saches.

— Je le savais avant de franchir cette porte. Merci, Anderson. Je te souhaite de rencontrer bientôt une femme aussi merveilleuse.

Travis observait l'échange avec un peu d'agacement.

— Bon, les gars, on ne va tout de même pas sortir les violons ? Assez bavardé, vous feriez mieux de payer une tournée générale !

Lani avait profité de l'échange pour se glisser discrètement à l'extrémité du bar, mais sa manœuvre n'avait pas échappé à Russ.

— Attends un peu, il faut que nous parlions tous les deux !

Elle fit mine de ne pas l'entendre.

— Rosey, j'ai besoin d'une petite pause. Cela ne vous ennuie pas ?

— Prends tout le temps qu'il te faudra, mon chou. Et ne t'inquiète pas pour moi !

S'il n'avait pas trouvé en Lani une coéquipière idéale pour son enquête, il ne doutait pas en revanche qu'elle soit la femme de sa vie. Qu'il soit pendu s'il la laissait s'échapper ! En quelques secondes, elle avait atteint l'extrémité du bar et poussé le battant pour prendre la fuite. C'était sans compter sur sa rapidité à lui, pour lui bloquer la sortie. Elle essaya de se faufiler, mais il ne bougea pas d'un pouce.

— Laisse-moi passer, Russ !

— Pas avant que tu n'aies écouté ce que j'ai à te dire.

— Tu en as déjà dit bien trop à mon goût.

Comme elle tentait à nouveau de le contourner, il fit un pas de côté et l'arrêta.

— Lani ! J'ai tendance à admirer ta loyauté, mais, pour être franc, cet entêtement dont tu fais preuve à longueur de temps finit par me taper sur les nerfs.

En vérité, il trouvait son opiniâtreté tout à fait charmante, à condition qu'elle l'utilise à bon escient. Autrement dit, en choisissant de se ranger à ses côtés. Elle ne l'entendait pas de cette oreille.

— Quelle chance tu as de quitter ce trou perdu et de te débarrasser de moi par la même occasion ! N'est-ce pas, inspecteur ?

— Je n'irai nulle part avant d'avoir tiré au clair quelques petits détails.

Sous son calme apparent, il peinait à contenir son exaspération. La salle était bondée de curieux qui ne manquaient pas un mot de leur conversation. Nul doute que la gazette locale ferait ses choux gras de l'incident. Les clients ne se gênaient pas pour commenter la scène et il vit même des billets changer de main. Voilà que les paris étaient lancés sur l'issue de sa confrontation avec Lani. Il devenait urgent de mettre un terme à ce déballage. Ce qu'il voulait lui dire relevait de la vie privée et il connaissait un meilleur endroit pour traiter ce genre d'affaires. Il lui tendit la main.

— Maintenant, viens avec moi !

Elle recula prestement.

— Certainement pas !

— Tu as tort.

Sans lui laisser le temps de deviner son geste, il la souleva de terre et l'emporta en ignorant ses cris et ses protestations. Mission accomplie. Comme il avançait à grands pas vers la porte, les clients s'écartaient devant lui, comme la mer Rouge devant Moïse, en tendant leur verre dans sa direction.

— Laisse-moi partir ! ordonnait-elle, furieuse.

— Non.

— Tu as vraiment décidé de m'humilier jusqu'au bout devant mes amis ?

— Désolé, mais tu ne m'as pas laissé le choix. Je veux seulement que tu écoutes ce que j'ai à te dire.

Il prit à gauche en quittant L'As de cœur, descendit la rue Sawmill, passa devant la poste de Rust Creek Falls et longea la station-service.

— Je t'emmène dans un endroit sûr.

Elle ne fut pas longue à deviner leur destination.

— Tu m'arrêtes ?

— Oui.

— Pour quel motif, cette fois ?

— Résistance aux forces de l'ordre.

Elle soupira d'un air furibond.

— Tu continues à te moquer de moi, inspecteur. Laisse-moi tranquille. Tout cela ne rime à rien. Je sais très bien que tu es soulagé d'être débarrassé de moi.

Elle avait les bras enroulés autour de son cou et leurs visages se touchaient presque.

— Si c'était le cas, tu crois vraiment que je m'amuserais à te trimballer à travers toute la ville ?

— Oh ! je suis vraiment navrée. D'ailleurs, si tu me trouves trop lourde, tu n'as qu'à me poser. Je ne demande pas mieux !

— Pas question !

Quand ils atteignirent le commissariat, la porte s'ouvrit devant eux comme par magie.

— On m'a averti de votre arrivée, expliqua le shérif. Besoin d'un coup de main, collègue ?

— Non, merci, tu peux rentrer chez toi.

— Compris !

— Hé là, minute ! hurla Lani. C'est une arrestation arbitraire.

Un sourire jusqu'aux oreilles, Gage déguerpit sans demander son reste. Cependant, Russ traversa le bureau sans relâcher sa proie, marqua une halte devant la cellule où ils avaient fait connaissance quelques mois auparavant, et dégagea un bras pour faire glisser la porte à barreaux qui se referma automatiquement sur leur passage. Il la posa à terre et la fit asseoir sur la banquette.

— Maintenant, tu n'as pas d'autre choix que de m'écouter.

Elle leva ses grands yeux sur lui. Son courage l'avait abandonnée. Elle paraissait fragile et sans défense.

— Pourquoi as-tu fait cela ? murmura-t-elle, au bord des larmes. Je n'oserai plus jamais sortir de chez moi. Tout le monde va se moquer de moi.

Il accordait bien peu d'importance aux rumeurs et aux commérages. Lani était la femme de sa vie. C'était tout ce qui comptait à ses yeux, et il fallait qu'enfin elle le sache.

— Je t'aime, Lani.

— Tu m'aimes ?

Elle croisa les bras et détourna les yeux.

— Depuis quand ? demanda-t-elle encore.

— Depuis que je t'ai vue pour la première fois.

Elle secoua la tête.

— Je n'en crois pas un mot.

— C'était à la fin d'une longue journée de travail avec Gage. Je m'en souviens comme si c'était hier. Je suis entré dans le bar et je t'ai vue sortir des cuisines avec un plateau chargé de bouteilles. Je me suis même demandé comment tu te débrouillais pour ne pas tout laisser tomber. Le coup de foudre qui m'a frappé à ce moment-là aurait dû te faire perdre l'équilibre.

— A d'autres ! Tu ne m'as jamais adressé la parole.

Son air buté et les éclairs qui jaillissaient de ses yeux la rendaient infiniment désirable.

— J'avais peur. Le moindre échange avec toi et j'étais sûr de tomber sous le charme. Je le savais d'avance et je le redoutais. C'est d'ailleurs ce qui est arrivé, acheva-t-il en haussant les épaules.

Promenant le regard sur le décor de la cellule, il se remémora leur premier baiser. Elle n'avait pas mis longtemps à l'envoûter, à balayer toutes ses défenses.

— Après cette nuit du 4 Juillet, j'ai tout fait pour garder mes distances et refouler les sentiments que j'éprouvais pour toi. Jusque-là, ma vie sentimentale n'avait été qu'une suite de déceptions et d'échecs.

— Rien à envier à la mienne, rétorqua-t-elle d'une voix blanche.

— Je te trouvais belle, franche et loyale. Tout ce dont j'avais toujours rêvé, mais je ne pouvais y croire. J'avais trop peur de me tromper.

— Qu'est ce qui t'a fait changer d'avis ? demanda-t-elle, encore méfiante.

— Deux choses. Quand j'ai envisagé de quitter la ville et de renoncer à te voir chaque jour, ma vie m'est apparue vide et totalement dénuée de sens. Je m'étais habitué à t'avoir près de moi, et l'idée de te laisser était vraiment la dernière chose dont j'avais envie.

Lani leva sur lui un regard encore tourmenté.

— Et la deuxième raison ?

— Ton frère est venu me trouver ici même. Il m'a parlé de la bataille juridique qu'il avait engagée. Grâce à ses explications, j'ai enfin compris pourquoi tu tenais tant à m'éloigner du parc, le soir du mariage. Il m'a dit aussi qu'il t'avait fait jurer de garder le secret.

— Anderson ? Jamais je n'aurais imaginé qu'il viendrait se confier à toi.

— C'est pourtant ce qu'il a fait. Je lui ai promis de rester discret sur son affaire, moi aussi.

— Et tout à l'heure au bar, il jouait les entremetteurs ?

Elle se détendait peu à peu.

— Oui. Et il n'est pas le seul à avoir tenté de nous rapprocher.

— Ah bon ?

— Après le départ de ton frère, Gage m'a presque jeté hors du commissariat pour que j'aille te retrouver à L'As de cœur.

Elle sourit d'un air mystérieux.

— Qu'y a-t-il de si drôle ?

— J'essaie juste d'imaginer ces deux-là déguisés en

Cupidon. Tu sais, les collants roses, les ailes blanches, le carquois et les flèches !

Il s'esclaffa, puis il passa une main dans ses cheveux et retrouva son sérieux.

— Ce soir, devant tout le monde, tu as défendu mon honneur et tu as dit que tu m'aimais.

— J'ai honte. Devant toute la galerie !

— Je crois que je connais un moyen d'effacer cette honte.

Il avança d'un pas et se mit à genoux devant elle.

— Lani, acceptes-tu de m'épouser ?

La réponse ne se fit pas attendre.

— Oh oui ! s'écria-t-elle, ivre de joie. J'accepte avec bonheur de rendre les armes, inspecteur !

Et elle se jeta dans ses bras.

Epilogue

Ils étaient allongés l'un près de l'autre dans la chambre de la maison de Russ, à Boulder Junction. Après le soir où Russ l'avait demandée en mariage, Lani n'avait pas eu d'autre souhait que d'emménager avec lui. Il avait repris son poste d'inspecteur à Kalispell, sans pour autant refuser à Gage des coups de main occasionnels à Rust Creek Falls. Les deux amants se retrouvaient chaque soir avec bonheur et partageaient, entre mille autres choses, leur passion pour les séries policières. Quelle n'était pas la fierté de Lani quand elle découvrait la première la résolution d'une énigme !

Elle modifia sa position pour venir se blottir dans la chaleur du corps de Russ. Comme il l'attirait plus près de lui, elle posa la tête sur sa poitrine, à l'écoute du battement régulier de son cœur, réprimant avec peine l'envie de lui retirer sa chemise à insignes. Elle admirait la façon dont le vêtement moulait son admirable musculature, mais préférait de loin voir et toucher sa peau nue.

— C'est moi qui avais raison ! s'exclama-t-elle non sans fierté. Une fois de plus. Le meurtrier était bien cet éleveur mal dégrossi. Je le savais depuis le début.

— C'était trop évident, répondit Russ d'un air supérieur. Moi j'avais misé sur le bellâtre qui employait les sans-papiers. L'effet de suspense aurait été bien meilleur s'il avait été coupable.

— Ne sois pas mauvais joueur ! Tu sous-estimes mes compétences et mes facultés d'observation.

Il lui sourit avec tendresse.

— Je n'ai jamais sous-estimé aucune de tes compétences. Tout particulièrement le pouvoir que tu exerces sur moi. Tu es une femme intelligente.

— Pas assez cependant pour découvrir l'identité de l'empoisonneur de Rust Creek Falls.

Il hocha pensivement la tête.

— Je regrette moi aussi que nous ayons échoué dans notre enquête. Le plus étonnant, c'est tout de même que personne n'ait rien vu.

— Ce n'est peut-être pas tout à fait vrai. L'auteur mystérieux de « La Gazette » semblait bien renseigné.

— Exact. D'ailleurs, je n'ai pas renoncé à le démasquer.

— Dois-je te rappeler que tu ne travailles plus sur cette affaire ?

— Gage m'a demandé de ne pas l'enterrer complètement. Et j'avoue que j'ai bien du mal à l'oublier.

— Tu as un plan ?

— Possible.

Lani se redressa avec curiosité.

— Raconte !

Il s'exécuta bien volontiers.

— Je pensais adresser un mot au journal à l'attention de ce rédacteur anonyme et lui demander de venir me trouver pour m'exposer sa théorie. En flattant son orgueil et sa conscience de citoyen, je le pousserai peut-être à de nouvelles révélations. Qui sait ? Il pourrait nous conduire vers le coupable.

— Cela vaut la peine d'essayer, inspecteur. Mais tu devras peut-être un jour te résoudre à ranger ce dossier dans les affaires classées sans suite, ajouta-t-elle en se renversant en arrière pour le fixer intensément.

— J'espère bien que non. Et ce n'est pas qu'une question de justice.

— Ah bon ?

Il la contemplait avec une tendresse infinie.

— Tu te rappelles notre visite chez Jordyn Leigh Clifton ? Elle nous avait expliqué que, sans l'ivresse causée par le punch, son mari et elle seraient sans doute passés à côté du bonheur.

— C'est curieux, fit-elle observer, mais on dirait que cet empoisonneur n'a fait que des heureux. A part le pauvre vieux qui a perdu sa maison. Si cette boisson n'avait pas été frelatée, mes frères ne se seraient pas battus. Je n'aurais pas été obligée d'improviser mon numéro dans le bassin pour sauver Anderson.

— Et je ne t'aurais pas emmenée au poste.

Elle souriait, heureuse d'égrener avec lui d'aussi doux souvenirs.

— Pour moi, la détention n'a pas été une expérience terrible. J'ai été arrêtée à deux reprises et, très franchement, je n'ai pas à me plaindre. Si ce n'est, peut-être, de l'inconfort de la banquette.

— Eh oui ! Aussi étonnant que cela puisse paraître, je bénis aujourd'hui le geste insensé de ce criminel.

— Moi aussi.

Cette soirée resterait à jamais gravée dans son esprit comme le point de départ de son histoire d'amour avec Russ.

— Cela dit, le jour de notre mariage, il ne sera pas question de laisser à la portée de n'importe qui la vasque de notre punch. Je ne veux pas voir mon mari se remettre au travail avant notre nuit de noces.

— Te voilà bien conventionnelle, tout à coup ! La perspective de cette union t'aurait-elle fait perdre ton sens de l'aventure ?

Il adorait la taquiner.

— Bien au contraire.

Elle se mordilla la lèvre inférieure, hésitant à lui livrer le projet qu'elle nourrissait en secret.

— J'ai adoré travailler sur cette affaire avec toi. On forme une équipe de choc, tous les deux.

— Sans aucun doute, répondit-il avec indulgence.

Il promena les doigts sur son cou, et remonta jusqu'à son front. Il la connaissait assez bien pour deviner qu'elle lui réservait une surprise.

— Je me demande quelle idée saugrenue a encore germé dans cette ravissante petite tête.

— Eh bien, cela va peut-être te sembler un peu fou, mais… Qu'est-ce que tu dirais d'ouvrir une agence de détectives avec moi ? Tu sais, comme ces couples qu'on voit à la télévision.

— Des privés ? Hum…

Elle ne se laissa pas démonter le moins du monde par son peu d'enthousiasme. Chaque chose en son temps. Elle parviendrait bien un jour à le convaincre.

— J'ai une autre idée, fit-elle en commençant à déboutonner sa chemise. Si tu enlevais cette horrible tenue de policier ?

— Pour ça, je n'ai aucune objection.

Il se mit torse nu et la serra contre lui.

— Je t'aime, Lani.

— Je sais. Et moi aussi, je t'aime.

Sur ce sujet-là, il n'y avait pas entre eux le moindre désaccord.

Si vous avez aimé *Au hasard d'une rencontre*,
ne manquez pas la suite
des aventures des Maverick,
disponible dès le mois prochain
dans votre collection Passions !

Retrouvez en octobre, dans votre collection Passions

L'invitée du scandale, de Sarah M. Anderson - N°620

SÉRIE L'EMPIRE DES BEAUMONT TOME 3

Whitney Maddox. Le scandale incarné. Alors que Matthew Beaumont avait tout prév pour éviter les coups d'éclat le jour du mariage de son frère – un événement d'un importance capitale pour restaurer la réputation de la famille Beaumont –, voilà qu' découvre que la demoiselle d'honneur est une ancienne star connue pour sa conduit outrageuse. Il ne lui reste plus qu'à espérer que la jeune femme se tiendra correctemer pendant toute la cérémonie... Mais ne serait-ce pas de sa propre réaction qu'il se souci en réalité ? Car, il doit bien l'admettre, les doux yeux verts de Whitney sont loin de l laisser indifférent...

Une ennemie sous son toit, de Cindy Kirk

En gagnant un ranch au poker, Brad Crawford s'attendait à tout sauf à trouver, un soi la fille de l'ex-propriétaire sur le pas de sa porte. D'autant que, très vite, il s'aperço que la flamboyante Margot Sullivan n'est pas décidée à lui céder si facilement so héritage... car elle est convaincue qu'elle pourra gérer le ranch toute seule ! Une tâch titanesque qui, Brad le sait, sera bien au-dessus de ses forces. Mais, en attendar qu'elle accepte d' abandonner son projet insensé, il n'a d'autre choix que de la laisse vivre sous son toit...

SÉRIE LE SERMENT DE BLACK CASTLE TOMES 3 ET 4

Un séduisant chantage, d'Olivia Gates - N°621

Il s'est avancé vers elle comme un prince, mystérieux et magnifique. Numair Al Aswac cet homme qui a emporté le cœur de Jenan aussitôt qu'il lui a fait cette étonnant proposition : il la délivrera des griffes de l'homme que sa famille la contraint à épouse Mais, alors qu'elle croyait rêver, Jenan est forcée de redescendre sur terre : bien sû Numair n'est pas homme à rendre un service sans contrepartie. Et le prix à payer est bie lourd : il veut un enfant d'elle, qu'il considère comme « la femme parfaite » pour lui offr un héritier. Face à l'horreur que lui inspire son mariage – et aux sensations inouïes qu Numair éveille en elle –, Jenan sait qu'elle n'a d'autre choix que d'accepter.

Poursuivie par le désir, d'Olivia Gates

Richard est là. L'homme qui l'a séduite et presque brisée, huit années plus tôt, est parver à la retrouver. Isabella est terrifiée. Pire encore, le désir qu'elle éprouve pour lui e toujours là, il lui brûle le corps et l'esprit avec la même ardeur qu'autrefois, annihila ses capacités de réflexion. Mais que lui veut le puissant homme d'affaires ? Isabella n' qu'un souhait à formuler : pourvu que Richard n'ait pas découvert que leur relation avc donné naissance à un enfant. Car la seule chose qui lui serait plus douloureuse que c résister à son attirance pour Richard serait qu'il s'approche de son petit Mauricio...

Si près de la tentation, de Sheri WhiteFeather - N°622

Candy a le souffle coupé. Tanner Quinn est là, sur le pas de sa porte ! Tanner… avec qui elle a vécu une relation aussi passionnée que tumultueuse au lycée, et qui l'a abandonnée du jour au lendemain sans une explication. Le revoir était bien la dernière chose dont elle avait besoin… Comme si elle n'était pas déjà assez préoccupée, entre ses soucis financiers et sa situation professionnelle instable ! Pourtant, quand il lui propose de racheter sa maison et de l'embaucher pour s'occuper d'Ivy, sa nièce à naître, Candy se surprend à hésiter. À l'évidence, cette solution mettrait fin à ses problèmes. Mais est-elle prête à mettre son cœur en péril une nouvelle fois ?

L'héritier caché, de Cat Schield

Père ? Lui ? Le prince Christian Alessandro est bouleversé : ainsi, Noëlle Dubone, son ex-petite amie – la femme qu'il a dû quitter contre son gré quelques années plus tôt et qu'il n'a jamais réussi à oublier –, a eu un enfant de lui… Marc, un petit garçon aujourd'hui âgé de quatre ans, dont il brûle de faire la connaissance… Aussitôt, la décision de Christian est prise : il reconquerra Noëlle. Certes, la jeune femme le considère comme un play-boy volage et ne lui a jamais pardonné de lui avoir brisé le cœur. Mais peu importe. Afin de lui faire comprendre qu'elle se trompe, il est prêt à tout, même à la manipuler…

Un serment inattendu, d'Andrea Laurence - N°623

SÉRIE LES MARIÉES DE NASHVILLE TOME 2

Amelia Kennedy doit bien se l'avouer : le dîner des anciens élèves de son lycée ne s'est pas terminé comme elle l'avait prévu ! Elle qui s'attendait à s'ennuyer, la voilà … mariée à Tyler, son meilleur ami de toujours ! Un mariage express à Las Vegas, sur un coup de folie, qui ne devrait pas la perturber à ce point. Pourtant, depuis, sa vie est chamboulée : pourquoi est-elle désormais incapable de voir en Tyler une simple connaissance ? Pourquoi a-t-il disparu aussi brusquement, le lendemain de leur folle équipée ? Et, surtout, comment lui annoncer que leur nuit d'amour n'a pas été sans conséquence ?

L'élan de son cœur, de Brenda Jackson

Bailey n'est pas le genre de femme à perdre la tête pour un homme. C'est l'une des règles immuables qui lui permettent de contrôler sa vie. Pourtant, le jour où Walker Rafferty a croisé sa route, elle en a été bouleversée. Après un baiser enflammé, aussitôt suivi de la fuite de Walker, elle a ressenti le besoin irrationnel de le revoir… et la voici en Alaska, dans le ranch isolé du plus sauvage et impassible des cow-boys. Qu'espère-t-elle trouver, dans cette région glaciale ? Bailey serait bien incapable de le dire. Elle sait pourtant une chose : sa place est désormais au côté de Walker…

Pour apprendre à t'aimer, de Christine Rimmer - N°624

Marions-nous, Clara. Sans attendre. Des mots si doux, prononcés par l'irrésistible Dalton Ames et accompagnés d'un solitaire étincelant. Quelle femme serait capable de résister à une scène aussi émouvante ? Pourtant, Clara a pris sa décision : elle refusera. Hors de question de devenir la femme de son amant d'un été, qui ne veut l'épouser que parce qu'elle est enceinte de lui ! Hélas, si elle peut éviter le mariage, il va être plus difficile de lutter contre les multiples attentions de Dalton, qui semble bien décidé à la choyer jusqu'à la naissance de leur bébé. Après quoi, il l'a promis, il la laissera tranquille. Mais Clara veut-elle réellement de cette indépendance qu'elle ne cesse de réclamer ?

Vengeance interdite, de Tracy Wolff

Le jour où la belle inconnue avec qui il a passé une brûlante nuit de passion quelques mois plus tôt reparaît dans sa vie, Nic – au lieu d'en être enchanté – est au contraire fou de rage. Car, il l'apprend bientôt, Desi est en réalité une journaliste, qui l'accuse de vendre des diamants de sang sous son label équitable. Son ennemie, en somme, car tout cela n'est que pure calomnie. Nic ne décolère pas : cette intrigante va connaître la puissance de sa fureur ! Sauf que… le ventre rond de la jeune femme lui apprend qu'elle est enceinte de lui. Et que, loin de pouvoir assouvir sa vengeance, son devoir est désormais de la protéger envers et contre tout…